REGNO DEI MONTI
Paladish
Kalua
Saluna
Aerta
Talay
Lamen
TERRE OSCURE DELL'EST
REGNO DI RUGIADA
Corinta
REGNO DI SMERALDO
Fiume Xelia
MENISH

La Chiave
dell'amicizia

Erica Bertelegni

La Chiave dell'amicizia

DeA

Redazione: via Inverigo, 2 – 20151 Milano
www. deaplanetalibri.it

Stampa: PuntoWeb s.r.l., Ariccia - 2017

A Eli, Eleo e Cri

«Caro mio, ci sono persone che non potranno mai arrivare in Fantàsia [...] e ci sono invece persone che possono farlo, ma che poi restano là per sempre. E infine ci sono quei pochi che vanno in Fantàsia e tornano anche indietro. [...] E questi risanano entrambi i mondi.»

MICHAEL ENDE, *La storia infinita*

Prologo

Nella Terra di Menish era notte, ma nella sala reale le candele erano ancora accese.

Il sovrano camminava nervoso avanti e indietro a denti stretti, facendo sventolare i lembi del mantello regale.

«Chiedo il permesso di entrare» sentì domandare alle sentinelle.

«Avanti!» esclamò il re.

Il messaggero varcò la porta d'ingresso. Mosse qualche passo sul pavimento di marmo e subito parlò d'un fiato. «Mio signore, anche le città di Aerta e Saluna sono state investite... la sabbia è sempre più veloce, se continuerà di questo passo tutta Menish sarà sommersa tra poche lune!»

Il re lo guardò torvo. «Quante volte ancora devo ripetere che troverò un rimedio?» Il suo tono era minaccioso.

Al messaggero mancò il respiro, ma non si mosse. Piccole gocce di sudore gli imperlavano la fronte.

«Che altro c'è?» sbottò il sovrano.

«Il capo delle guardie di Corinta mi ha incaricato di avvertirvi dei disordini scoppiati tra gli sfollati: chiede rinforzi per contrastare i rivoltosi...»

«Che sia fatto... ora puoi andartene.»

Il messaggero deglutì, sforzandosi di proseguire.

Tirò fuori da una sacca che aveva sulla spalla un grande foglio arrotolato, lo svolse in fretta e mostrò la scritta al re che lo fissava furente.

«Lo hanno trovato inchiodato sul portone del lato sud...»

«Oh, questo è troppo. È un affronto! Ora la profezia si legge anche appesa ai muri!»

«Signore...»

Il sovrano strinse i pugni in un impeto di collera e si raddrizzò su tutta la sua statura. Spaventato, il messaggero fece un passo indietro.

«Lasciami solo!» ringhiò il re.

Il messo indietreggiò ancora. «Ho altro di cui rendervi conto, mio signore...» balbettò.

«Vattene, o ti faccio rinchiudere nelle segrete!»

La minaccia fece il suo effetto. Il manifesto gli sfuggì dalle mani e scivolò sul pavimento mentre l'uomo si allontanava quasi di corsa, lasciandosi dietro soltanto l'eco dei suoi passi.

Nella grande sala deserta, il sovrano studiò meditabondo la frase scritta sul foglio caduto ai suoi piedi, gli occhi color del ghiaccio ridotti a due fessure:

In un mondo che non conosce speranza,
Dopo un lungo tempo d'oblio,
Due ragazze troveranno la luce nel buio
E il loro regno non avrà mai fine.

No, nessuno sarebbe venuto a salvare il suo regno, non l'avrebbe permesso.

Si chinò all'improvviso, afferrò il foglio e, come impazzito, lo strappò in mille pezzi.

Lui, e lui soltanto sarebbe stato, nel bene o nel male, l'artefice del destino di Menish.

PARTE PRIMA

Vernice gialla

I

Vanessa

Per Vanessa la giornata non era cominciata con il piede giusto.

Si era riaddormentata subito dopo il suono della sveglia, così non aveva potuto fare colazione con calma: si era dovuta accontentare di un bicchiere di succo di frutta e una brioche divorata in piedi. Se poi fosse almeno riuscita a decidere in fretta che cosa mettersi, tutto sarebbe rientrato nei tempi e invece... sapeva di essere in ritardo, ma non poteva farci niente.

Non può essere così difficile... non ho tutti questi vestiti... si ripeteva, pur sapendo che le decine di capi stipati nell'armadio smentivano questa sua ultima riflessione.

Niente da fare, sentiva la testa vuota e non riusciva a decidere. Le piaceva vestirsi sportiva, con degli abbinamenti cromatici un po' azzardati che a lei stavano benissimo.

È normale essere nervosi, no? si disse. *Il primo giorno di liceo è importante, ed è fondamentale fare una bella impressione...* Respirò a fondo, ripensando alla nuova scuola. Accese il computer e mise su un po' di musica per allentare la tensione. La voce di Rihanna riempì la stanza e con quel sottofondo vocale tentò qualche abbinamento: gonna verde con camicia bianca, salopette di jeans con t-shirt fuxia, poi arancione. Proprio quando stava per gettare anche quella sul letto, insieme a tutto il resto che aveva provato e non l'aveva soddisfatta, i suoi occhi si posarono sull'orologio e la mano rimase sospesa.

«Maledizione!» si lasciò sfuggire. Si precipitò in bagno con la maglietta fra le mani. I jeans messi il giorno prima erano ancora appesi al posto dell'accappatoio: «Ok, sono le otto meno un quarto, ce la posso ancora fare». Si guardò rapida allo specchio; non aveva utilizzato la piastra e i lunghi capelli biondi le incorniciavano il viso con strane ondulazioni. Cercò di lisciarseli, ma era inutile: non ne volevano sapere. Sbuffò. Non c'era più tempo. Gettò in malo modo la spazzola nel cassetto.

Uscì dal bagno, acchiappò il suo portafortuna a penzoloni sulla maniglia della finestra e, dopo essersi allacciata in fretta le Converse, guardò di nuovo l'ora. La speranza che la sua amica Sofia la stesse ancora aspettando andava scemando. Si precipitò in salotto e trovò Katia con il telefono tra l'orecchio e la spalla. Stava prendendo appunti sulla sua agenda.

«Katia, mi puoi portare a scuola?» chiese Vanessa. L'aveva sempre chiamata per nome, mai *mamma*.

Lei le fece segno con la mano di aspettare e continuò a parlare al telefono. «Sì, l'appartamento sarà libero da giovedì... possiamo prendere appuntamento per le dieci e mezza.»

Vanessa si schiarì rumorosamente la gola. Era troppo in ritardo per aspettare la fine della telefonata.

Per tutta risposta la donna mimò con le labbra: "L'au-to è dal mec-ca-ni-co". Vanessa non attese oltre, afferrò lo zaino verde militare e si precipitò in strada, sbattendo sonoramente la porta.

L'ultima cosa che sentì fu Katia che le gridava: «Sbadata! Hai lasciato di nuovo la musica accesa!»

II

Anya

Anya fissava impressionata l'austera chiesa sul lato opposto della via. Arretrata di qualche metro dal marciapiede, si ergeva dignitosa fra un grattacielo tutto cristallo e acciaio e la spoglia facciata di un palazzo a tre piani ingrigito dallo smog.

E adesso cosa faccio?

I suoi pensieri erano molto confusi. L'indirizzo era quello: la scuola doveva per forza essere lì... ma dove esattamente? Attraversò la strada per controllare il numero civico.

Era arrivata in città da pochi giorni con la sua famiglia e non era ancora abituata al caos dell'ora di punta. Si avvicinò all'unico portone a lato della chiesa e una scritta incisa su una lastra dorata la convinse di essere nel posto giusto. Si guardò attorno cercando qualche altro studente, ma era troppo presto. Un po' timorosa, spinse la grande anta verso l'interno; la porta emise un cigolio sommesso, ma la lasciò entrare senza opporre resistenza.

Anya si aspettava un atrio cupo, con poche luci e alte mura grigie, ma ciò che vide la sorprese: la porta apriva su un loggiato delimitato da sottili colonne binate. Si avvicinò a queste ultime per osservare meglio lo spazio aperto.

Il chiostro ospitava un prato all'inglese suddiviso in modo perfetto da quattro stradine di ciottoli bianchi che convergevano verso il centro, dove una grande fontana in marmo bianco sembrava illuminare di luce propria tutto il giardino.

Questo posto le ricordava la sua vecchia casa, in campagna, dove i colori erano più vividi e si sentiva il profumo dell'erba.

Un uomo con una divisa scura le passò accanto con un carrettino pieno di sacchi d'immondizia e le fece un cenno con il capo. Anya ricambiò in fretta il saluto dell'inserviente e riprese a camminare sotto il portico, dove c'era altro personale scolastico al lavoro. Per evitare di incrociare nuovi sguardi tirò fuori il telefono dallo zaino e fece finta di essere impegnata a digitare un messaggio. Ma anche volendo, a chi avrebbe potuto scrivere? Ai suoi amici? Da quando aveva cambiato casa, non li aveva più sentiti... Di certo se avesse potuto scegliere non si sarebbe trasferita. Ma non aveva avuto voce in capitolo. Sua madre le aveva dato l'annuncio a cose fatte in tono entusiasta: ci sarebbero state cento occasioni per una ragazza intelligente come lei nella metropoli! E Anya sapeva quanto sua madre ci tenesse. Per questo aveva deciso di farle frequentare quella scuola, una delle migliori della città.

Percorse buona parte del perimetro del chiostro sotto il porticato, poi dovette spostarsi nel prato, per evitare un paio di operai che stavano srotolando un lungo cavo elettrico.

Si avvicinò alla fontana. Quattro tritoni di pietra, collocati su grosse foglie di loto, gettavano zampilli freschi dalla bocca. Anya sedette sul bordo arrotondato ad aspettare che arrivasse qualche altro studente, ma l'acqua rimbalzava sulla pietra e un tritone dispettoso finì per bagnarle la camicetta con il suo getto. Lei si scostò così veloce che il telefono le cadde a terra, vicino a un tombino di ferro rotto.

«Accidenti!» Si chinò subito per riprenderlo. Asciugò con le dita le gocce che avevano bagnato lo schermo e verificò che non si fosse danneggiato. Trattenne un sospiro di sollievo.

Mentre si stava già rialzando, un luccichio attirò la sua attenzione. Proveniva da dentro il tombino. Sulle prime immaginò che fosse un pezzo di vetro bagnato che brillava alla luce del sole, ma la curiosità la spinse a guardare meglio. Le grate di ferro spezzate lasciavano vedere all'interno. Sotto la griglia di scolo c'era un oggetto con incastonata una pietra, sembrava un medaglione: era quello a riflettere la luce. Senza pensarci due volte, si infilò il telefono in tasca per avere le mani libere e allungò la destra all'interno del tombino. Avvertì il contatto con la pietra fredda.

«Cosa sta facendo quella ragazza?»

Anya sentì chiaramente l'esclamazione e per la sorpresa il medaglione le scivolò via.

«Mi è caduta una cosa!» si giustificò avvampando, mentre

sollevava lo sguardo per capire chi avesse parlato. Vide un ragazzo più grande di lei che la fissava in modo molto strano. Probabilmente si stava chiedendo che diavolo stesse facendo inginocchiata sotto la fontana.

Respirò a fondo per riprendersi, abbassò lo sguardo a terra e riavvicinò rapida la mano all'oggetto che era ricaduto sotto la grata. Notò che era infilato in una sottile catena. Riuscì a prenderla fra le dita e sfilò il pendente dal tombino, chiudendo il pugno per nasconderlo.

Nel frattempo nel chiostro si era radunato un gruppetto di studenti e molti di loro, nonostante cercassero di non darlo a vedere, la stavano osservando.

Meno male che non volevo dare nell'occhio!

Anya si sollevò rapida e si allontanò di qualche passo sforzandosi di far finta di nulla. Forse si era mossa troppo in fretta, perché la testa le girava e sentiva uno strano rumore nelle orecchie.

Non devo agitarmi, non è successo nulla di grave…

Ma quel brusio era sempre più forte, come se troppe persone le stessero parlando contemporaneamente.

Inghiottì un paio di volte, mise in tasca il ciondolo, poi chiuse gli occhi e li riaprì per cercare di riprendersi.

Solo allora le tempie smisero di pulsare e il brusio, come d'incanto, sparì.

III
Vanessa

«Beeep!» strepitò il clacson di una macchina, costretta a sterzare e inchiodare per non investirla.

«Non sono trasparente!» protestò Vanessa, mettendosi in salvo sul marciapiedi. Aveva un modo un po' spericolato di attraversare i viali trafficati. Mentre il suo cuore riprendeva a battere regolarmente, estrasse il telefono dalla tasca posteriore dei jeans e controllò gli ultimi messaggi di Sofia. Gliene aveva mandati una decina.

Vanessa, dove sei?

Ti rendi conto di che ore sono?!

Rimise via il cellulare e percorse di volata l'ultimo tratto di strada fino alla casa dell'amica.

Si aspettava di vederla fuori dal portone, ma di lei non c'era nemmeno l'ombra.

Sarà andata a scuola senza di me?

Suonò comunque il citofono; la porta, con sua grande sorpresa, si aprì e lei si ritrovò a salire di corsa anche quattro rampe di scale.

Sofia era in piedi davanti all'uscio del suo appartamento, a braccia conserte, furiosa. «Allora? Sei in ritardo!»

«Ho avuto un contrattempo...» rispose lei col fiato corto, già sulla difensiva.

«Non ti passa nemmeno per l'anticamera del cervello di scusarti?»

«Potevi andartene senza di me...» ribatté Vanessa, appoggiandosi con la schiena al muro per riprendere fiato: anche se era ben allenata, le quattro rampe di scale con lo zaino in spalla le avevano spezzato le gambe. «Non eri obbligata ad aspettarmi.»

«E come facevo?» sbottò Sofia. «Lasciavo tutto aperto? Mia mamma non c'è e le chiavi di casa secondo te dove sono?»

«Cavolo! Nel mio zaino!» esclamò Vanessa.

«Certo! Sai, ieri... La piscina! Ma li hai visti o no i miei messaggi?»

Vanessa distolse lo sguardo. Aveva dato una scorsa veloce agli ultimi, ma non li aveva letti proprio tutti: erano troppi. In ogni caso, anche Sofia poteva essere più carina e dirle una di quelle belle bugie: *Ti ho aspettata perché sei mia amica, che domande!* Invece... *Solo la dura verità*.

Pescò malvolentieri il portachiavi dalla tasca dello zaino. Sofia glielo strappò subito di mano e chiuse veloce la porta con più mandate.

Scesero rapide le scale senza parlare, concentrate sull'obiettivo. In strada, Vanessa ricominciò a correre agile mentre Sofia le arrancava dietro sui suoi sandali col tacco alto.

Quando arrivarono davanti alla scuola erano già le otto e mezza.

Attraversarono impavide la grande via, facendo cenno alle macchine di rallentare. Un clacson strombazzò la sua protesta e le ragazze risposero per le rime, poi Vanessa sentì un grido acuto. Si guardò subito intorno, ma non vide nessuno. A ogni modo, non c'era tempo per curarsene.

Vanessa respirò a fondo, appoggiò le mani sul portone e lo spinse con forza, pronta al peggio. Sentiva il respiro accelerato di Sofia alle sue spalle. Erano in ritardo il primo giorno di scuola. *Bel modo di cominciare l'anno scolastico, maledizione*.

IV

Anya

Era frustrante aspettare e, se possibile, aspettare da soli era ancora peggio. C'era così tanta gente con cui provare a fare amicizia... ma ragazzi e ragazze erano già uniti in gruppi e Anya non aveva idea di chi potesse essere in classe con lei. Così, per ingannare il tempo, mise una mano in tasca e invece del telefono prese il pendente per esaminarlo con calma.

La maglia della catena era d'argento, semplice, senza pretese; il ciondolo, invece, sembrava di grande valore. Era di forma ovale, probabilmente realizzato in agata bianca. Lo guardò da vicino: un bellissimo bassorilievo raffigurava il profilo di un cavallo imbizzarrito. Il luccichio che aveva attirato la sua attenzione dentro il tombino proveniva dall'occhio dell'animale dove era incastonata una pietra blu che brillava al sole.

Anya sfiorò con il pollice la silhouette del cavallo per asciugarla avvertendo di nuovo quello strano e fastidioso brusio. Le voci intorno a lei erano aumentate d'intensità, come se i ragazzi avessero alzato simultaneamente il volume delle loro conversazioni, provocandole come prima un dolore acuto alle tempie.

Il suono della campanella la colse di sorpresa. Stordita, si affrettò a infilare il ciondolo in tasca. Non appena il gioiello non fu più nelle sue mani, i rumori e le voci incessanti che l'avevano tormentata sparirono di colpo.

Anya deglutì impaurita. *Che cosa mi sta succedendo?*

«Uno, due, tre, prova...» stava sillabando una voce d'uomo nell'impianto audio. «Uno, due, tre...» Poi si avvertì uno stridio metallico così lacerante che tutti si tapparono le orecchie. «Oh, scusate...» disse ancora la voce del tipo che stava provando il microfono, tamburellandoci sopra col dito. «*Toc, toc*. Ora funziona.»

Gli studenti, invitati a radunarsi in silenzio nel chiostro, videro una donna bassa, con occhiali rotondi a lenti spesse, materializzarsi davanti a loro. Indossava un completo nero che la faceva sembrare in lutto e la fasciava strizzando le sue forme. Anche le scarpe décolleté sembravano troppo fragili e molto instabili sotto il suo peso. Salì su un piccolo palco montato per l'occasione, prese il microfono fra le mani grassocce e se lo avvicinò alle labbra rosso vermiglio. La sua voce acuta rimbombò in tutto l'edificio. «Vi do il benvenuto nella mia scuola. Come ormai è tradizione, tocca a me, in qualità di direttrice dell'istituto, l'onore di tenere il discorso d'apertura dell'anno scolastico. Sarà breve, quindi esigo la massima attenzione da parte di tutti, *specialmente...*» e qui fece una piccola pausa per dare più enfasi «... specialmente da parte dei nuovi arrivati, che hanno tanto da imparare.»

Anya avrebbe voluto seguire con attenzione le parole della donna, ma era distratta da ciò che le era appena successo.

Possibile che quel suo mal di testa fosse cessato di colpo? Quelle voci erano troppo nitide, troppo forti... c'era qualcosa che non la convinceva.

Le parole della preside interrompevano di tanto in tanto il filo dei suoi pensieri. «Come avrete già compreso, la nostra scuola è ancora legata a vecchi e sani principi: ordine, disciplina ed educazione. Non sono permessi i telefonini in classe...»

Cosa ho fatto prima di sentire quelle voci?

«È severamente proibito copiare, suggerire o chiedere aiuto ai compagni. La scuola mette a disposizione insegnanti, tutor, testi integrativi di supporto e piattaforme didattiche avanzate...»

Non si sentiva volare una mosca. La preside aveva catturato l'attenzione di tutti ma non certo quella di Anya, che cercò di nuovo il pendente, estraendolo dalla sua tasca.

«E, soprattutto, niente ritardi. La puntualità per me è sinonimo di correttezza verso gli altri.»

Appena le sue dita toccarono la pietra bianca e fredda, Anya sentì ancora quella fitta alla testa accompagnata da una miriade di voci.

Ma questa è completamente pazza...

Lo sa o no che siamo nel ventunesimo secolo?

E per fortuna sarebbe una delle scuole migliori...

Voci diverse, toni diversi: un'esclamazione, un sussurro, un sibilo rabbioso... A mano a mano che il discorso della preside entrava nel merito delle questioni con più severità, il volume delle voci aumentava. Solo che gli studenti intorno a lei non aprivano bocca. Erano tutti zitti ad ascoltare.

Ma se nessuno a parte lei sta parlando, che cosa sto sentendo? si continuava a ripetere Anya. Le vennero le lacrime agli occhi: che cosa le stava succedendo?

«Chi sarà sorpreso a non prestare attenzione durante le lezioni» continuava la preside imperterrita «riceverà una nota di demerito che influenzerà l'esito finale...»

Ma fatela star zitta! sentì dire a una ragazza.

Dovrebbero rinchiuderla e buttare la chiave. Una voce maschile.

Per fortuna per me è l'ultimo anno... E una risatina di sollievo.

Anya avrebbe voluto sedersi, avrebbe voluto che tutte quelle voci smettessero di tormentarla. La testa cominciava a farle male: un dolore lancinante la attraversava da parte a parte.

Non ne posso più... basta...

Poi sentì il rumore del portone d'ingresso che sbatteva violentemente e una voce che sovrastava tutte le altre, a tal punto che le cedettero quasi le gambe.

Bel modo di cominciare l'anno scolastico, maledizione. Questa non ci voleva... Non ci voleva proprio! stava esclamando quella voce forte di ragazza. *Maledizione!* urlava, furibonda.

Anya chiuse gli occhi, sembrava che la testa dovesse esploderle per gli echi delle parole che si rincorrevano nella sua mente.

Come ho fatto a non accorgermene? la sentì dire ancora.

Dovete piantarla, dovete smetterla tutti, basta... basta!

«Basta!» urlò Anya, dando voce al suo pensiero.

La collana le scivolò dalle mani.

Fu come liberarsi da un peso immenso: la testa smise di farle male e le voci che l'avevano tanto tormentata tacquero.

Si sentì sollevata, ma questa piacevole sensazione durò poco: si accorse di avere gli occhi di tutti puntati addosso.

V

Vanessa

Le due ritardatarie erano rimaste immobili appena varcata la soglia del chiostro. Mentre Vanessa si guardava cauta intorno, a Sofia era sfuggita l'anta del portone: l'aveva lasciata sbattere e si era sentito un sonoro *sbamm*.

Vanessa stava cercando un modo per non dare nell'occhio, ma era troppo tardi.

Si trovavano in un chiostro affollato da studenti. La donna sul piccolo palco, che probabilmente fino a qualche attimo prima stava parlando al microfono, ora taceva. Il clangore del portone aveva attirato tutti gli sguardi su di loro e centinaia di studenti le stavano fissando. *Questa non ci voleva... non ci voleva proprio... Maledizione!* Vanessa avrebbe voluto fare dietrofront e sparire, ma sarebbe stato inutile ormai. Era il caso di dire qualcosa? Di giustificarsi? Non era nemmeno colpa sua se erano arrivate in ritardo! Insomma, se Katia avesse avuto la macchina... Scosse la testa, non poteva permettersi di divagare: la donna in nero dall'alto del palchetto, che aveva tutta l'aria di essere un'autorità, la stava fissando con occhi simili a due tizzoni ardenti.

Vanessa deglutì a fatica. Era sempre un problema per lei mettersi dalla parte del torto: avrebbe pagato pur di non doverlo fare. «Scusate...» disse, ma il tono suonò poco convinto alle sue stesse orecchie.

«Basta!» la zittì qualcuno, prima che potesse continuare.

L'attenzione di tutti si spostò in un solo istante dalle ultime arrivate a una ragazza che stava già in mezzo agli studenti. Quelli più vicini si ritrassero visibilmente, isolandola, e persino la preside, che poco prima pareva voler carbonizzare con lo sguardo le ritardatarie, si ritrovò a osservare la ragazza mingherlina che aveva appena urlato. Vanessa la fissò incredula.

Basta a chi? Che diavolo dici? avrebbe voluto urlarle. *Ti conosco...?*

C'era qualcosa ai piedi della ragazza, ma non ci fece troppo caso.

«In che senso "basta"?» chiese la preside, facendo echeggiare al microfono la domanda che, con ogni probabilità, era nella mente di tutti i presenti.

VI
Anya

Anya impiegò qualche altro istante per capire che la preside si stava rivolgendo a lei.

«In… in che senso cosa?» balbettò.

«Hai appena gridato: "Basta". Presumo ci sia un motivo…»

«Io… ho gridato?»

«Hai problemi di comprensione, oltre che di memoria?»

Anya rimase in silenzio. Che cosa aveva fatto?

«Presumo che tu abbia trovato scorretto il comportamento di queste due ritardatarie…»

Anya si sentiva alle strette. Si era resa conto di ciò che aveva fatto solo alle ultime parole della preside.

Poteva dire che sentiva delle voci? Certo che no: l'avrebbero presa per pazza. Quindi, che altra scelta aveva? Fissò per qualche istante quella biondina che stava cercando di approfittare della situazione per svignarsela. Aveva preso per il braccio l'amica per trascinarla via con sé, ma l'altra doveva avere meno presenza di spirito perché era rimasta lì paralizzata dallo stupore, ferma, come in attesa.

«Sì… è scorretto» balbettò alla fine. Cos'altro poteva dire? La ragazza lasciò il braccio dell'amica e guardò Anya come se volesse incenerirla. Non aveva parlato, ma non ce n'era bisogno: la sua espressione lasciava ben poco all'immaginazione.

Sono nei guai… pensò Anya sconsolata, cercando di mantenere un'espressione dignitosa per non far capire agli altri il suo vero stato d'animo. Per fortuna la ragazza dagli occhi di fuoco le concesse una tregua, guardando verso il portone d'ingresso, come se cercasse qualcuno.

«Ottimo!» disse la preside, trionfante. «È proprio questo il comportamento che mi aspetto dai miei studenti: indignazione verso chi agisce in modo scorretto!»

Anya era sempre più in difficoltà. *E adesso cosa faccio?*

In meno di due minuti era riuscita a garantirsi l'antipatia degli altri studenti e l'odio certo di quella ragazza.

La campanella suonò per la seconda volta.

Ci fu un gran vociare collettivo, subito spento dalla voce al microfono. «Ancora una cosa...» aggiunse la preside. «L'elenco degli studenti suddivisi per classe, dei docenti e la piantina della scuola sono appesi nella bacheca. Avete dieci minuti per raggiungere ciascuno la propria aula... buon anno scolastico.»

Questo è tutto tranne che un buon inizio, pensò Anya, e approfittò del caos che si stava creando per recuperare da terra la collana e rimettersela in tasca.

Forse aveva capito qual era lo straordinario potere di quel gioiello, e iniziava a temerne le conseguenze.

Sgattaiolò verso la bacheca tenendo gli occhi bassi, controllò veloce la sua sezione e si diresse verso le scale.

«Questa me la paghi» si sentì sussurrare all'orecchio. Capì che era quella biondina ritardataria. Fece un profondo respiro e si girò per parlarle, ma era troppo tardi: l'altra si era già dileguata in mezzo alla ressa.

VII
Vanessa

«Come si chiama la tipa che ha urlato?»
«Qualcuno sa chi è?»

«Assurdo che esistano persone del genere!»

L'attenzione di tutti gli studenti che avevano assistito alla scena era catalizzata su quella ragazza.

Mentre tentava di avvicinarsi ai tabelloni, Vanessa sentiva parlare solo di lei. Dubitava che qualcuno sapesse chi fosse: più che affermazioni, erano domande a riempire l'aria. Sentì uno studente giurare di averla vista mettere le mani nei canali di scolo della fontana! «Chiunque sia, spero di non averla in classe. Nessuno vuole una leccapiedi!» concluse il ragazzo. Le persone che lo circondavano curiose annuirono con convinzione.

Di solito lei aveva sempre la risposta pronta e valutava le persone molto velocemente, ma in quel caso non sapeva ancora bene che cosa pensare.

Quella ragazza aveva avuto un comportamento così scorretto e assurdo che lei, incalzata dalla rabbia, vedendola dirigersi verso le scale, non aveva resistito e l'aveva minacciata. *Se l'è cercata!* si disse, per scusare la propria condotta. *Che diavolo le è preso a darmi addosso, nemmeno mi conosce! E poi, canali di scolo? Chi è così pazzo da mettere la mano in un tombino?* Magari quel ragazzo si era inventato tutto, ma dopo quel

"Basta!" immotivato, perché si sarebbe dovuta sorprendere?

In più, le era sembrato che qualcuno le avesse toccato il braccio, dopo che quella ragazza le aveva accusate, ma vicino a lei c'era solo Sofia. *Sto ammattendo anch'io?* Allontanò questo pensiero e raggiunse la bacheca facendosi largo fra la calca.

A proposito, e Sofia dov'era finita? Si guardò intorno, ma non la vide. Dai tabelloni capì che la sua amica era stata assegnata a un'aula nel cortile della biblioteca. La classe di Vanessa, invece, si trovava al secondo piano del cortile con vista sul chiostro della fontana. Non avevano scelto le stesse materie facoltative e questo comportava sezioni differenti, lo sapevano entrambe, ma Vanessa si aspettava che Sofia fosse in un'aula più vicina alla sua.

Poco importa, si ritrovò a pensare. Avrebbe dovuto sentirsi dispiaciuta, in fondo si conoscevano da tre anni, e invece... le parve di non provare nulla. Durante le vacanze si erano viste pochissimo e avevano ripreso a frequentarsi solo durante le ultime due settimane, quasi a voler rinsaldare in fretta e furia un'amicizia precaria.

Ripensò alle parole che si erano dette quella mattina e al fatto che Sofia se n'era andata nella sua nuova aula senza nemmeno salutarla. Alzò le spalle e si diresse verso le scale.

Una ragazza alta e magra le si avvicinò quasi di corsa. «Ehi, tu sei quella arrivata tardi! Io sono Tina. Stiamo andando dalla stessa parte... Magari ci ritroviamo in classe insieme! Come ti chiami? Eh?»

Vanessa la guardò stizzita senza rispondere: l'ultima cosa di cui aveva bisogno era una rompiscatole che le stesse attaccata come una sanguisuga, ma Tina non se ne accorse e continuò a parlarle addosso fino a che arrivarono sulla porta dell'aula.

«Visto? Siamo nella stessa classe! Contenta? Eh?»

Felice, pensò Vanessa. *Proprio*.

VIII

Anya

Anya entrò nell'aula ancora deserta e, dopo aver valutato con attenzione tutte le possibilità, scelse di sedersi in prima fila. Era spaventata per tutto quello che era appena successo e non voleva vedere i compagni voltarsi verso di lei a fissarla. In quella posizione avrebbe avuto meno distrazioni.

Si accomodò sulla sedia e iniziò a torcersi le mani come faceva sempre quando era nervosa, in attesa della campanella che indicava l'inizio delle lezioni. I compagni che entravano a mano a mano le rivolgevano sguardi poco amichevoli e la campanella non voleva saperne di suonare.

L'inizio della giornata era stato un disastro.

Doveva capire se quello che era accaduto era stato un caso. Infilò cauta una mano in tasca, alla ricerca della pietra. Ricominciò all'istante a sentire quel vocio. Questa volta, però, era pronta e al primo segnale di dolore acuto alla testa cercò di focalizzare l'attenzione su una persona alla volta.

Iniziò con il ragazzo seduto alla sua destra.

Chissà chi avremo come insegnante… Anya sbarrò gli occhi per l'emozione. Lui non stava muovendo le labbra. Eppure riusciva a sentirlo!

Si concentrò su una ragazza. *Questo pomeriggio dovrò mettermi a studiare*…

Sì, stava funzionando!

Il banco di dietro: *Ho una nausea, sarà la spremuta del bar*…

Incredibile! Riesco a capire… pensò Anya, cercando di contenere l'emozione. *Riesco a capire i* pensieri *degli altri!*

Stava per focalizzare la sua attenzione su un ragazzo con un piercing a lato del naso, quando si intromise nella sua testa *quella* voce, più forte di tutte le altre.

Quella sanguisuga di Tina… *ora mi chiederà di essere la sua compagna di banco*…

Anya si voltò di scatto verso la porta. La biondina era a pochi metri da lei. La vide sbarrare gli occhi, spiacevolmente sorpresa. Anya trovò facile leggerle nella mente: la voce del suo pensiero sovrastava tutte le altre. Quella ragazza non si aspettava certo che fossero in classe insieme. *Oggi non me ne va bene una*… stava pensando.

Anya riuscì persino a percepire la sua ondata di rabbia quando si rese conto che i banchi liberi erano solo due.

La ragazza che era entrata insieme a lei, non volendo stare in prima fila, si affrettò a raggiungere il posto libero in fondo.

Si chiama Vanessa, prese nota Anya, leggendo i pensieri della biondina. La vide rimanere ancora per qualche istante paralizzata, a guardare la sedia vuota come se fosse la sua condanna. Vanessa respirò a fondo e poi si avvicinò riluttante al banco libero di fianco ad Anya.

Gli sguardi di tutti erano su di loro. Anya abbassò gli occhi e fissò il pavimento.

Non posso permettere che tutti mi vedano vicino a lei, dopo quello che è capitato sarebbe il colmo, si disse Vanessa. Quanto meno doveva spostare il banco, staccarlo dal suo: *Meglio soli che mal accompagnati*. Si piegò in avanti e allungò le mani per mettere in opera il suo proposito ma, poco prima che le sue dita sfiorassero il legno chiaro, Anya la precedette e staccò bruscamente il suo.

Vanessa era sbalordita e nemmeno Anya si capacitava di averlo fatto per davvero. Nella classe era calato il silenzio e la ragazza si rese conto che molti erano rimasti così stupiti da smettere di pensare.

«Meglio soli che mal accompagnati, giusto?» disse sottovoce, in risposta allo sguardo stupefatto della biondina presuntuosa.

Vanessa era ammutolita. *Come si è permessa di umiliarmi così davanti a tutti?*

Ma se era esattamente quello che stavi per fare a me! pensò sulla difensiva Anya, mentre Vanessa si sedeva nel banco accanto senza dire una parola.

«Silenzio! La campanella è suonata.» Una professoressa di mezza età e di pessimo umore si era messa davanti a loro, dando le spalle alla cattedra.

Anya sospirò di sollievo. Almeno avrebbe avuto una tregua da quella assurda situazione. La prof disse qualche banalità sull'importanza di essere al liceo. Poi sedette in cattedra a compilare sul computer il registro delle presenze. Anya si sarebbe aspettata qualcosa di più dal corpo docente di una scuola così prestigiosa, ma le bastò ascoltare per pochi istanti i pensieri dell'insegnante per rendersi conto che quella donna avrebbe dato l'anima per ritornare sulla meravigliosa nave da crociera su cui aveva trascorso le ultime due settimane.

Liquidò in fretta i suoi studenti assegnando loro un tema. Dopo aver scritto il titolo alla lavagna, si rilassò dietro lo schermo del computer e tornò a pensare agli affari suoi.

Anya tolse la mano dalla tasca. *È proprio quello che ci vuole*: per due ore poteva concentrarsi solo sulla stesura. La traccia era generica: chiedeva di raccontare una propria vicenda passata.

La sua penna scorreva veloce sul foglio. Scriveva della sua casa in campagna, dei suoi genitori che si aspettavano molto da lei ma che le volevano un mondo di bene, delle serate d'estate trascorse in giardino, con sua mamma che le insegnava i nomi delle stelle mentre suo padre fissava in silenzio il cielo insieme a loro. Era l'unico momento in cui la sua famiglia era unita. Suo papà era sempre al lavoro e sua madre si occupava con zelo della casa, senza lasciare spazio ad altro.

Sto divagando, pensò, tirando una riga sulle ultime frasi, *questo non posso scriverlo*. Sapeva che spesso gli insegnanti preferiscono leggere solo ciò che vogliono, non quello che accade in realtà, e non poteva permettersi di iniziare l'anno scolastico con un brutto voto. C'era in gioco una borsa di studio a fine semestre e i suoi genitori non navigavano certo nell'oro; soltanto se fosse stata in grado di raggiungere una media molto alta sarebbe riuscita a ottenerla. Si costrinse a concentrarsi: non poteva fallire, specialmente con il primo tema di italiano, che era sempre stata la sua materia preferita. Così scelse di raccontare episodi divertenti mai successi in famiglia, sottratti da alcune sue letture.

Quando si fermava a riflettere, con la coda dell'occhio vedeva che Vanessa faticava a riempire la pagina. Restava molte volte con la penna sospesa a mezz'aria e la vide tirare un sospiro di sollievo quando suonò la campanella dell'intervallo. Fu la prima a consegnare e a sparire nei corridoi.

Dovette essere invece l'insegnante a prendere il foglio di mano ad Anya, che la tirava per le lunghe: non le piaceva per niente la prospettiva dell'intervallo. Ma la prof non le lasciò altra scelta e la ragazza fu costretta a uscire dall'aula.

Anya era ancora sola. Sembrava una maledizione. Da quando aveva trovato quel pendente nulla era andato per il verso giusto. Adesso tutti la evitavano come un'appestata. Avrebbe voluto urlare la sua frustrazione ma a pensarci bene l'aveva già fatto e le cose non erano per niente migliorate.

Aveva provato a vincere la sua timidezza e a rivolgere la parola a qualche suo nuovo compagno, ma erano stati tutti freddi nei suoi confronti.

Si era avvicinata a un ragazzo con un ciuffo biondo che gli copriva una parte della faccia.

«Ehm, ciao. Sono Anya.»

Il ragazzo in questione aveva fatto finta di non sentirla e si era attaccato al telefono. Lei aveva ripetuto la frase e lui, per tutta risposta, si era girato dall'altra parte.

Non sapendo come altro trascorrere il tempo e non volendo umiliarsi ulteriormente, mise di nuovo la mano in tasca e toccò la pietra. Sentì un brivido correrle giù per la schiena mentre il vocio di sottofondo ricominciava. Cercò di rilassarsi e fece alcuni profondi respiri per calmare il suo cuore.

Le fitte alla testa diminuirono fino quasi a sparire. Stava prendendoci la mano.

Ma è giusto? si chiese. *È giusto origliare i pensieri degli altri?* Insomma, se avesse scoperto che qualcuno percepiva i suoi pensieri non avrebbe certo reagito nel migliore dei modi. Lei come chiunque altro. L'unica soluzione, per poter convivere con questo suo "potere" era non dirlo a nessuno. Sarebbe stato il suo segreto.

Iniziò a camminare per il corridoio. Gli studenti parlavano, ridevano... ma soprattutto pensavano. Capì che la coppia vicino alla macchinetta del caffè era innamorata persa, ma che erano entrambi troppo timidi per farsi avanti.

Focalizzò la sua attenzione prima su una persona, poi sull'altra.

Come si stava bene in vacanza...

Non sono sicuro di aver fatto giusto l'ultimo problema, accidenti.

Chissà se Michele mi ha notata!

Voglio proprio vedere la faccia della preside. Ci sarà da ridere. Il barattolo di vernice è sistemato e nessuno ci ha visti...

Anya si fermò di colpo.

Che cosa aveva appena sentito?

Era stato un ragazzo a pensare. A occhio e croce doveva essere di terza: abbastanza alto, con i capelli rasati ai lati e al centro una specie di cresta che non gli donava proprio.

È stato parecchio difficile, sono dovuto salire sulla sedia per sistemarlo sull'ultimo ripiano... Miseria, perché quella ragazza mi sta fissando?

Anya distolse subito lo sguardo, fingendo di cercare in tasca delle monete per il caffè.

Così quando la preside aprirà l'armadio un bel gavettone di pittura gialla non glielo leva nessuno...

Anya trattenne il respiro. *Che cosa? Non può averlo fatto sul serio...*

«Non vedo l'ora...» stava dicendo il ragazzo ad alta voce.

Poi lui e i due compagni che aveva vicino si misero a ridere compiaciuti.

Anya era sconvolta.

Per quel che aveva visto, la preside non era una che scherzava. E una cosa del genere l'avrebbe presa come affronto personale. Se poi non avesse trovato i responsabili... era probabile che l'avrebbe fatta pagare all'intera scuola.

Devo impedirglielo! Ma come? Non posso certo dirlo alla preside! Così diventerei davvero la leccapiedi che mi accusano di essere.

Sentiva il suo cuore accelerare i battiti. *Io sono in grado meglio di chiunque altro di capire quando qualcuno si avvicina... per quanto una persona possa cercare di non far rumore, non può evi-*

tare di pensare! Potrei andare nell'ufficio e tirare via il barattolo... non dovrebbe essere così difficile: come lui l'ha messo, io lo tolgo.

Lei, Anya Donato, avrebbe risolto la situazione. Si stupiva di se stessa: non era da lei prendere iniziative del genere, ma temeva troppo le reazioni della preside. Aggrottò le sopracciglia e marciò determinata verso le scale. Doveva trovare la presidenza, e in fretta.

IX

Vanessa

Fu la sua camminata decisa a insospettire Vanessa. Mancava poco alla fine dell'intervallo, ma allora perché quella ragazza, che a quanto pareva si chiamava Anya, si stava allontanando a passo spedito giù per le scale?

Dove diavolo stava andando?

L'aveva talmente innervosita spostando il banco che nemmeno durante le due ore del tema era riuscita a calmarsi. Certo, la consegna non l'aveva aiutata...

Del resto è così, il buongiorno si vede dal mattino e quella stupida giornata sembrava proprio non voler andare per il verso giusto. Ripensando al tono brusco che Katia aveva usato prima che lei uscisse di casa, provò rabbia e delusione. Se la sua l'auto non fosse stata dal meccanico, nulla di tutto questo sarebbe successo! Senza contare che era ormai da una settimana che non vedeva Mark. Dovevano essere affari davvero molto importanti per tenerlo così tanto tempo lontano da casa.

Era riuscita a scacciare i brutti pensieri solo tirando fuori dallo scollo della maglietta il suo portafortuna per stringerselo tra le mani. Gli occhi verdi del drago scolpito sul medaglione erano sempre in grado di calmarla.

Vanessa guardò Anya allontanarsi.

Ormai i corridoi erano quasi deserti: solo due studenti si affrettavano verso la porta di un'aula con un bicchierino di caffè in mano. L'intervallo era finito, ma a Vanessa poco importava: voleva capire cosa stava tramando quella ragazza.

Iniziò a seguirla.

Solo una volta Anya si girò per guardarsi alle spalle, ma Vanessa, molto attenta, si era tenuta a distanza di sicurezza e aveva avuto il tempo di nascondersi dietro una colonna.

Probabilmente non si aspetta di essere seguita, pensò. Il che era ragionevole. Soltanto allora Vanessa si chiese se stesse facendo la cosa giusta, ma la curiosità era più forte di tutto. Al primo piano la vide fermarsi davanti a una porta.

Fece qualche passo avanti per guardare che classe fosse... ma non era una classe, era l'ufficio della preside!

Anya si era messa una mano in tasca. Aveva un'aria molto nervosa. Se voleva andare dalla preside per parlarle, perché non bussava? E perché era così circospetta? Poi la vide entrare di soppiatto nell'ufficio e chiudersi all'istante la porta alle spalle.

X

Anya

Un armadio? La stanza era piena di armadi!

Quale poteva essere quello giusto?

E se trovando quello giusto la vernice fosse caduta in faccia proprio a lei?

Sentì il panico salirle dentro: *Che cosa sto facendo?*

Prima di entrare aveva controllato con l'aiuto della pietra che nell'ufficio non ci fosse nessuno, ma temeva l'arrivo della preside da un momento all'altro.

Si mise al collo il pendente, sotto la camicia, a contatto con la pelle, e si concentrò: nessuno in arrivo. Passò in rassegna le pareti. *L'hanno nascosto dentro un mobile in modo che cada quando si apre l'anta... ma quale!?*

L'armadio più vicino era chiuso a chiave. La vetrinetta? *No di certo: è trasparente.* Il mobiletto a fianco invece era troppo basso.

Sull'altra parete c'era appeso un unico quadro e lei si fermò a osservare quella fitta foresta verdeggiante di alberi altissimi e quel lago dalle acque di un blu così intenso che sembrava volerla tirare a sé. Le parve di scorgervi un luccichio proprio nel mezzo, una pennellata di un colore diverso.

Il paesaggio a olio era talmente bello che per qualche attimo si dimenticò del pericolo che stava correndo.

Fu una voce a destarla, la solita fortissima voce.

Trasalì, si guardò attorno e si nascose d'istinto dietro le tende della finestra che dava sulla via.

«Anya?» si sentì chiamare.

Lei scostò appena il tessuto pesante.

«Che cosa ci fai qui?» le chiese la ragazza.

«Che cosa ci fai *tu* qui, vorrai dire, perché mi hai seguita?»

Vanessa la guardò con aria di sfida. «Perché ti nascondi?» *Ora sì che posso vendicarmi... scacco matto, cara Anya.*

Lei sbarrò gli occhi mentre Vanessa sorrideva, soddisfatta. «Cosa dirai in tua difesa quando scopriranno che sei qui?»

«Lo stesso vale per te.»

L'altra esitò, come se non ci avesse pensato. «Ma io...»

Anya s'irrigidì in ascolto. «Sta arrivando la preside!»

Vanessa sussultò. Anya si guardò intorno alla disperata ricerca di una via di fuga, ma i pensieri della compagna le si affollavano in testa e le impedivano di ragionare con lucidità.

Che stupida! Cosa mi è saltato in mente di seguirla?

Non c'è tempo... Anya cercò di riprendere il controllo della situazione, ma fu preceduta da Vanessa che, veloce, la raggiunse dietro la tenda spingendola di lato per farsi posto.

Anya era talmente in ansia da non riuscire più a comprendere il vocio che le riempiva il cervello. Non si era mai trovata in una circostanza del genere: era sempre stata una studentessa modello e adesso si nascondeva come una colpevole!

La porta si aprì. Percepì i pensieri della preside e di un'insegnante.

«Concordo pienamente con lei» stava dicendo quest'ultima con voce accomodante.

«Senza contare che è urgente riparare la crepa in sala professori...» continuò la preside nel suo tono autoritario.

«Certo, certo...»

Anya temeva persino di respirare.

Si appiccicò alla finestra e guardò fuori per cercare di riprendere il controllo. Da lì si poteva vedere la grande strada caotica e il palazzo di fronte. I passanti sembravano correre e le macchine sfrecciare, mentre lei se ne stava nascosta quasi immobile col cuore a mille.

Sentì una sedia spostarsi.

La preside si era accomodata alla scrivania dando loro le spalle.

Era vicinissima.

Devo stare calma, devo stare calma... si continuava a ripetere Anya. Vanessa, accanto a lei, era più tranquilla. *Certo, non sa nemmeno perché sono venuta qua...*

«Sono curiosa di conoscere gli studenti delle prime di quest'anno...» stava dicendo la preside. *Di certo non pensa di averne un paio dietro...*

«Devo anche insistere perché i telefoni vengano ritirati all'inizio delle lezioni... questa nuova generazione non riesce proprio a farne a meno!»

«Vero, purtroppo.»

Chissà se l'ha mai contraddetta... sentì Vanessa pensare.

Il silenzio era quasi totale, fatta eccezione per la penna della preside che scorreva su fogli di carta.

Vai via, per favore... Avrai qualcosa da fare fuori di qui... la pregava Anya, ma la preside se la prendeva comoda e più passavano i minuti, più Anya si sentiva male dall'agitazione.

Ormai l'intervallo doveva essere finito da un pezzo e avrebbero notato la loro assenza.

«Va bene, andiamo in segreteria a controllare quei moduli di cui ti ho parlato...» disse finalmente, sollevando la sua mole dalla piccola sedia.

Anya si lasciò sfuggire un sospiro così rumoroso che Vanessa le tappò la bocca in fretta.

«Hai sentito qualcosa?» domandò la preside alla professoressa, guardandosi intorno.

«No, perché?»

«Mi è sembrato... mah, non importa.»

Vanessa lanciò un'occhiata di fuoco ad Anya.

Che incapace, ci stava per far scoprire... pensò.

L'insegnante aprì la porta e la preside fece per seguirla, ma sull'uscio si girò di nuovo. «Mi stavo quasi dimenticando, i fascicoli, quelli nell'armadio alto!»

Anya percepì il pensiero della preside e capì quel che sarebbe successo prima ancora che la donna aprisse l'armadio.

Non vide nulla, nascosta dietro la tenda, sentì solo lo scricchiolio dell'anta e il rumore del barattolo di vernice che rotolava a terra. E l'urlo.

Quello sarebbe stato impossibile non sentirlo.

Siamo morte, pensò Anya.

Il grido aveva raggiunto un tenore di decibel così alto che

probabilmente non l'avevano udito solo tutte le classi della scuola, ma anche qualche ignaro passante che stava camminando sotto la loro finestra.

Vanessa era rimasta impietrita. *Che cosa le hai fatto?*

Io niente, rispose Anya muovendo le labbra senza emettere alcun suono.

Impiegò qualche istante per rendersi conto che la compagna non aveva posto quella domanda ad alta voce, ma Vanessa per fortuna doveva essere talmente scioccata da non accorgersi che le aveva appena letto nel pensiero.

XI

Vanessa

Sembrava che l'urlo della preside riecheggiasse ancora nella stanza, quando Vanessa sentì rumore di passi e il sussurrare eccitato degli studenti che stavano accorrendo.

Sapeva che sbirciare fuori dalla tenda in quel momento era troppo pericoloso, quindi, non senza qualche difficoltà, si trattenne.

Com'è stato possibile? Provò così tanta rabbia verso la ragazza accanto a lei che per un attimo ebbe la tentazione di darle una gomitata e spingerla fuori, per mostrare alla preside la vera responsabile. E l'avrebbe fatto, se non fosse stata certa che una volta uscita allo scoperto Anya avrebbe tirato la tenda rivelando anche la sua presenza.

Ma che cavolo ha combinato? Se la preside aveva urlato in quel modo doveva aver fatto un bel casino. E se non era stata lei, perché era entrata lì di soppiatto? Se le avessero trovate nascoste lì dietro non avrebbero certo creduto che non c'entrassero niente… anche se, per quanto la riguardava, era la pura verità.

Vanessa lanciò un'occhiata alla compagna e la vide pallidissima.

Non ti muovere, le mimò Anya con le labbra.

Fu in quel momento che cominciarono le risate, dapprima trattenute, poi sempre più fragorose.

«Chi è stato?» gridava la dirigente scolastica nel suo tono acuto.

I ragazzi che erano accorsi stavano sghignazzando apertamente.

«Chi ha osato?» insisteva, in un crescendo da mezzosoprano. Vanessa avvertì tutta la sua rabbia e per la prima volta da quando era entrata in quell'ufficio temette le conseguenze per ciò che era appena accaduto.

Sentì dei passi: un'insegnante era riuscita a farsi strada tra la piccola folla di studenti e a entrare. «Nella mia classe mancano due studentesse! Prima B… Vanessa Crisaldi e Anya Donato.»

«Non possono essersi volatilizzate!» ribatté la preside.

Anya prese per il braccio Vanessa, che si liberò con uno scrollone dalla stretta. La tenda si mosse.

«Signora preside, penso di averle trovate.»

Si udì il rumore di tacchi veloci sul pavimento, poi la professoressa tirò la tenda e Anya e Vanessa si ritrovarono allo scoperto. La preside era poco lontana da loro, ricoperta dalla punta dei capelli ai piedi di vernice giallo canarino. Le si era appiccicata ai vestiti, le aveva macchiato le lenti degli occhiali e le si era impastata nei capelli. I suoi occhi brillavano come quelli del diavolo.

Ogni cellula gialla del suo corpo chiedeva vendetta.

«E vorreste farmi credere di non essere state voi?»

La vernice gialla si stava appiccicando alla sedia, ma la preside non sembrava curarsene. Le altre insegnanti avevano fatto ritornare gli alunni nelle rispettive classi. Gli ultimi ad andarsene erano stati tre ragazzi, tra cui uno con la cresta, che le avevano guardate incuriositi.

«È così, signora preside.»

«Quindi tu...» e indicò Anya con l'asta degli occhiali, ormai inutilizzabili. Vederla tutta gialla a parte gli occhi era così buffo che Vanessa faticava a non mettersi a ridere. «Tu avresti sentito che volevano farmi questo... scherzo.»

Anya annuì e deglutì.

«E avresti voluto impedirlo.»

Fece di nuovo cenno di sì con la testa.

«E da chi l'avresti sentito?»

«Non... non posso dirlo.»

Vanessa la fissò. Sapeva chi aveva fatto lo scherzo e non voleva dirlo? *Ma è pazza?*

«Anya, sii ragionevole» cercò di convincerla. «Se non parli ci andiamo di mezzo noi, che non c'entriamo nulla.» Disse l'ultima frase fissando la preside, come per imprimerle quel concetto nella mente.

«Non posso dirlo, mi dispiace.»

Vanessa trattenne il fiato: erano spacciate.

«E perché tu l'avresti seguita?» domandò la preside.

La ragazza annaspò. Non lo sapeva nemmeno lei. Rimase zitta.

«Il primo giorno di scuola... anzi, il primo giorno di *li-ce-o*... be', non si può dire che siate timide...» La preside si rigirò tra le dita una penna, macchiandola tutta con la vernice gialla che le aveva imbrattato anche le mani. *L'odio che prova per chi l'ha conciata in questo modo deve essere maggiore del desiderio di togliersi di dosso quella roba*, pensò Vanessa, disgustata.

«Più che coraggiose, siete state davvero incoscienti a...»

«Ma non siamo state noi!» la interruppe Vanessa. «Non ne ha le prove...»

La preside strinse le labbra. «Siete state *davvero* incoscienti. Che cosa posso fare? Sospendervi? Espellervi?»

Fece una lunga pausa a effetto tra una parola e l'altra, come per facilitare l'assimilazione del concetto. Vanessa dovette trattenersi dall'alzare gli occhi al cielo. Vide invece Anya irrigidirsi sulla sedia. *Già, probabilmente verremo espulse*, avrebbe voluto dirle. *Ed è tutta colpa tua!*

La preside sembrava il gatto che gioca con il topo. Un gatto tutto giallo, però. «Il primo giorno… ma dopo tutto, come dite voi, io non ho le prove. Vi ho *solo* trovate qui, nascoste.» Dopo aver sibilato le ultime parole in tono sprezzante, cercò di togliersi la vernice che le si era incrostata sotto le unghie della mano destra con l'aiuto della penna.

Anya la guardava muta mentre Vanessa dissimulava una smorfia. *Che schifo*.

«Dato che vi piace così tanto sporcare, vi farò pulire. In questa scuola ci sono molte aule, sale di rappresentanza e luoghi di interesse pubblico importanti, che purtroppo non vengono curati come si dovrebbe perché non abbiamo personale a sufficienza. Sarà vostro compito tirare a lucido e sistemare ciò che deve essere tenuto con maggior riguardo. Ne parlerò con i vostri genitori. Penso proprio che avrete molto da fare: inizierete con la biblioteca.» Sorrise fra sé. «Ne avrete sicuramente per tutto il semestre…» Si alzò e le guardò torva. «Comincerete oggi stesso, subito dopo le lezioni. Questo è tutto.»

Poi nessuno fiatò. La preside aveva concluso.

XII

Anya

Anya non avrebbe mai pensato di essere oggetto di così tanto odio. Aveva sentito più insulti nella mente di Vanessa appena ritornata in aula che in tutta la sua vita.

Come ha potuto farmi questo? Stupida bambina viziata, probabilmente si sta disperando per la sua reputazione da brava ragazza... Non le bastava la figuraccia di oggi in cortile? E lo scherzo del banco, in classe? No, è riuscita a cacciarmi ancora nei guai! Con questa storia della vernice gialla, da non credere!

Sei tu che mi hai seguita! avrebbe voluto ribattere Anya, ma, tecnicamente, quelle parole non le avrebbe dovute sentire, quindi si morse la lingua.

Se non è stata una sua idea, perché coprire i veri responsabili? C'è qualcosa che non quadra... e non riesco nemmeno a darmi delle possibili risposte sul suo comportamento! Poteva almeno evitare di essere così idiota da farci scoprire! Se non mi avesse preso il braccio la tenda non si sarebbe mossa, maledizione!

I pensieri di Vanessa stavano diventando così insopportabili che Anya fu costretta a togliersi la collana e a metterla in tasca.

Non capisce le mie ragioni... e come potrebbe? Cosa le dovrei dire, la verità? È poco chiara persino a me... Non poteva nemmeno permettere che qualcuno *intuisse* il suo segreto, figurarsi rivelarlo, sarebbe stato un suicidio.

Senza contare che le possibilità di vincere la borsa di studio erano calate drasticamente già il primo giorno di scuola. Non sopportava quel pensiero. Detestava non riuscire a raggiungere i suoi obiettivi.

Le ultime ore di lezione passarono nell'imbarazzo più totale. Erano entrambe in prima fila, e tutta, proprio *tutta* la classe le stava fissando.

Anya non ebbe bisogno della pietra per accorgersene: ogni volta che si girava, venti paia di occhi si distoglievano di colpo da lei e da Vanessa, per tornare, di certo meno interessati, sui libri di scuola.

Persino gli insegnanti le osservavano come animali pericolosi dentro una gabbia dello zoo.

Erano sulla bocca di tutti. Anya l'aveva percepito grazie al medaglione, prima di toglierselo. I contorni dell'intera vicenda non risultavano ben chiari. Le due ragazze si conoscevano già? Avevano premeditato tutto tempo addietro? Erano delle eversive? Anya aveva sentito mille diverse versioni dell'accaduto, una meno verosimile dell'altra. Alcune l'avevano divertita: un ragazzo di seconda aveva pensato che fosse una protesta contro il cibo poco appetibile della mensa (cosa già inverosimile di per sé, dato che alla mensa non avevano ancora mangiato). C'era chi era arrivato a credere che il "basta" urlato quella mattina contro Vanessa servisse a depistare dalla loro presunta alleanza. Inutile dire che la teoria meno accreditata era l'unica vera, e cioè che si fossero trovate nel posto sbagliato al momento sbagliato.

Alla fine delle lezioni la classe si svuotò velocemente. A restare ai loro posti furono solo le due ragazze. Anya si aspettava l'arrivo di qualche professore, invece si materializzò la segretaria d'istituto, una signora con i capelli cotonati tenuti indietro da un cerchietto. Si presentò e le scortò, come due condannate, lungo il corridoio.

Anche pulire, d'altronde, può essere considerata una condanna, pensò Anya. I lavori che implicavano uno sforzo fisico non le erano mai piaciuti, lei era più portata all'applicazione intellettuale, ma tutto sommato la preside avrebbe potuto far di peggio. La segretaria lasciò loro giusto il tempo di prendere alle macchinette due merendine che mangiarono nel cortile della biblioteca, sedute su una panca di legno. La donna ne approfittò per informarle sul comportamento da tenere durante le pulizie. «Non dovrete parlare ad alta voce; è proibito mangiare o bere; dovrete fare molta attenzione nel maneggiare i manoscritti: vanno trattati con la massima delicatezza, senza danneggiarli...» Continuava a dispensare consigli e avvertimenti, ma Vanessa si rifiutava di ascoltare. «È già abbastanza grave dover scontare una punizione senza aver fatto nulla, figuriamoci se sto a sorbirmi anche gli sproloqui di questa vecchia megera!» borbottò. Anya temeva che la segretaria sentisse le sue proteste, invece la vide continuare imperterrita la sua tiritera sull'antica biblioteca.

A parte la breve distrazione dovuta all'intervento di Vanessa, lei, per quanto possibile, seguiva attenta e faceva domande. «I manoscritti sono quindi di grande valore... non sapevo ne conservaste così tanti... ma si possono anche consultare?»

Vanessa sbuffò spazientita.

La segretaria parve compiaciuta dall'interesse di Anya. «Non tutti. Comunque, come saprete, questa scuola era un monastero e le prime acquisizioni librarie sono molto antiche...»

Intanto si erano alzate e mentre la donna continuava a parlare avevano raggiunto l'ingresso della biblioteca. «In parte è stata restaurata, ma purtroppo le donazioni non sono riuscite a coprire tutte le spese e i lavori si sono fermati in attesa di reperire altri fondi...»

Le ragazze entrarono. «Un'ultima cosa» aggiunse la segretaria, affacciandosi dalla porta. «Tutto il necessario per il vostro lavoro è dentro quel contenitore in plastica verde... Tornerò per le cinque, se avete bisogno di me, mi trovate in segreteria. Buon lavoro.» Poi si portò un dito alle labbra per ricordare di mantenere il silenzio e se ne andò di buon passo.

«Ma che persona gentile!» sbottò sarcastica Vanessa.

Anya preferì non rispondere per non alimentare polemiche. Prese un panno dal contenitore di plastica e passò oltre.

Alla prima occhiata la biblioteca non era un granché. I lavori di restauro sembravano averla trasformata in una sala asettica. A parte qualche scrittoio e tavolo d'epoca, dall'ingresso si vedeva solo un susseguirsi di librerie identiche in ferro. Il soffitto era una lunga volta a botte, reso impersonale dalle fredde luci al neon che puntavano verso l'alto ed evidenziavano la pessima intonacatura in calce bianca.

Vanessa si guardava intorno con aria contrariata. «Perché

poi ci ha detto di stare zitte? Qua non c'è nessuno... Nemmeno uno straccio di monaco!»

Lavorarono in silenzio per quella che ad Anya parve un'eternità. Toglieva i libri dagli scaffali a uno a uno, li puliva delicatamente, rimuoveva ragnatele e polvere dai ripiani, poi rimetteva i vecchi volumi al loro posto, procedendo dall'alto in basso. Trattava ogni tomo come un gioiello e proseguiva molto lentamente. A un certo punto si rese conto che Vanessa invece andava avanti a ritmo spedito e si mise a guardarla per capire come facesse a metterci così poco tempo: passava un panno in modo sommario sulla copertina di cuoio, senza togliere tutta la polvere, poi rimetteva il volume nello scaffale e passava a quello successivo. Spesso lasciava i libri sul ripiano e ne puliva solo i dorsi.

«Sono quasi le cinque» disse allora, spezzando il silenzio pesante. «Se la segretaria verificherà il tuo lavoro non so cosa potrà dire...»

«E perché?» ribatté subito Vanessa, battagliera. «Cosa vuoi insinuare, che ho pulito male?»

«Di certo avresti potuto farlo meglio. La segretaria ci ha spiegato che metodo seguire...»

«E ovviamente hai preso tutto alla lettera.»

Anya rimise a posto il libro che aveva fra le mani e raggiunse la compagna qualche metro più in là. «Non voglio risultare antipatica, ma sono tomi che risalgono a secoli fa e vanno trattati con cura...» Guardò la scaffalatura dove stava lavorando Vanessa: era in legno antico. «Siamo nella parte più vecchia...»

«Lo vedo da me, non sono cieca, i muri sono scrostati e il soffitto è pieno di umidità. Posso capire dare una sistemata alla parte nuova, ma qui... guarda come li conservano! Per fortuna dicono che sono di grande valore: i libri qui tengono compagnia solo alla muffa...» Una sedia girevole col sedile di pelle un po' consumato roteò leggermente a pochi passi da loro, cigolando. Vanessa si girò. «Mi correggo: anche agli spiriti! Poi ti preoccupi di come li maneggio io...» concluse infastidita.

«È un nostro dovere rispettare le regole.»

«Ma fammi il piacere! Adesso hai deciso di seguire le regole di questa scuola?» Il tono della biondina era aspro come un limone. «Se qualche ora fa avessi avuto più rispetto della preside, non saremmo finite in questa situazione!» Vanessa stava quasi urlando. «Io non dovrei nemmeno essere qui! È tutta colpa tua!»

«Sai benissimo che non è vero.»

«Allora perché non hai detto alla preside chi è stato?»

«Sono cose che non ti riguardano.»

«Credo che riguardino tanto te quanto me, se mi permetti!»

«Ti sbagli.»

Anya era irremovibile. Ciò fece innervosire Vanessa ancora di più. «Al diavolo: finisci tu, allora!» Gettò lo strofinaccio sul pavimento e si girò per allontanarsi.

«Potevi benissimo non seguirmi. È colpa tua se sei qui. Se ti consideri così sveglia, come mai ti sei fatta coinvolgere?»

«Come ti permetti! Rimangiati subito quello che hai detto!» urlò Vanessa inviperita, voltandosi di nuovo verso di lei. Ma non poté continuare. Un fragore improvviso coprì le sue parole, echeggiando nella grande sala.

Le due ragazze rimasero una di fronte all'altra, immobili, disorientate.

Vanessa fu la prima a reagire avvicinandosi alla fonte del rumore. Nella parte non restaurata della biblioteca era caduta un'antica libreria a muro. Doveva accogliere spartiti musicali vecchi di secoli, perché fogli ingialliti raffiguranti note e chiavi erano sparsi dappertutto.

«Che casino...» commentò Vanessa.

Anya la raggiunse, quasi in punta di piedi, attenta a non calpestare libri e spartiti caduti sul pavimento. «Dobbiamo sistemarli...» disse, ma Vanessa sembrava non ascoltarla. Fissava il muro nascosto fino a un momento prima dalla libreria. Anya seguì la direzione del suo sguardo e capì il motivo del suo stupore: invece di una parete scrostata c'era una porta di ferro arrugginita.

«No, non mi sembra una buona idea...» disse subito, vedendo che Vanessa si avvicinava incuriosita all'apertura. Non aveva bisogno di toccare il medaglione per comprendere che cosa avesse in mente.

«E perché?» Senza aspettare risposta, Vanessa puntò un piede contro il lato corto della libreria più vicina e con forza sbloccò il catenaccio che teneva chiusa la porta.

«Dovremmo mettere tutto a posto prima che entri qualcuno...» ripeté Anya, cercando di fermarla. Il fragore era stato così assordante che si era aspettata che il personale scolastico accorresse allarmato, invece nessuno si era ancora fatto vivo. Guardò l'orologio: mancava pochissimo alle cinque. «Dobbiamo sbrigarci...»

«Non ce la faremo mai a rimettere in piedi questo catorcio di libreria» commentò Vanessa.

«Be', allora possiamo dire...»

Vanessa rise. «Che non siamo state noi?»

No, impossibile. Anche ad Anya quelle parole parvero ridicole.

«E allora che cosa vorresti fare... scappare? Da lì?»

Vanessa non rispose e usò tutta la sua forza per far girare l'uscio sui cardini. Si udì uno stridio di metallo su metallo. Anche Anya si fece avanti per poter dare un'occhiata. Strette scale in pietra conducevano verso il basso. L'assenza di luce non lasciava vedere più in là di una decina di gradini.

Rimasero ferme, in silenzio, a fissare la rampa che affondava nel buio.

«Io vado» annunciò decisa Vanessa, mettendo il piede sul primo gradino.

«Non mi sembra il caso... dobbiamo dirlo a qualcuno! Chissà da quanto tempo questa porta non è stata aperta...»

«Così vedranno questo disastro?» E guardò la libreria caduta sul pavimento di pietra. «Non so tu, ma per oggi ho avuto abbastanza guai. Probabilmente questa scala conduce a qualche vecchia stanza di preghiera dei monaci, o forse... ci porterà fuori di qui.»

«Non è che scappando riusciremo a risolvere il problema, non ti pare? Verremmo punite di nuovo. Complicheremo ancora di più la nostra situazione.»

«Ma non ti dice mai nessuno quanto sei insopportabile?» ribatté stizzita Vanessa, cominciando a scendere i gradini.

Anya non voleva rimanere lì da sola. La situazione non le quadrava. Probabilmente non stavano facendo la cosa più logica, ma provava anche lei quella curiosità che aveva spinto Vanessa a scendere.

«Aspettami!» le gridò.

Sentì più sotto l'altra ridacchiare. «Sicura di voler venire? Avresti paura! C'è parecchio buio...»

Anya pensò in fretta. Andò veloce a prendere lo zaino. Trovò il telefono nella tasca più piccola davanti, azionò la torcia e, sistematasi la borsa sulle spalle, ritornò alla porta.

Quando il raggio di luce illuminò la scala, le venne quasi un mancamento. Era molto lunga e aveva una forte pendenza.

«O mi dai il telefono, o passi davanti tu: non vedo nulla» le gridò Vanessa, fermandosi ad aspettare una risposta.

Anya la raggiunse e le consegnò il cellulare senza dire una parola.

Le due ragazze ripresero a scendere in silenzio. Si sentiva solo il rumore cadenzato dei loro passi. Quando le scale finirono si avviarono in uno stretto e sconnesso corridoio, anch'esso in pietra. Anya deglutì. Aveva pensato di scendere, trovare una specie di cripta e poi tornare indietro, e invece il percorso era molto più lungo del previsto. Iniziò a torcersi le mani, nervosa. Quel giorno le appariva come una maledizione: nulla andava per il verso giusto e ogni imprevisto che le capitava veniva suffragato da una decisione sbagliata. Avvertì il desiderio di leggere nella mente di Vanessa per capire se nonostante la sua aria impavida in realtà anche lei provasse paura. Si trattenne a fatica.

Dopo qualche minuto il corridoio si allargò in una grande sala circolare. Una luce forte penetrava da strani intagli nel soffitto. Vanessa spense la torcia e restituì il telefono ad Anya che lo rimise nello zaino.

Le ragazze si guardarono intorno con circospezione.

I muri erano spogli, non c'erano decorazioni, né finestre, né porte. In mezzo alla stanza, su un rialzo circolare in marmo bianco, c'era un grande leggio in onice. Un libro antico dalla spessa copertina in cuoio troneggiava sopra quella struttura.

«Deve essere molto prezioso» ragionò Vanessa, interrompendo i pensieri della compagna «per averlo nascosto qua sotto...»

Si avvicinarono entrambe, per la prima volta fianco a fianco. Il cuoio della copertina era liscio, senza incisioni né scritte. *Che strano*, pensò Anya, *come può un libro non avere un titolo?*

Lo fissarono qualche istante in silenzio. Poi, notando lo stupore di Vanessa per la sua presa di posizione, con cautela Anya lo aprì.

XIII
Vanessa

Vanessa si aspettava iscrizioni in lingue dimenticate, ma si trovò di fronte un libro che invece di pagine scritte conteneva un antico bassorilievo di legno. Raffigurava uno stemma araldico come quelli che si vedono nei castelli, con al centro una grande M in raffinato corsivo, ornata da rami di salice. Lo stemma aveva il colore della notte e piccole stelle argentate ne impreziosivano la superficie. Nel blasone si notavano due ovali vuoti, uno nella parte superiore sinistra e l'altro in quella inferiore destra. La sagoma le ricordava qualcosa, ma non ebbe il tempo di pensarci perché uno strano e intenso calore le avvolse il petto. Il portafortuna che aveva al collo sembrava essersi arroventato. Strinse i denti, sorpresa, e sentì Anya accanto a lei lanciare uno strillo. La fissò senza capire, dimenticandosi per un attimo del dolore.

La compagna estrasse qualcosa dalla tasca con mani tremanti.

«Cosa stai…» cominciò Vanessa.

Ma Anya aveva già appoggiato l'oggetto nell'ovale vuoto alla destra dello stemma.

Un raggio di pura luce inondò la stanza. Vanessa si portò le mani al volto, indietreggiando.

Anya invece era rimasta immobile, quasi paralizzata, accanto al libro.

«Anya, vieni via da lì!» esclamò Vanessa, ma le sue parole echeggiarono nel vuoto: un vortice d'aria, come un piccolo tornado, si sprigionò dal libro e inghiottì la compagna, facendola scomparire nel nulla.

«Anya!» urlò ancora Vanessa.

Maledizione, che cosa sta succedendo?

Dentro la stanza continuava a soffiare un vento fortissimo che le faceva volare i capelli sul viso e le impediva di vedere con chiarezza intorno a lei. Il suo portafortuna bruciava a contatto con la pelle. Voleva scappare, tornare indietro, cercare aiuto… ma qualcosa la bloccava. Si portò le mani al petto. Era la sua collana a impedirle di tornare indietro. Se la tolse. Avrebbe dato qualsiasi cosa per non finire come la compagna, ma non aveva possibilità di scelta. Era come se non fosse più padrona dei propri gesti. Così, si vide costretta a raggiungere di nuovo il leggio e a collocare il medaglione di un rosso incandescente nell'ovale a sinistra dello stemma.

La luce brillante l'accecò, ma questa volta non fece in tempo a proteggersi gli occhi con le mani. Il turbine d'aria l'avvolse e anche lei scomparve dalla sala. L'ultima cosa che sentì fu un gran caldo e la consapevolezza di ricadere su qualcosa di morbido.

PARTE SECONDA

La chiave del coraggio

I
Vanessa

Passò molto tempo prima che Vanessa si svegliasse. Non trovò la forza di aprire subito gli occhi.

Cosa mi è successo? E perché fa così caldo?

Non ricordava quel che era accaduto, ma la sensazione che provava non prometteva nulla di buono.

Dove mi trovo? Perché mi sto facendo così tante domande? Non starò delirando? Magari sono scivolata e ho picchiato la testa. Magari sto solo sognando, ma come posso sognare di avere così caldo?

Era caduta su qualcosa di morbido.

D'accordo, conto fino a tre e apro gli occhi, uno, due e …

Quando ebbe finalmente il coraggio di guardarsi intorno, credette di essere in preda a un'allucinazione: come poteva essere vero? Si mise in ginocchio e batté le palpebre, ma la visione non cambiò.

Solo sabbia, sabbia dappertutto. Nient'altro. Era circondata da una distesa piatta e dorata, quasi irreale nella sua uniformità.

Con un groppo in gola, che a stento le permetteva di respirare, chiuse le mani a pugno, raccogliendo nella sua stretta granelli di sabbia. Scottavano a contatto con la pelle.

Un'ondata di panico la spinse ad alzarsi in piedi. Il movimento, tuttavia, fu troppo rapido. Barcollò per un momento, la testa le girava. Divaricò le gambe, chiuse gli occhi e fece alcuni respiri profondi prima di trovare il coraggio di riaprirli di nuovo.

Magari è solo un incubo. Ora mi guardo intorno e…

No. Nulla nella sua visione era cambiato.

Fissò allora il cielo, come per cercare una spiegazione logica, ma ciò che vide non fece altro che peggiorare la situazione.

Il sole.

Deglutì a fatica: il sole era troppo vicino. *Non può essere vero…*

Se il sole era alto nel cielo, perché vedeva le stelle? Perché quelle erano stelle, non c'erano dubbi. Piccoli puntini argentati brillavano timidi nella volta celeste.

Sto sognando, si ripeté, e chiuse ancora una volta gli occhi.

Cercò di concentrarsi sulle percezioni. Sentiva il sole sulla pelle. La familiare sensazione di calore la rassicurò. Abbassò la testa, respirò a fondo, aprì gli occhi e soltanto allora si accorse che vicino a lei c'era Anya, priva di sensi. Era riversa supina sulla sabbia, con le labbra leggermente dischiuse e i capelli che le coprivano disordinati il viso.

Ora ricordava. Le parve di rivedere il libro sul leggio di onice.

Oh mio Dio! Risentì il vento arrivato dal nulla: *È stato quel libro a portarci qui!* Le mancava il respiro. *Anya! È tutta colpa sua! È stata lei a mettere per prima il medaglione nel libro*. Perché di quello doveva trattarsi: di un altro medaglione. *Con tutte le persone che ci sono al mondo, proprio con lei dovevo capitare?*

Strinse di nuovo le mani a pugno, poi ricordò il senso di impotenza che l'aveva pervasa quando aveva inserito il medaglione nello stemma… e se anche Anya non avesse avuto possibilità di scelta?

La ragazza era ancora priva di sensi, inerme nella sabbia. Vanessa si inginocchiò e le appoggiò un orecchio sul petto. Il suo cuore batteva regolare, come se stesse dormendo.

Sospirò di sollievo. «Anya» la chiamò, scuotendola. «Svegliati!»

Ma lei non aprì gli occhi. L'espressione serena del suo viso fece infuriare Vanessa ancora di più.

«Anya!» ripeté, scrollandola di nuovo. Niente da fare.

E adesso? Si tirò in piedi, guardandosi attorno disperata. *Senza acqua e cibo moriremo in questa specie di deserto infinito… moriremo… Io non sono pronta alla morte! Ho solo quattordici anni, ho tutta la vita davanti!*

Si portò una mano al petto e sentì il suo portafortuna sotto le dita. Il drago era al solito posto, agganciato alla collana sotto la maglietta. Il contatto familiare la tranquillizzò. *Bisogna avere sangue freddo: deve pur esserci una soluzione…*

Con occhi più vigili, si fece schermo con la mano sopra la fronte e girò su sé stessa di trecentosessanta gradi. Riuscì a scorgere un puntino, che a dire il vero era più di un puntino, molto prima della linea di orizzonte: faceva presagire qualcosa di buono. I contorni erano abbastanza delineati, però poteva essere solo un'allucinazione, provocata dal caldo e dal riverbero intenso della luce.

Ormai non era più sicura di niente, ma non poteva rimanere lì in mezzo al nulla.

E Anya?

Si chinò di nuovo sulla ragazza addormentata.

«Svegliati! Perché non mi rispondi? Forza, alzati!»

E se non si riprende? Come faccio? Dobbiamo andarcene, o moriremo di sete, di fame... ci ustioneremo!

«Svegliati, forza, apri gli occhi!»

Nulla.

Magari se la lascio qui... pensò.

Valutò seriamente l'idea di abbandonarla in quel luogo e provare ad andarsene senza di lei. Fece un passo avanti, poi un altro. I piedi si muovevano da soli, anche se affondavano un po' nella sabbia; ma non era questo il problema, la questione era un'altra: più si allontanava da Anya, più un peso terribile le gravava nel petto. Cercò di scrollarsi di dosso quell'orribile sensazione ma, dopo cento metri, le pareva che il cuore le fosse diventato di piombo. Si girò e tornò indietro.

Per quanto possa odiarla, non riesco ad abbandonarla, si disse.

Ma allora? Avrebbe dovuto aspettare il suo risveglio? E se non si fosse risvegliata, condannandole entrambe a morte? Scosse la testa. *Per ora, accantonerò le nostre divergenze e la porterò, non so come, fin là...*

Si chinò per sollevarla e si accorse che Anya aveva con sé lo zaino. La girò, glielo sfilò e se lo mise sulle spalle. Nonostante i suoi modi un po' rozzi, la ragazza non aprì gli occhi.

Non ho altra scelta, si ripeté a denti stretti, e scacciò dalla mente il ricordo di Anya che si rifiutava di dire la verità davanti alla preside coperta di vernice gialla come la sabbia di quel deserto.

Facendosi forza, Vanessa la sollevò molto lentamente. In palestra le avevano insegnato come fare a trasportare una persona, ma di certo non in una situazione come quella. Vanessa si sentì avvampare per lo sforzo. Avrebbe tanto voluto rimetterla giù. Soltanto la paura di morire le diede il coraggio di proseguire.

Anya era magra, ma portarla a peso morto era davvero un'impresa. Vanessa dovette ricorrere a tutta la sua forza di volontà per riuscire a stare in piedi.

Ce la posso fare.

Per darsi coraggio continuava a ripeterselo. Ripensava al suo coach di atletica, che la obbligava a duri allenamenti, facendola correre tantissimo e imponendole gli esercizi con i pesi a mani e caviglie. «Ora sbuffi, ma un giorno, quando ti tornerà utile, mi ringrazierai» le diceva sempre. Accidenti se aveva ragione. Ma di certo lei non avrebbe mai immaginato che le potesse servire in quel modo!

Camminò per un tempo che le parve infinito, affondando i piedi nella sabbia, facendo soste frequenti per riprendere fiato e cercare di risvegliare la compagna ancora addormentata.

Sentiva i raggi del sole infuocati bruciarle il collo e il sudore le scendeva copioso dalla fronte e lungo la schiena.

Senza pensare a nulla, armata solo di volontà e disperazione, continuava ad andare avanti verso la meta prefissata, che da macchia ormai si delineava nei contorni, prendendo una forma concreta nella distesa sabbiosa.

Una piccola oasi in mezzo al niente era già qualcosa: se non altro, non si trattava di un miraggio.

Era calata la notte, ma la luce stranamente intensa degli astri la aiutava a proseguire.

Dai, ci siamo quasi...!

Ogni metro si faceva più difficoltoso. I muscoli le dolevano. La temperatura non le sembrava tanto calda, ma Vanessa era sempre più sfinita. Il suo fardello pesava come un macigno.

Pensò di non farcela più e mosse la mano per toccare il drago di corallo, il suo portafortuna. Le parve quasi che un po' di forza le tornasse in corpo.

Accelerò l'andatura prima di venir sopraffatta dalla stanchezza.

Quando arrivò all'oasi riuscì solo a stendere Anya a terra, prima di crollare accanto a lei in un sonno senza sogni.

II

Anya

Quando Anya aprì gli occhi, la prima cosa che vide fu il cielo.

Ebbe l'impressione di essere sdraiata in giardino con la sua mamma e di fissare le stelle insieme a lei. Nella sua casa in campagna non c'era inquinamento di luci artificiali e la volta celeste le appariva in tutta la sua spettacolarità; soprattutto in estate, quando le stelle erano più brillanti e si potevano scorgere oggetti del profondo cielo. Le piaceva trovare ordine nell'infinità dell'universo, per questo amava le costellazioni. L'aiutavano a trovare un senso a quell'apparente caos. Come in un puzzle, amava pensare che ogni cosa avesse un suo scopo e un posto preciso, nella vita come nel cielo.

Conosceva quasi a memoria la volta celeste, e allora... perché non riusciva a riconoscere nessuna delle costellazioni a lei note e perché le stelle le apparivano così brillanti e così vicine? Anche la luna sembrava diversa dal solito: era più simile a una sfera d'argento e non si vedevano i suoi mari e i suoi monti.

Cercò di dare la colpa allo stordimento di chi si è appena svegliato, ma dentro di lei iniziò a crescere la sgradevole consapevolezza che qualcosa non andasse per il verso giusto.

In un lampo ricordò che aveva cambiato casa: ora abitava

in città e quindi non poteva essere sdraiata nel suo vecchio giardino con sua mamma...

Puntellò i gomiti a terra, chiuse gli occhi per un attimo, cercando di calmare i battiti del cuore e di non farlo esplodere.

Con gran fatica s'impose di riaprirli. Scrutò di nuovo il cielo notturno.

Non è possibile... Si mise seduta e d'istinto si ritrovò a torcersi le mani, nervosa. Oltre alle stelle, che brillavano intense, vi erano altri astri. Distinse subito tre pianeti: due, di identiche dimensioni, alle estremità opposte della calotta e il terzo, parecchio più grande, poco distante dallo Zenith.

Non brillavano, ma era impossibile confonderli con il cielo stellato. Uno dei pianeti gemelli le rammentava la visione di Marte al telescopio e sembrava contenere la stessa potenza di un vulcano dormiente; l'altro aveva il colore del mare, con increspature bianche che le ricordarono la schiuma delle onde.

Il più grande aveva varie sfumature di viola, dal color ametista al lilla più chiaro.

Chiuse gli occhi, per allontanare quella visione dalla sua mente. Le avrebbe impedito di pensare con lucidità.

Quel cielo era talmente vivido e perfetto che non sarebbe mai stata in grado di immaginarlo.

Sentì la paura scorrerle nelle vene ma si costrinse a reagire per non avere una crisi di nervi. Doveva ragionare.

Come era arrivata fin lì?

Ricordò la biblioteca, il leggio, il libro... il medaglione.

Riaprì gli occhi. Doveva capire dove si trovava. Invece di alzare lo sguardo, questa volta scrutò davanti a sé.

Sulle prime vide soltanto buio, poi i suoi occhi si abituarono a quella strana e chiara notte e con suo grande stupore il paesaggio le parve meno inquietante del previsto: distinse solo una linea dritta che poteva farle immaginare un orizzonte.

Controllò subito dove si trovasse: era distesa sulla sabbia. Dietro di lei scorse alte palme dagli snelli profili che si stagliavano verso il cielo. Doveva essere in un'oasi. E non era sola: sdraiata poco distante da lei c'era Vanessa. Non le sembrava che il vortice avesse risucchiato anche lei. Come aveva fatto a seguirla?

Se Anya ripensava a quello che era successo nella biblioteca, stentava a crederci. *Quel medaglione ti ha permesso di leggere nei pensieri delle persone*, si disse. *Perché ti dovresti sorprendere di essere qui?*

Per un attimo desiderò con tutta sé stessa di non aver infilato le mani in quel tombino. Ma ormai era fatta e con grande sforzo si alzò e si avvicinò a Vanessa che dormiva, coperta da un velo di sabbia.

Dietro le palme c'era un laghetto, così decise di andare a raccogliere un po' d'acqua con l'incavo delle mani, per bagnare la fronte della ragazza stesa a terra.

Vanessa si mosse come infastidita per cercare un'altra posizione, ma qualcosa glielo impedì. Solo allora Anya si accorse che aveva indosso il suo zaino.

Emise un gridolino di gioia dopo aver aperto la piccola

tasca con la zip: il telefono era intatto. Provò ad accenderlo speranzosa, ma non successe nulla. Probabilmente la batteria si era scaricata. Le vennero quasi le lacrime agli occhi per la frustrazione. Si era illusa per un momento di poter risolvere la situazione con una telefonata. *Tutto inutile… davvero ho creduto che fosse così facile?*

Anche se il telefono fosse stato carico, non sarebbe riuscita a mettersi in contatto con nessuno: in quel posto non poteva esserci campo. E non soltanto perché erano in mezzo al deserto.

Alzò di nuovo gli occhi al cielo e sospirò. Di una cosa era certa: ovunque si trovasse, quella non era la Terra.

III

Anya

Anya era al laghetto quando il cielo si schiarì. Aveva trascorso la notte guardando alternativamente la volta celeste e il suo riflesso nello specchio d'acqua. Vedere la sua immagine, anche se era poco più di un'ombra, le aveva permesso di calmarsi e di ritrovare un parziale controllo di sé.

Ritrasse i piedi dall'acqua e, dopo essersi lavata il viso, decise di perlustrare la piccola oasi.

C'era ben poco da scoprire: solo molte palme e il laghetto. Pensò di cercare una pianta su cui salire: una visione dall'alto avrebbe potuto aiutarla a capire in quale direzione si poteva muovere.

Più facile a dirsi che a farsi: gli alberi erano molto alti. *Come posso arrampicarmi?* Sembrava davvero impossibile. Passò in rassegna tutte le palme, per poi accontentarsi del tronco di un albero morto appoggiato ad altre piante vicine: aveva un'inclinazione accessibile alle sue possibilità. Sperò comunque che quel piano inclinato traballante non si schiantasse a terra sotto il suo peso.

Le ci volle parecchio tempo per arrivare a sedersi sul punto più alto possibile e sbirciare al di là delle palme. La vista ricompensò i suoi sforzi.

Se dietro di sé vedeva solo una piatta distesa di sabbia, dinanzi a lei, a qualche chilometro di distanza, il deserto cedeva il posto a un boschetto che lasciava intravedere le mura dorate di una città. Probabilmente era lì che il deserto finiva, perché riusciva a scorgere un paesaggio meno arido. Al meraviglioso panorama si associò anche la splendida sensazione di non essere più sola. L'ottimismo la invase. Finalmente aveva una meta.

Doveva raggiungere il centro abitato. Là avrebbe trovato la risposta alle sue domande.

Con gran lena scese dal tronco e dopo aver raccolto da sotto le vicine palme una buona quantità di datteri tornò sui suoi passi e raggiunse Vanessa. La ragazza si stava svegliando.

«Ciao!» la salutò da lontano, gioviale.

Vanessa si era appena destata ma questo non le impedì di lanciarle la sua occhiata di fuoco.

«Tu!»

«Cosa ho fatto?»

«Potevi svegliarti prima! Non sai quanta strada ho percorso per portarti fin qui di peso! Sono quasi svenuta dalla stanchezza! Contenta?»

Anya fece un passo indietro. Era assurdo: l'unica persona che era lì con lei le stava urlando contro.

«Mi dispiace...» balbettò. Tutta l'esaltazione che aveva provato un minuto prima scomparve.

Vanessa non le rispose. Scrollò le spalle e fissò il laghetto come se stesse cercando la forza di alzarsi.

Anya si sedette accanto a lei, incerta sul da farsi.

«Tieni» disse, dandole un cartoccio fatto di foglie «queste palme sono da dattero, ne ho raccolti un po'.»

Vanessa si mise a mangiare avidamente, ma la tensione era palpabile. Anya avrebbe voluto toccare la pietra, che era ancora nella sua tasca, per capire cosa pensava la compagna, ma si trattenne.

«Sono salita su un albero e ho visto che il deserto più avanti finisce...» cominciò a dire. Guardava Vanessa per spiare la sua reazione, ma non la vide cambiare espressione. «C'è una città circondata da mura, penso che dovremmo raggiungerla, magari lì ci potranno aiutare...» insistette.

Poi capì che Vanessa non la stava ascoltando. Fissava un punto lontano, lo sguardo perso, spento; continuava a masticare come un automa. «Stai bene?» le chiese, titubante.

IV

Vanessa

Se stava bene? No che non stava bene!

«Che domande fai? Come puoi pensare che io stia bene? E tu come puoi stare bene?» Si era messa a urlare, ma non ci badava. D'altronde, chi l'avrebbe potuta sentire?

«Non capisco...»

«Non capisci cosa c'è che non va? Siamo in un *deserto*, o meglio, ci siamo *materializzate* in un deserto! Dubito profondamente che basti raggiungere quella città per risolvere la situazione!»

«Infatti è normale essere spaventati, ma non dovresti reagire così.»

Vanessa digrignò i denti. Tra tutto quello che Anya le avrebbe potuto dire, nulla l'avrebbe fatta più infuriare di quelle parole.

«Io *non* sono spaventata, okay?» le gridò. «Per quanto ne sappiamo, potremmo essere in un paese in guerra. Forse in Africa, o in Medio Oriente. Cosa pensi che potrebbero fare due ragazze, sole, in quella città?»

«Penso che tu non abbia compreso bene la situazione...» Anya esitava, come se avesse paura della sua reazione. *Fai bene ad aver paura*, avrebbe voluto dirle Vanessa.

«Ma stando qui non risolveremo niente» proseguì Anya nel

suo insopportabile tono ragionevole. «Comunque ti ricordo che sei stata tu a voler scendere quelle scale...»

Vanessa la guardò torva e ignorò la sua ultima osservazione.

«Hai...» balbettò Anya, quasi faticasse a finire la frase, «hai visto il cielo?»

«Certo che l'ho visto, per ore e ore, mentre ti portavo a peso morto fin qui!»

«E... non hai notato nulla di diverso?»

«Non so in che parte del mondo ci possiamo trovare, ma...» La voce le si spense. Certo che aveva notato qualcosa di diverso, per questo era spaventata a morte.

«Vanessa» disse Anya. Era la prima volta che la chiamava per nome. Quella cosa non le piacque. «Non so come sia potuto accadere» proseguì cauta. «Ma non credo che ci troviamo ancora sulla Terra. So che sembra impossibile...»

Vanessa scosse la testa. «Non *sembra* impossibile. *È* impossibile.»

«Guarda il cielo, quando mai le stelle si vedono anche di giorno?!»

Vanessa la zittì con un cenno. Era spaventata da morire, ma non l'avrebbe mai ammesso. «Comunque non penso che raggiungere quella città possa esserci d'aiuto. Potremmo metterci in guai ancora più grossi. La cosa migliore, per ora, è non fare nulla. Preferisco rimanere qui che rischiare la vita da qualche altra parte. Ho camminato in questo deserto e non è per niente bello sentire il sole che ti brucia la pelle... specialmente con un fardello sulle spalle...» Vide l'espressione ferita di Anya e si rese conto di essere stata offensiva, ma proseguì. «Abbiamo cibo e acqua» continuò a parlare masticando «e riusciremo a sopravvivere il tempo necessario per pensare a un piano alternativo...»

Entrambe rimasero ferme sulle loro decisioni. Vanessa guardava Anya con diffidenza, faticando a reprimere la rabbia. Anya, dal canto suo, doveva aver compreso che qualsiasi sua parola avrebbe riaperto le ostilità, perché stette in silenzio per tutto il giorno.

Vanessa se ne andò a passeggiare all'ombra intorno al lago fino a quando non calò la notte. Soltanto dopo aver scrutato il cielo notturno ritornò dalla compagna che, con sua sorpresa, era riuscita ad addormentarsi.

Provò a imitarla, ma qualcosa glielo impediva. Era quel maledetto cielo. Non poteva sfuggire alla realtà. Aveva fissato con maggiore attenzione la volta celeste e vi aveva visto, senza possibilità di errore, tre pianeti. Non c'erano più dubbi. Non erano più sulla Terra, Anya aveva ragione, anche se faticava persino ad ammetterlo a sé stessa. Sentire il suo respiro regolare le dava sui nervi. Come faceva a dormire così placida in quella folle situazione?

Quando il sonno della compagna le sembrò sufficientemente profondo, si avvicinò in silenzio. Doveva capire meglio. Voleva vedere il suo medaglione. Non lo portava al collo, così decise di frugarle in tasca. Lo trovò subito e, con molta cautela, lo sfilò prendendolo dalla catena.

Guardò l'amuleto da vicino. L'aveva visto solo un momento

di sfuggita mentre Anya lo incastrava nel libro e non si era resa conto di quanto fosse simile al suo. Senza far rumore, si allontanò di qualche passo e andò a sedersi in riva allo specchio d'acqua. Teneva nella mano sinistra il suo medaglione e nella destra quello di Anya. Li paragonò con attenzione.

Erano due ovali di dimensioni identiche. Avevano anche lo stesso spessore ed erano corredati da un'identica catena. Il suo era un bassorilievo raffigurante un drago nell'atto di scendere in picchiata; quello di Anya, invece, rappresentava il profilo di un cavallo rampante con il muso teso verso l'alto. Il materiale però era diverso: il suo di corallo, l'altro di agata bianca. Poi c'erano le pietre preziose.

Quando era nervosa o aveva bisogno di conforto, Vanessa prendeva il suo adorato portafortuna fra le mani, imprimendo una rotazione circolare con il polpastrello del pollice sugli smeraldi incastonati negli occhi del drago.

Uno accanto all'altro i due ciondoli, così simili e diversi allo stesso tempo, sembravano ancora più belli.

Le bastava chiudere gli occhi per ricordare dove avesse trovato il suo. Erano ormai passati otto anni ma a volte aveva l'impressione che il tempo si fosse fermato a quel lontano giorno di agosto.

Stava camminando con i suoi genitori per un ripido sentiero di montagna quando aveva visto qualcosa luccicare nel sottobosco, fra gli alberi. Prima che i suoi avessero potuto impedirglielo, si era infilata tra le piante.

«Vanessa!» si era sentita chiamare.

Aveva trovato il medaglione accanto a un cespuglio di eriche. Non aveva mai visto un gioiello così bello. L'aveva raccolto da terra e stretto tra le mani. I suoi genitori, intanto, l'avevano raggiunta. I boccoli biondi della sua mamma si erano scompigliati nella breve corsa. Aveva fissato il ciondolo, meravigliata. «È splendido» aveva sussurrato.

Il suo papà invece le aveva posato una mano sulla spalla. «La principessa ha trovato il suo gioiello.» Vanessa si era voltata verso di lui. Una ruga gli solcava la fronte e nei capelli si scorgeva già qualche filo argentato, ma il suo sorriso era raggiante mentre con dolcezza le prendeva il ciondolo dalle mani e glielo metteva al collo. «È perfetto, principessa.»

La catena le arrivava fino alla vita e aveva sentito il suo peso notevole per una bambina così piccola, ma in quel momento non le era importato.

«Non ti ci affezionare troppo, tesoro, domani lo porteremo alla stazione di polizia. Probabilmente qualcuno si sta disperando perché crede di averlo perduto per sempre...» aveva detto sua madre, stringendola in un abbraccio consolatorio.

Un po' delusa, lei aveva ricambiato quel gesto d'affetto allacciando le braccia intorno al collo della mamma. Poi i suoi occhi avevano incontrato quelli del padre. Non avrebbe mai dimenticato il suo sguardo: stava guardando lei, e non il ciondolo, come se fosse la cosa più bella al mondo.

Domani... si ritrovò a pensare.

«Cosa stai facendo?» Anya, in piedi a qualche metro da lei, la fissava con la fronte aggrottata. Non l'aveva mai vista così determinata. «Ridammi la collana.»

V

Anya

Vanessa balzò in piedi come se fosse stata colta in flagrante. «Non te la volevo rubare...»

Anya cercò di calmarsi. Non doveva farsi prendere dall'agitazione. Si schiarì la voce per trovare le parole giuste. «Ma non senti... niente di strano?» le chiese, sforzandosi di mantenere un tono normale.

Vanessa tese l'orecchio e si guardò intorno. «No, perché, tu senti qualcosa?»

Anya scosse la testa. «Saranno state solo le foglie... qui c'è un silenzio irreale» si giustificò, senza staccare gli occhi da Vanessa. Aveva paura che la ragazza le stesse mentendo e che la pietra le avesse permesso di cogliere i suoi pensieri. Invece a quanto pareva non era successo nulla di tutto questo. Ne fu molto sollevata.

Si accorse solo allora che Vanessa teneva in mano non una, ma due collane. Una era la sua, ma l'altra? Sembrava molto simile. Sgranò gli occhi sbalordita. L'altro gioiello era rosso e due pietre verde smeraldo davano vita agli occhi di un drago.

Com'è possibile? si chiese confusa.

«Sono...» cominciò, facendo un passo avanti. Voleva vederli da vicino. Vanessa, come se desiderasse impedirglielo, si ritrasse, i due medaglioni si toccarono e un raggio di luce violetto inondò all'improvviso l'oasi.

Il bagliore fu così accecante da costringere Anya a chiudere gli occhi.

Quando la luce si attenuò, non erano più sole.

Davanti a loro era apparsa una donna.

Aveva capelli neri, lunghi fino ai fianchi, era alta e snella e indossava un incantevole abito bianco. Era come sospesa sopra lo specchio d'acqua, i piedi nudi a pochi centimetri dalla superficie.

La donna abbassò lo sguardo e Anya credette che le stesse fissando. Impiegò qualche istante per accorgersi che in realtà i suoi occhi non si posavano su nulla in particolare: sembravano piuttosto essere alla ricerca disperata di qualcuno o di qualcosa.

«Ma che...?» esclamò Vanessa.

La donna non diede segno di averla sentita.

«Ehi! Chi sei?» insistette la biondina, a voce più alta.

«Non ci può sentire» disse Anya. «Non vedi? Non credo sia davvero qui. Sembra un ologramma...»

Le due ragazze si guardarono negli occhi per un attimo, in silenzio, per poi tornare a concentrarsi su quella strana apparizione. Anya sentì Vanessa muoversi leggermente accanto a lei. Se non l'avesse conosciuta, avrebbe pensato che stesse tremando.

«Vi prego, ascoltatemi» disse l'immagine. «Ascoltatemi con attenzione. Non abbiamo molto tempo e non avrò altre possibilità di comunicare con voi. Vi supplico di stare molto attente: la vostra vita e quella di migliaia di persone dipende dall'attenzione che presterete alle mie parole.»

Se quell'ologramma voleva catturare il loro interesse c'era riuscito senza difficoltà.

«Il mio nome è Laila, regina di Menish, terra dei cinque regni. Grazie ai medaglioni che portate con voi, avete attraversato l'*Evanescente*, il portale che consente di accedere dal vostro mondo a Menish. Siete arrivate in una dimensione a voi ignota. Non siete sulla Terra, non vedrete i vostri oceani e i vostri monti, mentre la nostra luna, il nostro sole e i nostri astri brilleranno per voi mille volte di più...»

A queste parole anche l'atmosfera intorno a loro sembrò mutare. Se qualche minuto prima una staticità opprimente avvolgeva l'oasi, ora uno strano soffio di aria fresca scendeva dall'alto e faceva vibrare l'immagine di Laila. Anya temette che una folata più intensa la portasse via e che con lei scomparisse l'unica possibilità che avevano di ricevere delle risposte.

«Vi è un solo modo per tornare a casa: dovete attraversare l'*Occhio*, il vostro portale di ritorno.»

A questo punto la regina tacque, sbarrando gli occhi ansiosa. Stava succedendo qualcosa. Anya rimase senza fiato, nell'attesa che Laila riprendesse il suo racconto. Furono secondi interminabili, poi la voce ricominciò più forte.

«Molti secoli or sono, i monaci della Terra, gli unici a conoscenza dell'esistenza di Menish, ritenevano che il portale di collegamento tra i nostri due mondi fosse un pericolo: qualche fanatico avrebbe potuto desiderare la conquista dell'altro pianeta e la cosa più saggia sarebbe stata impedire questa catastrofica possibilità. Riuscirono a convincere re Astor, l'allora sovrano di Menish, a chiuderlo con tre chiavi, che lui avrebbe dovuto nascondere e proteggere. I monaci si dimostrarono molto astuti: non solo furono loro a forgiarle ma, per evitare ingressi indesiderati, fecero in modo che solo persone provenienti dal loro mondo potessero recuperarle. Per decenni benessere e prosperità ci hanno accompagnato, ma la storia non regala solo periodi di pace e abbondanza. Un uomo dalle grandi ambizioni ha aperto il portale, forzandolo senza utilizzare le tre chiavi. Non avesse mai commesso quell'errore! Le cattive intenzioni vengono mal ripagate e la violazione di un antico incantesimo può costare molto cara...»

Laila socchiuse gli occhi, la voce le si fece quasi un sussurro. «La punizione per tale impudenza non si è fatta attendere: sabbia, tanta sabbia, un mare di sabbia. Non quella che vedete qui, ma sabbia che avanza inghiottendo ogni cosa. Interi territori non sono più raggiungibili; molte città sono state evacuate... la parte più a nord del Regno di Rugiada è andata perduta...»

Anya tentava di mantenere la mente lucida. *E noi, che c'entriamo con tutto questo?*

La risposta giunse immediata.

«Tempo addietro un veggente predisse un periodo di tenebre. Tempi bui sarebbero giunti per il nostro mondo: è certo che quel momento sia arrivato. Vi è però una via d'uscita: in mezzo al nero del male, nei suoi sogni due giovani terrestri salvavano il regno. Doveva dare speranza al popolo... Quindi scrisse una profezia, in cui citava due ragazze come soluzione di tutti i mali. Se siete riuscite ad arrivare fin qui, non vi è dubbio che siate voi le prescelte.»

Non può essere vero, pensò Anya, cercando di metabolizzare quello che aveva appena appreso. *Prescelte*. Dovette ripetere quella parola un paio di volte nella sua mente prima di riuscire a sopportarne il peso.

«Dovete recuperare le tre chiavi e utilizzarle per chiudere il portale» continuò Laila in fretta, come se temesse di essere interrotta da un momento all'altro. «Se non riuscirete nel vostro compito, la sabbia continuerà a scorrere e il Regno di Menish ne verrà inghiottito... e voi con esso. La vostra unica possibilità di salvezza e l'unico modo che avete per tornare a casa è chiudere il portale prima che sia troppo tardi, e la sabbia ci sommerga tutti.»

Anya cercò lo sguardo di Vanessa, che fissava Laila con un'espressione di paura mista a incredulità. Prima che potesse dirle qualcosa, a pochi passi da lei si materializzò dal nulla una pergamena arrotolata. Sospesa nell'aria, sembrò fluttuare qualche istante. Poi, come un cagnolino che si scrolla per togliersi l'acqua di dosso, si srotolò con brevi movimenti a scatto e si depositò delicatamente vicino alle due ragazze.

L'immagine di Laila era più vivida che mai.

«Vi lascio la mappa dei cinque regni» disse la sua voce. «Vi è indicata la posizione dei medaglioni, così saprete sempre dove vi troverete. La prima chiave si trova a Paladish, nel Regno dei Monti, la seconda nella Foresta Frusciante, nel cuore del Regno di Smeraldo. È una mappa molto particolare, capirete da sole il perché. Un solo consiglio: non angustiatevi se non riuscirete a individuare la terza chiave nella pergamena; con il tempo sono andate perdute tutte le sue tracce. Raggiungete Mahala, è la città più vicina al portale, e da lì...»

Laila trasalì e si voltò di scatto. «Sta arrivando... molte altre cose andrebbero dette, ma non c'è più tempo.» Abbassò il tono della voce che divenne quasi un sussurro. «L'uomo che ha violato il portale ha usurpato il trono e tenterà in ogni modo di impedirvi di arrivare all'Occhio. Mi ha imprigionata e purtroppo non posso aiutarvi. Corrono voci del vostro arrivo da un altro mondo, pertanto state attente a non attirare troppo l'attenzione. Ricordate: l'unico modo che avete per ritornare a casa sono le chiavi. Se non riuscirete a recuperarle e ad arrivare in tempo al portale, sarete destinate a rimanere qui e morire come tutti gli abitanti di Menish...»

La regina tacque. Un'ombra comparve alle sue spalle un istante prima che la sua immagine scomparisse.

Le acque del lago erano immobili e se non ci fosse stata la pergamena accanto a loro nella sabbia Anya avrebbe creduto di aver soltanto sognato.

VI
Anya

Le due ragazze rimasero per qualche minuto in silenzio. Recuperarono le collane, cadute a terra nel momento stesso in cui la sovrana era scomparsa, e si sedettero. Anya prese a giocherellare nervosa con la sabbia, facendosela scorrere tra le dita. Aveva impresse a fuoco nella mente le parole della regina. «Che cosa ne pensi?» domandò alla fine.

«Che nulla sembra avere un senso.» Vanessa appoggiò la schiena contro una palma e fissò il lago, come se volesse evitare il suo sguardo.

Anya rimase sconcertata. Le parve di colpo così fragile: dov'era finita la ragazza che le aveva giurato vendetta? Che voleva umiliarla davanti a tutti e che per prima aveva deciso di scendere quelle scale di pietra?

«Che cosa vorresti dire?»

Vanessa spostò finalmente lo sguardo dal laghetto ad Anya. «Che non ci credo! Come potrebbe essere vero? Dai, Anya, chi vogliamo prendere in giro? Io e te dovremmo essere le salvatrici di questo mondo? Ma fammi il piacere! Siamo solo due ragazze, due ragazze normali, che vivono in una città normale, in un mondo normale! Tutto questo» e agitò le mani nella direzione in cui era apparsa la sovrana «è ridicolo. Non è reale, non può esserlo. La sabbia, i portali, le chiavi... no, non ci credo.»

Anya rifletté. Aveva trovato quel medaglione solo poche ore prima e da allora, ogni volta che lo toccava, era in grado di ascoltare i pensieri della gente. Essere padrona di quel potere le rendeva più facile prestare fede alle parole di Laila. Era il caso di rivelare a Vanessa la verità? Immaginò la reazione della compagna e le bastarono pochi attimi per convincersi che sarebbe stato controproducente per entrambe: Vanessa non si sarebbe più fidata di lei e Anya non sarebbe più riuscita a guardarla negli occhi.

«Se non facciamo quel che Laila ci ha detto, come faremo a tornare a casa?»

«E cosa ti assicura che le sue parole siano vere?»

Anya si torse le mani, indecisa.

«Se lei è la sovrana di questa Terra» continuò Vanessa «perché non ci vuole aiutare?»

«Ha detto che non ci *può* aiutare...» cercò di giustificarla Anya, ma la compagna non aveva tutti i torti. Perché una sovrana avrebbe dovuto comunicare con loro di nascosto e attraverso un ologramma? I re non hanno potere assoluto? E di chi era l'ombra comparsa alle sue spalle? Poi ricordò. «Ha detto che è prigioniera e che le è stato usurpato il trono...»

«Quindi l'uomo che ci vuole morte sarebbe l'usurpatore? Il nuovo re? Dai, Anya, ammetti che tutto questo non può essere reale. Perché poi qualcuno dovrebbe impedirci di salvare il regno? È ridicolo! Non dirmi che credi nell'esistenza di una profezia che parla di noi!»

«E allora che cosa proporresti?» tentò di metterla alle strette Anya. Anche lei si faceva delle domande ma sentiva, nel profondo del suo animo, di potersi fidare di quella donna.

Vanessa si limitò a scuotere la testa.

Approfittando di quella situazione di stallo, Anya srotolò la mappa.

Era una vera e propria opera d'arte: realizzata su pergamena pregiata, aveva uno sfondo di un azzurro incantevole. L'analizzò in silenzio e ciò che vide bastò a toglierle ogni dubbio.

La compagna era ancora a qualche passo da lei. «Vanessa, dovresti venire a vedere...»

Come Laila aveva spiegato, il mondo in cui si trovavano era diviso in cinque regni: il Regno di Corallo, bagnato dal mare; il Regno dei Monti, segnalato con cime innevate; il Regno di Smeraldo, quasi interamente occupato da boschi; il Regno di Rugiada, in cui vide rappresentato l'Occhio, ovvero il portale di ritorno, e infine il Regno di Cristallo, dove si trovava una vasta area desertica. Controllò se vi fosse segnalata l'oasi, ma non la vide; in compenso, c'era una stellina gialla dagli strani effetti cromatici: *L'Evanescente*, pensò.

Nella mappa erano anche ben visibili due luci: un bagliore rosso nella parte sud del Regno dei Monti, uno blu nella Foresta Frusciante, situata nella parte sud-ovest del Regno di Smeraldo. La pergamena sembrava poi pervasa da un altro misterioso incantesimo che faceva apparire un alone giallo in movimento.

L'avanzamento della sabbia, si disse.

Riuscì a localizzare persino la città che aveva visto salendo sulla palma. Si chiamava Mahala. Era lì che la sovrana le aveva indirizzate. Ripeté quel nome a bassa voce. Finalmente aveva compreso dove si trovavano per davvero.

«Vanessa, guarda...» insistette, avvicinandosi per darle la pergamena. «Questi due puntini siamo noi! Come ha detto quella donna, i nostri medaglioni ci fanno apparire sulla mappa!»

Ma la compagna non si mosse. «Non riesco a capire come tu possa crederle...» commentò invece, scettica.

«Vedi qualche altra soluzione?» chiese Anya, calma.

«Di certo non voglio farmi ammazzare dalle guardie del re per tentare di salvare un mondo che, per giunta, non è nemmeno il nostro! E poi... perché noi? Mi rifiuto di rischiare o di perdere la vita per qualcosa che non mi riguarda!»

Anya non avrebbe voluto farlo. Era riuscita a trattenersi per tutto questo tempo e non era stato affatto facile. Avere la possibilità di capire cosa pensano le persone non è solo un potere, ma anche una tentazione. Tuttavia lei sapeva che passando troppo tempo ad ascoltare le menti degli altri avrebbe potuto smarrire sé stessa. Ma ora non c'erano alternative. Se Anya non avesse fatto niente, la compagna sarebbe rimasta lì, nell'oasi, come si era ripromessa il pomeriggio precedente. Finalmente lei poteva vivere un'avventura, non solo leggerla sui libri, senza contare che, se quella era davvero la loro unica possibilità di ritornare a casa, non avrebbe permesso che Vanessa le condannasse entrambe a morte certa.

Decisa, sfiorò la pietra.

Non riuscì a comprendere subito i pensieri della compagna, ma fu invasa da un sentimento di paura, così forte da toglierle il respiro. Sulle prime pensò che fosse collegato alla situazione che stavano vivendo, poi capì che apparteneva a un ricordo. Vide qualcosa di un rosso intenso e avvertì una vampata di calore, ma non riuscì a percepire nient'altro di più preciso. *Vanessa mi nasconde qualcosa... ha una storia di dolore alle spalle.*

«Dalla nostra scelta dipendono migliaia, forse milioni di vite...» disse piano.

E se non ce la dovessimo fare? Sentì i pensieri di Vanessa con tale intensità che, come al solito, ne fu quasi sopraffatta. *E se il nostro intervento non facesse che peggiorare le cose? Che cosa ne sarà di noi?*

«La situazione è talmente disperata che niente potrebbe renderla peggiore. E comunque non abbiamo altra scelta, è la nostra unica possibilità di ritornare a casa» disse Anya, rispondendo ai pensieri di Vanessa. Si sforzò di proseguire nonostante il senso di colpa. «Hai sentito cosa ci ha detto la regina: da noi dipende il destino di Menish. Ci ha supplicato a nome di tutto il suo popolo...»

Mentre parlava, si accorse che si stava facendo giorno. Il sole illuminava la sabbia, il cielo era più chiaro e l'aria si stava riscaldando. La luce le infuse nuova speranza e le fece mettere definitivamente da parte ogni rimorso.

«Se non accetti la situazione, siamo spacciate. La sabbia non si fermerà senza di noi, hai sentito, siamo l'unica speranza per questo mondo. Come puoi rifiutarti di aiutare gli altri?»

Il sentimento che Anya percepì nella mente di Vanessa le straziò il cuore: era paura. Per quanto potesse detestarla, in quel momento per lei provava solo compassione. Le si sedette accanto e la vide ritrarsi.

«Anch'io sono spaventata, ma non serve a nulla negare la realtà. Per quanto questa situazione possa essere assurda, ci siamo dentro fino al collo. È tutto vero, Vanessa, e la mappa conferma le sue parole...»

La compagna era troppo scossa. Distolse lo sguardo, come per nascondere quello che provava, e osservò il cielo. Le stelle, nonostante fosse l'alba, continuavano a brillare. *Scrisse una profezia, in cui citava due ragazze come soluzione di tutti i mali...* si ripeté Vanessa, ripensando alle parole della regina, e Anya, ascoltandola, si sentì dolere il cuore. Aveva cercato di tenere a bada il timore per riuscire a convincere la compagna a tentare quell'impresa, ma lei non ne era affatto immune. Non dubitava delle parole di Laila, tuttavia aveva visto la distanza che le separava dalle due chiavi. Era un viaggio lungo, quasi impossibile, e la sabbia aveva già investito parte di quel mondo. Per non parlare della terza chiave, che non era nemmeno visibile sulla mappa. Come poteva la sovrana pretendere che due ragazze fossero in grado di compiere un'impresa simile? Certo, lei era capace di leggere nella mente ma, dal poco che era riuscita a comprendere dai suoi pensieri, Vanessa non aveva alcun potere o, se l'aveva, non ne era conscia. Erano sole, e il compito che dovevano svolgere aveva un peso immane.

«Magari le due prescelte non siamo noi» disse Anya «ma ormai ci troviamo qui e non possiamo far altro che tentare.»

Vanessa non disse di sì. Continuò a guardare lontano, oltre le palme, verso l'orizzonte. Anya mollò la presa sul ciondolo e si allontanò per lasciarla sola.

Dopo un tempo che le sembrò infinito, durante il quale aveva avuto modo di rifare almeno trenta volte l'inventario degli oggetti che aveva nello zaino, Vanessa le si affiancò. «Credo sia meglio che tu raccolga molti datteri, non sarà facile trovare altro cibo...»

Anya stentò a nascondere la sorpresa. Ce l'aveva fatta, ce l'aveva fatta a convincerla! L'indecisione e la paura sembravano svanite dal volto di Vanessa, sostituite dalla sua solita espressione d'orgoglio, con perfino una punta di arroganza.

Per la prima volta quell'atteggiamento non le diede affatto fastidio.

VII

Vanessa

Decisero di partire il giorno stesso. Non avrebbe avuto senso aspettare ancora: era mattina e non erano stanche. Prima di mettersi in viaggio, però, diedero un'occhiata più attenta alla mappa.

Vanessa non l'avrebbe mai ammesso, ma, quando vide la distanza che le separava dalle chiavi si sentì accapponare la pelle. Fu la pergamena stessa, tuttavia, a metterla più in ansia: era magica. Era stata catapultata in un altro mondo da un libro nascosto nel sotterraneo di un vecchio monastero, aveva arrancato nella sabbia, poi l'immagine di una donna misteriosa era comparsa davanti a loro dal nulla, ma fino a quel momento aveva sperato che, chiudendo gli occhi, o battendo tre volte i tacchi, tutto sarebbe potuto ritornare come prima. Invece quella mappa, concreta tra le sue mani, le metteva sotto gli occhi la dura realtà.

Come aveva detto Laila, la loro posizione era indicata da due puntini neri. Erano così vicini da sovrapporsi. L'oasi non era segnalata, quindi apparivano nel cuore del deserto. Inoltre l'alone giallo – che simboleggiava la sabbia – incombeva tremendamente vicino al luccichio rosso situato nel Regno dei Monti, in corrispondenza della città di nome Paladish. Era quella la prima chiave che dovevano recuperare. Ma come? Insomma, soltanto volando sarebbero riuscite ad arrivare a Paladish prima che la sabbia le sommergesse!

«Secondo te quanto dista Mahala da qui?» chiese Vanessa, cercando di nascondere la preoccupazione.

Anya corrugò la fronte. «Non sembrava molto lontana quando ero salita sulla palma. Penso una giornata di cammino.»

Vanessa si trattenne dal formularle ad alta voce la domanda successiva: *E una volta arrivate là, che cosa faremo?*

Non persero altro tempo prezioso a piangersi addosso: dopo

essersi dissetate e aver riempito la bottiglietta d'acqua che Anya aveva nello zaino, si misero in marcia.

La camminata, sotto il sole cocente e senza possibili ripari nella solitudine del deserto, avrebbe spossato chiunque. Vanessa era troppo orgogliosa per ammetterlo e il ricordo della fatica che aveva dovuto affrontare da sola con il peso della compagna le impediva di lamentarsi. Al confronto, questa era una passeggiata. Così ignorava la stanchezza – d'altronde era da un giorno che non dormiva – e procedeva spedita.

Anya, invece, non era abituata allo sforzo fisico e arrancava cercando di stare al passo. *Ci sta facendo perdere tempo*, pensò Vanessa, trattenendo la rabbia. Anya infatti, nonostante tutta la sua buona volontà, aveva spesso costretto la compagna a fermarsi perché non ce la faceva a proseguire. L'acqua era finita in fretta e i datteri iniziarono presto a scarseggiare. Tuttavia, il vero problema era il sole. Vanessa si chiese se anche le stelle, ben visibili nella volta celeste, contribuissero ad aumentare il calore che sentiva sulla pelle.

In compenso la città si avvicinava a ogni passo, impedendole di crollare nello sconforto.

Ormai era pomeriggio inoltrato. Il sole sembrava quasi incandescente e, brillando sulle mura della città, donava l'effimera illusione che le torri di guardia fossero enormi tronchi d'oro sfiorati dalla fitta vegetazione.

Finalmente, pensò Vanessa.

«Dai, manca veramente poco» sussurrò Anya, come per darsi coraggio.

Camminarono per altri cinque minuti e attraversarono il boschetto. I rami carichi di foglie sembravano pendere verso terra come se dovessero sopportare un enorme peso, mentre quelli dalle foglie rade, un po' contorti, un po' dritti, parevano migliaia di braccia protese verso il cielo e verso di loro. Le ragazze ci passarono in mezzo circospette fino ad arrivare all'entrata della città.

Un maestoso arco collegava fra loro le due alte torri. Sotto di esso una gigantesca porta in legno con ciclopici cardini di ferro si apriva verso l'interno e lasciava intravedere la strada principale, con le case ammassate lungo i lati e molta gente indaffarata. Vanessa vide i primi abitanti in carne e ossa di quel mondo che, se ciò che aveva detto la sovrana era vero, erano destinate a salvare. Erano simili a loro nell'aspetto fisico e questo la rincuorò. La grande differenza stava nei vestiti: la donna più vicina indossava un abito color della terra, lungo fino ai piedi e talmente largo da nasconderle le forme. L'uomo che le camminava accanto portava una camicia bianca consunta con maniche ampie e pantaloni di tela a metà polpaccio svasati in fondo.

Vanessa sentì suonare un campanello d'allarme nella sua testa: i loro jeans e le loro magliette sgargianti avrebbero attirato l'attenzione e destato sospetti. Se il nuovo sovrano si aspettava l'arrivo di due ragazze provenienti da un altro mondo, i loro vestiti lasciavano pochi dubbi.

Sarebbe stato impossibile passare inosservate.

«Anya...» sussurrò, stentando a mantenere ferma la voce. «Siamo in pericolo.»

VIII
Anya

Da quando erano arrivate in vista della città, Anya aveva preferito mettersi il medaglione al collo, decisa a non ripetere l'errore commesso a scuola, prima di entrare nell'ufficio della preside: se aveva non solo il potere di cogliere i pensieri, ma anche la capacità di percepire la presenza delle persone, doveva sfruttarla. Iniziò quindi a scrutare le torri. Colse pensieri di uomini. *Guardie di vedetta*... comprese.

Il loro avvicinamento stava provocando un certo scompiglio.

«Anya... siamo in pericolo...» le disse Vanessa con una nota di panico nella voce. Le lesse subito i pensieri e capì che il problema erano i vestiti.

Come ho fatto a non pensarci prima?

«Andiamo via subito...» Ma non fece in tempo a finire la frase che sentì il sibilo di una freccia sfiorarle l'orecchio. Non aveva mai provato una sensazione di paura così totalizzante. Rimase immobile per qualche attimo, mentre uno sciame di dardi saettava loro intorno. D'istinto, si portò un braccio davanti al viso, come per proteggersi. Vide di sfuggita una freccia indirizzata a Vanessa e il suo cuore perse un battito. Poi, come se una mano invisibile avesse deviato la sua traiettoria, il dardo mancò la testa della ragazza e si conficcò nel terreno.

Anya si pentì di ogni cosa. Come aveva potuto costringere la compagna a unirsi a lei in quella impossibile impresa? E se la sovrana avesse mentito? Non aveva capacità fisiche e le sue doti psichiche fino a che punto avrebbero funzionato in momenti del genere?

Vanessa si mostrò più pronta ad affrontare la situazione. «Corri!» le urlò, afferrandola per un braccio. Anya si riscosse e cercò di imitare la compagna che si era infilata nell'intrico del bosco iniziando uno slalom spericolato tra gli alberi.

Sentirono le guardie urlare e capirono perfettamente le loro parole: «Ferme dove siete!» Anya non ebbe nemmeno il tempo di stupirsene: dopo poche decine di metri si era già resa conto che non ce l'avrebbe fatta. Era stremata: i suoi muscoli erano doloranti per la camminata sfiancante di quel giorno e ogni cellula del suo corpo le urlava di fermarsi.

Non sarebbe mai riuscita a distanziare gli inseguitori e la sua capacità di sentire i loro pensieri le fece comprendere di essere in un vicolo cieco. Seppe che era stato dato loro l'ordine di prendere qualunque ragazza sospetta avesse tentato di varcare la porta della città, viva o morta.

Forse Vanessa aveva ragione, sono stata un'incosciente, a nasconderle la verità... I peggiori timori che aveva cercato di tenere a bada nell'oasi stavano diventando realtà davanti ai suoi occhi: avrebbero fallito prima ancora di iniziare.

«Sali, presto!» Vanessa era tornata sui suoi passi e le stava mostrando concitata un albero.

Senza farselo ripetere, Anya appoggiò il piede sulle mani

intrecciate della compagna e si issò sul ramo più basso. Vanessa si arrampicò da sola, svelta come un gatto. Nel giro di qualche decina di secondi le guardie le avrebbero raggiunte. Le ragazze si inerpicarono a denti stretti più in alto di qualche ramo, poi Anya fece segno alla compagna di stare ferma. Le guardie sarebbero arrivate a momenti. Al minimo rumore, avrebbero alzato lo sguardo e si sarebbero accorte di loro.

Trattenendo il respiro, osservarono terrorizzate quel che avveniva qualche metro più sotto. La loro vita era appesa a un filo: gli uomini armati stavano per passare sotto l'albero su cui erano nascoste. Sarebbe bastato che uno dei soldati avesse alzato la testa... Anya strinse le labbra. Il cuore le martellava così forte contro le costole che pensava l'avrebbero sentito anche i loro inseguitori. Poi ci fu un rumore assordante di rami schiantati poco più avanti. Messi in allarme dal fracasso improvviso, i soldati si affrettarono in quella direzione, lanciando esclamazioni di trionfo.

Erano troppo convinti di averle in pugno per alzare lo sguardo.

«L'abbiamo scampata per un soffio» sussurrò Vanessa, appena li vide scomparire nel folto del bosco. «Che fortuna!»

Ma Anya era sempre tesa come una corda di violino. Prima di tutto le guardie le sembravano ancora troppo vicine e poi come sarebbero potute entrare in città?

«Uno, due, tre» bisbigliò.

«Ma cosa conti?» cercò di capire Vanessa.

«Le guardie che ci hanno rincorso erano cinque o sei?» Lo

chiese così seria e determinata da costringere Vanessa a concentrarsi.

«Sei, credo che fossero in...»

Anya non le lasciò nemmeno finire la frase. «Dobbiamo entrare in città prima che tornino indietro.» Scese dall'albero così in fretta che rischiò di cadere perdendo l'appoggio sull'ultimo ramo.

Vanessa la seguì con un balzo. «Che cosa stai facendo? È pericoloso tornare alla porta!»

Anya aveva affrettato il passo. «Ti sbagli» ribatté decisa. Vanessa non faticò ad affiancarla.

«I soldati di guardia da questo lato delle mura erano sei, e se sono corsi tutti nel bosco per cercare di catturarci...»

«... Allora adesso l'ingresso è incustodito!» comprese sollevata Vanessa e accelerò ancora di più il passo trascinandosi dietro la compagna.

Non impiegarono molto a raggiungere la grande arcata e a varcarla. Come Anya aveva intuito, i soldati di guardia non avevano chiamato rinforzi, convinti di poter catturare da soli le due ragazze. *Quanto si sono sbagliati!* pensò con una punta di orgoglio.

Erano entrate a Mahala senza che nessuno potesse impedirlo. Vanessa, esultante, alzò la destra per batterle il cinque, ma la mano di Anya non si mosse.

I problemi non sono finiti.

Non c'erano guardie in vista, ma gli abitanti della città non erano ciechi e la presenza delle due straniere attirò subito l'attenzione della maggior parte dei passanti.

Chi saranno? si domandò subito un uomo sulla cinquantina indaffarato a spingere una carriola.

Che cosa si sono messe addosso? si allarmò una donna con a fianco un bambino che le guardava curioso. Ormai leggere nella mente le risultava facile. Anya spostava in fretta l'attenzione da un passante all'altro.

«Vanessa, si sono accorti di noi...»

Nonostante la biondina non fosse in grado di leggere nel pensiero, Anya comprese che se ne era resa conto anche lei: le stavano fissando tutti e la maggior parte degli sguardi erano diffidenti.

Proseguirono rasentando i muri, cercando di non dare troppo nell'occhio. *Dobbiamo sparire prima che le guardie ritornino a mani vuote*, pensò Anya.

Stavano per allontanarsi in fretta quando un forte rumore di cocci infranti le indusse a girarsi. A una donna era sfuggito di mano un grosso vaso che ora giaceva a terra in mille pezzi. L'acqua l'aveva tutta bagnata, ma lei non ci badava: aveva gli occhi fissi su di loro, spalancati per la sorpresa. Vanessa la fissò per qualche istante e Anya vide nello sguardo della compagna preoccupazione e frustrazione. *Crede che abbia paura di noi*. Ma lei, leggendo nel pensiero di quella sconosciuta, aveva capito il vero motivo del suo mancamento, e sapeva che non aveva senso indugiare.

«Andiamocene» sussurrò, afferrando la biondina per il braccio.

Si avviarono a passo svelto nella prima via laterale che trovarono, inoltrandosi nel dedalo cittadino, alla ricerca di un nascondiglio.

Impiegarono molto tempo a trovarlo: quando credevano di aver scovato l'angolino giusto per fermarsi a prendere fiato arrivava qualcuno o si apriva uno scuro sopra le loro teste. Le case che costeggiavano le vie erano basse, avevano tre piani al massimo. I tetti erano a due falde, coperti da piccole tegole d'argilla il cui colore rosso si era scurito con il passare degli anni. Tutte le costruzioni sembravano datate e solo poche potevano vantare piccole migliorie che le rendevano più gradevoli nell'aspetto.

Le ragazze dovettero percorrere molte vie, perdendo il senso dell'orientamento, prima di infilarsi in un vicolo cieco abbandonato all'incuria. Una vecchia stalla, a ridosso di una casa disabitata, era crollata bloccando la via con le sue macerie. Camminarono caute fra mattoni e coppi fino a raggiungere un piccolo pertugio.

«Qui potrà andare bene...» commentò Vanessa, reprimendo uno sbadiglio.

Anche se non ne era così sicura, Anya non aveva abbastanza forze per mettersi alla ricerca di un posto migliore dove riposare, quindi assecondò la compagna, restando all'erta.

Vanessa si raggomitolò nell'anfratto tra i calcinacci e un assito di legno; non chiudeva occhio da più di un giorno e soltanto in quel momento Anya si rese conto che doveva essere stanchissima. Infatti, dopo pochi istanti, Vanessa le disse: «Dubito che troveremo un rifugio più sicuro. Ho proprio bisogno di dormire. Per favore, stai tu di guardia. Svegliami se senti un rumore sospetto...»

Anya avvertì un'ondata di panico all'idea di rimanere da sola a sorvegliare il sonno della compagna, ma Vanessa non le diede il tempo di ribattere: chiuse gli occhi e si addormentò dopo pochi minuti.

E ora cosa posso fare? Sconsolata, le si sedette accanto. Nonostante lo sfinimento, l'ansia di essere scoperta le aveva tolto completamente il sonno; rimase sveglia, con i sensi vigili e la mente attenta, a fissare la volta celeste. *Penso che sia impossibile abituarsi a questo cielo*, rifletté scrutando le stelle. Si chiese, con uno strano senso di nostalgia, se una di esse potesse essere il Sole.

IX

Vanessa

«Vanessa!»

Una voce lontana la chiamava. Pensò che fosse Katia. *È ancora buio, perché mi vuole svegliare?* Stava per girarsi dall'altra parte, ma la voce insisteva.

«Vanessa!» Solo allora si rese conto che era Anya a parlarle e la consapevolezza improvvisa di ciò che era accaduto nei giorni precedenti le fece spalancare gli occhi come una secchiata di acqua gelida. «È successo qualcosa?»

«No, ma è scesa la notte... dobbiamo andarcene.»

Nonostante desiderasse ancora dormire, Vanessa si sforzò di riprendere il totale controllo. Si strofinò gli occhi e si sedette. Aveva una mezza idea e voleva rifletterci sopra per elaborare un buon piano, quindi rimase in silenzio a pensare finché, soddisfatta della sua strategia, la comunicò ad Anya. Ma la risposta fu categorica. «Non se ne parla.»

«Almeno io ho avuto un'idea.»

«È contro i miei principi.»

«Hai una valida alternativa? Trovami qualcosa di meglio e sarò disposta a cambiare opinione...»

«È sbagliato.»

«Mi hai trascinata tu fin qui e adesso hai anche il coraggio di farmi la morale? Stiamo solo facendo un favore a questo mondo, giusto? Poi, riesci a fidarti di me per una volta? Ti ho salvato la vita aiutandoti a salire su quella pianta, ricordi?»

Anya tacque, combattuta. Dopo qualche minuto si alzò in piedi e le tese la mano per aiutarla a fare altrettanto. Aveva deciso. «Non è corretto e rischieremo guai ancora peggiori ma... hai ragione, non abbiamo altra scelta: come ho già detto, non possiamo rimanere nascoste in questo vicolo in eterno.»

Cercando di nascondere la sorpresa, Vanessa gliela strinse.

Trovare quel che cercavano si rivelò più difficile del previsto: volevano spingersi verso il centro della città, ma si infilarono spesso in strade senza uscita ritrovandosi retrocesse verso le mura perimetrali. Fortunatamente, nessuno fece caso a loro: i pochi passanti che incrociarono erano immersi in altri pensieri e camminavano con lo sguardo fisso a terra.

Fu dopo uno slargo che ospitava un piccolo lavatoio, dove poterono finalmente dissetarsi e riempire la bottiglietta d'acqua, che la videro: una palazzina bianca, con decorazioni rosso porpora che contornavano il portone e un'insegna di ferro raffigurante delle forbici.

«Anya, ci siamo!» esclamò Vanessa, a voce troppo alta, rianimata dall'emozione.

«Dato che l'idea è tua, adesso dimmi come facciamo a entrare.»

«Guarda e impara» ribatté lei. La sartoria l'avevano trovata, alla fin fine. Sfilò una forcina dalla sua chioma bionda come aveva visto fare nei film. La porta del negozio era chiusa semplicemente a chiave, niente di paragonabile alle moderne serrature delle porte blindate.

Anya le lanciò un'occhiata di disapprovazione.

«Che c'è? Ti viene in mente un modo migliore?»

L'altra scosse la testa e le fece cenno di andare avanti.

Ci vollero dieci minuti buoni, ma alla fine si sentì un sonoro *clac* e la porta della bottega si aprì.

Varcata la soglia, Anya vide subito una candela su cui brillava ancora una fiammella; veloce, si affrettò ad accendere le altre e, a mano a mano, la stanza diveniva più visibile. Vicino all'ingresso, Vanessa scorse degli abiti da donna appesi a delle grucce. Sembravano vesti da lavoro, o quanto meno per tutti i giorni: erano del colore della terra e del deserto, come quelli che aveva già visto indosso agli abitanti della città. Con una mano li passò in rassegna senza soffermarsi su nessuno in particolare. Si avvicinò poi agli scaffali: c'erano stoffe e biancheria.

Dovette inoltrarsi nella stanza per trovare abiti di alta foggia ordinatamente disposti su gracili manichini di legno. I colori erano più intensi. C'era un vestito verde come il più ridente dei prati, uno blu come il più profondo degli oceani.

Ma fu quello color schiuma del mare a coglierla di sorpresa. Rimase con la mano appoggiata sul corpetto aderente e quasi senza accorgersene venne inghiottita dai ricordi.

Aveva circa quattro anni, ed era seduta a gambe incrociate sul letto dei suoi genitori, impaziente che la mamma spuntasse dal bagno. Qualche giorno prima Vanessa aveva scoperto il suo vestito da sposa nell'armadio e aveva tanto insistito per vederglielo indosso. Aveva dovuto aspettare una sera ventosa, durante la quale anche la televisione si era messa a fare le "bizze", come diceva sempre sua madre, per convincerla a una mini sfilata.

L'immagine di lei che entrava in camera da letto con quel vestito lungo fino ai piedi era da mozzare il fiato. Le era parsa un angelo. I boccoli biondi le ricadevano dolcemente sul viso e sul pizzo che orlava il décolleté. A ogni suo passo la seta frusciava sfiorandole le gambe.

Il suo volto splendeva. Vanessa sarebbe riuscita a dipingere quel viso a occhi chiusi: sua madre aveva sempre avuto uno sguardo assorto, come se una parte di lei fosse stata eternamente da qualche altra parte.

«Sei bellissima» aveva sussurrato Vanessa.

Sua madre aveva fatto una piroetta davanti a lei, ridendo divertita. «Tutte le donne sono belle con il loro abito da sposa».

Non come te, ricordava di aver pensato.

«Un giorno lo indosserai anche tu...»

Vanessa aveva assunto un'espressione disgustata: sposarsi era l'ultima cosa che aveva in mente. Suo padre intanto era entrato in camera senza far rumore. Aveva fissato la mamma con occhi colmi d'affetto, in silenzio. Probabilmente stava rievocando il giorno del loro matrimonio. Erano così perfetti insieme e Vanessa non sarebbe mai riuscita a immaginarsi l'una senza l'altro.

A differenza di molti adulti, i suoi genitori comprendevano la magia dell'essere bambini e, invece che distruggerla come una bolla di sapone, contribuivano a crearla. Avevano spesso giocato con lei al re e alla regina. Vanessa era la loro piccola principessa, come poi l'avevano soprannominata. Si immedesimavano così bene nella parte che a volte quel gioco sembrava reale.

Con il loro affetto e i loro sorrisi le avevano insegnato che tutto era possibile e spesso lei aveva avuto l'impressione che, se l'avesse davvero desiderato e se fosse stata abbastanza determinata, avrebbe potuto fare qualsiasi cosa.

X

Anya

Anya non poteva crederci: stava deliberatamente ascoltando i pensieri della compagna. Le immagini le erano apparse nitide davanti agli occhi, quasi fossero suoi ricordi. La dolcezza e l'affetto con cui Vanessa ricordava la sua famiglia le aveva stretto il cuore. Come poteva la stessa ragazza che le aveva urlato contro in biblioteca e nell'oasi essere capace di provare così tanto amore? Lei non pensava ai suoi genitori in quel modo, non li riteneva così speciali. All'improvviso si sentì terribilmente sola. Certo, era bloccata in un altro mondo con una ragazza che conosceva appena e sopportava di mala voglia, ma anche a casa chi, a parte la sua famiglia, la stava aspettando?

Percepì una sensazione di profondo dolore anche nella mente della compagna. Si sentì a disagio: non poteva violare i suoi pensieri in quel modo, come se fosse giusto o normale. Una tristezza infinita invase il suo cuore. Pur di non ascoltare più, si tolse la collana e se la mise in tasca. Era convinta che il suo potere in quel momento non potesse esserle d'aiuto. D'altronde, erano sole, nel cuore della notte: chi sarebbe mai venuto a cercarle fin lì?

Rimasero in silenzio per un po', a vedere cosa c'era fra grucce e scaffali. Poi Anya fu la prima a parlare. «Questi vestiti non sono adatti… non possiamo prenderne di così belli e nemmeno le vesti da lavoro vanno bene: sono troppo ingombranti.»

«Lo so» le rispose la compagna, mentre si allontanava dagli abiti più preziosi. Cercando di non far rumore, si inoltrarono nell'altra ala del negozio. Era il reparto maschile, dove erano esposti sia abiti eleganti sia vestiario più modesto.

«Sono tutti orribili! Abiti da uomo? Sei impazzita?»

«Accontentati, la profezia parla di due ragazze: sarà più facile passare inosservate con questi addosso…»

Vanessa fece una smorfia, ma non sollevò altre obiezioni.

Ci misero parecchio a scegliere. Vanessa, riluttante, si mise dei pantaloni bordò e un camicione ocra svasato ai lati, mentre Anya optava per dei calzoni beige e una camicia con colletto alla coreana blu cobalto. Furono obbligate a calzare degli orrendi sandali di cuoio marrone scuro. Presero poi due sacchi di juta di medie dimensioni. Coprirono con uno di questi lo zaino di Anya, intagliando con delle rudimentali forbici trovate su un tavolo due buchi per le bretelle. «Almeno così passerà più inosservato» commentò Vanessa, mentre glielo sistemava sulle spalle per poi infilarci dentro, in malo modo, i loro vecchi vestiti.

Quando Vanessa si spostò, Anya la vide con la coda dell'occhio afferrare da uno scaffale una borsa di tela grezza dal lungo manico, ma era troppo impegnata a riflettere per prestarle maggiore attenzione.

«Ti ricordi che Laila ci ha raccomandato di non farci riconoscere? Secondo me è meglio prendere anche un cappello, una cosa in più o in meno ormai non farà nessuna differenza.»

«Hai ragione» acconsentì Vanessa, finendo di trafficare con la borsa. Afferrò il copricapo più largo in esposizione per nascondere meglio la sua folta chioma bionda. Anya, con i suoi capelli a caschetto che arrivavano alle orecchie, si accontentò di un berretto in stile Robin Hood.

«Se teniamo lo sguardo basso potrebbero scambiarci per due ragazzi.»

Vanessa arricciò il naso: evidentemente l'idea di fingersi dell'altro sesso non le andava troppo a genio. La compagna dovette trattenersi dall'alzare gli occhi al cielo.

Stavano già per uscire quando Anya chiese, titubante: «E se si accorgono del furto? Non penso capiti spesso che qualcuno svaligi un negozio, da queste parti...»

«In questa bottega ci sono centinaia di abiti, nessuno si accorgerà di nulla.»

«Forse hai ragione...» concluse, quasi sollevata, chiudendo delicatamente la porta alle loro spalle.

XI

Vanessa

Camminare per le strade di Mahala illuminate da quello strano chiarore notturno aveva i contorni di un sogno. A

Vanessa pareva di essere tornata indietro nel tempo: le abitazioni erano addossate l'una all'altra e non c'erano lampioni. Ma, dopotutto, a Menish non sarebbero mai serviti: la luce, anche di notte, era più che sufficiente. Le strade, oltre a non conoscere l'asfalto, non erano neppure lastricate: solo terra battuta che creava strane pendenze ai lati delle case ed era segnata da solchi profondi dove passavano le ruote dei carri.

Vanessa posò gli occhi su Anya. Procedeva a fatica, quasi trascinandosi. *Ha bisogno di dormire*... comprese. Ma nemmeno volendo sarebbero riuscite a tornare al rifugio in cui avevano atteso la notte: Mahala era un intrico di vie di cui non era ancora riuscita a comprendere il disegno.

Camminarono a vuoto ancora per parecchio tempo prima di sbucare in una piazza. Vanessa trattenne il fiato e si accorse che anche Anya, nonostante fosse sfinita, aveva avuto la stessa reazione.

Al centro dell'enorme spiazzo circolare si ergeva un maestoso salice.

«Come può essere reale?» sussurrò Anya. Vanessa aveva avuto lo stesso pensiero.

Quel salice sembrava scolpito nel cristallo.

L'effetto che ne derivava era un albero che rifletteva la luce degli astri. Vanessa aveva visto sulla Terra oggetti piccoli di quella foggia, ma non avrebbe mai pensato che ne potessero esistere di tali dimensioni.

Quella pianta sembrava viva, ma come era possibile? *Magia*, concluse. *Siamo in un mondo magico, non devo dimenticarlo.*

Ciò che attirò maggiormente la sua attenzione furono però le sue fronde. Brillavano come collane di diamanti illuminate dalla luce delle stelle e la brezza leggera, sfiorandole, produceva un suono incantevole, simile a quello di tanti campanellini. *Adesso ho capito perché il Regno di Cristallo si chiama in questo modo...*

Si costrinse a distogliere lo sguardo dal magnifico spettacolo, quasi per tornare alla realtà, e vide che Anya si era abbandonata su una panchina di pietra. Sembrava già addormentata.

Vanessa represse uno sbadiglio. Sapeva che toccava a lei stare di guardia e che sarebbe stato da incoscienti addormentarsi a sua volta.

Andò a sedersi vicino alla compagna. Ora che si erano cambiate i vestiti si sentiva più al sicuro. Da lontano sarebbero sembrate due comuni ragazzini di Menish. *Ma anche volendo, chi ci potrebbe vedere?* Tutto era quieto nella piazza. Nessuno in vista, niente soldati e nessun rumore a parte il tintinnio melodioso delle fronde del salice. Approfittò quindi per fare l'inventario di quanto avevano portato con loro. Dopo aver rimosso la sacca di juta, aprì, curiosa, lo zaino della compagna. Sotto i loro vestiti e le loro scarpe c'erano solo libri e quaderni: nulla di speciale, niente che avrebbe potuto esserle di aiuto. A una seconda occhiata trovò un telefono, ma ovviamente aveva la batteria scarica.

Che cosa speravo? si domandò, conscia di non essere ben disposta nei confronti di Anya. Perché faticava a fidarsi di lei?

Il ricordo di tutti i guai che le aveva procurato la innervosì. Poi i suoi pensieri tornarono al furto appena commesso nella sartoria. Controllò il contenuto della sua tracolla e rifiutò di lasciarsi sopraffare da quel senso di colpa così poco adatto a lei. Infilò la mappa dentro la borsa, posò di nuovo gli occhi sul salice, e cercò di rilassarsi nell'attesa che facesse giorno.

XII

Anya

Anya stava facendo sogni inquieti quando due forti scrolloni assestati da Vanessa la riportarono alla realtà.

«Dobbiamo mangiare» esordì subito la biondina, senza darle neanche il tempo di svegliarsi del tutto.

«Abbiamo qualche dattero avanzato...» disse Anya, ancora un po' confusa.

«Se ne mangio un altro sto male... tutto quello zucchero mi ha fatto venire la nausea. Siamo in una città, cavoli, ci sarà pure una locanda in un posto così grande!»

«In realtà abbiamo un problema più urgente...»

Vanessa la guardò dubbiosa. «E sarebbe?»

«Non so se ti è chiaro, ma se vogliamo recuperare le tre chiavi prima di tutto bisogna trovare un modo per raggiungere Paladish che, sfortuna vuole, si trova sui monti a centinaia di chilometri da qui! Senza contare che la sabbia avanza ogni secondo di più e, se non ci diamo una mossa, ne saremo inghiottite anche noi!»

«Dove l'hai presa tutta questa grinta di prima mattina? Io se non faccio colazione non riesco a ragionare e comunque resto di cattivo umore: la situazione si analizza meglio sedute a tavola...» Niente avrebbe potuto impedire a Vanessa di considerare il cibo come sua priorità.

«Ma se non abbiamo un soldo!»

«Questo lo dici tu.» Vanessa tirò fuori dalla tracolla un sacchetto di stoffa grigio perla, lo aprì e mostrò il contenuto alla compagna. Denaro. Anya si rigirò una moneta fra le dita. Era di metallo esagonale con incisa da una parte la stessa costellazione che vedevano nel cielo sopra le loro teste e dall'altra una corona composta da fronde di salice.

«Le hai prese nella sartoria?»

«Non fare storie» la anticipò. «Cosa pensavi, che due vestiti sarebbero bastati a salvarci la vita? Senza soldi non potremmo andare da nessuna parte.»

«Hai rubato, Vanessa, non ci sono giustificazioni!»

«Abbassa la voce e cerca di renderla roca, prima che qualcuno ci scopra. Non ho idea di che valore abbiano queste monete, potrebbero corrispondere a pochi centesimi...»

Anya aprì la bocca per ribattere, ma si trattenne: per quanto il comportamento di Vanessa la indignasse, litigare non avrebbe certo risolto la situazione. La compagna intanto si stava guardando intorno.

«Su quell'insegna c'è un maiale allo spiedo, oggi è giorno di carne!» esclamò Vanessa, trascinandosi dietro Anya a forza fin dentro il locale.

La locanda era piccola e poco affollata. Scelsero un tavolaccio rigato dagli anni in fondo all'osteria e si videro portare maiale, gallette e una caraffa d'acqua. Nessuno si preoccupava che fosse mattina: c'era gente che stava pranzando.

«Ma siamo noi a capire la loro lingua o sono loro a parlare la nostra?» chiese Vanessa, prima di dedicarsi al piatto che aveva davanti.

Anya non rispose subito. «Noi li comprendiamo perfettamente, e questo è quanto. Non capisco perché, ma dubito che troveremo a breve una risposta.»

Passarono alcuni minuti di silenzio. Fu Vanessa a spezzarlo. «Chissà come potrebbe reagire la gente se ci scoprisse: ieri chi ci ha visto sembrava spaventato...» commentò sottovoce, masticando di gusto senza smettere di guardarsi intorno.

«Tutti si comportano così davanti a qualcosa che non comprendono o che ritengono strano.»

«Non è affatto vero.»

«Ne sei così sicura? Io a scuola non conoscevo nessuno e nessuno mi ha rivolto la parola. È già tanto se, per quello che è successo, non mi hanno etichettata come "diversa"...» Anya si bloccò. Vanessa si era comportata esattamente così con lei. Il ricordo del primo giorno di scuola le riportò alla mente tutto quello che era accaduto. Le loro parole, i loro pensieri, le loro incomprensioni.

«Quella donna...» Anche Vanessa doveva sentirsi a disagio, perché cambiò argomento. «Ha rotto addirittura un vaso per la paura...»

Anya non riuscì a trattenere un sorriso.

«Non ha rotto il vaso per lo spavento, ma per la sorpresa!»

Vanessa sbarrò gli occhi, confusa: ancora non capiva.

«Ci ha riconosciute. Non provava timore, ma gioia!»

«Come puoi dirlo?»

Anya si morse il labbro. *Dannazione*, e ora cosa le poteva rispondere, che leggeva nel pensiero?

«Si capiva dagli occhi» spiegò in fretta, abbassando lo sguardo sul piatto. Non era mai stata brava a mentire e le sue parole non suonarono molto convincenti.

«Mi nascondi qualcosa?» le chiese Vanessa, aggrottando le sopracciglia. La sua espressione si era fatta diffidente.

«E che cosa ti potrei nascondere?» Questa volta Anya si sforzò di sostenere il suo sguardo.

Vanessa continuava a fissarla. «Ma non è strano?» insistette, per nulla disposta a lasciar perdere. «Se come dici quella donna ha perso la presa sul vaso perché ci ha riconosciute... vuol dire che molti aspettano l'arrivo delle prescelte. Probabilmente conoscono la profezia di cui parlava Laila mentre noi, le dirette interessate, non abbiamo idea di cosa dica.»

Tra loro calò ancora il silenzio. Era proprio così, c'era poco da aggiungere.

Anya non aveva ancora toccato la pietra quel giorno.

Nessuno sembrava badare a loro, ma sarebbero mai state realmente al sicuro? Se quella donna le aveva davvero riconosciute, anche le guardie avrebbero potuto fare lo stesso?

«Andiamo» disse Anya non appena ebbero finito. «Meglio non rimanere troppo tempo nello stesso posto.»

«Aspetta, lasciami pagare» disse Vanessa, chiamando la donna che le aveva servite. «Quanto fa?» le domandò.

«Due rubìe e mezzo.»

Anya la vide impallidire. «Scusi?»

«Due rubìe e mezzo» ripeté la donna, lievemente spazientita. La ragazza prese tre monete dalla borsa e le mise sul palmo della cameriera che annuì e se ne andò soddisfatta senza darle il resto.

«Quante ne hai rubate?» le chiese Anya a bassa voce.

«Centododici, le ho contate questa mattina. Lo so, sono tante, ma ormai è fatta, ci serviranno per ogni evenienza...» rispose Vanessa, abbassando gli occhi.

Si sente in colpa?

Quell'espressione un po' pentita, così poco da Vanessa, fu abbastanza per placare l'ira di Anya.

XIII
Vanessa

«Un drago nel bel mezzo di Mahala? Era da vent'anni che non si sentivano simili scemenze!» Era stato un uomo un po' alticcio a parlare. Era seduto al tavolo accanto e, nonostante l'ora mattutina, aveva già davanti a sé un enorme boccale di legno. Vanessa era abbastanza certa che non contenesse acqua.

Le due ragazze erano già pronte ad andarsene quando lui aveva parlato a voce così alta da attirare la loro attenzione.

«L'ho visto con i miei occhi!» ribatté un ragazzino di circa dodici anni in piedi vicino al tizio brillo.

La donna che le aveva servite si girò verso di lui con aria scettica. «So che fuori Mahala c'è una famiglia che utilizza un drago per trasportare merci, ma perché mai avrebbero dovuto portarlo fin qui?»

Vanessa sentì il cuore accelerare i battiti. Un drago? Aveva sentito bene? Fissò Anya che, al contrario, aveva un'espressione preoccupata.

L'uomo alticcio aggrottò la fronte nel tentativo di ricordare e poi batté un pugno sul tavolo. «Ma certo, quel vecchio pazzo di Fabian!» esclamò. «Per la barba di re Astor! E se tu avessi ragione?» E additò il ragazzino, per dare maggior enfasi alle sue parole.

«Vanessa...» sussurrò Anya.

La ragazza si accorse soltanto allora di essersi alzata.

«Non credo sia una buona idea...» Ma Vanessa aveva già preso la sua decisione. Non avevano tempo da perdere. Si avvicinò al ragazzino e lo prese da parte.

«Dove hai visto il drago?»

Lui le disse subito che direzione doveva prendere e anche il nome di una piazza. Sembrava contento che qualcuno gli credesse.

Vanessa lo ringraziò e uscì dalla locanda.

Appena fu fuori, respirò a pieni polmoni l'aria di prima mattina. Sentì un brivido di eccitazione attraversarle la spina dorsale: se c'era anche solo una possibilità che quel ragazzino avesse ragione, doveva accertarsene.

Si accorse subito che avrebbe potuto fare a meno di chiedergli quale direzione prendere: una fiumana di persone si stava immettendo nella via di fronte a lei.

Senza esitazione, la seguì.

Anya le stava dietro. Vanessa immaginava benissimo le sue obiezioni: *È troppo pericoloso, c'è troppa gente, potrebbero esserci delle guardie, dobbiamo stare attente a non farci riconoscere*. Nessuna di queste argomentazioni sarebbe riuscita a fermarla.

I vestiti si erano rivelati ancora più utili del previsto: le permettevano di muoversi fra la gente senza attirare l'attenzione e di camminare a passo svelto senza continuare a guardarsi le spalle. Nessuno, infatti, pareva far caso a loro.

Anche Anya doveva essersene resa conto perché provò a

chiamarla solo un paio di volte prima di arrendersi: aveva capito che ogni suo tentativo di farla desistere sarebbe stato inutile e le si affiancò in silenzio.

Dopo una manciata di minuti sbucarono in un'altra piazza e, nonostante ci fossero almeno un centinaio di persone davanti a loro, gli occhi di Vanessa si posarono immediatamente su quella creatura: sarebbe stato impossibile non vederla.

Il drago era là, a poche decine di metri da lei.

Vanessa vide Anya fermarsi spaventata e portarsi una mano alla bocca per soffocare un'esclamazione. Lei invece si sentiva invasa da una gioia irrefrenabile. La sua mano corse al medaglione che portava al collo. Quante volte aveva tracciato con le dita i suoi contorni? Sarebbe riuscita a disegnarlo a occhi chiusi, e ora... il drago stava proprio davanti a lei, in carne e ossa.

Era così bello, così maestoso. Nonostante fosse dall'altro lato della piazza riusciva a cogliere tutta la sua eleganza, enfatizzata dalle squame che lo coprivano quasi interamente. Erano di un rosso carminio talmente lucido che brillavano alla luce del sole come il metallo colorato di una fuoriserie. Era chiuso in una gabbia, ma il suo sguardo fiero faceva capire che nessuno sarebbe riuscito a tenerlo prigioniero a lungo contro la sua volontà.

I curiosi che invadevano la piazza si tenevano a debita distanza dall'animale. Uomini grandi e grossi sbarravano gli occhi dalla paura, come se temessero che spiegasse le ali, distruggesse la gabbia e li sbranasse da un momento all'altro.

A Vanessa non risultò difficile individuare il proprietario. Un uomo attempato, dalla folta barba rossa, stava tra il drago e la folla, in corrispondenza dei lunghi artigli dell'animale che sporgevano dalle sbarre, come se volesse nasconderli.

Soltanto quando il brusio della gente sembrò placarsi l'uomo parlò a gran voce.

«Signore e signori, questo meraviglioso esemplare di drago è oggi in vendita. L'ultimo nel Regno di Cristallo. Magnificamente addestrato, senza difetti estetici, dotato di grande forza. Ottimo viaggiatore, capace di resistere alla mancanza di cibo e acqua per giorni e giorni. Non è affatto pericoloso, ed è un'occasione da non lasciarsi sfuggire... specialmente ora, con la sabbia che si avvicina...»

Si levarono molti mormorii.

Gli occhi del drago si posarono su Vanessa.

La principessa ha trovato il suo gioiello... Le parole di suo padre le risuonarono nella mente come se fosse ancora lì, accanto a lei. Le sue indecisioni scomparvero.

Fu questione di un attimo: aveva capito cosa fare. L'uomo stava per riprendere a vantare le qualità del suo animale. *Ora o mai più*, pensò Vanessa, facendosi largo tra la folla.

«Vanessa, dove stai andando?» Anya cercò di fermarla afferrandola per la manica, ma fu inutile: Vanessa si liberò dalla presa, scansò alcuni giovani che aveva davanti e si diresse svelta verso la gabbia.

Riuscì ad arrivare in prima fila. L'uomo barbuto la guardò incuriosito. Con coraggio, la ragazza iniziò a parlare. «Quando affermi che questo animale potrebbe affrontare lunghi viaggi, intendi dire che potrebbe arrivare da qui a città lontane come Lamen, Talay, oppure Paladish?» Fece attenzione a scurire la voce e a tenere la faccia in ombra sotto la tesa del cappello.

Il vocio della folla crebbe.

«A Paladish!» rise l'uomo. «Ma dove vivi, ragazzino? Talay è stata investita dalla sabbia, come Aerta e Saluna; la prossima sarà Kalua, poi toccherà a Paladish; e tu vorresti andare lì? Ci vorrebbero come minimo tre o quattro giorni.»

«E a tappe forzate?» insistette ancora Vanessa, imperturbabile.

«Tre, forse due, ma Paladish sarà sommersa tra poco.» L'uomo si guardò in giro. «Possiamo continuare questa conversazione in privato?» sussurrò, accompagnando con gesto cortese la ragazza più vicino alla gabbia, per non essere ascoltato dalla folla.

«Ma hai perso il senno? Soltanto una persona esperta potrebbe riuscire a governare un drago per una rotta così lunga, tu sei troppo giovane e senza esperienza nel campo, l'impresa è impossibile!»

«Infatti è questo che mi serve: un uomo che ci accompagni a dorso di drago a Paladish. In due giorni.»

«Ma ti rendi conto di ciò che mi stai chiedendo? E perché hai detto *ci*?»

XIV
Anya

Anya era riuscita a farsi largo tra la gente. Doveva dare manforte a Vanessa. Stava per raggiungerla quando inciampò e si ritrovò lunga e distesa per terra. Si rimise veloce in piedi. Le faceva un po' male il fianco, ma capì che da lì a pochi attimi il dolore sarebbe passato. «Scusate» attaccò, rivolta all'uomo con la barba rossa, cercando di mantenere un tono di voce basso e maschile, ma senza grandi risultati. «Noi non siamo degli sprovveduti. Abbiamo appena ereditato una piccola somma di denaro e non è un problema sostenere la spesa.»

Il proprietario del drago pareva sconcertato.

Anya avrebbe preferito evitarlo, ma si rese conto di non avere scelta: toccò la pietra che teneva in tasca e ascoltò i suoi pensieri.

Impiegò pochi istanti per capire che quell'uomo, che si chiamava Fabian come aveva detto il tizio un po' alticcio alla locanda, non era un furfante e voleva bene all'animale, ma l'impresa gli pareva molto arrischiata. E, anche se era disposto a vendere il drago, aveva delle difficoltà a separarsene.

«E se vi offrissimo cento rubìe solo per l'andata? Il drago ritornerebbe a Mahala con voi, dopo averci portati a destinazione» lo incalzò Anya. L'uomo esitava ancora. La ragazza comprese di aver esagerato con i soldi. Cento rubìe? Probabilmente non le aveva mai viste tutte insieme. In compenso ne era rimasto molto colpito. Era dura dire di no a un'offerta del genere. «Ma... siete certi di voler davvero fare questo viaggio?»

Anya vide gli occhi di Vanessa posarsi sull'animale. Stringeva tra le dita il suo medaglione. «Non abbiamo nessun dubbio.»

Anya gli tese la destra, come a voler sigillare il patto. «Allora... affare fatto.» Fabian le strinse la mano, accennando un piccolo sorriso.

Per un soffio, pensò Anya emozionata. *Ci siamo riuscite!*

Fabian si voltò verso l'animale, che non dava segni di inquietudine. «Sarà tutto pronto tra un paio d'ore, il tempo necessario per preparare il drago.»

«Non tarderemo, e grazie ancora» disse Vanessa, visibilmente felice.

Mentre si allontanavano sentivano gli occhi di tutti posati su di loro.

«Sei completamente pazza! Non pensi neppure un secondo prima di agire!» la rimproverò Anya a bassa voce, per non farsi sentire dalla folla che le circondava.

«Sono fatta così, ma con la mia sfacciataggine e il tuo buon senso, non è poi andata così male...» Vanessa si morse le labbra: doveva essersi accorta troppo tardi di averle fatto un complimento.

Per la prima volta da quando era arrivata in quella terra, Anya si sentì soddisfatta. Stentava anche lei a credere che fosse possibile, ma sembrava proprio che ce l'avessero fatta. Erano riuscite a risolvere un problema che aveva ritenuto quasi insolubile. Anche nei suoi più reconditi pensieri non avrebbe mai immaginato l'esistenza di draghi e la fortuna sfacciata di poterne cavalcare uno come una specie di taxi.

Non potevano far altro che aspettare di partire, adesso. Il loro ruolo di salvatrici era in qualche modo sospeso e, per la prima volta da quando aveva osservato quel cielo, Anya si sentì quasi sulla Terra, senza pericoli così imminenti da doversi guardare le spalle ogni istante. Potevano respirare l'aria frizzante del giorno e, nel frattempo, comperare la scorta di viveri necessaria per il viaggio.

«Non ti sembrano care?» chiese Vanessa ad Anya, prendendo in mano due borracce di pelle.

«Paga senza far storie: ci servono.»

«È un vero furto...» Vanessa spiò la sua reazione, ma Anya la guardò seria.

«Era solo una battuta...» borbottò delusa.

Le bancarelle riempivano interamente una via attigua alla piazza. Trovarono di tutto: ortaggi, carni, spezie e persino pozioni magiche, la maggior parte curative. Non mancavano nemmeno i filtri d'amore.

Anya si ritrovò più di una volta a toccare la pietra. Gli abitanti della città vivevano nell'incubo della morte imminente: la sabbia che continuava ad avanzare, anche se ben pochi ne parlavano, era un punto fisso nella mente di tutti.

Dopo aver trascorso un tempo che le sembrò infinito – ma che in realtà era solo una manciata di minuti – ad ascoltare i pensieri degli altri, Anya lasciò la pietra e tornò a guardarsi attorno. In mezzo a quel tripudio di colori, un banchetto la incuriosì. Le sembrava che quel carretto, anche se modesto e poco appariscente, le chiedesse di avvicinarsi. Senza aspettare la compagna, indaffarata a contrattare per le provviste, Anya si allontanò da sola.

Quanti ciondoli e collane dai cristalli più incredibili!

«Ti piacciono?» le chiese una vecchia vestita di stracci, con il volto segnato dagli anni, molto simile alla versione buona della strega che porta la mela avvelenata a Biancaneve.

«Mai visti così belli: chi li ha fatti?» chiese Anya, dimenticandosi di contraffare la voce. Si accorse subito dell'errore commesso. Tossì, riprendendo un tono rauco: «Non che a un ragazzo come me interessino i gioielli, però magari per un regalo… può capitare…» Aveva combinato un bel guaio.

«Non ti preoccupare, ragazzina, manterrò il tuo segreto. Di una vecchia come me ci si può ancora fidare» la rassicurò a bassa voce la donna, che sembrava aver colto la sua agitazione. «In quanto ai gioielli, sì, la maggior parte li ho creati io… e hanno tutti una funzione particolare.»

«Davvero?»

«Certo. Alcuni calmano gli animi» spiegò, passando la mano nodosa su alcune collane dalle pietre verde brillante. «Altre spingono le persone ad agire…» E le mostrò dei braccialetti viola. Indicò poi fermagli e orecchini: «Ponderatezza, temperanza, parsimonia…»

Anya si perse nelle sue spiegazioni, rapita da quel baluginio colorato. «Volontà, salute...» In mezzo al banco ingombro di cristalli scorse un anello che la catturò.

La piccola pietra ovale, incastonata su una montatura in oro bianco, sprigionava il colore dell'acqua, dell'oceano, di tutti i mari, emanando una sensazione di refrigerio e pace.

«L'anello che stai guardando invece non è opera mia. Mi è stato donato e ha un potere speciale...»

Anya la fissò interrogativa.

La vecchietta abbassò la voce, come se ciò che le stava per rivelare fosse estremamente importante e riservato.

«Tanti anni fa il nostro regno dovette affrontare una guerra oltremodo difficile. Molti uomini vennero chiamati alle armi, per combattere quello che allora era considerato un grande pericolo. Tra loro fu reclutato un giovane che viveva in un villaggio non molto lontano da qui. Partì senza ribellarsi, ma con la morte nel cuore. Tuttavia, non fu l'unico a soffrire per la partenza. Una ragazza, da anni innamorata di lui, non poteva sopportare la sua assenza e temeva che non tornasse. Si rivolse così a una fattucchiera. All'epoca se ne trovavano molte disposte ad aiutare il prossimo per qualche modesto compenso. La giovane donna era disperata, avrebbe dato qualsiasi cosa per far tornare a casa sano e salvo il suo amato. La fattucchiera se ne rese conto e invece di chiederle del denaro, volle qualcosa che valeva molto di più...»

«Che cosa?» Anya era con il fiato sospeso.

«La sua capacità di amare. Il giovane sarebbe all'istante comparso al suo fianco, sano e salvo, ma lei non avrebbe provato nessuna emozione, perché dal suo cuore sarebbe scomparso il sentimento...»

«E la ragazza che cosa fece?» chiese Anya, anche se nel suo animo conosceva già la risposta.

Le labbra della vecchia si piegarono in un triste sorriso. «Non esitò. L'amore che provava per quel giovane la spinse ad accettare. Fece quindi ciò che le disse la fattucchiera: pianse, pianse con tutta sé stessa. La donna trasformò in pietra l'ultima delle sue lacrime: una pietra azzurra come i suoi occhi, trasparente come la sua innocenza. "Ora stringila forte e desidera con tutto il tuo cuore che il tuo amore ritorni" la sfidò ridendo. La ragazza capì troppo tardi l'inganno... Come poteva desiderare ardentemente il suo amato se non era più in grado di amarlo? Quella donna non era altro che una infida strega bramosa di tenere la pietra per sé. La giovane, sconvolta, approfittò di un momento di distrazione della megera per scappar via. Fuggì dal suo paese, dalla sua famiglia, con la sua pietra, nella speranza sempre più vana di riavere indietro, con il tempo, il suo cuore.

«Purtroppo il destino non le permise più di amare e condusse una vita lunga, ma solitaria. L'unica cosa che si concesse in tutti quegli anni di forzato esilio fu di incastonare il suo cuore tramutato in pietra dentro un anello di oro bianco.

«È stata mia madre a darle conforto nel letto di morte. Le sue ultime volontà riguardarono proprio questa piccola pietra: non voleva che il suo cuore morisse con lei. Lasciò l'anello a mia mamma, con la promessa di averne cura, e una volta che fosse giunto il momento, di donarlo a chi ne avrebbe avuto bisogno.

Quando mia madre invecchiò, lo diede a me. Io non ho avuto figli e questo anello mi accompagna da tanto tempo, come in attesa…»

Anya era talmente presa dalla vicenda che quasi si era dimenticata del motivo per il quale la vecchia gliela stava raccontando. Abbassò lo sguardo e scrutò la pietra che aveva attirato la sua attenzione.

«In quanto al giovane, non si ebbero più sue notizie. Qualcuno disse che era diventato soldato di professione e che aveva girato tutta Menish come mercenario, ricercando la fama o una morte gloriosa.»

«È una storia davvero triste» commentò Anya.

La vecchia non lo negò. I suoi occhi erano ancora fissi su di lei.

«Credo che questo anello sia destinato a te.»

Lei impiegò qualche attimo per capire.

«Cosa, io? Non ho abbastanza soldi… e in ogni caso non potrei mai accettarlo!»

La vecchia la rassicurò. «Non penso che questo gioiello si possa comprare. Consideralo un regalo» disse, mettendoglielo fra le mani e sorridendo rassicurante. «Ora torna dalla tua amica. Si fa tardi e siete in grave pericolo» . Qualcun altro si stava avvicinando al suo banco e la vecchia si girò verso i nuovi clienti, come per farle capire che aveva concluso.

«Grazie…» le sussurrò Anya e, ancora frastornata, si allontanò in fretta.

Soltanto quando fu distante si rese conto che non aveva mai menzionato alla vecchia la sua compagna di viaggio.

* * *

Continuò a camminare ancora qualche minuto sola, con la mente altrove, prima di vedere Vanessa vicino al banco di un fornaio. Stava divorando qualcosa.

«Buonissima» le biascicò a bocca piena. «Questa focaccia è faaantastica!»

«Credo sia meglio avviarci» cominciò Anya, ma in quel momento due guardie sbucarono dal fondo della via insieme a una donna ben vestita che gridò: «Prendeteli! Riconosco quegli abiti!»

Vanessa sputò il boccone di focaccia, prese la mano di Anya e si mise a correre.

Perché diavolo non porto mai il medaglione al collo? si rimproverò Anya, stentando a tenere il passo di Vanessa. Le guardie si stavano avvicinando e questa volta le era davvero impossibile immaginare una via di fuga.

XV
Vanessa

I soldati erano più veloci di loro. La mano di Anya le stava sfuggendo: la compagna non ce la faceva a starle dietro. Da sola forse sarebbe riuscita a mettersi in salvo, ma non con Anya.

Vedendo lo zaino rimbalzarle sulle spalle, provò un moto di rabbia. Perché erano state così stupide da non abbandonarlo? Ora era soltanto un peso. Un peso che le rallentava e le avrebbe fatte finire in galera con un biglietto di sola andata.

Lei aveva già la sacca delle provviste e la tracolla colma di rubìe, non sarebbe riuscita a correre abbastanza veloce facendosi carico anche del suo zaino.

Sentiva la mano di Anya scivolarle dalle dita.

Non ci pensò su due volte: afferrò lo zaino della compagna per la parte superiore e con un unico movimento glielo sfilò dalle spalle lanciandolo a qualche metro da loro, verso le guardie.

Era stato un gesto impulsivo che, secondo le sue previsioni, le avrebbe aiutate ad andare più in fretta, ma non aveva previsto la reazione di Anya che spalancò gli occhi inorridita e rallentò la corsa fino a fermarsi. *Cosa cavolo sta facendo?*

Ormai le guardie erano vicine. Che cosa aveva fatto di così sbagliato? Considerò l'idea di riprendere lo zaino ma, se fosse tornata indietro, quegli uomini l'avrebbero raggiunta.

Sentì il panico salirle dentro e invaderle la mente. I soldati erano a poche decine di metri. Solo un carro sgangherato che stava attraversando la strada le separava da loro.

Era terrorizzata. Le sembrava che il mondo intorno si fosse fermato.

Era finita.

E non sapeva se incolpare la compagna o sé stessa.

«Vanessa...» disse la voce di Anya, in lontananza. Come mai le guardie non le avevano ancora raggiunte?

Seguì lo sguardo della compagna. Il carro alle loro spalle si era ribaltato, ostruendo la via e liberando almeno due dozzine di galline, che ora chiocciavano per la strada e facevano inciampare i passanti.

I soldati erano ancora dietro il carro. Li avrebbe fatti ritardare.

Vanessa non rimase lì a guardare. Incoraggiata dal diversivo, afferrò la mano della compagna e ricominciò a correre. Dovevano raggiungere il drago e partire immediatamente. Non erano ancora passate le due ore previste, ma andarsene subito da Mahala era la loro unica possibilità.

Prima, però, dovevano ottenere un discreto vantaggio sulle guardie. Il carro e le galline non le avrebbero rallentate a lungo. Si infilarono in una stretta via secondaria.

Sentiva Anya ansimare al suo fianco.

Si concentrò per capire dove si trovassero: facendo la spesa al mercato avevano finito per allontanarsi più del previsto. Per fortuna ormai aveva camminato abbastanza in quella città da averne compreso il disegno. Le strade principali si diramavano a raggiera attorno al salice. Vi erano poi vie strette, disposte come cerchi concentrici, che collegavano le arterie principali, a formare una specie di ordinata tela di ragno. Sperava soltanto di non imbattersi in altri vicoli ciechi.

«Ci siamo quasi, Anya!» Si sorprese lei stessa delle sue parole. Perché la stava incitando? Se non si fosse fermata quando le aveva tolto lo zaino per facilitarla non sarebbero state così in difficoltà! Allontanò quel pensiero. Non era il momento per arrabbiarsi: se le sue supposizioni su Mahala erano giuste, sapeva la strada che avrebbero dovuto percorrere per portarsi in salvo.

Uscirono dalla via secondaria senza più vedere le guardie alle loro spalle, percorsero una strada principale e raggiunsero, come Vanessa aveva previsto, la piazza dove quella mattina avevano affittato il drago. A ogni modo, sarebbero state obbligate a fermarsi: Anya non ce la faceva più.

Il proprietario era ancora lì, e anche il drago, per fortuna. La folla si era molto diradata.

Vanessa lasciò la mano di Anya e raggiunse il proprietario del drago. «Dobbiamo partire subito...» Si bloccò. L'uomo la stava guardando in modo strano. Si era irrigidito e aveva fatto un passo indietro. Non era spaventato, ma molto stupito. Vanessa si portò una mano alla testa. Il cappello era andato perduto nella corsa. L'uomo batté le palpebre, posando lo sguardo su Anya che l'aveva appena raggiunta. A lei non era caduto il cappello, ma ormai la loro copertura era andata a farsi benedire.

«Dobbiamo partire subito» ripeté Vanessa, in allarme. Se lui si fosse tirato indietro, come avrebbe potuto costringerlo a cedere loro il drago?

«Non potete partire adesso.» L'uomo disse quelle parole lentamente, come scuotendosi da un momento di torpore.

Vanessa si guardò intorno preoccupata. Le guardie sarebbero arrivate da un momento all'altro. «Mio figlio non è ancora qui e io sono troppo vecchio per intraprendere il viaggio» spiegò. I suoi occhi scrutavano nervosi alle loro spalle.

È vero? si chiese Vanessa. Magari stava solo cercando di prendere tempo. Anya, al suo contrario, non si scompose. Si mise una mano in tasca e disse, calma: «Ci dobbiamo nascondere. In fretta. Le guardie ci stanno inseguendo».

Vanessa non sapeva più cosa pensare. Come aveva potuto Anya essere sincera con quell'uomo? *Potrebbe consegnarci ai soldati!*

Meglio scappare finché erano in tempo. Ma Anya, come se avesse compreso le sue intenzioni, le afferrò il braccio e la fissò. Il suo sguardo non lasciava dubbi: *Fidati di me*, stava cercando di dirle. Vanessa faticava a mettere la sua vita nelle mani degli altri, ma si vide costretta a mordersi le labbra e ad attendere la risposta dell'uomo. Se lui le avesse consegnate ai soldati, avrebbe condannato a morte non solo loro, ma tutta Menish.

Lo vide deglutire e, in quel momento, le sembrò più vecchio di quanto le fosse parso in precedenza. Con la fronte corrugata, si stava guardando intorno, come per cercare una soluzione.

Poi i suoi occhi si posarono sul drago in gabbia. Vanessa seguì la direzione del suo sguardo. L'animale li stava fissando e Vanessa lesse dentro quegli occhi verde smeraldo che cosa avrebbero dovuto fare.

XVI

Anya

Una delle poche cose che sua madre le aveva insegnato era dove nascondere ciò che non voleva far trovare.

Un giorno, quando Anya era ancora una bambina, sua madre le aveva fatto un piccolo regalo. Tuttavia, non glielo aveva consegnato in un pacchetto. Lo aveva nascosto, costringendola a una specie di caccia al tesoro.

Anya si era messa a cercare ovunque, controllando con attenzione tutti i cassetti, esaminando accuratamente ogni armadio e aprendo tutti i bauli. Alla fine della giornata, stanca e delusa, era ritornata dalla madre a testa bassa.

Lei le aveva sorriso e l'aveva portata nella sua stanza. «È qui» le aveva detto. «In camera tua, bene in vista, proprio davanti ai tuoi occhi.»

Quando Anya l'aveva visto, le era sfuggita un'esclamazione di stupore.

Aveva cercato in ogni angolo della casa, eppure quella piccola statuina a forma di fata era proprio sulla sua scrivania.

«Gran parte delle persone è convinta che il luogo più sicuro sia il più nascosto, ma in realtà, l'ultimo posto dove guarderesti è proprio davanti a te.»

In quella piazza la prima cosa che attirava l'attenzione era il drago. Era impossibile ignorare quel meraviglioso animale dalle squame rosse come il fuoco e dalle iridi verdi come le foglie in primavera.

Ed era proprio lì che Anya e Vanessa erano nascoste: sotto la sua ala. L'animale, quasi avesse compreso la gravità della situazione, rimaneva immobile. Sentivano solo il suo petto possente alzarsi e abbassarsi al ritmo regolare del suo respiro.

Anya avrebbe voluto stare tranquilla ma il solo pensiero che quella creatura avrebbe potuto incenerirla da un momento all'altro le impediva di mantenere la calma. Aveva letto per anni storie di draghi, eppure mai avrebbe immaginato che potessero esistere davvero: ora ne vedeva uno in carne e ossa, ma la sua presenza più che esaltarla la destabilizzava.

Vanessa, al contrario, pareva perfettamente a suo agio. Anzi, guardandola in quel momento, con la schiena appoggiata all'animale, sembrava più in sintonia con lui di quanto lo fosse mai stata con lei.

Anya aveva compreso dai suoi pensieri quanto fosse confusa; avrebbe voluto darle delle spiegazioni, ma non poteva.

Si morse il labbro fino a farsi male quando sentì dei passi concitati dirigersi verso di loro.

Trattenne il fiato e pregò che il drago rimanesse nella stessa posizione: se avesse spostato l'ala si sarebbero ritrovate allo scoperto e questa volta, per loro, sarebbe stata davvero la fine.

«Ehi, voi! Stiamo cercando due ragazzi, sono dei fuggitivi...» Il soldato continuò a parlare, ma uno sbuffo sonoro del drago le impedì di sentire oltre. Frustrata, toccò di nuovo la pietra. Subito le sfuggì un'esclamazione di sorpresa e Vanessa la guardò come se volesse incenerirla. Poi la compagna dovette provare uno strano senso di déjà-vu, perché nella sua mente comparve il ricordo di loro due nell'ufficio della preside. Non era la prima volta che si nascondevano insieme. Allora avrebbe fatto di tutto per non rivedere più quella ragazza. *Ironia della sorte…*

Anya, cercando di ritornare al presente, concentrò la sua attenzione sulla piazza. La guardia che aveva parlato era molto diffidente. Sapeva che non potevano essere andate lontano, tuttavia non riusciva a immaginare dove avessero trovato rifugio. Probabilmente si stava guardando intorno, perché i suoi pensieri corsero al drago. Anya avvertì la sua paura e capì che non sarebbe rimasto lì ancora per molto.

Fu un'altra guardia a parlare. «È tua quella sacca, Fabian?»

Sentì Vanessa, accanto a lei, imprecare fra i denti.

Quell'uomo si stava riferendo alle loro provviste; erano state costrette a lasciarle fuori dalla gabbia. L'ala del drago non sarebbe riuscita a nasconderle e, nella fretta, non avevano badato a metterle in un luogo più appartato.

«Sì, sono i nostri rifornimenti per i prossimi giorni.»

«Quanta buona roba. Pensavo che te la passassi peggio di così…»

Anya si allarmò quando sentì che un'altra persona si stava avvicinando. Percepiva con chiarezza i suoi pensieri. La voce che risuonò nella sua mente era di un ragazzo, calda e sicura.

«Oggi è un giorno speciale…» Fabian parlava con un tono così solenne e convinto che soltanto leggendogli la mente

Anya comprese che stava mentendo. «Il compleanno di mio figlio.»

Il ragazzo che si stava avvicinando stava per dire qualcosa, ma la tensione che avvertì nel padre lo indusse a tacere. Si ricompose in pochi attimi e salutò brevemente i soldati.

Nel frattempo le guardie stavano perdendo la pazienza: avevano trascorso fin troppo tempo in quella piazza, vicino a un drago potenzialmente pericoloso. Salutarono Fabian e si allontanarono. Anya avrebbe voluto capire qualcosa di più su quel ragazzo, ma Vanessa la strinse in un abbraccio improvviso, facendole perdere la presa sulla pietra.

Anya rimase molto sorpresa da quel gesto, ma quando comprese che più che dall'affetto era dettato dal sollievo per lo scampato pericolo si rilassò.

Fu allora che sentì qualcuno entrare nella gabbia. Tentò di afferrare il medaglione, ma non fu abbastanza veloce. Fece appena in tempo a staccarsi da Vanessa e a protendersi nella direzione del rumore che qualcuno smosse con delicatezza l'ala del drago e lei si ritrovò con il volto a pochi centimetri di distanza dal ragazzo a cui aveva letto poco prima i pensieri.

Rimase come paralizzata. I suoi occhi dorati erano posati su di lei. Aveva i capelli rossicci tutti scompigliati. La fissava con un misto di cipiglio e di stupore. Anya dovette sforzarsi per non indietreggiare. Era così bello da metterla in soggezione, non sembrava imbarazzato dalla loro vicinanza, anzi: Anya aveva come l'impressione che la stesse studiando.

Il ragazzo guardò alle sue spalle, in direzione di Vanessa. Lei doveva avergli risposto con un'occhiataccia, perché Anya lo vide corrugare la fronte. La fissò un'ultima volta, poi si tirò indietro e rimise delicatamente l'ala nella posizione precedente.

«Ma chi cavolo è?» borbottò Vanessa.

«Il figlio dell'uomo che ci ha affittato il drago» disse Anya. «Sarà lui ad accompagnarci a Paladish.»

«Si può sapere che cosa ti è saltato in testa?» sentì sbottare il ragazzo. «Potevi essere arrestato dalle guardie! Se avessero preso anche Lagonas sai cosa gli avrebbero fatto...»

Suo padre doveva aver cercato di zittirlo con un cenno, ma il ragazzo proseguì, ignorandolo. «L'avrebbero ucciso, come probabilmente avrebbero fatto con noi! Poi ci avrebbero sequestrato la casa, e che ne sarebbe stato di Daisy e della mamma?»

Anya provò una fitta al cuore a quelle parole. Si sentì terribilmente in colpa. Non voleva che quel ragazzo la considerasse un peso.

«Sirta, non capisci...» Fabian abbassò la voce. «Devono essere *loro.*»

Il ragazzo esitò qualche istante prima di rispondere. «Come puoi credere ancora alla profezia dopo tutto quello che è successo?» Il suo tono era affilato come la lama di un coltello.

«A ogni modo» tagliò corto il padre, sorpreso dalla reazione del figlio, «ci hanno promesso cento rubìe per avere in affitto il drago fino a Paladish.»

«Cento!» Sirta sembrava colpito.

«Penso che potrebbero fare comodo a tutta la famiglia, non credi? Senza contare che Lagonas rimarrà di nostra proprietà.»

Sirta tacque.

«Le accompagnerai tu.»

Lui accennò una protesta, ma il padre lo interruppe. «Riuscirai a tornare, prima che la sabbia arrivi a Paladish. Questo è quanto.»

Sirta non ribatté.

Anya non sapeva più cosa pensare. Perché l'uomo credeva in loro mentre il ragazzo era così diffidente? Che cosa poteva essergli successo? Provò l'impulso di leggergli ancora nella mente, ma si trattenne e concentrò l'attenzione sulla compagna che, al contrario, non sembrava affatto toccata dalla situazione. Non le importava che cosa potesse pensare quel ragazzo di lei. Se ne stavano andando da Mahala e tanto le bastava.

Le guardie di vedetta evitarono di ispezionare la gabbia del drago, per ovvi motivi, e così le ragazze uscirono da quella magica cittadina proprio come erano entrate: di nascosto, senza far rumore.

XVII
Vanessa

Viaggiarono in silenzio. Vanessa sbirciò più di una volta fuori, scostando di qualche centimetro l'ala pesante del drago. Avevano aggirato il bosco e, a quanto pareva, si stavano allontanando dal deserto. Non erano più circondate da sabbia, ma la vegetazione era ancora arida.

La gabbia dove si trovavano, anche se ben fissata con grosse funi al carro, non le dispensava da forti scossoni causati dal terreno accidentato. Nonostante Fabian esortasse le due coppie di buoi che lo trainavano, il passo era lento: probabilmente quegli animali faticavano a trasportare tutto quel peso.

Vanessa sentiva due emozioni contrastanti. Da una parte era inquieta: erano ancora dentro la gabbia e a quanto pareva si stavano allontanando dalla civiltà. Quell'uomo e quel ragazzo avrebbero potuto condurle dal re senza che loro se ne accorgessero. Dall'altra, la presenza di Lagonas la rassicurava. Sapeva che era assurdo: avrebbe dovuto temerlo, giusto? Dopotutto, avrebbe potuto incenerirle con un fiato. Come riusciva invece a essere così tranquilla? Era come se il medaglione che aveva al collo fosse una garanzia: l'animale che portava con sé da quando era bambina non avrebbe mai potuto tradirla. Riguardo a Fabian e a Sirta, invece, era tutta un'altra storia.

«Anya, cosa ti fa credere che ci possiamo fidare di loro?»

La compagna aspettò qualche istante prima di rispondere. Quando lo fece, le sue parole furono ben ponderate, come se le avesse selezionate con cura. «Non abbiamo scelta. Sospetti che vogliano una ricompensa più grande di cento rubìe? Ci avrebbero consegnate alle guardie quando ne hanno avuto l'occasione. A ogni modo, i soldati ci avrebbero catturate se fossimo rimaste a Mahala, e questo drago è l'unico mezzo che abbiamo per raggiungere Paladish prima che venga sommersa dalla sabbia. Inoltre...» esitò, come se avesse avuto paura di contraddirsi. «Be', quell'uomo crede alla profezia. Ci ha aiutate perché spera che potremo salvare Menish.»

Sì, li aveva sentiti parlare, ma poteva essere tutta una recita per non destare i loro sospetti.

«Il ragazzo non mi pare della stessa opinione...»

Anya si morse il labbro, come se quell'osservazione la infastidisse.

Vanessa nascose un sorriso e sfiorò l'ala del drago come in una carezza. La creatura si mosse al suo tocco e una luce più intensa rischiarò per pochi attimi il loro nascondiglio. Ebbe un brivido di eccitazione nel pensare che presto avrebbe volato su quello splendido animale.

«Perché quando ti ho tolto lo zaino hai smesso di correre?» domandò Vanessa, ricordando all'improvviso lo strano comportamento della compagna durante la fuga.

Anya abbassò lo sguardo e si torse le mani. «C'erano il mio

telefono, i miei libri di scuola e i nostri vecchi vestiti, dentro quello zaino.»

Vanessa sollevò un sopracciglio, sorpresa che la ragazza potesse essere tanto sentimentale.

Anya scosse la testa. «Non è un fatto di affezione. Dubito che i libri a Menish siano stampati su carta lucida e siano così colorati, come dubito che possa esistere qualche dispositivo simile a un telefono cellulare e degli abiti dai colori così sgargianti. Le guardie avranno raccolto lo zaino e guardato il contenuto... ormai avranno capito che non proveniamo da questo mondo.»

«Io... non avevo idea...» Come aveva potuto comportarsi in modo sconsiderato? Come aveva potuto non pensarci? Tutta colpa della sua impulsività. Se fosse stata meno...

«Andavo troppo lenta, se tu non mi avessi tolto lo zaino ci avrebbero catturate...»

Vanessa fu sorpresa dalle parole concilianti della compagna: se Anya si fosse comportata in quel modo, lei non l'avrebbe difesa. Probabilmente le avrebbe urlato contro, dandole dell'incosciente.

«Ho sbagliato» disse piano, e si rese conto che nella vita aveva pronunciato ben poche volte quelle parole. «Tra poco il sovrano saprà che siamo qui.»

Lentamente, Anya annuì.

XVIIII

Anya

Era quasi il tramonto quando Anya si azzardò a scostare appena l'ala del drago. Scorse in lontananza una grande casa che si stagliava solitaria nel mezzo di un campo con pochi ciuffi di vegetazione.

La luce radente della sera dipingeva i suoi contorni facendoli apparire deformati e instabili, come se i muri non riuscissero a sopportare il peso della struttura; inoltre, a far sembrare quell'edificio ancora più malconcio erano le finestre, sparse come per caso sui suoi tre piani, simili a buchi di cannonate. C'erano delle luci accese: qualcuno era in casa. D'istinto, sfiorò la pietra.

Percepì subito il sentimento di speranza nella mente di Fabian. Cercò di concentrarsi sulla casa, ma fu distratta da Sirta.

Quel ragazzo era complicato. Non aveva mai colto in nessuno emozioni così contrastanti. Da una parte era contrariato. Non condivideva la decisione del padre di ospitare le due fuggitive. Dall'altra era... incuriosito? Faticava a percepire con chiarezza quel sentimento perché Sirta sembrava volerlo celare anche a sé stesso. Anya ricordò il modo con cui l'aveva guardata. Si portò una mano ai capelli. Quando erano entrate nella gabbia si era tolta il berretto, e soltanto in quel momento si rese conto di quanto fossero sporchi. *Non è importante*, si disse, ma una parte di lei non ne era affatto convinta. Si sforzò di ignorare i pensieri di Vanessa e spostò immediatamente l'attenzione sulla casa.

Ormai erano vicine. Sentì solo due voci provenire da quell'abitazione.

La prima doveva appartenere a una bambina: era felice che il padre e il fratello fossero tornati. L'altra era di una donna. La vide uscire in veranda. Era in ansia. Si stava chiedendo perché il drago fosse ancora con loro. Non erano riusciti a venderlo? Era successo qualcosa?

«Alzati» disse a Vanessa. «Non c'è niente da temere nell'arco di chilometri.»

La ragazza corrugò la fronte. Anche lei era dello stesso parere, ma il tono sicuro di Anya l'aveva insospettita.

La sua compagna se ne accorse. *Per quanto riuscirò a tenere ancora questo segreto?* si chiese, affrettandosi ad aggiungere: «Ho controllato durante il viaggio e nessuno ci ha seguito. Siamo al sicuro».

Vanessa, ancora un po' scettica, annuì.

Spostarono con delicatezza l'ala del drago e uscirono allo scoperto. Anya aveva trascorso quelle che le erano parse ore a contatto con uno degli animali più pericolosi che si potessero immaginare. La bestia sembrava guardarle con un'aria di fiera superiorità. *Non ci farà del male*, si ripeté per tranquillizzarsi. Riportò l'attenzione sulla donna che aspettava in veranda e, per un attimo, riuscì a vedere attraverso i suoi occhi: la luce rossastra del tramonto illuminava la sua figura e quella della compagna, dentro la gabbia. L'immagine scomparve dalla mente di Anya e fu sostituita dai pensieri della donna: parole di meraviglia e di speranza. Non aveva la certezza che fossero le prescelte ma era stata la prima cosa che le era venuta in mente vedendole arrivare.

Quando giunsero sotto casa, Fabian scese dal carro e legò le redini dei buoi a una staccionata per poi dirigersi verso la moglie.

Anya si tolse la collana e se la mise in tasca per non violare oltre la loro privacy. Quell'uomo le aveva salvate, dopotutto, e sapeva per certo che di lui si potevano fidare.

Vanessa, accanto a lei, teneva le braccia conserte e guardava la coppia con la fronte corrugata.

Sirta aspettò che Fabian finisse di parlare con la madre, poi scese con un balzo dal carro e raggiunse la gabbia. Era a pochi passi da loro, ma non le degnava di un'occhiata. Anya si sentì ancora una volta in soggezione. Perché i sentimenti del ragazzo erano così diversi da quelli del padre? Non riusciva a comprenderlo e nemmeno avergli letto nella mente era stato d'aiuto. Sentiva la frustrazione crescerle dentro. Vanessa invece pareva del tutto indifferente a Sirta. Probabilmente era più abituata di lei ad essere trattata in modo brusco o non considerava importante capire le motivazioni degli altri.

Sirta spostò una leva di ferro e fece scorrere la parete della gabbia. Visto da quella prospettiva, era ancora più bello di quanto le era apparso qualche ora prima.

Faticava a dargli un'età. Il suo sguardo era duro come quello di un adulto, ma dal volto intuì che non poteva avere più di sedici o diciassette anni. Era alto e aveva le spalle larghe. I vestiti lasciavano intravedere la pelle abbronzata di chi trascorre la maggior parte del suo tempo all'aria aperta.

«Scendete» disse brusco.

Vanessa non se lo fece ripetere due volte e saltò giù.

Anya la imitò, più impacciata.

La donna tese subito loro la mano. «Sono Mara» si presentò con un sorriso. Era visibilmente emozionata. «Mio marito mi ha raccontato cos'è successo. Entrate, sarete stanche...» Vanessa le rivolse un'occhiata colma di gratitudine. Probabilmente aveva bisogno di riposo più di quanto non volesse ammettere.

Mara entrò in casa, Vanessa la seguì subito mentre Fabian si dirigeva verso il figlio. Anya si voltò. Sirta aveva liberato il drago. Lagonas teneva le quattro zampe poggiate sul terreno. Le sue ali erano spiegate e avevano lo stesso colore del sole al tramonto. In quel momento le parve che quell'animale fosse un tutt'uno con il cielo.

Del ragazzo riusciva a scorgere soltanto il profilo. Sfiorava il muso di quella creatura, quasi la volesse rassicurare. Solo allora Anya si rese conto che il drago non era trattenuto da alcuna catena. Avrebbe potuto volare via da un momento all'altro, ma non lo stava facendo. Era il ragazzo che gli impediva di andarsene. Il legame tra loro le parve così intenso che si sentì quasi in dovere di allontanare lo sguardo. Eppure esitò, ferma sulla porta: le sembrava di non avere mai visto niente di così bello. Ebbe per un attimo l'impressione che Sirta avesse spostato gli occhi da Lagonas per posarli su di lei, ma era troppo lontana per esserne certa.

Sentì la compagna chiamarla per nome. Riluttante, entrò in casa.

Seguì Mara su per le scale scricchiolanti. Per un momento si sentì persa e si chiese se quella era stata la scelta giusta. Dormire con quello splendido cielo sopra la testa l'avrebbe fatta sentire probabilmente meno a disagio.

«Avrete bisogno di un bel bagno caldo, sarete esauste...»

Sentì Vanessa ringraziare un paio di volte: doveva essere davvero sfinita per mostrarsi tanto gentile, o semplicemente provava il disperato bisogno di lavarsi. Be', dopo così tanto tempo, non aveva tutti i torti.

Stavano salendo la seconda rampa di scale quando udì dei passi al piano di sotto. Sirta era entrato in casa. Avrebbe voluto sporgersi, ma si trattenne conficcandosi le unghie nei palmi delle mani.

Mara le condusse in una piccola stanza con un armadio, uno specchio e un baule di cuoio. Era l'anticamera di una stanza più grande, dove era visibile una tinozza in legno di forma circolare. La padrona di casa entrò per preparare l'acqua.

Vanessa si avvicinò subito allo specchio. «Sono un vero disastro!» borbottò, cercando di lisciarsi i capelli con le mani. Sembrava nervosa: la sua fronte era corrugata. «Possiamo stare tranquille?» chiese ad Anya quando le fu vicina. «Ne sei certa?» Aveva parlato a voce bassissima.

Anya annuì. Certo che si potevano fidare: aveva letto i loro pensieri, sapeva che erano brave persone, ma come poteva spiegarlo a Vanessa? Scelse con cura le parole, proprio come aveva fatto poco prima sotto l'ala del drago. «Tutta Menish sa, nel bene o nel male, di noi. In questo caso siamo state fortunate...» Si interruppe vedendo la loro immagine riflessa allo specchio. Vanessa aveva ragione: erano un vero disastro. Spettinate, con i vestiti malconci, la pelle sporca e la faccia stravolta. Non aveva mai avuto occhiaie così profonde.

«Ecco, il bagno è pronto. Chi vuole essere la prima?»

Anya era sicura che la compagna non avrebbe esitato un istante e che avrebbe raggiunto con poche falcate la tinozza, invece, con un gesto noncurante, le fece cenno di andare. Anya sollevò le sopracciglia, sorpresa. «Sbrigati, prima che ci ripensi.»

Lei sorrise ed entrò in bagno chiudendo la porta.

L'acqua era tiepida. Si accomodò nella tinozza e in quel momento le parve che non potesse esistere una sensazione più gradevole al mondo.

Non avrebbe mai pensato che qualcuno potesse fidarsi di loro soltanto per l'esistenza di una profezia. Certo, i soldi promessi non guastavano ma, se non le avessero credute le prescelte, avrebbero rischiato lo stesso così tanto?

Sempre che lo fossero davvero, le prescelte. Quella parola suonava davvero troppo altisonante. Si massaggiò le tempie, come per cercare un senso a tutto quello che stava accadendo.

E Sirta? Le era impossibile pensare a lui senza sentirsi nervosa. Non aveva mai provato una sensazione simile, e aveva incontrato quel ragazzo solo poche ore prima.

Trattenne il fiato e immerse la testa sott'acqua, come se l'apnea potesse mettere a tacere il suo cuore.

XIX
Vanessa

Non era per generosità che aveva lasciato fare il bagno per prima ad Anya. Vanessa voleva vederci più chiaro in quella situazione, anche se non sapeva come. Oltretutto, aveva il dubbio che Anya le stesse nascondendo qualcosa: a volte esitava a lungo prima di parlare e lasciava passare troppo tempo tra una frase e l'altra. Possibile che fosse solo il suo modo di fare?

Avrebbe voluto porre a Mara qualche domanda, ma non sapeva da che parte cominciare. *Come potete fidarvi di noi?* No, non sembrava un buon inizio per una conversazione. E nemmeno: *Credete così tanto in una profezia da lasciar entrare in casa vostra due perfette estranee?* suonava molto rassicurante.

Alla fine aprì la bocca per chiedere: *Cosa sapete di noi?*, ma la donna la precedette. «Vado a preparare la cena. Ho dei vestiti nell'armadio che possono andarvi bene. Cambiatevi, così potrò fare il bucato prima di andare a letto.»

«Grazie» borbottò Vanessa, troppo sorpresa per aggiungere altro. Mara le sorrise e si affrettò verso la porta. All'inizio la sua disponibilità l'aveva fatta sentire a proprio agio, ma ora iniziava a metterla in imbarazzo: era da troppo tempo che qualcuno non la trattava così bene.

Crollò seduta sul baule. La situazione le stava sfuggendo di mano.

Si era abituata all'idea di essere in un altro mondo, era il resto che faticava ancora a concepire.

Se ripensava a quell'incredibile cielo, con le stelle che brillavano anche di giorno, le veniva il mal di testa. Quando le parole di Laila le risuonavano nelle orecchie provava paura e frustrazione: quella donna aveva scaricato sulle loro spalle un immane peso senza nemmeno chiedere il permesso. Faticava ad accettare il fatto che si erano ritrovate nel deserto, che avevano evitato per un soffio le frecce delle guardie e che un sovrano usurpatore le voleva morte. E, per di più, tutti in quel mondo sapevano della loro esistenza; rievocò il vaso rotto e l'espressione stupita della donna che per prima le aveva riconosciute.

Era tutto semplicemente *troppo*.

Per non parlare della magia. Dubitava che sarebbe mai riuscita ad abituarcisi. Prima l'ologramma, poi la mappa, il salice di cristallo, le pozioni che aveva visto al mercato e ora... il *drago*. Be', a essere sincera, quell'animale era l'unica cosa in grado di tranquillizzarla, come faceva il suo medaglione da quando era bambina, dopotutto.

Per allontanare quei pensieri aprì l'armadio, in cerca di un possibile vestito da mettere.

Solo cinque... pensò, per nulla sorpresa: quella famiglia, come aveva sentito dire a Mahala, non navigava nell'oro. Le vesti erano simili agli abiti più modesti che aveva trovato nella sartoria: avevano il colore delle piante, della terra, di un ruscello montano. Ne prese uno ocra tra le mani. Le maniche arrivavano a tre quarti. Ne tastò la consistenza: la foggia era grezza.

Fu allora che si sentì osservata. Era impossibile che Anya fosse uscita dal bagno, la porta era ancora chiusa. Si voltò di scatto.

Sulla soglia c'era una bambina con la faccia sveglia. Fu questo a colpirla e a rendergliela subito simpatica.

Dimostrava non più di dieci anni. Aveva i capelli folti, ricci e, ovviamente, rossi: Mara era l'unica in famiglia ad averli corvini.

«Quello è il mio preferito» affermò la ragazzina, per nulla intimidita. Le si avvicinò e si sedette sul baule. Il suo sguardo curioso si posò prima sul vestito, poi impudente cercò i suoi occhi. Vanessa ebbe la sensazione che stesse tentando di capire che cosa avesse la forestiera di speciale.

«Allora, siete voi?» le chiese, con la schiettezza che soltanto una bambina di quell'età poteva avere. La fissava attenta a non farsi sfuggire nulla.

Vanessa avrebbe voluto dirle che sì, erano loro, ma sarebbe stato mentire a sé stessa. Come faceva a esserne certa?

«Lo spero» rispose infine. Probabilmente se ci fosse stato un adulto nella stanza, nella condizione in cui si trovavano, avrebbe risposto di sì con un sorriso. Insomma, dubitava che quella famiglia avrebbe rischiato così tanto per loro se non fosse stata sicura che fossero le prescelte. Fu contenta che la compagna stesse facendo il bagno e non l'avesse sentita ammettere la verità.

La piccola annuì. La voluminosa chioma rossa seguì il movimento della sua testa. Poi, dopo aver riflettuto un momento, chiese: «Come mai non ne sei sicura?»

«Be'...» Bella domanda, perché? Si era sentita forzata in questa missione fin dal primo istante. Non era mai stata una sua scelta: troppa responsabilità. Aveva perfino abbandonato l'idea di intraprendere in futuro gli studi di medicina proprio perché la spaventava il pensiero di avere tra le mani la vita delle persone. Ma adesso non era nella stessa situazione?

«Credo che non basti una profezia. Penso che si debba dimostrare di essere le prescelte.»

Questa volta la bambina sorrise. «Allora siete voi.»

Vanessa la guardò interrogativa.

«Una prescelta avrebbe risposto proprio in questo modo.»

Vanessa ricambiò il suo sorriso. Quella ragazzina le stava proprio simpatica.

«Comunque io sono Daisy.»

«Piacere di conoscerti, Daisy, io sono Vanessa.»

«È un bel nome.»

«Grazie.»

La ragazzina scrollò le spalle e Vanessa fu certa che non l'avrebbe detto se non l'avesse pensato davvero.

«E la tua amica?»

Lei corrugò la fronte: non l'avrebbe proprio definita sua "amica", ma le sembrava uno spreco d'energie correggerla.

Quasi l'avesse sentita, Anya uscì in quel momento dal bagno. Aveva ancora indosso i suoi vecchi vestiti e i capelli gocciolavano sulle assi di legno. Guardò Daisy e si irrigidì, ma prima che potesse dire qualcosa, Vanessa afferrò il vestito ocra e si infilò nell'altra stanza. Aveva bisogno di rimanere sola, almeno per una decina di minuti. Fissò la tinozza, cercando di non pensare che Anya ci aveva appena fatto il bagno. *Come in piscina, no?* cercò di convincersi. *Solo che nelle piscine c'è il cloro*. Si guardò intorno per cercare del sapone. Su un ripiano trovò delle piccole pietre azzurre dentro un contenitore di ceramica. Avevano un profumo delizioso. Sapevano di mare, di salsedine.

Ne gettò una manciata nella vasca e, all'istante, ogni pietra sprigionò delle bolle di sapone. Alcune rimasero nell'acqua e divennero schiuma, altre si sollevarono in aria e iniziarono a salire lentamente fino a scoppiare contro il soffitto.

Be', ogni tanto la magia ha i suoi vantaggi... pensò Vanessa, prima di immergersi nell'acqua ancora tiepida.

Quando Vanessa uscì con indosso il vestito ocra di Mara trovò Anya immersa in una conversazione con Daisy. Sembrava esasperata.

«Quindi avete ingannato le guardie per entrare?» le stava chiedendo la bambina. Anya si girò e le lanciò un'occhiata supplice. *Aiutami*, sembrava voler dire. Vanessa trattenne a stento una risata. Che strano, era la prima volta che si creava una sorta di intesa tra di loro.

Anche Anya si era cambiata. Ora indossava il vestito azzurro chiaro di Mara. Quell'abito le donava: sembrava un elfo. I capelli a caschetto erano infatti ancora bagnati e le orecchie a sventola ben visibili.

«Proprio così...» intervenne Vanessa, ma l'arrivo di Mara le impedì di continuare.

«Daisy!» esclamò. «Ti avevo detto di rimanere in camera tua!»

La piccola sorrise, come se non avesse fatto nulla di male. «Pensavo di potermi rendere utile...»

Mara sospirò, poi con tono gentile disse alle sue ospiti: «La cena è pronta.»

XX

Anya

S*tai tranquilla*, si disse Anya, *è solo una cena*.

Eppure non riusciva a calmarsi. *Hai affrontato situazioni ben peggiori, non ti pare? Poi, perché tutta questa ansia? Non ne ho motivo*. In realtà sapeva benissimo perché si sentiva così, ed era proprio quello il problema.

Scesero le scale e raggiunsero la sala da pranzo. Quando vide che al rotondo tavolo di legno era seduto solo Fabian, sulle prime fu sollevata, ma poi avvertì una punta di delusione.

Lei e Vanessa sedettero vicine. Daisy prese posto accanto alla compagna. La cosa non la sorprese: aveva notato un'affinità nei loro caratteri. Lei aveva invece faticato parecchio a sopportare l'ondata invadente delle sue domande.

Ancora in piedi, Mara si appoggiò allo schienale della sedia accanto a lei. *Meglio così*, cercò di convincersi Anya. Al fianco della moglie c'era Fabian. Rimaneva libero un unico posto, esattamente di fronte a lei. Il tavolo era piccolo, ma confortevole, con in mezzo una candela accesa, dalla cera intatta, come se quella fiammella, per brillare, non avesse bisogno di scioglierla. Represse un sorriso. Piccoli segni di magia che le ricordavano di non essere sulla Terra. In tavola c'era anche una grande pentola. Scorse all'interno strane verdure bianche a forma di pomodori. Niente carne. Probabilmente non avevano abbastanza denaro da permettersi cacciagione o animali da allevamento.

Sirta entrò in quel momento, preceduto dal rumore dei suoi passi. Non le salutò e quasi non le guardò nemmeno.

Perché si comporta così? si chiese Anya. Non poteva essere semplice antipatia nei loro confronti. Lei sapeva come trovare la risposta a quella domanda. Il medaglione, nella sua tasca, sembrava pulsare, tentandola. *È sbagliato*, si disse, anche se il desiderio di scoprire che cosa passava nella testa del ragazzo era fortissimo.

«Allora, buon appetito» disse Vanessa, stranamente serena, fissando affamata il pentolone fumante.

Dall'espressione sul volto di Mara e Fabian e dal leggero cipiglio di Sirta, Anya capì che non sapevano che cosa significasse.

«È un modo di dire» tentò di spiegare, ma la compagna la interruppe subito: «Significa che possiamo mangiare».

Sul volto di Daisy comparve un sorriso. «Mi piace, come espressione» sentenziò.

Senza attendere oltre, Mara si mise a servire. C'era una strana sensazione nell'aria. Strana, ma non sgradevole. Si sentiva quasi a casa. Erano a tavola con una famiglia che le aveva accolte senza chiedere nulla su di loro. Una vera famiglia. Si domandò che sentimento provasse Vanessa, perché la vide rannuvolarsi all'improvviso.

«Da dove venite?» chiese Fabian.

Osservandolo così da vicino pareva diverso dall'uomo che aveva conosciuto solo poche ore prima. La barba ispida, che di primo acchito le era parsa il vezzo di chi tratta affari, gli conferiva ora un'aria un po' dimessa. Anche i capelli le sembravano più bianchi: il rosso, ereditato poi dai figli, era sbiadito come in una vecchia fotografia.

«Negli ultimi tempi corre voce che le prescelte vengano da un altro mondo» proseguì, inghiottendo il primo boccone.

«Sì, è vero, non siamo di qui» rispose Anya, cercando di non parlare troppo in fretta.

Per la prima volta da quando erano a tavola Sirta le stava fissando. Era curioso, nonostante cercasse di non darlo a vedere.

Anya avrebbe potuto proseguire nella spiegazione, ma attese. Voleva che fosse Sirta a chiederle di continuare. Il ragazzo parve rendersene conto. Ci pensò su per qualche istante, poi la curiosità ebbe la meglio. «È simile a Menish?»

Lei fece cenno di no con la testa. Non aveva mai pensato a come descrivere la Terra in breve. Provò a strutturare mentalmente un discorso, ma si rivelò più complicato del previsto. «Il cielo è diverso: nel nostro mondo le stelle sono visibili soltanto di notte. Non ci sono draghi e nemmeno incantesimi o pozioni: non esiste la magia, ma la tecnologia.» Soltanto quando lo esplicitò Anya si rese conto che era davvero quella la differenza maggiore tra la Terra e Menish. Lì una lacrima poteva diventare una pietra, si viaggiava non sugli aerei, ma in groppa a draghi e gli alberi potevano essere di cristallo.

Ma lei, in possesso del medaglione che le permetteva di leggere nella mente delle persone, a quale mondo apparteneva?

«Sulla nostra Terra possiamo comunicare a migliaia di chilometri di distanza grazie a piccoli oggetti di vetro e metallo.»

Sirta stranamente accennò un sorriso. Lei sentì qualcosa dentro. Era un sorriso splendido. Un po' sghembo, ma per nulla sarcastico.

«Da come la racconti sembra una magia» disse lui.

Lei avrebbe voluto ribattere, spiegarsi meglio. Normalmente ci sarebbe riuscita senza difficoltà, ma le parole le morirono sulle labbra. *Cavoli, Anya, concentrati, accidenti…*

Il sorriso di Sirta si spense, come se si fosse accorto troppo tardi di aver commesso un errore. Ricominciò a mangiare in silenzio.

Tuttavia Daisy era troppo incuriosita per lasciar perdere. «E sono rari, questi oggetti?»

«No» disse Anya, cercando di riprendersi. Impiegò qualche attimo in più del dovuto per finire la frase. «Tutti ne hanno uno, o più di uno. Li tengono sempre con sé e molti faticano a separarsene...»

«Hai il tuo da mostrarmi?» chiese trepidante la bambina. Anya scosse la testa e solo allora si rese conto che, in effetti, non aveva mai passato così tanto tempo senza usare il suo telefono. Sorprendentemente non ne sentiva la mancanza.

Vedendo che tutti avevano ripreso a mangiare, si concentrò sul suo piatto. Nonostante fossero solo verdure, avevano un ottimo profumo. Anche il sapore non era poi così male: le ricordava per certi versi quello delle mandorle.

Avevano quasi finito la cena quando Mara, un po' incerta, chiese: «Come... come pensate di procedere, di preciso?»

Anche se non era stata chiara, Anya aveva capito che cosa intendeva: cosa dovevano fare per fermare la sabbia e salvare la vita di tutti loro? Mara aveva cercato di porre quella domanda con naturalezza, ma una ruga di preoccupazione le solcava la fronte. Era più angosciata di quanto desse a vedere. D'altronde, la sua vita e quella della sua famiglia erano nelle loro mani.

Si meritava una risposta, come se la meritava qualsiasi abitante di Menish, ma Anya sentiva che dire loro tutta la verità sarebbe stato troppo pericoloso. Il sovrano poteva venire a sapere che quella famiglia le aveva ospitate. Se ciò fosse successo, li avrebbe potuti torturare per farli parlare. Non poteva permettere che ciò accadesse.

Anche Vanessa aveva capito e la guardava nervosa.

«Dobbiamo recuperare degli… oggetti indispensabili per chiudere il portale» spiegò infine, stando sul vago. «Il primo si trova a Paladish. Per questo motivo dobbiamo arrivare fin lì appena possibile.»

Fabian annuì con aria grave. «Partirete domani mattina, appena sorgerà il sole.» Si massaggiò le tempie. «Non posso ancora credere che siate proprio voi, sedute qui, a mangiare con noi.»

Anya provò empatia nei suoi confronti. Avrebbe voluto rincuorarlo, ma rimase in silenzio. Lentamente Fabian continuò: «Mia sorella era a Talay quando è iniziato tutto questo». La sua voce era lì lì per spezzarsi. Anya vide Sirta irrigidirsi, come se volesse impedire al padre di proseguire.

«Eravamo tutti molto legati a lei e a suo marito. Non avremmo voluto che si spingessero così lontano, ma loro non hanno sentito ragioni. Mia sorella era così vivace, piena di vita, così simile a Daisy…» *Era*, si ripeté Anya, immaginando come sarebbe andata a finire la storia.

«Erano giunte voci di una femmina di drago in vendita a Talay. Sembravano affidabili. Era il nostro lavoro: consegnavamo merci servendoci dell'aiuto di Lagonas. Stavamo attraversando...» esitò, poi proseguì: «... un periodo più florido, più felice: potevamo permetterci di comprare un altro animale. Sarebbe dovuto andare Sirta con Lagonas, ma fargli intraprendere da solo un viaggio così lungo era fuori questione e, a ogni modo, non sarebbe stato in grado di tornare con due draghi». Anya vide il ragazzo serrare la mascella. «Così, quando si offrirono volontari mia sorella e suo marito, sembrò a tutti la soluzione migliore. Consegnammo loro quasi tutto il nostro denaro e partirono con il loro carro. Fu l'ultima volta che li vedemmo. La sabbia li ha travolti senza che potessero fare nulla per evitarlo e ha portato via con loro tutti i nostri risparmi...»

«Basta così.» La voce di Sirta era alta e severa. Anya lo guardò, stupita, poi comprese. *Sarebbe dovuto andare Sirta con Lagonas...*

«Sirta, sono le uniche persone che ci possono aiutare...»

«Vedo come ci hanno aiutato finora.»

Anya ebbe l'impressione che una lama l'avesse colpita al petto, tanto era stato tagliente il suo tono. Sirta si alzò così di scatto che la sedia rischiò di ribaltarsi. «Scusate, ma mi è passata la fame.»

Uscì dalla sala da pranzo sbattendo la porta.

Fabian cercò di scusarsi per il comportamento del figlio, ma Anya non lo stava più ascoltando. Non ce n'era bisogno. Si alzò a sua volta senza riflettere e con qualche parola di congedo uscì in cortile.

Il cielo era splendido. Le stelle brillavano intense e i tre pianeti compivano lenti le loro orbite. Il ragazzo era a una ventina di metri da lei e fissava l'orizzonte con le braccia conserte. Era talmente immobile da sembrare una statua.

Che cosa sto facendo? pensò Anya. Era poco più di uno sconosciuto, perché ci teneva così tanto? Gli si avvicinò cercando di non far rumore. Se lui la sentì arrivare, non lo diede a vedere.

«Non è stata colpa tua» disse piano. Sirta non rispose subito, tanto che lei temette che lui non l'avesse udita.

«Non è stata colpa mia?» ripeté invece il ragazzo, in tono frustrato, voltandosi verso di lei.

«Non potevi immaginare che cosa sarebbe successo. Non è giusto che ti consideri responsabile per...» Anya esitò. «... Per quello che è accaduto ai tuoi zii.»

«Sarebbero ancora vivi se fossi andato io, e invece... quel viaggio troppo lungo mi ha messo paura. Ed ecco il risultato...» La voce gli si spezzò. Si ricompose in fretta, come per nascondere il suo dolore. Rimase qualche minuto immobile, in silenzio, e Anya ebbe l'impressione che stesse tentando di mettere ordine nei suoi pensieri.

«Sai...» continuò poi. Ora la sua voce era ferma, ma trapelava la rabbia. «Mi ero arreso, ormai tutti ci eravamo arresi all'idea di dover morire. Era accaduto ai miei zii e così sarebbe accaduto anche a noi. Ero sicuro che, da qui a poche lune, saremmo morti tutti. Io, mio padre, mia madre, la piccola Daisy.» Tirò un calcio a un sasso. Alzò ancora di più la voce. «Non vedevo più la luce! Per questo i miei genitori volevano vendere il drago. Non avevamo più denaro, nessuno chiedeva più i nostri servigi, saremmo morti di fame, a che cosa sarebbe servito allungare ancora di più le nostre sofferenze? Nemmeno un drago è in grado di volare per sempre.»

Abbassò il capo, riprendendo fiato. Poi si voltò a guardarla. Per la prima volta Anya vide qualcosa di diverso brillare nei suoi occhi. Impiegò qualche attimo a capire che si trattava di speranza.

«E ora, dal nulla, arrivate voi, a offrirci dei soldi e un futuro. Nessuno lo credeva più possibile. Mia madre piangeva la notte fino ad addormentarsi stremata, mio padre aveva smesso di sorridere e persino svolgere i suoi lavori quotidiani gli risultava faticoso.» Socchiuse gli occhi, fino a ridurli a due fessure. «Il peso di questo incubo è ricaduto su di me. Ero l'unico in famiglia che riusciva a mostrarsi abbastanza forte da andare avanti come se nulla fosse…»

Tacque, a pochi passi da lei. Probabilmente era da quando la sabbia aveva cominciato a devastare Menish che il ragazzo non aveva più avuto la possibilità di mostrarsi debole. Non doveva essere facile per lui: l'emozione stava prendendo il sopravvento.

«La consapevolezza di non essere più solo, la prospettiva che tutto questo dolore potrà avere una fine, che noi potremmo ritornare a vivere come prima… è troppo bello per diventare reale.»

Aveva abbassato la voce. La stava guardando dritta negli occhi. «Promettimelo, Anya, promettimi che non fallirete.»

Non si era mai presentata, ma lui sapeva il suo nome, e sentirlo pronunciare dalle sue labbra la fece rabbrividire. Sentiva le lacrime pungerle gli occhi. Non aveva mai visto un ragazzo così scosso. Era come se lui fosse un naufrago e lei l'unico appiglio per rimanere in vita.

«Noi faremo del nostro...»

«Ti prego...» Ora la sua voce era diventata un sussurro.

Si era avvicinato di un passo e l'aveva stretta in un abbraccio. Un abbraccio disperato. Stava mettendo la sua anima nelle mani di lei. Per un ragazzo che era stato ferito così intensamente ed era stato costretto a fingersi tanto forte quando gli altri si mostravano deboli, doveva essere quasi impossibile.

Eppure lui lo stava facendo.

E, tra tutte le persone con le quali avrebbe potuto esporsi, aveva scelto lei.

«Te lo prometto, Sirta.» La voce le tremava, ma volle ripeterlo: «Te lo prometto».

Sentì che i muscoli di Sirta si rilassavano, ma lui non sciolse l'abbraccio.

Rimasero stretti l'uno all'altra per un tempo che le parve infinito, prima che lui scostasse il viso dalle sue spalle.

Illuminato dalla luce degli astri era ancora più bello. I capelli rossi, mossi leggermente dalla brezza, sembravano quasi neri nella notte. L'espressione del suo volto era finalmente tranquilla e quegli incantevoli occhi dorati brillavano come le stelle del firmamento.

Anya ebbe la sensazione che l'avrebbe baciata. Sentì il suo fiato caldo sfiorarle il viso. Stava per chiudere gli occhi ma, prima che potesse farlo, vide la fronte del ragazzo corrugarsi, come se solo in quel momento si fosse reso conto di quel che stava facendo.

«Scusa» borbottò Sirta, scostandosi in fretta. «Non so cosa mi sia preso…»

Poi si voltò e si avviò verso casa, lasciandola sola.

XXI
Vanessa

Vanessa faticava a prendere sonno. Forse era quel pavimento che scricchiolava sotto il suo peso a impedirle di abbandonarsi tra le braccia di Morfeo. Nonostante quella casa avesse numerose stanze, la maggior parte era vuota. Non era difficile immaginare il perché: probabilmente prima di arrivare a vendere il drago avevano ceduto tutti i loro averi, mobilia compresa.

Fabian aveva offerto loro la sua camera da letto, ma Vanessa aveva cortesemente rifiutato. Mara l'aveva accompagnata quindi in una stanza al primo piano e le aveva lasciato delle coperte e due cuscini. Lei l'aveva ringraziata e la donna se n'era andata augurandole la buonanotte.

Daisy, come accade ai bambini più attivi, dopo cena si era spenta come un giocattolo a cui vengono tolte le batterie ed era andata a dormire. *Ma Anya?* Non riusciva a capire perché non fosse ancora rientrata. E soprattutto, perché le importava?

Era passata più di un'ora da quando aveva finito di cenare e Sirta era tornato in casa qualche decina di minuti più tardi. *Che Anya fosse in pericolo?* Per questo motivo non riusciva ad addormentarsi? Era preoccupata per lei? Che cosa assurda. Era decisamente improbabile che ci fossero dei problemi: distavano molti chilometri da Mahala e dubitava che le guardie sarebbero venute a cercarle fin lì.

Che stia perdendo la testa per Sirta? Era così scontroso con loro... ma era possibile, nonostante il suo strano comportamento, che la compagna provasse qualcosa per lui.

Era indubbiamente un bel ragazzo e, a prima vista e in un'altra situazione, non avrebbe lasciato indifferente nemmeno Vanessa. Ma i suoi modi scortesi la inducevano a provare nei suoi confronti solo antipatia.

Scacciò quei pensieri e ricordò la cena. Le era sembrato assurdo ma, circondata da persone che volevano aiutarle, seduti tutti insieme a mangiare un pasto caldo, aveva avuto l'impressione di trovarsi a casa. Anzi, nemmeno a casa le capitava spesso di sentirsi così. Daisy, dopo che Anya se ne era andata, le aveva rivolto qualche domanda sulla Terra, scrutandola con occhi curiosi. Le aveva chiesto se i bambini erano diversi da quelli di Menish e aveva ascoltato attentamente la risposta. L'aveva interrogata sulla città in cui viveva, e Vanessa si era divertita a osservare le facce stupite della bambina e dei suoi genitori. Era stato complicato spiegare loro cosa fossero i grattacieli, anche perché il nome non rendeva molto l'idea.

Sei in un altro mondo, Vanessa, si disse, *un mondo che molto probabilmente scomparirà sepolto dalla sabbia... non puoi affezionarti.* Eppure quella cena frugale le aveva ricordato i suoi genitori. Si sentì invadere dalla tristezza e sperò di addormentarsi in fretta. Odiava sentirsi debole. Le accadeva quando i ricordi prendevano il sopravvento o quando si sentiva sola. Dalla loro partenza aveva avuto poco tempo per disperarsi, ma la consapevolezza della missione che dovevano compiere non l'aveva mai abbandonata.

Sentiva il fardello di milioni di vite sulle spalle e il fatto di non essere stata lei ad accettare quell'arduo compito la rendeva ancora più nervosa.

Poi la porta si aprì e il pavimento scricchiolò sotto i passi di Anya. Vanessa non aveva voglia di parlare e finse di dormire. La compagna prese da terra una coperta e se la avvolse intorno, coricandosi accanto a lei. La sentì sospirare e rigirarsi più volte su sé stessa: anche lei faticava ad addormentarsi.

Be', almeno non sono del tutto sola. Fu la prima a sorprendersi per quella riflessione, così poco da lei, specialmente considerando la persona a cui si riferiva. Ma non c'erano dubbi al riguardo: da quando Anya era entrata nella stanza, il senso di solitudine che aveva provato era scomparso.

XXII
Laila

Non aveva mai sentito il sovrano alzare così tanto la voce. Nonostante si trovasse nelle segrete, le sue grida erano talmente forti da poter risuonare fino al pian terreno del palazzo.

«Dimmi la verità! Sto perdendo la pazienza!»

Laila, accasciata sul pavimento della sua cella angusta, faticava ad alzare lo sguardo. Il sovrano, dalla parte opposta delle inferriate, continuava ad urlarle domande. Non era mai ricorso alla tortura ma, di giorno in giorno, le quantità di cibo si riducevano. La stava uccidendo lentamente.

Con il passare del tempo, la regina si era quasi abituata a quell'isolamento totale: riusciva a sopportare di rimanere sola con i propri pensieri rievocando ricordi felici. Serrava le palpebre, si rinchiudeva in sé stessa e ricordava gli anni trascorsi. Ma ogni giorno che passava le risultava sempre più difficile richiamare alla mente il verde intenso dei prati e il sole splendente: quelle orrende segrete erano quanto di più inquietante si potesse immaginare. Le pareti erano umide, basse e lasciavano ristagnare un forte odore di muffa. Non c'era neppure una feritoia, solo una torcia appesa a un anello di ferro all'inizio del corridoio rischiarava fioca l'ambiente.

«Vengono dall'altro mondo, non è così? Cos'altro mi nascondi?»

Laila riusciva ormai a ignorare le parole del sovrano. Quasi ogni giorno, per quanto lei fosse in grado di capire lo scorrere del tempo, il re veniva a farle visita, ma più che interrogarla le urlava contro tutta la sua rabbia e la sua frustrazione.

Il sovrano avvicinò la torcia alla grata di ferro per osservarla meglio. «Hanno visto due persone sospette aggirarsi la scorsa notte a Mahala. Come hanno fatto ad arrivare fin lì? Sei stata tu, non mentirmi! Parlami! Sono le due ragazze! Le mie guardie le hanno inseguite, ma sono riuscite a nascondersi!» L'uomo abbassò la voce, sprezzante. «Non vuoi proprio aprir bocca? Tanto lo so che sono loro... hanno persino trovato una borsa che conteneva degli abiti bizzarri e dei libri che non appartengono alla nostra terra!»

Laila taceva come sempre, ma sentì un calore nuovo invaderla. Da molte lune non provava più un'emozione così intensa, tuttavia, non aveva alcun dubbio di cosa si trattasse: era risorta in lei la speranza. Quelle ragazze esistevano davvero, erano reali ed erano arrivate fino a Menish! Sperava soltanto che avessero ricevuto il suo ologramma. Erano passati mesi da quando era riuscita a realizzarlo. Non era stata in grado di fare di più. Quanto era difficile credere in qualcosa, chiusa in quei sotterranei senza possibilità di vedere la luce del sole, ma adesso finalmente aveva avuto la conferma di ciò in cui confidava. Il suo popolo poteva ricominciare ad avere fiducia.

«Non ce la faranno! Laila, mi senti? La profezia è una fandonia, lo sai? Quelle parole non hanno alcun significato!»

Quella notizia le aveva infuso coraggio. Sapeva di essere

sempre più debole, ma non le importava. Le due ragazze erano ciò di cui Menish aveva bisogno e finalmente erano arrivate.

«Se per te è una menzogna, perché ti preoccupi tanto?» Era da molto che non parlava e la voce le uscì roca.

Il sovrano fu talmente sorpreso di sentirla che la torcia gli sfuggì per un attimo, sbattendo contro la grata. La fiamma diede corpo a strani bagliori infernali. «Tu sai dove sono dirette, forza, dimmelo!» esclamò, più furioso di prima.

«Mai!» gridò Laila, raccogliendo le poche forze che aveva in corpo. «Loro sono l'unica speranza per la nostra terra! Perché vuoi condannare a morte tutta Menish? Uccidimi pure, se è quello che vuoi, ma non abbandonare così il popolo a una fine certa! Vuoi regnare su un deserto di sabbia?»

L'uomo digrignò i denti. «Tu non capisci, io devo sapere... io voglio...»

Lei alzò una mano per farlo tacere. «*Devi*, *vuoi*... Sempre le tue solite frasi... esigi risposte e perseveri nei tuoi errori perché ascolti solo te stesso. Ora che sono arrivate, temi che le due ragazze prendano il tuo posto, come tu hai fatto a me! Questa è la tua paura!»

«Non sai quanto ho lottato per arrivare fino a qui, non mi farò certo spaventare da una manciata di sabbia!» sbottò il re.

Laila si tirò in piedi e raggiunse con fatica la grata. Lo guardò con occhi pieni di dolore.

«Perché non vuoi capire? Se non ti arrendi ora e non lasci che siano le prescelte a salvarci, moriremo tutti e Menish diventerà un deserto senza fine.» Proseguì tra le lacrime. «Ti illudi di riuscire a cavartela? Guardati! Hai la mente malata... corrotta dalla tua arroganza, guastata come una mela marcia dalla tua superbia. Ci stai distruggendo tutti...»

Laila scivolò in ginocchio in preda ai singhiozzi.

Il sovrano restò a guardarla piangere qualche attimo in silenzio. Poi si voltò lentamente e si incamminò verso la scala, come se quella visione lo turbasse.

«Un tempo tu non eri così, Edwin» disse Laila. «Se mi avessero predetto cosa mio fratello avrebbe fatto a me e al mio popolo, non ci avrei mai creduto!»

Il re non interruppe il suo cammino. Percorse tutto il corridoio e salì gli scalini di pietra. La porta del sotterraneo si chiuse alle sue spalle con un cupo clangore.

XXIIII

Anya

Anya era ancora incredula. Stava per baciare un ragazzo che conosceva appena. Anzi, avrebbe proprio voluto che lui la baciasse. E invece non era accaduto. *Complimenti, Anya.* Aveva fatto la figura della perfetta stupida. Sperava soltanto che Sirta non avesse capito che a quel bacio lei ci sarebbe stata eccome.

Ripensò a quel momento, a quell'istante perfetto in cui lui, dopo così tanto tempo, si era finalmente aperto con qualcuno… Scosse la testa. Ma chi voleva prendere in giro? Avrebbe detto le stesse cose a chiunque se si fosse trovato in quella situazione. Eppure il suo nome pronunciato come una preghiera dalle sue labbra… *La devo smettere. Che cosa mi sta succedendo? Non posso innamorarmi di un ragazzo di un altro mondo, è fuori questione.*

E il fatto che di lì a poco le avrebbe accompagnate in groppa al drago? No, era decisamente troppo imbarazzante.

Anya aveva trascorso gran parte della notte a riflettere su di lui e sul bacio mancato. Sirta aveva qualcosa che non aveva mai trovato in nessun altro. Forse era il peso delle responsabilità ad averlo fatto crescere così in fretta, forse era semplicemente il suo carattere…

L'affascinava il suo modo di tentare di mascherare la sua curiosità, la maniera con cui si era rivolto a lei quella sera e perfino il cipiglio che, se possibile, sembrava renderlo ancora più interessante.

«È ora di partire» urlò Daisy, spalancando la porta.

Vanessa, che stava ancora dormendo, sobbalzò nel bozzolo delle coperte. Infilò la testa sotto il cuscino sbattendo violentemente i gomiti contro il pavimento di legno. Emise un mugolio di dolore per poi protestare: «Daisy, vuoi farmi venire un infarto?» Ma Anya capì che aveva il sorriso sulle labbra.

Andarono in bagno, si rimisero i loro vestiti, che Mara aveva gentilmente lavato, e scesero per fare colazione. La donna offrì loro pane raffermo e un infuso che somigliava vagamente al tè. Aveva un sapore aspro con un retrogusto dolciastro. Anya sperò con tutto il cuore che contenesse qualcosa di simile alla caffeina.

Nonostante la colazione non fosse certo delle più ricche, ringraziarono con calore.

Quando uscirono Lagonas era già pronto e Sirta stava issando a lato di una specie di sella la loro sacca di juta, assicurandola con delle cinghie. Le sue borse erano già legate sull'altro fianco del drago.

Non appena vide il ragazzo, Anya sentì un nodo alla gola. Iniziò a torcersi le mani. Si era chiesta come sarebbe stato rivederlo e in che modo Sirta si sarebbe comportato dopo la notte precedente. Si sentiva nervosa, ma lui? Sinceramente ne dubitava.

Il ragazzo le salutò con un cenno. Sembrava che anche lui avesse dormito poco: aveva l'aria stanca e delle occhiaie sotto i suoi splendidi occhi dorati.

Il drago, con lo sguardo fiero, scrutava l'orizzonte e muoveva leggermente le ali. «Buono, non è ancora il momento» gli disse Sirta.

Hanno un'intesa incredibile, si ritrovò a pensare Anya. La compagna intanto la stava strattonando senza tanti complimenti per farla girare verso la veranda dove si trovava il resto della famiglia che era uscito per salutarle.

«Grazie di cuore» disse Vanessa, sorprendendola. «Vi saremo debitrici.»

«E di cosa? Speriamo di aver fatto abbastanza...» rispose Fabian, guardando Sirta che li stava raggiungendo per congedarsi.

Quando gli fu accanto, gli batté sulla spalla mentre Mara gli posava una mano sui capelli.

«Tornerò presto» promise Sirta, abbracciandola. Lei annuì e con fatica si staccò da lui.

La sorellina, che fino a quel momento era stata tranquilla un po' in disparte, corse verso il fratello.

«Non combinare troppi disastri, mentre sono via» le raccomandò lui in tono scherzoso. Poi, come per farsi perdonare dell'ammonimento, la sollevò tra le braccia.

Daisy gli si avvinghiò come se non volesse più lasciarlo andare. Sembrava ancora più piccola, stretta e raggomitolata come un fagotto contro la sua camicia. Anya si sentì un'ingrata a strappare via Sirta da loro.

«Andate, ora» tagliò corto Fabian, rompendo il silenzio. «Non potete attendere oltre.»

Sirta mise giù Daisy e le scompigliò la chioma rossa. Poi si girò verso le due ragazze e fece un cenno eloquente al drago.

Lagonas le stava aspettando. Anya sentì una morsa al petto.

Finora avevano compiuto solo dei piccoli spostamenti. Un breve tragitto in un deserto, poi la città e una strada polverosa per giungere in quella casa. Ma ora? Avrebbero dovuto macinare chilometri a tappe forzate per arrivare in tempo a Paladish.

La posta in gioco era alta e Anya dubitava che ci sarebbero state altre famiglie pronte ad accoglierle. Non lo disse a Vanessa, ma lo sentì nel profondo: la parte più difficile di quel viaggio doveva ancora venire.

XXIV
Vanessa

Vanessa era già accanto al drago. Non aveva mai visto un animale così bello e la consapevolezza di aver portato per tanto tempo al collo un ciondolo raffigurante proprio quella creatura glielo faceva sentire, in qualche modo, un po' suo.

Sirta la raggiunse e le indicò la staffa per salire. Vanessa vi infilò il piede e, con un balzo e l'aiuto del ragazzo, si ritrovò sul dorso di Lagonas. Il drago non si mosse, come se avesse percepito appena il suo peso.

Anya si posizionò davanti a lei, rigida e nervosa. Vanessa infilò la borsa tra lei e la compagna, in modo da mantenerla ben salda.

«Vi lego alla sella con queste corde» avvisò Sirta «così potrete dormire senza rischiare di cadere.»

Non attese una loro risposta; fece girare rapido intorno a Vanessa una fune intrecciata. Quando dovette fare lo stesso con la compagna, la ragazza lo vide cambiare espressione: lo sguardo che Sirta rivolse ad Anya era completamente diverso da quello che aveva rivolto a lei.

Era difficile comprendere i sentimenti del ragazzo, ma le parve di cogliere nei suoi occhi preoccupazione, fiducia e... affetto? Era possibile? Fu questione di un attimo, poi Sirta batté le palpebre e ritornò impenetrabile.

Che cosa poteva essere accaduto la sera prima? Cominciava ad avvertire una certa curiosità, ma sapeva che non sarebbe stata soddisfatta. Perché Anya le avrebbe dovuto dire la verità? Se le avesse chiesto qualcosa si sarebbe sentita rispondere di farsi gli affari suoi, come, d'altronde, avrebbe ribattuto lei se fosse stata al suo posto.

Inutile arrovellarsi. Riportò la sua attenzione sul drago che aspettava quieto la partenza. Sirta salì agilmente in groppa all'animale.

Daisy agitava la mano saltellando per dare all'improbabile terzetto un ultimo saluto. Vanessa ricambiò con lo stesso gesto.

«Siete pronte?» chiese Sirta a voce alta e con tono deciso.

«Sì» dissero entrambe, Vanessa convinta, Anya più titubante.

«Tenetevi forte, la salita sarà più repentina di quanto possiate immaginare.»

Vanessa non riuscì a trattenere un sorriso. Ricordò quando, in aereo, prima del decollo, si accendeva la spia delle cinture di sicurezza. Sulla Terra volare significava essere circondati da acciaio e vetro. Ora invece stava seduta su un animale, su un essere vivente in carne e ossa, non su un frutto della mera meccanica.

Si sentiva fremere dalla voglia di partire. Vide le possenti ali muoversi e le zampe battere pesanti sul terreno per prendere velocità. Trattenne il fiato fino a quando il drago non si staccò da terra.

Senza quasi accorgersene, si erano già sollevati di una decina di metri. Vanessa si strinse ad Anya, temendo di scivolare all'indietro quando Lagonas cambiò angolazione e iniziò a prendere quota. Tuttavia non voleva perdersi lo spettacolo e, compiendo forse uno dei gesti più coraggiosi della sua vita, si girò per guardarsi alle spalle mentre il drago pareva alzarsi di qualche metro a ogni battito di ali.

Il mondo sotto di lei si era già rimpicciolito. La famiglia di Sirta si faceva minuscola. Vide per un'ultima volta le braccia di Daisy muoversi da una parte all'altra prima di confondersi con il colore della terra.

La casa di legno in cui erano state accolte divenne poco più di un rettangolo scuro appiccicato al suolo.

Mahala, ora, era invece ben visibile. Le torri sembravano spessi cilindri dorati, mentre delle abitazioni si scorgevano solo i tetti rosso scuro che occupavano quasi la totalità della sua superficie. La città era a pianta ottagonale e, proprio come aveva intuito, le strade più strette erano concentriche rispetto alla cinta muraria, mentre quelle principali attraversavano l'abitato per poi convergere nella piazza del grande albero. Tuttavia, quello che le apparve dall'alto non era affatto un salice. Ebbe l'impressione che al centro di quella città vi fosse uno specchio che riflettesse la luce del sole e delle stelle. Riuscì a fissarlo solo per un battito di ciglia prima che l'intensità del bagliore la costringesse a distogliere lo sguardo.

Sentiva un senso di vertigine crescente, ma invece che paura, provava soltanto gioia.

Per la prima volta dimenticò la sabbia.

Per la prima volta dimenticò di essere una prescelta, di avere la responsabilità di milioni di vite, di essere in compagnia di una persona che sopportava malvolentieri, di trovarsi in un mondo che non era il suo. Dimenticò le incomprensioni con Katia e Mark e il dolore che spesso le impediva di sentirsi felice.

Perché per la prima volta, in tutta la sua esistenza, si sentì libera.

E tutta la sua vita passata le parve svanire e volare via nel vento, lasciando in lei solo una sensazione di spensierata felicità.

XXV

Anya

Anya si strinse a Sirta come se fosse la sua unica ancora di salvezza. Avrebbe voluto allentare la presa, ma era terrorizzata all'idea di precipitare. Riusciva, proprio come la sera prima, a percepire il battito del suo cuore. In realtà stargli così vicina le piaceva, e si odiava per questo.

Quando la salita terminò e il drago assestò il suo volo parallelo al terreno, poté tirare un sospiro di sollievo. Probabilmente Sirta se ne rese conto perché Anya sentì i sussulti lievi e ritmici della sua schiena, come se smorzasse una leggera risata.

«Mi spiace per la brusca partenza, ma vi avevo avvertite: questo è l'unico modo per prendere quota» spiegò allegro.

«Siamo ancora vive, e per il momento può bastare» ribatté lei. Accennò ad allentare la stretta sul suo petto, ma lui glielo impedì appoggiando una mano sopra le sue. Poi, come se si fosse accorto di essersi sbilanciato, riprese saldamente le briglie che erano legate alla base del collo dell'animale.

Anya ebbe la sensazione che il ragazzo, di lì a poco, le avrebbe parlato di ciò che era successo tra loro la sera precedente.

Sapeva che era stato sincero con lei, ma temeva che potesse essersi pentito del suo atteggiamento. Per quale altro motivo sarebbe dovuto correre via? Senza contare che non voleva assolutamente che Vanessa sapesse quanta influenza quel ragazzo avesse su di lei. Probabilmente l'avrebbe giudicata troppo sentimentale e influenzabile. Così lo precedette. «Ce la faremo a raggiungere Paladish in giornata?»

Lo sentì irrigidirsi. Sembrava sorpreso dalla domanda, magari desiderava davvero parlare di altro. Tuttavia, dopo essersi schiarito la voce, le rispose: «No, è troppo lontano per arrivarci in un giorno solo, e non voglio spossare Lagonas più del dovuto. Se tutto andrà come previsto, raggiungeremo Bora. Mio padre mi ha spiegato che c'è un boschetto dove trascorrere la notte. Saremo più al sicuro lontani da occhi indiscreti».

Trascorrere la notte con Sirta? No, era decisamente troppo. Volare in groppa a un drago, Sirta, un mondo da salvare, le chiavi da recuperare... Le girava la testa. Il ragazzo dovette accorgersi della sua ansia perché le disse: «Stai tranquilla, andrà tutto bene».

Anya ebbe l'impressione che anche lui si fosse stupito delle sue parole gentili, perché poi aggiunse, pragmatico: «Intendo... che arriverete a Paladish senza incidenti».

Anya fece segno di sì con la testa, rendendosi conto solo dopo qualche istante che lui non la poteva vedere.

Le ore successive trascorsero in silenzio. Vanessa si era addormentata quasi subito. Nemmeno la bizzarra situazione che stavano vivendo era riuscita a farla rimanere sveglia. Sembrava così tranquilla, con la testa appoggiata sulla spalla di Anya e le braccia ancora strette alla sua vita. La compagna invece non riuscì a imitarla: la sella era imbottita e stabile e i piedi erano saldi nelle staffe, ma non si sentiva abbastanza a suo agio da abbandonarsi al sonno. Controllò la sacca di juta e le borracce, poi infilò la mano in tasca; la collana era lì, ma temeva che scivolasse fuori. Non poteva perderla, così se la mise al collo, sotto la camicia, al sicuro.

Appena la pietra sfiorò la sua pelle, sentì una voce profonda. Capì immediatamente che si trattava di Sirta. Era riuscita a trattenersi fino ad allora e, considerando quanto fosse interessata a quel ragazzo, non era stato per niente facile. Ma in quel momento non fu più in grado di resistere. I pensieri di lui erano talmente vividi che riuscì a visualizzarli come un film.

Vide Mara, di qualche anno più giovane. Sirta se la ricordava seduta su una sedia in sala da pranzo, mentre rideva alle piroette di una bimba dai lunghi capelli ricci e rossi. L'immagine si fece più vicina. La bambina, che ovviamente era Daisy, si girò verso di lei, o meglio, verso Sirta: era strano vedere con gli occhi degli altri. Daisy allungò le braccine e lui la prese in braccio facendola roteare di nuovo.

Una sensazione strana avvolse Anya. L'emozione era così intensa da chiuderle la gola: aveva sentito così tanto amore...perché lei non riusciva a considerare la sua famiglia in quel modo? Certo, i suoi genitori erano molto severi, ma le volevano bene, e lei aveva rivolto loro così pochi pensieri negli ultimi giorni... Cercò di trovare una spiegazione a quella domanda scomoda, ma non ci riuscì.

Riprese ad ascoltare la mente di Sirta e il cambio di scenario la fece sobbalzare.

«Tutto bene?» le chiese il ragazzo, sentendola trasalire.

«Sì, certo...»

Sirta non aggiunse altro, ma tornò subito ai suoi incubi. L'immagine apocalittica che aveva spaventato Anya si rimaterializzò, ancora più terrificante di prima. Aveva già avuto modo di scorgere nelle menti afflitte della popolazione una grande paura per la sabbia, ma nulla le aveva trasmesso tanto terrore quanto quell'immagine. Un'onda, alta almeno venti metri, avanzava inesorabile, inghiottendo case, ricoprendo Mahala, irrompendo nella casa di Sirta con la potenza di uno tsunami...

Vide gli scuri delle finestre disintegrarsi e la bambina dai capelli rossi che gridava prima che l'onda...

«La sabbia è ancora lontana» balbettò Anya, con voce tremante: avrebbe detto qualsiasi cosa per interrompere quell'incubo. Sentì i muscoli di Sirta irrigidirsi sotto le sue dita. Il ragazzo si stava chiedendo come avessero potuto avere in testa contemporaneamente la stessa cosa.

«Eppure stiamo andando in quella direzione...» Per la prima volta il suo tono era lo stesso della sera precedente. *Perché con lei mi sento così?* si stava chiedendo, e Anya avrebbe voluto togliersi all'istante il medaglione. Non voleva ascoltare che cosa lui pensava di lei.

«Ci arriveremo prima di allora.» *Sto cercando di rassicurarlo?* si chiese. A ogni modo, aveva dato un'occhiata alla mappa, ed era certa delle sue parole.

«Giusto. Lagonas sa il fatto suo...»

Anya si sentì più sollevata e, vedendo che Sirta si era rilassato e controllava vigile il volo del suo drago, sbirciò Vanessa dietro di lei. Stava ancora dormendo, con la testa afflosciata sulla sua spalla. Un lieve borbottio le fece capire che stava sognando.

Le bastò un attimo per entrare anche nei suoi pensieri. Vide una città bianca in cima a delle montagne; ricordava nel suo aspetto uno sperduto monastero tibetano. La visione, dopo qualche secondo, si sgranò e altre si sovrapposero velocemente: intricate piante, strade strette e una fontana che ad Anya parve stranamente familiare. Poi ancora altre immagini, limpide vedute della città, rese più suggestive dal sottofondo di una dolcissima melodia. Vanessa, accomodandosi meglio sulla sua spalla, abbozzò un sorriso nel sonno.

Prima di concentrarsi di nuovo su Sirta, Anya si tolse il ciondolo e se lo rimise in tasca. Non poteva rischiare di ascoltare a lungo i suoi pensieri: aveva percepito che provava qualcosa nei suoi confronti, ma sapeva che se quei sentimenti non fossero stati positivi l'avrebbe invasa una profonda tristezza e, in quel momento, stretta a lui in groppa a un drago e con una missione da compiere, non se lo poteva permettere.

Il pomeriggio passò in fretta. La temperatura cominciò a scendere e il sole si abbassò nel cielo. Le stelle, sempre presenti, parevano ad Anya luminose lanterne cinesi.

«Ecco Bora...» disse Sirta, rompendo il silenzio e additando uno sparuto gruppo di case. «Là invece c'è il bosco.» E indicò poco più avanti. «Come dicevo prima, passeremo la notte a terra: Lagonas è stanco, ed è poco sicuro volare con le tenebre, specialmente ora che la sabbia si avvicina.» La voce di Sirta si incupì e Anya, suo malgrado, provò una stretta al cuore.

XXVI
Vanessa

Vanessa si svegliò nel momento esatto in cui il drago appoggiava le zampe sul terreno.

Come aveva fatto a dormire così tanto in groppa a un drago? Rammentò la felicità che le aveva riempito l'anima subito dopo la partenza e la sensazione di pace immediatamente successiva. Era da anni che non faceva sonni così tranquilli.

«Tutto bene?» le domandò Anya, sempre seduta davanti a lei.

«Mai riposato meglio» rispose con sincerità, chiedendosi ancora una volta come fosse stato possibile. Poi, senza attendere oltre, saltò giù. Le venne un capogiro e dovette appoggiarsi al fianco dell'animale per non perdere l'equilibrio. Era un po' intorpidita dalla posizione forzata che aveva mantenuto per tante ore e dovette sgranchirsi gambe e braccia.

Il drago si mosse leggermente, poi emise un debole sbuffo, che assomigliava molto al fischio di una vecchia locomotiva a vapore.

Sirta, che era già a terra, stava posando sul prato la sacca con le vettovaglie. Anya, più impacciata della compagna, faticava a scendere. Il ragazzo se ne accorse e si girò per raggiungerla. Lei, come se volesse evitare di farsi aiutare, si affrettò a saltare giù da sola e atterrò barcollando, rischiando di cadere.

Sirta aggrottò la fronte, ma non aprì bocca. Tornò dal drago e lo condusse in un punto più protetto, vicino alla folta vegetazione. Gli tolse le redini, le altre borse, le cinghie e l'enorme sella, appoggiando il tutto sotto le fronde di un albero.

Trascorsero alcuni minuti in silenzio, fino a quando Sirta tornò da loro. «Andate a cercare un'altra radura adatta alla sosta, preferisco che Lagonas se ne stia tranquillo per conto suo: ha bisogno di riposare. Venitemi a chiamare quando l'avrete trovata, io intanto gli do da mangiare e da bere.»

Le due ragazze presero da terra la loro borsa e si inoltrarono nella boscaglia.

Camminarono per un po' sempre nella stessa direzione, avendo l'avvertenza di lasciare a terra rametti spezzati per ritrovare più facilmente la via del ritorno. Non parlarono molto. Vanessa si perse nei suoi pensieri; ricordò Katia e Mark, la sua camera in disordine... poi la sua mente ritornò al primo giorno di scuola. Fino a poco tempo addietro avrebbe creduto impossibile vivere un'altra giornata così movimentata, ma si sbagliava. Il ricordo della preside che urlava contro di loro, sporca di vernice gialla, non la fece più rabbrividire, ma ridere di gusto! Si accorse che anche Anya stava facendo lo stesso e si fermò di botto, facendosi quasi tamponare dalla compagna che la seguiva sul sentiero. «Perché ridi?»

Lei si tolse di scatto le mani dalle tasche «Niente, pensavo.»

Vanessa si accorse del suo disagio. «Certo che a volte sei strana forte... Mi stai nascondendo qualcosa?»

«Ma figurati.»

«Anya, anche se non andiamo d'accordissimo stiamo facendo un viaggio *insieme*. Dovremo salvare il mondo *insieme*. Se tu hai qualche segreto, d'accordo, è normale che ci siano cose private che non si dicono a nessuno, ma se mi taci qualcosa di importante...» Vanessa aggrottò le sopracciglia. «Allora non va bene!»

Anya scosse la testa.

Vanessa le si avvicinò ancora di più e la guardò dritta negli occhi.

«Giurami che non mi nascondi niente.»

Anya faticava a respirare, ma non batté nemmeno le palpebre quando rispose: «Hai la mia parola». E il discorso terminò lì.

XXVII
Anya

Alla fine trovarono il posto adatto. Vanessa si sedette, appoggiando la schiena a un albero. Anya faticava a guardarla negli occhi, e così tra i due mali scelse il minore: si offrì volontaria per tornare da Sirta e avvertirlo che si erano sistemate.

Senza indugiare si rituffò nella boscaglia. Come aveva fatto a mentire in quel modo? Davvero Vanessa avrebbe reagito in maniera così terribile, se avesse saputo la verità? Poi le tornò in mente il giuramento che aveva fatto a sé stessa a scuola. Nessuno doveva sapere il suo segreto. Né allora, né mai. Sarebbe stato troppo rischioso. Le bastò ricordare il comportamento che Vanessa aveva assunto nei suoi confronti appena si erano conosciute per farla stare un po' meglio.

Trovò Sirta intento ad accarezzare il muso del drago; le sue mani si muovevano lente vicino agli occhi del possente animale. Anya esitò: forse non era stata una buona idea andare da sola a chiamarlo. *Ero costretta...* si disse, ma sapeva che questa volta stava mentendo solo a sé stessa.

Appena lui la vide le fece cenno di avvicinarsi. Anya, con il cuore che batteva più forte, li raggiunse. Un po' timorosa, sfiorò a sua volta il muso squamato del drago. I suoi occhi erano così profondi, così vivi.

«È bellissimo.»

«Già» sussurrò Sirta senza distogliere lo sguardo dall'animale. «Avete trovato uno spiazzo?»

«Sì, non dista molto...»

Il ragazzo annuì, si mise una sacca sulle spalle e diede un'ultima carezza all'animale. Il drago alzò la testa e, come se avesse compreso che il suo era un cenno di saluto, si acciambellò sul folto prato erboso.

«Bene, allora, fammi strada.»

Camminarono in silenzio. Anya precedeva Sirta di qualche metro, attenta a non perdere la via.

«Anya.» La sua voce era appena un sussurro, ma la sentì senza difficoltà. Si voltò verso di lui.

Sirta si era fermato e solo qualche passo li separava. La

luce argentea della luna gli illuminava il volto. Era serio, come se cercasse di non far trapelare nessuna emozione, ma sul suo viso Anya lesse qualcosa di più: sorpresa e, in qualche modo, timore.

«Riguardo a quello che è successo ieri sera...»

«Io...» La ragazza sentiva il cuore battere a mille.

«No, ora mi lasci finire.» Il suo tono non ammetteva repliche. Lo vide prendere fiato: probabilmente non gli risultava facile farle quel discorso. Eppure si stava sforzando, eppure ci stava provando. «Non sono più stato me stesso con nessuno, da quando tutto questo è iniziato. Nelle ultime lune sono cambiato... in peggio.» La sua voce si alzò e nei suoi occhi sembrava brillare la stessa luce che aveva scorto il giorno prima: speranza. «Mi ero dimenticato come ero un tempo, quando i miei zii erano ancora in vita e non sentivo il senso di colpa attanagliarmi l'anima giorno e notte. Ero diverso dal ragazzo che hai conosciuto e mi scuso per il comportamento che ho avuto da quando siete arrivate.» Quel sorriso sghembo gli comparve di nuovo sul volto. «Mi ero dimenticato le buone maniere.»

Poi rise, una risata breve ma sincera, cristallina, che le scaldò il cuore e le fece venir voglia di imitarlo. «Odio... anzi, *odiavo* mostrarmi debole. Non potevo permettermelo. Ma tu mi hai aiutato a ricordare com'era il mondo prima che la sabbia distruggesse le nostre esistenze e... volevo ringraziarti, non dovevo scappare via così.»

Quindi era questo che voleva dirmi.... Voleva ringraziarmi. Che altro mi aspettavo?

Sirta sembrava diverso, adesso. Si mostrava più incerto, come se non avesse più bisogno di nascondere dietro una corazza le sue insicurezze. Chissà se era stato così prima della morte dei suoi zii. Poteva la speranza cambiare così tanto una persona? Perché si trattava solo di quello, di speranza ritrovata. Come si era potuta illudere che provasse qualcosa in più per lei? D'altronde, si conoscevano da così poco... come avrebbe potuto affezionarsi a lei in un giorno?

Anya aveva l'impressione che la situazione le stesse scivolando tra le dita. Era abituata ad avere tutto sotto controllo, perché non poteva considerare Sirta solo un compagno di viaggio? Perché il cuore le batteva in quel modo quando la guardava?

Non c'era logica. Tutti questi cambiamenti dentro di lei, Anya non li aveva messi in programma. Quando aveva accettato di lanciarsi in quell'avventura, non avrebbe mai immaginato di esserne tanto coinvolta emotivamente.

Continuava a fissare Sirta. Lui non era più in balia delle emozioni come la sera precedente, ma nemmeno rigido e distaccato come quando l'aveva conosciuto. Su una cosa Sirta si sbagliava: lei aveva compreso fin dal primo momento che quel ragazzo valeva di più di quanto desse a vedere.

Anya si voltò di colpo, spaventata da quello che sarebbe potuto succedere se gli fosse rimasta così vicina. Riprese a camminare, facendosi strada nell'intrico dei rami.

«Anya!» la chiamò di nuovo Sirta. In pochi passi la raggiunse. Sembrava confuso.

Anya si fece forza. «Be', sono contenta che tu adesso stia meglio» gli disse con un sorriso forzato.

Ebbe l'impressione che Sirta non si aspettasse questo tipo di reazione, perché il sorriso che comparve sul suo volto non era sincero: non gli arrivava agli occhi. Anya gli girò le spalle e riprese a camminare. Ci volle qualche istante prima che anche lui si rimettesse in marcia, tuttavia non cercò più di raggiungerla e si limitò a procedere dietro di lei verso la radura.

XXVIIII

Vanessa

A Vanessa sembrava di avere aspettato ore e ore. Odiava dover attendere gli altri e aveva l'impressione che quei due stessero impiegando molto più tempo del dovuto.

Quando arrivarono, era calata la sera.

«Finalmente! Perché ci avete messo tanto?»

«Colpa mia» rispose subito Sirta. «Ci ho messo più tempo del previsto con Lagonas. Adesso è a posto: gli ho dato da mangiare e sta dormendo.»

Vanessa lanciò un'occhiata alla compagna, ma questa distolse lo sguardo. Percepì una strana tensione nell'aria: anche Sirta sembrava turbato.

«Ho aspettato un secolo e ho una gran fame!» esclamò, cercando di mostrarsi allegra. Non toccava cibo da quella mattina: la sola idea le parve quasi inconcepibile.

Sirta guardò di sfuggita Anya che tardava a rispondere.

«Possiamo cenare» rispose lui alla fine. «Prima però dobbiamo accendere un fuoco: c'è troppo buio.»

«È proprio necessario?» chiese Vanessa, cercando di nascondere il nervosismo. «Le stelle non bastano?»

«Terrà lontano gli animali e ci farà dormire al caldo. Ho solo tre piccole coperte con me e non basteranno a proteggerci dall'umidità della notte.»

Vanessa si arrese: tentare di fargli cambiare idea sarebbe stato tempo perso.

Decisero di recuperare un po' di legna dagli alberi vicini e ammucchiarla al centro della piccola radura. Sirta accese abilmente il fuoco servendosi di due pietre. Le fiamme ci misero più tempo del previsto a prendere vigore: i rami raccolti non erano tutti secchi e alcuni più verdi bruciavano lentamente.

Vanessa fissò le fiamme aumentare d'intensità e sentì il disagio crescere a dismisura dentro di lei. Ovunque il fuoco era sempre lo stesso. *Non ci pensare*, si ripeteva, ma era difficile non affondare nei ricordi, con quelle lingue infuocate che crepitavano davanti a lei. Avrebbe voluto allontanarsi, supplicare Sirta di spegnere quel falò, ma sapeva che questo avrebbe comportato delle domande a cui non intendeva rispondere.

Si convinse che il fuoco era piccolo e che Sirta l'avrebbe

tenuto sotto controllo senza problemi. Non le avrebbe fatto del male.

Fece qualche profondo respiro e tentò di pensare ad altro. Così si mise a osservare i suoi compagni di viaggio.

Aveva l'impressione che la tensione fra loro due si potesse tagliare con la lama di un coltello.

Che cosa poteva essere successo? Avevano già abbastanza problemi senza che Anya ne cercasse altri ancora.

Sirta tirò fuori dalla sacca parte delle provviste che avevano comprato al mercato e se le divisero. Poi Vanessa si spostò il più lontano possibile dalle fiamme e chiese: «Qual è la storia del drago?» Era da quando aveva visto per la prima volta quello splendido animale che faticava a togliersi quella domanda dalla testa.

«Non è tra le più allegre...» rispose il ragazzo.

«Non importa!» lo incoraggiò a parlare Vanessa.

Sirta infilzò un pezzo di formaggio e lo passò sul fuoco per abbrustolirlo.

«Lagonas è il nome che gli diede la mia famiglia quando lo trovò.»

Vanessa corrugò le sopracciglia. «In che senso *lo trovò*?»

«A volte dimentico che non siete di Menish.» Il suo solito sorriso asimmetrico gli balenò sul viso e sparì.

«Un tempo la terra dove siamo diretti si chiamava il Regno dei Draghi, perché lì vivevano queste creature. Era una zona impervia per gli uomini, ma oltremodo adatta alla loro specie: permetteva loro di accudire i piccoli in tranquillità e di volare senza essere disturbati. Un centinaio di anni fa la loro pace fu violata. Il re di allora stabilì che erano troppo numerosi e che sarebbero potuti diventare una minaccia per la popolazione. Si arrivò quindi alla decisione di eliminarli. Ci fu una guerra, se così si può definire lo sterminio di un'intera razza, tra gli uomini e i draghi. Per quanto gli animali fossero forti, la crudeltà degli uomini ebbe la meglio e, avendo dalla loro anche la superiorità numerica, riuscirono nel loro intento: solo poche decine di esemplari sopravvissero.»

Ovunque l'uomo si trovi, non cambia mai, pensò con disappunto Vanessa, poi vide Anya guardarsi le mani sorpresa, come se Sirta avesse appena risposto a un interrogativo che lei si poneva da tempo.

«Lagonas era fra i più giovani. Il mio bisnonno lo trovò in una grotta, in fin di vita. Non mangiava da chissà quanto tempo! Per fortuna la guerra era ormai conclusa e, anche se con un po' di difficoltà, riuscì a portarselo a casa. La mia famiglia ha sempre vissuto nella tenuta, così non fu difficile tenerlo nascosto, o quanto meno, non dare troppo nell'occhio. Il mio bisnonno lo allevò, lo addestrò e insegnò a mio nonno come curarlo. Quello fu il lavoro più difficile: fargli capire che gli volevano bene. Il momento più delicato è stato invece quando, per la prima volta, gli agganciarono la sella al torace. Fu mio padre, da giovane, a riuscirci. Ogni tanto lo racconta ancora: è un orgoglio per lui, perché da quel momento Lagonas ci ha dato un grande aiuto negli spostamenti. È diventato il nostro mezzo di trasporto: portavamo merci in piccole fattorie e villaggi in tutto il Regno di Cristallo.»

«E la gente?» chiese Anya.

«Nessuno ci ha mai dato noie: stavano alla larga, non volevano avere problemi. Tutti a Mahala sapevano che tenevamo un drago. Per questo motivo mio padre viene reputato un pazzo da molta gente...» L'irritazione gli vibrava nella voce. «È assurdo che al giorno d'oggi le persone siano spaventate dai draghi. Che paura stupida!» disse con stizza. «Non ha senso temere qualcosa soltanto perché non la si conosce. Questi animali possono fare del male solo se provocati. Gli uomini li hanno sterminati nella loro terra, umiliandoli e torturandoli, un vero genocidio. Solo pochi esemplari sono sopravvissuti... e sono purtroppo destinati all'estinzione.»

Vanessa fu molto sorpresa della sua capacità dialettica. Non avrebbe mai pensato che quel ragazzo, fino ad allora così taciturno, potesse parlare così a lungo e con tanta proprietà di linguaggio. Tuttavia lei non era ancora soddisfatta.

«Ma se questo drago appartiene alla tua famiglia da generazioni perché eravate disposti a venderlo? E poi, chi l'avrebbe comprato? Magari un malintenzionato...»

Lui ebbe un sorriso amaro. Con il ramo secco su cui prima aveva infilzato il pezzo di formaggio prese a disegnare cerchi nel terreno. Gli occhi di Vanessa tornarono sulle fiamme. Immagini orribili e urla disperate le inondarono la mente. Dovette fare un immane sforzo per riportare l'attenzione su quello che le stava dicendo Sirta.

«Stiamo vivendo tempi molto bui. Un drago può volare lontano, ma serve a poco se la sabbia presto investirà tutto...

nemmeno un drago può volare per sempre. La vita costa troppo e la mia famiglia ormai è al limite della povertà...» La voce gli si spense. Il ragazzo deglutì e la sua espressione ritornò impenetrabile.

«Quando è iniziato questo sfacelo?» domandò Vanessa.

«Circa un anno fa. Le notizie giungevano sporadiche e abbiamo scoperto della morte dei miei zii dopo una luna.»

Nonostante fosse seduta lontana da lui, lo vide stringere i pugni talmente forte che le nocche gli diventarono bianche.

«All'inizio si diceva che ci fosse solo una piccola fuoriuscita dal portale, niente di cui preoccuparsi, ma da quando corre voce che alcune città sono state sommerse... be', si è diffuso il panico. Come se già non bastasse il colpo di Stato da parte del fratello pazzo della nostra sovrana...»

Anya si lasciò scappare un'esclamazione di sorpresa. «Laila?»

Sirta annuì. «L'ha rinchiusa nelle segrete del suo palazzo nella capitale, a Lamen.»

Anya lanciò a Vanessa un'occhiata più eloquente di mille parole.

Perché un fratello dovrebbe fare del male alla propria sorella? Può essere davvero così ossessionato dal potere? si chiese Vanessa, diventando livida. Lo stupore iniziale lasciava il posto alla rabbia. Non cercava scusanti o risposte: l'odio che provava verso l'uomo che stava mettendo in pericolo quel mondo era – se possibile – aumentato ancora di più. D'altronde era colpa sua se lei e Anya si trovavano lì.

«È un disastro» continuò Sirta. Sulla sua fronte era comparsa una ruga di preoccupazione. «Tutti sanno che Menish verrà sommersa tra poche lune. La gente cerca di prendere tempo, fuggendo nella direzione opposta al portale. Alcuni centri come Galadish e Fartha sono ormai meta di sfollati che vi arrivano con carovane e carrozze, stracolme d'ogni cosa... Dietro di loro lasciano paesi e villaggi che si trasformano in città fantasma. Paladish si è svuotata da una settimana; è arroccata in montagna, ma la gente ha paura che la sabbia arrivi fin lassù...»

Sirta prese l'ultimo pezzo di pane e lo mangiò lentamente, con lo sguardo fisso sulle fiamme.

Anya lo osservava, quasi paralizzata dall'ansia.

«Re Edwin si dimostra ogni giorno di più un tiranno. Dicono che le carceri siano stracolme di innocenti, condannati solo perché non la pensano come lui. Ma chi può pensarla come lui?»

Le sue parole, cariche di risentimento e di dolore, parvero fluttuare sopra le fiamme prima di svanire nella notte. «Rimane chiuso nella sua reggia a Lamen a impartire ordini per preparare il suo trasferimento a Galadish. Lui sarà sempre il più lontano dalla morte, ma non per questo alla fine si salverà! Molti inneggiano alla profezia e...» la sua voce si abbassò «credono che sia la nostra unica speranza.»

Gli occhi di Sirta cercarono quelli di Anya. Poi il ragazzo recitò:

«In un mondo che non conosce speranza,
Dopo un lungo tempo d'oblio,
Due ragazze troveranno la luce nel buio
E il loro regno non avrà mai fine».

* * *

Anya era rimasta ad ascoltarlo quasi in apnea. Vanessa ebbe l'impressione che non avesse voluto perdersi nemmeno una sillaba, e non aveva tutti i torti: era troppo importante. Ripeté anche lei la profezia nella mente, cercando di scandirla, di capirla, di memorizzarla.

«È la prima cosa che un bambino impara appena incomincia a parlare, la ninna nanna che le mamme cantano ai neonati per farli addormentare: tutti la sanno e non passa giorno senza che ciascuno se la ripeta.»

Poi Sirta tacque. Le parole della profezia risuonavano ancora nella mente di Vanessa. Riflettere a lungo su quelle frasi l'avrebbe fatta impazzire. «Com'è Paladish?» chiese, per cambiare argomento e rompere il silenzio.

XXIX

Anya

Sirta non rispose subito. Anya era ancora presa dalla sua storia. Non avrebbe mai pensato che fosse così bravo a raccontare. Se lo immaginò intento a inventare fiabe per la sorellina, e le sfuggì un sorriso. Sarebbe stato un bravo narratore. *In un altro mondo*, si disse. In un mondo dove la morte non stava per sopraggiungere sotto forma di sabbia.

«Non ci sono mai stato, ma posso raccontarvi quello che mi è stato detto.»

Vanessa annuì, curiosa.

«È situata sulle montagne, in cima a un costone roccioso. Dicono che le case siano bianche come la neve.» Vanessa batté le palpebre, quasi scioccata, mentre Anya si girava verso di lei, illuminata da quella rivelazione: «Come nel tuo sogno!» esclamò. Subito si morse le labbra, ma ormai l'aveva detto: le parole le erano sfuggite prima che potesse ragionare. *Come nel tuo sogno sul drago*, ma Vanessa non le aveva mai raccontato quel sogno.

La compagna spalancò gli occhi e tutti i dubbi che Anya era riuscita a fugare poche ore prima le si affollarono all'istante nel cervello. Anya non aveva bisogno della pietra per capire cosa le passava per la mente. Si era tradita come una sciocca.

Vanessa lanciò un'occhiata a Sirta, che le guardava senza capire. Poi, infuriata, si alzò di scatto e corse verso il folto del bosco. Anya le andò dietro. Ormai la compagna aveva capito, come avrebbe potuto negare l'evidenza?

«Aspetta!» esclamò, conscia che se l'avesse voluto, l'altra sarebbe riuscita a seminarla in pochi attimi. Ma Vanessa non voleva affatto seminarla. Anya capì le sue intenzioni: aveva voluto mettere tra loro e Sirta una distanza tale da rendergli impossibile sentirle.

«Me l'hai giurato!» le urlò, voltandosi a fronteggiarla.

«Lasciami spiegare, io...»

«Che cosa vuoi spiegare?» Vanessa non ci vedeva più dalla rabbia. «Siamo insieme, Anya, noi due sole in un mondo che non conosciamo, e tu non ti fidi di me!»

Anya avrebbe voluto ribattere, ma non ci riuscì. Sentì le lacrime salirle agli occhi.

«Pensavo di essermi sbagliata su di te, ma sai che ti dico? La prima impressione è davvero quella che conta!»

«Se solo mi lasciassi parlare...» Ma l'ira di Vanessa era cieca.

«E che cosa mi vorresti dire, che sai leggere nel pensiero? Ormai me ne sono accorta anch'io, dannazione! Vuoi dirmi quello che sto pensando? Dimmelo, forza!»

«Ora non posso sentirti...»

«Bugiarda!» le urlò con tutto il fiato che aveva in gola. «Sei solo una gran bugiarda!»

«Ecco come avresti reagito se lo avessi saputo! Non ti saresti più fidata di me...» si difese Anya, disperata.

Ma Vanessa non la stava più ascoltando. La ragazza intuì quel che avrebbe detto ancora prima che aprisse bocca. Lo comprese dal suo sguardo perso. Si preparò all'urto della sua veemenza come all'arrivo di un'onda anomala. «Ecco perché hai staccato il tuo banco dal mio, sapevi che stavo per farlo! Ecco perché sei andata nell'ufficio della preside e non hai voluto spiegarle il motivo... ecco perché non hai detto i nomi dei responsabili: avevi rubato i loro pensieri... e mi avevi detto che secondo te quella donna aveva rotto il vaso per sorpresa... "secondo te" un accidenti! Mi hai solo presa in giro fin dall'inizio. Ecco perché eri convinta che di Fabian ci si potesse fidare... e io che ero così preoccupata! Non hai pensato nemmeno per un secondo di rassicurarmi, vero? Ed è così che sei riuscita a convincermi a venire con te...»

«Vanessa...»

«Io mi fidavo di te!»

«Ti prego...»

«Siamo sole e tu menti alla tua unica compagna!»

«Lascia che ti spieghi...»

«Me l'avevi giurato! Ecco quanto vale la tua parola...»

Ormai Anya era troppo stremata per insistere e Vanessa troppo arrabbiata per ragionare.

Stettero in silenzio per un tempo che le parve infinito.

«Ormai non possiamo tornare indietro o dividerci, ma credimi, la tentazione è tanta...»

Anya abbassò la testa: spiegarle che in quel momento non riusciva a leggerle nella mente non sarebbe servito a nulla.

«Stanotte non cercarmi» concluse Vanessa, aspra. «Non ho paura del buio. Torna dal tuo Sirta, non ho bisogno di leggerti nel pensiero, io, per capire che ti piace...» Poi si girò e prese a correre scomparendo nel folto del bosco.

Anya si sentiva sola, svuotata dentro. Aveva sbagliato a non dirle la verità? Rievocò i ricordi di Vanessa, i pensieri di Sirta e di tutte le persone alle quali, senza che ne fossero consapevoli, aveva rubato pezzi della loro esistenza. Come aveva potuto non accorgersi di essersi spinta troppo oltre?

Poteva giustificarsi solo se il suo potere aveva salvato loro la vita o aveva favorito la missione… ma davvero aveva sempre avuto qualche valido motivo per ascoltare i pensieri degli altri?

Doveva tornare da Sirta, ma aveva le lacrime agli occhi e si vergognava troppo per farsi vedere da lui in quello stato. Cercare Vanessa per chiederle scusa sarebbe stato inutile, era troppo fuori di sé.

Vagò tra gli alberi, perdendo il senso dell'orientamento. Non era abituata a commettere errori e il dubbio di aver sbagliato a tacere le fece venire un nodo in gola.

C'era mai stato un momento giusto per raccontarle la verità sul suo potere? Sotto l'ala del drago? Dove, se Vanessa si fosse arrabbiata, non sarebbe riuscita a sfuggire la sua ira? O ancora prima, nell'oasi, per convincerla a partire?

Le girava la testa. Il mondo girava insieme a lei. I fusti degli alberi sembravano piegarsi come archi. Aveva bisogno di sedersi. Stava per crollare a terra quando andò a sbattere contro qualcosa. Non capì che cosa fosse fino a quando non sentì le braccia forti di Sirta stringerla dolcemente a sé.

Quella stretta le era familiare, ma sapeva che non poteva rimanere insieme a lui in quelle condizioni. Se era stato umiliante essere rifiutata la sera prima, adesso le sembrava di sprofondare. Gli stava bagnando la camicia di lacrime e faticava a trattenere i singhiozzi.

Cercò di liberarsi dal suo abbraccio, ma Sirta glielo impedì. «Calmati, Anya, andrà tutto bene.»

Andrà tutto bene? Aveva appena tradito la fiducia della compagna! Ed era tutta colpa sua.

Sirta le accarezzò la testa fino a quando smise di singhiozzare, senza chiederle che cosa fosse successo. Le lacrime cessarono e intorno a loro calò il silenzio. La pace che li avvolse era quasi irreale.

«Forse è il nostro destino consolarci a vicenda.»

Le parole del ragazzo le scaldarono il cuore. Alzò lo sguardo e incontrò i suoi occhi. Sapeva che non sarebbe più riuscita a fuggire dai propri sentimenti.

Scorse lo stupore nelle iridi di lui: probabilmente nemmeno Sirta era abituato a provare quelle emozioni. Perché anche lui le stava provando: guardandolo negli occhi, non ebbe più dubbi.

Fu come se, in quel momento, nell'universo, ci fossero solo loro due. Due cuori feriti che cercavano conforto l'uno nell'altro.

Quando i loro volti furono così vicini da sfiorarsi, Anya chiuse gli occhi.

XXX

Vanessa

Vanessa corse. Corse senza fermarsi, senza voltarsi indietro. Quante cose aveva taciuto durante il viaggio, e quante le erano passate per la mente: aveva ripensato più di una volta a quello che era accaduto ai suoi genitori, al suo passato e al suo presente; si era persa nelle incertezze delle decisioni da prendere. E ora si sentiva scoperta, messa a nudo davanti a chi le aveva giurato il falso.

Non meritava un trattamento del genere, e non poteva nemmeno difendersi con un suo potere! Oltre che inerme, si sentì inutile.

Ripensò all'oasi piena di datteri dove avevano preso la decisione di accettare la sfida. Ora capiva come aveva fatto Anya a convincerla: leggendole nel pensiero le sue paure.

Sfogando la sua rabbia per strada, tirando calci ai sassi e ai rami, raggiunse quasi senza accorgersene lo spiazzo dove si trovava il drago. Lagonas si era svegliato sentendola arrivare e la scrutava con i suoi incredibili occhi verdi. Vanessa gli si avvicinò senza alcun timore e sfiorò le sue squame scintillanti in una carezza.

«Resto qua con te» disse sottovoce. Si appoggiò alla sua schiena possente e si addormentò sfinita.

L'ultimo suo pensiero, prima che la sua mente sprofondasse nel sonno, fu che aveva avuto torto a illudersi: era sempre stata sola, e per sempre sola sarebbe rimasta.

XXXI
Anya

Appena sveglia Anya si accorse di aver dormito stretta a Sirta: le braccia del ragazzo l'avvolgevano ancora. Voltò il viso verso di lui e lo fissò per qualche attimo nel sonno: sembrava così sereno, così tranquillo. La ruga di preoccupazione che gli aveva solcato la fronte il giorno prima era scomparsa.

Le era capitato qualche volta di immaginarsi il suo primo bacio. Di solito quello scenario includeva una passeggiata lungo una fila di alberi e un sole splendente. Mai avrebbe immaginato di baciare un ragazzo per la prima volta in un altro mondo, nel folto di un bosco, illuminata dalla luce di una luna argentata.

Eppure dubitava di aver mai vissuto prima un momento così perfetto. Era come se il tempo si fosse fermato e tutte le sue paure si fossero dissolte. Anya pensava che per Sirta fosse stato lo stesso, perché quando erano ritornati alla radura era diverso. Era più felice. Non aveva più bisogno di nascondersi, né con lei, né con sé stesso.

Erano rimasti per delle ore a parlare accanto al falò che andava spegnendosi. La curiosità di Sirta, non più nascosta, si era manifestata con una serie di domande. Anya ebbe l'impressione che volesse sapere tutto di lei. Le aveva chiesto com'era la sua vita, com'erano i suoi genitori, i suoi amici… Nel ricordare, le era sembrato che la sua vita passata fosse lontana, poco più di una vecchia cartolina. Le era parso che il suo passato fosse meno reale del suo presente, e aveva avuto la sensazione che si sarebbe potuta dimenticare della Terra, se fosse rimasta a parlare con quel ragazzo più a lungo.

Quando era stata troppo stanca per raccontare ancora, Sirta l'aveva stretta fra le sue braccia e lei si era addormentata.

Adesso Anya gli spostò cautamente il braccio per riuscire ad allontanarsi da lui senza svegliarlo.

Le ci volle una grande forza di volontà per distogliere lo sguardo dal ragazzo addormentato e concentrarsi su Vanessa.

Dove è finita? si chiese e, senza avere una risposta, si avviò per il sentiero fra gli alberi percorso la sera prima.

Alla prima luce del mattino il bosco aveva un altro aspetto: anche orientarsi sembrava più facile. Giunse nel punto dove avevano litigato, ma Vanessa non c'era. Anya vagò ancora un po' tra gli alberi poi, colta da un'illuminazione improvvisa, decise di andare da Lagonas.

La trovò proprio lì, accucciata fra il lungo collo del drago e un'ala che le faceva quasi da coperta; sembrava stesse dormendo. Pensò di tornare indietro e di raggiungerla più tardi, dal momento che svegliarla non l'avrebbe aiutata di certo a farsi perdonare, ma la compagna la prese in contropiede. «Ti ho sentita» le disse infatti.

«Dobbiamo parlare» rispose Anya, andando subito al punto.

«Non abbiamo altra scelta.» Dal tono sembrava che la rabbia della sera prima si fosse un po' placata.

Anya si sedette accanto a lei e le mostrò la sua collana. «Io posso usare questo mio...» cercò le parole giuste «... questa mia capacità solo quando tocco la pietra. Finché l'avrai tu, io sarò impotente.»

Ci aveva pensato parecchio lungo la strada e le sembrava l'unica cosa che potesse fare per calmarla.

XXXII

Vanessa

Vanessa prese il medaglione e sfiorò con l'indice il cavallo rampante: come nell'oasi, non successe nulla. *Perché con me non funziona?* pensò. *Perché la mia collana col drago non mi conferisce alcun potere?*

«Che cosa mi assicura che tu non stia mentendo?» chiese. Anya l'aveva già ingannata così tante volte, perché non avrebbe dovuto farlo ancora?

L'altra si strinse nelle spalle. L'espressione frustrata che aveva sul volto fece arrabbiare di nuovo Vanessa. *Tu ti senti frustrata?* avrebbe voluto urlarle. *E io, cosa dovrei dire? Mi hai tolto tutto quello che apparteneva solo a me. I miei segreti, le mie paure, i miei momenti di debolezza...* Strinse i pugni e si morse il labbro inferiore per non dare voce a quelle riflessioni. *Se mi stai ascoltando*, pensò, *sappi che ti odio dal più profondo del mio cuore*.

L'espressione di Anya non cambiò. *Non che questo pensiero ti possa infastidire più di tanto*. Riprovò con frasi peggiori, ma l'espressione della compagna rimase la stessa.

«Se quello che mi hai detto è vero, allora perché quando la tocco io non funziona?» domandò Vanessa, stentando a nascondere quanto ciò la infastidisse.

«Non lo so. Io l'ho trovata a scuola poco prima che tu entrassi, è da quel momento che ho iniziato a leggere nel pensiero: è tutto nuovo per me...»

«E il mio ciondolo? Se tu hai un potere, non dovrei averne uno anch'io?»

Anya aprì bocca, ma non riuscì nemmeno lei a trovare una spiegazione logica, perché la richiuse e rimase in silenzio.

«Ho bisogno di un po' d'aiuto, così facciamo prima...» Era arrivato Sirta con due sacchi sulle spalle. Disse buongiorno a entrambe, ma era evidente che la sua attenzione era tutta per Anya.

Vanessa dovette trattenersi dall'alzare gli occhi al cielo. *È una situazione già abbastanza complicata senza delle stupide questioni di cuore*... Poi la sua irritazione crebbe quando si rese conto che, se in qualche modo era riuscita a ferire Anya – e dentro di sé lo sperava – la compagna non aveva certo faticato a farsi consolare da Sirta.

In circostanze normali, ne sarebbe nata un'altra discussione.

Se fossero state ancora sulla Terra avrebbe preferito fare cento chilometri a piedi piuttosto che passare un altro minuto con lei. Ma non erano più a casa: se si fossero separate, molto probabilmente lei sarebbe morta. Doveva farsi forza e andare avanti… Maledizione, quanto avrebbe desiderato non aver mai varcato l'entrata di quella stupida scuola!

Dopo che ebbero assicurato le sacche in sella al drago, partirono.

Il vento, a mano a mano che si avvicinavano al Regno dei Monti, diventava più freddo.

Nessuno, questa volta, si addormentò.

XXXIII
Anya

Il tempo passò in fretta. Superarono i confini del Regno di Cristallo ed entrarono nel Regno dei Monti. In lontananza, sulle cime più alte, si poteva vedere la neve confondersi con il bianco delle nuvole.

Anya e Sirta non avevano quasi aperto bocca per tutta la durata del viaggio, in parte per Vanessa, che quando li aveva visti insieme nella radura si era messa a scrutarli quasi volesse fare loro una radiografia, in parte per l'ombra della separazione che già incombeva su di loro.

Anya sapeva che tra poco si sarebbero lasciati ed era consapevole che non aveva senso farsi illusioni: le loro vite avrebbero intrapreso strade diverse. Quanto era successo in quei giorni sarebbe rimasto per sempre nel suo cuore e Sirta, di lì a poche ore, sarebbe divenuto solo un ricordo.

Sapeva che si sarebbero separati dal primo momento in cui l'aveva visto, quando era nascosta sotto l'ala del drago. Perché, allora, ci stava così male?

E, come se la situazione non fosse stata già abbastanza complicata, ora si aggiungeva il litigio con Vanessa.

Le parole che le aveva rivolto la sera prima sarebbero rimaste scolpite in modo indelebile nella sua mente. Sentiva il loro peso sulle spalle.

La compagna aveva ragione: quanto valeva la sua parola se era stata disposta così facilmente a giurare il falso? Poi, di lì a poco non ci sarebbe stato nemmeno Sirta. Sarebbero rimaste sole. Come avrebbe fatto a sopportare il suo odio?

Atterrarono dolcemente in uno spiazzo ai piedi della città bianca.

«Vorrei portarvi fin lassù, ma non voglio farvi prendere troppi scossoni: Lagonas dovrebbe virare stretto e scendere in picchiata...» disse Sirta, poggiando i piedi a terra.

«Va bene così» tagliò corto Vanessa.

Anya le rivolse un'occhiata. La compagna aveva una strana espressione dipinta sul volto, un po' ferita e un po' infastidita. Teneva tra le mani la sua collana. La ragazza si chiese, non senza qualche perplessità, se avesse intenzione di restituirgliela.

Sirta le aiutò a scendere. Cercava di mostrarsi noncurante, ma Anya, che aveva imparato a conoscerlo, capì che anche lui stava soffrendo: aveva gli occhi spenti e le labbra serrate.

Vanessa si allontanò un poco, come se non volesse assistere al loro addio.

«Anya» le disse Sirta, quando la compagna non fu più a portata d'orecchio, «posso rimanere con voi. Vi potrei aiutare. Non so dove dobbiate andare, ma...»

Lei lo interruppe, prima di rischiare di cambiare idea. «No, Sirta. Per noi sarebbe troppo pericoloso viaggiare ancora con un drago: daremmo nell'occhio. E la tua famiglia? Ha bisogno di te e del denaro che le dobbiamo.»

Sirta tacque. In realtà il motivo vero era che lei e Vanessa non avevano alcun diritto di mettere a repentaglio la vita di quel ragazzo.

«Non ti posso... non vi posso lasciare qua così. La mia famiglia aspetterà. Devo...»

Anya scosse la testa. «Sirta, tu hai già fatto fin troppo. Lo sai meglio di me: *Due ragazze troveranno la luce nel buio*... Devi lasciarci andare.»

Il riferimento alla profezia lo fece quasi sussultare. Anya capì di aver colto nel segno. Lo vide annuire, pallido, serio.

Vanessa li stava scrutando e Anya non voleva dare spettacolo, così, quando i loro volti furono vicini, gli disse, prima che lui potesse baciarla: «Non ti dimenticherò mai» e si staccò in fretta, senza lasciargli il tempo di rispondere.

La compagna le porse la tracolla e Anya diede al ragazzo il compenso pattuito senza aggiungere una parola. «Quante ve ne rimangono?» le domandò lui, con tono mesto.

«Abbastanza da poter affittare un altro drago» cercò di

scherzare Anya; nel pronunciare quelle parole, tuttavia, sentì una stretta al cuore. Non avrebbe voluto mentire ancora, ma sapeva che se lui avesse scoperto quante poche rubìe le erano restate, si sarebbe rifiutato di prendere la somma concordata. Soltanto il ricordo di Mara, Fabian e Daisy le impedì di dire la verità.

Sirta salutò Vanessa con un cenno, poi si diresse verso il drago.

Prima di salire, staccò dalla sella dell'animale la sacca con le provviste che avevano comprato al mercato. «Vi ho messo dentro due coperte per le prossime notti. Potranno servirvi.» Aveva la voce roca per l'emozione. Anya prese la borsa, ringraziandolo con un sorriso triste.

Al ragazzo non rimase altro che montare sul drago. «Buona fortuna» si congedò, guardandola per un'ultima volta. *Addio*, pensò, ma non ebbe il coraggio di dirlo ad alta voce. Poi, con un movimento rapido delle redini, Sirta comandò a Lagonas di levarsi in volo.

XXXIV

Vanessa

Quando Sirta e Lagonas furono solo una macchia indistinta nel cielo, Vanessa iniziò a sentire una dolcissima melodia. Non ricordava un suono più gradevole e suadente.

Proveniva dall'alto, dal cuore di Paladish.

La collana della compagna, che stringeva ancora tra le mani, le scivolò a terra senza che lei quasi se ne accorgesse.

La musica, come quella di un pifferaio magico, la stava chiamando a sé: semplicemente, le sarebbe risultato impossibile resistere.

«Vanessa...» La voce di Anya le parve distante. Ma non era a pochi passi da lei?

Soltanto quando sentì l'aria fredda sferzarle il viso Vanessa si accorse che stava correndo. Nella sua testa c'era solo quella dolce melodia.

Schivava gli alberi, scansava le pietre, saltava di masso in masso e cercava il percorso migliore su per i sentieri scoscesi e a volte franati senza un battito di ciglia. Le note si insinuavano nella sua testa e la guidavano per la via più breve. La salita diventava sempre più ripida, ma lei non accusava alcuna fatica.

In posizione dominante, Paladish si ergeva in tutta la sua bellezza sopra un ammasso roccioso, circondata lungo il suo perimetro da alberi stranissimi, con folti rami aggrovigliati gli uni agli altri, quasi a formare bizzarre mura con i loro tronchi. Sembrava possibile entrare nella cittadella solo passando in mezzo a due enormi fusti cresciuti a qualche metro di distanza, che intrecciavano verso l'alto i loro rami creando un grande arco naturale.

Quando Vanessa raggiunse l'ingresso la musica si spense all'improvviso.

Lei fu presa alla sprovvista. Si voltò a cercare Anya, ma la compagna non c'era. Era sempre stata troppo lenta per stare al suo passo.

Ora che l'incanto musicale taceva non era più certa che entrare fosse la cosa giusta, ma che altro avrebbe potuto fare, aspettare Anya? Chissà se aveva sentito anche lei quella irresistibile melodia.

E comunque, perché avrebbe dovuto attenderla? Anya non si era mai preoccupata dei suoi sentimenti, per quale motivo ora avrebbe dovuto farlo lei?

Ritornò con la mente alla sera prima e non ebbe più dubbi: varcò decisa la porta di Paladish.

Fece qualche passo nella città bianca. Le case erano talmente lisce e lucide da sembrare di ceramica. Ebbe l'impressione che, se si fosse avvicinata, sarebbe riuscita a vederci riflessa la sua immagine. Fu allora che avvertì un forte calore. Sentì una morsa al petto, come se una parte di lei avesse riconosciuto immediatamente quella sensazione.

Qualcosa non va... La morsa le si fece più stretta. La sensazione di calore crebbe.

Si voltò di scatto.

Quando vide che cosa stava accadendo, per qualche istante si dimenticò di respirare.

Dal punto esatto in cui un attimo prima aveva appoggiato i piedi si stavano levando lingue di fuoco. Rimase come paralizzata, presa dal più puro terrore.

Non può essere vero... si disse sconcertata. *Com'è possibile?*

Arretrò di qualche passo e ancora una volta dalle sue impronte divamparono fiamme.

Non a me, ti prego, non a me… tutto tranne questo, tutto tranne questo… Avrebbe preferito affrontare da sola le guardie del re, precipitare dalle ali del drago ed essere condannata a morire di stenti nell'oasi piuttosto che rivivere *quel* momento.

Sentì il calore sulla pelle farsi più intenso, poi un urlo straziante squarciò l'aria. Impiegò qualche attimo per accorgersi che era stata lei a gridare.

Fece un altro passo e altre lingue rosse si sollevarono dal terreno, come volessero seguirla. Così iniziò a correre, pensando che la velocità avrebbe tenuto a distanza quello che tanto la terrorizzava, ma più correva in quei vicoli stretti e tortuosi, più le fiamme dietro di lei crescevano in altezza e intensità. Non poteva sfuggire, e questa consapevolezza le chiuse la gola. Ebbe l'impressione di soffocare. Sarebbe morta in un rogo, come *loro*! *Come già sarebbe dovuto accadere…* E i ricordi le affollarono la mente.

Si ritrovò dentro la casa in fiamme, rannicchiata nella sua camera a guardare le lingue di fuoco che si insinuavano da sotto la sua porta come spiriti maligni. Un crepitare via via più forte, poi tutto sempre più rovente, sino a trasformare quella innocente porta bianca in un'incandescente ingresso per l'inferno.

Risentì le urla.

Le urla dei suoi genitori.

Gli occhi le si riempirono di lacrime mentre riprendeva a correre più veloce di prima. Ma a cosa poteva servire correre? Le sue lacrime non avrebbero certo potuto spegnere l'incendio, adesso come allora.

Le fiamme avevano inghiottito suo padre. Il suo papà dal cuore d'oro, che la chiamava *principessa* e le aveva messo per la prima volta quel pendente al collo.

Avevano ucciso sua madre. La sua incantevole mamma che ruotava con grazia davanti a lei per mostrarle l'abito da sposa.

Le uniche persone per le quali lei era speciale, per le quali era davvero importante.

Fu qualcos'altro di orribile a spezzare il filo dei ricordi e a farla ritornare in sé.

Erano tanti, erano un branco, creature spaventose che le bloccarono la strada. Sembravano grosse pantere nere: corpo scattante, denti affilati e bava che colava dalle loro fauci. Sbucarono di colpo davanti a lei, con gli occhi iniettati di sangue, ringhiandole malignamente contro.

Non poteva avanzare perché la strada, fiancheggiata da alberi, era sbarrata da quelle belve nere e dietro di lei vi erano solo fiamme, sempre più minacciose.

Era destinata a morire e le restava solo un'amara decisione da prendere: voleva andarsene fra le fiamme, come i suoi genitori, oppure diventare il pasto di quegli animali famelici?

Non avevo mai pensato seriamente alla mia morte. E in ogni caso non l'avrei immaginata così. Si rivide da bambina, inchiodata sul letto a fissare quella porta che ormai non esisteva più mentre i suoi genitori morivano in una stanza vicina, a pochi metri da lei. Poi rammentò la finestra che si era aperta di botto, come se qualcuno l'avesse spalancata, e l'aria fresca di montagna che era entrata nella stanza.

Da bambina lei aveva scelto.

Aveva scelto di continuare a vivere.

La Vanessa di adesso doveva solo trovare una finestra, una via di scampo.

Osservò gli animali. Si avvicinavano ringhiando, mostrando le zanne: che cosa li tratteneva? Perché non l'avevano ancora attaccata?

Giù dalla finestra era stato un bel salto. Si era rotta una gamba e un braccio. Era rimasta lì a piangere per chissà quanto tempo: le sembrava di aver passato giorni a singhiozzare, raggomitolata al suolo.

Adesso una belva più coraggiosa delle altre si stava facendo avanti, avvicinandosi pericolosamente. Da un albero in fiamme alle sue spalle si staccò di colpo un ramo infuocato, che andò a cadere crepitando vicino all'animale, costringendolo a indietreggiare spaventato.

A Vanessa si accese una lampadina. Ecco perché non l'avevano ancora attaccata: come lei, temevano le fiamme.

Ora era tutto chiaro: o morire, sconfitta dalla sua stessa paura, o sconfiggere la sua paura stessa.

Vanessa si guardò intorno, allungò una mano e staccò un ramo da una pianta vicino a lei. Non esitò. Strinse tra le mani quel pezzo di legno, si girò e lo mise sopra le fiamme che divampavano alle sue spalle. Diventò subito una torcia. Senza ulteriori esitazioni, Vanessa prese ad agitarlo contro le fiere.

«Andatevene!» urlò. «Via!»

Bastava a tenerle a distanza, ma per farle desistere ci voleva qualcosa di più. Si avvicinò ancora, con il bastone proteso in avanti. «Via!» ripeté. «Andate via!» Le belve ringhiarono, ma arretrarono solo d'un passo. Non funzionava. *Devo usare il fuoco per difendermi*, pensò, poi, risoluta, diresse il legno verso terra e, partendo dall'ultimo lembo di fuoco che l'aveva seguita, disegnò un cerchio tutto intorno a lei.

Come per magia, le pietre del selciato presero ad ardere e le fiamme si proiettarono alte e terrificanti verso il cielo.

XXXV
Anya

La situazione era iniziata a degenerare quando Vanessa aveva lasciato scivolare il suo ciondolo a terra.

Anya, che fino a pochi attimi prima stava cercando di distinguere in lontananza la figura di Sirta sul dorso di Lagonas, si era voltata, ancora distratta, verso di lei.

Non l'aveva mai vista con quell'espressione. Aveva un'aria sognante, come se la sua mente fosse da tutt'altra parte. Sembrava felice, ma assente.

«Vanessa!» aveva provato a chiamarla, preoccupata.

Per tutta risposta, la compagna aveva iniziato a correre verso la città.

«Vanessa!» le aveva urlato allora, senza riuscire a nascondere il panico. «Dove vai?»

Troppo tardi. Anya aveva dovuto raccogliere la propria collana da terra e afferrare in fretta la sacca lasciatale da Sirta: non poteva abbandonare le loro scorte. Dopo essersi infilata la borsa a tracolla, aveva provato a raggiungerla.

Vanessa come sempre era troppo veloce. In poco tempo era riuscita ad accumulare un vantaggio che solo in parecchi minuti Anya sarebbe riuscita a colmare.

E dopo un centinaio di metri in salita, aveva dovuto rinunciare a seguirla. Affranta, aveva guardato la compagna allontanarsi: ormai di Vanessa si vedeva solo una distorta figura in movimento.

Demoralizzata, invece di avventurarsi come aveva fatto la compagna su ripidi sentieri – di certo più brevi, ma meno adatti alle sue capacità – Anya aveva deciso di procedere per la strada principale: era più lunga, ma in quel momento le era parsa l'unica soluzione.

Che cosa poteva essere capitato a Vanessa? Possibile che fosse stata la sua rabbia a spingerla a correre via in quel modo?

No, qualcosa non quadrava. Per quanto Vanessa fosse impulsiva, non si era mai comportata in maniera tanto sconsiderata.

Anya non avrebbe voluto farlo. Sapeva che era sbagliato, ma non aveva visto alternative.

Aveva stretto la pietra fra le mani.

La melodia che era risuonata nella sua mente era dolcissima. L'aveva ascoltata solo per qualche istante, ma quel poco era stato sufficiente a stordirla. Aveva lasciato la presa dalla pietra per ritornare a pensare con lucidità.

Doveva raggiungere Vanessa. Non sapeva che cosa sarebbe successo, ma non poteva permettere che la compagna si avventurasse a Paladish da sola.

Fu allora che vide un bagliore nella città bianca. All'inizio credette che fosse solo un'allucinazione, ma quando crebbe d'intensità, capì immediatamente di cosa si trattava. *Un incendio!* Il sangue le si ghiacciò nelle vene. Come poteva essere scoppiato? E dov'era Vanessa? Non la vedeva più lungo il pendio. *Possibile che…* Dentro di lei cominciò a farsi largo la consapevolezza che la compagna fosse in serio pericolo.

Il fuoco aumentava di secondo in secondo la sua intensità e la sua estensione, come se trovasse sul suo cammino solo cumuli di legna secca. *Che cosa sta succedendo?* Anya aveva preso a correre più veloce che poteva.

Avrebbe voluto maledirsi per la sua lentezza. «Vanessa!» urlò ancora, invano.

E se il sovrano le avesse trovate? Se fosse stato lui il responsabile di quell'incendio? *Ma no, nessuno ci ha tradito, me ne sarei accorta…* Anya cercò in fretta altre soluzioni.

La sua mente era come al solito più veloce delle sue gambe: *Possibile che le chiavi abbiano degli incantesimi di protezione?* Imprecò sottovoce: se aveva ragione, Vanessa era lì, sola, senza un potere, e lei che cosa stava facendo per aiutarla?

A mano a mano che si avvicinava, Anya vedeva sempre più

rosso. Il bianco di Paladish iniziava a scomparire, inghiottito dai riflessi caldi dell'incendio.

Come avrebbe fatto a trovare Vanessa? Come avrebbe potuto addentrarsi nella città? Cominciò a torcersi le mani.

Magari sta bene, deve star bene, si disse. *Basta che non voglia recuperare la chiave da sola… E se le fosse successo qualcosa? C'è un solo modo per saperlo*. Smise di lambiccarsi il cervello e toccò di nuovo la pietra.

Andatevene! sentì Vanessa urlare. *Via!* A chi stava parlando la compagna? Era troppo lontana per capire di più e dopo qualche altra frase spezzata non percepì più nulla.

XXXVI
Vanessa

Vanessa aveva paura. Non poteva sapere se quella era stata la scelta giusta. Le fiamme, nell'istante esatto in cui aveva chiuso il cerchio, si erano innalzate sopra di lei per una decina di metri. Era prigioniera dentro un recinto di fuoco. Sentiva i vestiti surriscaldarsi: era pronta al peggio. Serrò le palpebre per non vedere finché non avvertì sul viso la brezza leggera della montagna.

Allora aprì gli occhi e lasciò cadere il bastone a terra, sbalordita.

Il terrificante cilindro di fuoco era scomparso e con lui le fiamme che la rincorrevano e il nero famelico delle fiere pronte all'attacco. Nessun albero che bruciava. Le pietre della strada erano ritornate del loro originario colore e le case sulla via erano di un bianco candido, come se nulla fosse accaduto.

Si mosse con cautela. Non sentiva più i piedi caldi e le suole dei suoi sandali non recavano traccia di bruciature, come se fosse stato tutto frutto di un suo sogno.

Tuttavia percepì un senso forte di desolazione e, nonostante la pura bellezza dell'architettura cittadina, si sentì a disagio. Nessun rumore, neppure un uccello che volava, nulla. Gli abitanti se ne erano andati da poco, come poteva apparire così terribile, vista da vicino, una città che da lontano sembrava magnifica?

Qualcosa la scosse dalle sue riflessioni: il suo ciondolo aveva iniziato a luccicare. Vanessa lo prese fra le mani. Gli smeraldi incastonati negli occhi del drago brillavano come non mai. *Possibile che anche la mia collana abbia qualche potere?* pensò nel momento in cui il ciondolo le sfuggì dalle dita e iniziò a fluttuare nell'aria, facendo tendere la catena. Sembrava che volesse condurla da qualche parte. Vanessa, confusa, seguì la collana e percorse tutta la via, scendendo verso la parte più bassa della città. Arrivò in una grande piazza con una fontana al centro. Era la stessa del suo sogno e il ciondolo la stava portando proprio lì.

Si fermò a qualche metro di distanza, titubante, a osservarla. Era composta da una grande vasca circolare dal bordo arrotondato e da una seconda – concentrica alla prima – impreziosita da quattro tritoni di pietra collocati su grosse foglie di loto.

L'aveva già vista? Certo, nel suo sogno sul drago, ma aveva una strana sensazione di déjà-vu...

Si avvicinò al bordo per controllare meglio. I tritoni facevano zampillare l'acqua anche al di fuori della fontana. *E adesso?* si domandò. Il suo ciondolo la stava indirizzando *dentro* quella fontana. *Cosa devo fare?* Lanciò un grido di frustrazione e scavalcò la prima vasca. Era bagnata fino alle ginocchia e la catena intorno al suo collo tirava ancora. Guardò dentro la seconda: sembrava un pozzo senza fondo. *Non se ne parla!* pensò. Ma poi sentì di nuovo quella musica irresistibile – era proprio la stessa che l'aveva stregata ai piedi dell'altura – e con il suo aiuto scavalcò la seconda vasca, utilizzando come gradino una foglia di loto scolpita nel marmo, e si buttò nel vuoto.

Le sembrava di galleggiare. Non sentiva il peso del suo corpo, doveva essere sospesa a mezz'aria o, quanto meno, era sicura di non avere i piedi appoggiati da nessuna parte.

Non aveva capito bene dove fosse andata a finire dopo essersi buttata nella fontana. Allungò le mani per sentire se vi fossero delle pareti attorno a lei, ma non percepì la presenza di qualcosa di solido. Le girava la testa e provava uno strano senso di vertigine. Aveva ora l'impressione di volare, ora di fluttuare, ora di trovarsi sottosopra come se qualcosa stesse offuscando il suo senso dell'orientamento.

«Maledizione!» imprecò. Arrabbiata, cercò di muoversi in

quello spazio vuoto per individuare una via d'uscita. Fu fortunata: una luce rossa comparve nel nero delle tenebre.

Dovette affrontare il disagio di camminare nel vuoto: con grande foga annaspò in quella direzione, fino a quando la luce cominciò ad assumere una forma ben delineata.

Deve essere la chiave…

Si avvicinò procedendo impacciata fino a quando riuscì ad allungare la mano per afferrare finalmente l'oggetto.

XXXVII
Anya

Le fiamme si erano spente d'un tratto, come quando si soffia su una candelina.

Il sollievo che provò Anya fu immenso. Toccò immediatamente la pietra, per capire dove si trovasse la compagna, ma non sentì nulla. Che cosa poteva esserle successo? Come si era spento l'incendio?

Non un pensiero, non una voce… nulla. *Cos'è questa: una punizione?* Si sentì inutile e sempre più frustrata al pensiero di Vanessa senza nemmeno un potere ad aiutarla nel momento del bisogno.

Stava svoltando su un tornante quando avvertì una presenza sulla sua strada. Nel momento in cui si rese conto che era un cavallo si fermò di colpo ed ebbe l'istinto di retrocedere.

Se non scappò fu solo perché vide chiaramente che l'animale la stava guardando. Le sembrò strano, ma non c'era alcun dubbio: i suoi occhi blu zaffiro erano inchiodati su di lei. Non l'aveva notato salendo, possibile che fosse comparso dal nulla?

Ancora incredula per quell'apparizione, tirò fuori dalla tasca l'amuleto, quasi volesse accertarsi che non fosse un caso, poi tornò a guardare il cavallo.

Era altissimo e bianco come le nuvole nel cielo.

Doveva correre via? Aveva l'impressione che fuggire fosse la decisione sbagliata: quell'animale non le avrebbe fatto alcun male, ne era certa. Inoltre, se avesse abbandonato il sentiero, non sarebbe mai riuscita a raggiungere la compagna.

Così si avvicinò lentamente al cavallo.

Ebbe la sensazione che la stesse aspettando. Rimaneva fermo, immobile, con le zampe ancorate al terreno.

Senza paura, Anya allungò la mano verso di lui.

XXXVIII
Vanessa

Vanessa credeva di aver raggiunto la chiave. La luce rossa, così vicina, era quasi accecante, ma appena allungò la mano questa si spense per riapparire di nuovo più lontana. Arrancò ancora nel vuoto, più determinata di prima, ma quando allungò il braccio si ritrovò al punto di partenza. *Continuando così non andrò da nessuna parte*.

Aveva bisogno di ragionare. Se l'oggetto si allontanava ogni volta che lei cercava di afferrarlo, cosa poteva fare?

Provò ad arretrare, ma la chiave luminosa rimase immobile.

Così non funziona, pensò.

Ci deve essere una soluzione... E la paura si impadronì di nuovo di lei.

In realtà ogni volta che il panico sembrava avere la meglio succedevano cose strane: invece di peggiorare, nella maggior parte dei casi le situazioni miglioravano.

Fu la chiave infatti ad andare verso di lei, a una velocità tale che Vanessa vide solo un raggio rosso: pronta, l'afferrò al volo e si sentì trasportare via.

Si accorse di essere tornata nella sua città solo quando udì un clacson suonare.

Fu strano sentirsi addosso di colpo i rumori, gli odori e lo smog di un mondo che le sembrava lontano anni luce dai problemi di Menish.

Batté più e più volte le palpebre, come per accertarsi che non fosse solo un'allucinazione, ma la situazione non cambiò: si trovava davanti alla sua scuola.

Com'è possibile? si chiese.

Non poteva essere già tornata. Aveva trovato la prima chiave, ma le altre? E Anya dov'era? Tutta la loro avventura era stata solo un sogno, un sogno terribilmente vivido?

Fissò per qualche attimo le macchine sfrecciare sulla strada trafficata in cerca di una spiegazione e fu subito accontentata.

A occhi sgranati vide un'altra Vanessa correre verso l'entrata della scuola con lo zaino che le rimbalzava sulle spalle e Sofia che tentava di starle dietro.

Le sfuggì un grido.

La sua gemella alzò per un secondo gli occhi verso di lei, come se l'avesse sentita, ma il suo sguardo le passò attraverso.

Non mi vede, comprese. Poi si accorse che anche gli occhi di Sofia la trapassavano come se fosse trasparente. *Sono invisibile...*

Vide la vecchia sé stessa, seguita dall'amica Sofia, aprire il portone e, senza perdere tempo, si infilò dietro di loro.

La porta sbatté alle sue spalle.

Sentì la vecchia Vanessa imprecare sotto voce.

Era frastornata, ma non abbastanza da dimenticarsi come sarebbe andata a finire. I suoi occhi cercarono immediatamente Anya. Era lì. Aveva le mani sulle orecchie e un'espressione di pura sofferenza dipinta sul viso. *Come ho fatto a non accorgermene?*

«Basta!» urlò la vecchia Anya, disperata, e a Vanessa questa volta non sfuggì il ciondolo della ragazza che cadeva a terra.

Poi le venne un'idea.

Si avvicinò alla vecchia sé stessa e riconobbe l'occhiataccia che aveva lanciato alla compagna. Mentre la preside stava chiedendo spiegazioni ad Anya, sfiorò il braccio alla sua gemella. Sentì un brivido e vide una piccola scintilla dorata scaturire dall'incontro dei loro corpi. La vecchia Vanessa si girò verso di lei: non poteva vederla, ma prima l'aveva sentita. Si rese conto che le sarebbero bastate poche frasi per impedirle di seguire Anya nell'ufficio della preside.

E tutto questo non sarebbe accaduto.

Non avrebbe trascorso il pomeriggio a pulire la biblioteca e la libreria non sarebbe caduta. Non avrebbero trovato la porta nascosta e non avrebbero infilato i loro medaglioni in quello strano libro. Non si sarebbe mai ritrovata nel deserto, in mezzo al nulla. Non avrebbe dovuto portare Anya in braccio per ore sotto il sole cocente. Laila non avrebbe mai parlato loro e non si sarebbe mai sentita chiamare *prescelta* da nessuno. Non avrebbe rischiato la vita cercando di entrare a Mahala e non avrebbe mai scoperto che Anya le poteva leggere nella mente. E, soprattutto, non si sarebbe mai sentita investire dal peso di una così grande responsabilità.

In una parola, tutto sarebbe rimasto nella normalità.

Ma che cosa sarebbe successo a Menish e a tutti i suoi abitanti? Chi altri avrebbe potuto impedire l'avanzata della sabbia? Sirta, Laila? Che ne sarebbe stato di loro? E della famiglia che l'aveva fatta sentire per la prima volta da molto tempo a casa? E il ciondolo? L'aveva trovato con i suoi genitori, durante quella vacanza in montagna... in fondo, non era iniziato tutto da lì? Le bastarono questi pensieri per farle morire la voce in gola. Vide la vecchia sé stessa scrollarsi, come per dimenticarsi dello strano brivido che le era corso giù per la schiena, e dirigersi verso Anya. Non sentì le sue parole, ma erano ancora impresse a fuoco nella sua mente. "Questa me la paghi" non è una frase che si dimentica tanto facilmente.

Per quanto le sembrasse strano, mentre vedeva l'atrio della scuola svuotarsi cominciò a stare meglio. Si era sentita in qualche modo proiettata a forza dentro quella storia: non aveva mai avuto la possibilità di accettare il ruolo che il fato le aveva assegnato. Ora finalmente l'aveva fatto: aveva accettato il suo destino. *Ma si può chiamare destino il frutto delle proprie scelte?* si chiese per un attimo, per poi scuotersi e ritornare a pensieri più pratici.

Come poteva far ritorno a Menish?

Solo allora, quando ormai nel chiostro non c'era più nessuno, alzò gli occhi verso la fontana.

Era identica a quella in cui era entrata a Paladish. Come aveva fatto a non accorgersene? Tantissime domande le risuonarono nella testa. Le mise a tacere una a una, si avvicinò alla fontana e scavalcò il bordo di marmo.

PARTE TERZA

La chiave della fiducia

1

Anya

Anya vide la compagna quando ormai solo una ventina di metri le separavano. Avanzava verso di lei a passo veloce ma instabile, quasi non riuscisse a controllare le gambe su quella ripida pendenza.

Anya ebbe l'impressione che potesse cadere da un momento all'altro, tanto sembrava priva di forze. In apprensione, corse verso di lei ma, quando se la ritrovò davanti, non seppe come comportarsi. «Stai bene?» le chiese. Poi ricordò come Vanessa aveva reagito a quella stessa domanda nell'oasi e si morse le labbra.

Ma stavolta Vanessa non disse nulla. Nei suoi occhi Anya non vide rancore, solo fatica e tanta, tanta tristezza; non sapeva che cosa dire, aveva l'impressione che qualsiasi parola sarebbe suonata fuori posto. Che cosa poteva esserle accaduto? Cercò di scorgere altro nel suo sguardo, ma ciò si rivelò più complicato del previsto: era come se una parte di lei fosse rimasta a Paladish. Dov'erano finite la sua energia e la sua forza?

Anya si sentì in colpa, si odiava per non esserle stata d'aiuto. «Avevo paura ti fosse successo qualcosa di terribile: era tutto in fiamme...»

«Sto bene...»

Anya capì che stava cercando di rassicurarla, ma il suo tono dimesso la angosciò ancora di più.

Vanessa deglutì, come se stesse tentando di sciogliere un groppo in gola. «È stata dura, ho dovuto affrontare prove molto difficili, ma ce l'ho fatta: la chiave è qui con me.» Tentò di proseguire, ma non ne fu capace.

Anya non poteva credere alle sue orecchie. Vanessa era riuscita a recuperare la prima chiave. Da sola.

La sua intuizione era esatta. L'incendio era una prova da superare per poter prendere la chiave e, a quanto pareva, non era nemmeno stata l'unica. E lei che cosa aveva fatto mentre la compagna lottava nella città bianca?

Erano *le* prescelte. Avrebbero dovuto affrontare quelle prove *insieme*. Lei era venuta meno al suo compito mentre Vanessa ce l'aveva fatta. Aveva recuperato la chiave senza il suo aiuto ed era tornata da vincente, pagandone però tutte le conseguenze.

Anya avrebbe voluto farsi raccontare che cos'era successo, avrebbe voluto chiederle di mostrarle la chiave, ma non le fece domande: sapeva che sarebbe stato stupido insistere.

Vanessa infatti non sembrava intenzionata ad aggiungere altro: stava guardando il cavallo. Aggrottò le sopracciglia con aria interrogativa.

«È venuto lui da me...» le spiegò Anya. Si rendeva conto di quanto le sue parole in quel momento fossero prive di significato, ma si costrinse a continuare: «Ho l'impressione che ci voglia aiutare. Sarà solo una sensazione, ma non credo sia un caso…»

Vanessa osservò ancora il cavallo bianco e assentì, poi guardò a terra, come se stesse cercando un posto dove sedersi.

«Hai bisogno di riposare? Possiamo passare qui la notte, se vuoi…»

«Non so…» Di nuovo non fu in grado di proseguire. Si girò in fretta in direzione del pendio voltandole le spalle. Anya rimase qualche istante immobile, senza capire, finché non vide la sua schiena sussultare e le fu chiaro che stava piangendo.

Esitò per un attimo, poi fece l'unica cosa che le sembrava spontanea: l'abbracciò. Vanessa, al contrario di quanto si aspettava, non respinse la sua stretta. Si lasciò consolare. Ad Anya tornò alla mente la sera precedente, quando era stato Sirta a stringerla fra le sue braccia. Scacciò in fretta quell'immagine. Il rimpianto non l'avrebbe portata da nessuna parte: Vanessa era lì e aveva bisogno del suo aiuto.

«È stato così… terribile» singhiozzò la compagna. Era come se tutte le emozioni dentro di lei premessero per uscire. «Non ne hai idea…»

Anya sentì di nuovo il senso di colpa stringerla in una morsa.

Ogni respiro di Vanessa si strozzava in uno spasmo. Anya avrebbe dovuto immaginare che una persona dal carattere forte come il suo potesse piangere solo in quel modo. Si chiese quand'era stata l'ultima volta che aveva lasciato libero corso alle lacrime.

Anya non avrebbe saputo dire quanto tempo trascorsero abbracciate, sotto il cielo plumbeo, ferme lungo la discesa, sul versante arido della montagna, vicino al maestoso cavallo bianco che le guardava quasi fosse in grado di capire quello che stava succedendo. Quando Vanessa riuscì finalmente a smettere di piangere si erano intese senza aggiungere una parola: si sarebbero fermate lì per la notte.

11

Vanessa

Mangiarono in silenzio lungo il pendio, avvolte nelle coperte. Vanessa sentiva la lana grezza graffiarle le braccia. Non voleva che la compagna la vedesse così abbattuta, ma isolandosi non avrebbe risolto quella situazione. Anzi, la desolazione che provava nel petto sarebbe aumentata fino a toglierle il respiro.

Finì il suo pezzo di pane. Scrollò via le briciole per poi lanciare un'occhiata alla compagna. Sebbene Anya stesse guardando la mappa, Vanessa aveva l'impressione di essere osservata.

La compagna non aveva sentito quella musica. Era impossibile che l'avesse percepita. Che quelle prove fossero destinate soltanto a lei? Sotto la coperta, strinse la chiave tra le dita. Il contatto era confortante. Sentiva di essersela meritata più di qualsiasi altra cosa nella sua vita. Quanto le era costata! Aveva dovuto rivivere tutto una seconda volta... scacciò quei pensieri prima che potessero trasformarsi di nuovo in immagini.

«Credo sia meglio dormire» le disse la compagna, titubante. «Domani dobbiamo partire presto, qua non siamo al sicuro.»

Vanessa si limitò ad annuire. Stava aspettando le sue domande. Era certa che prima o poi sarebbero arrivate. *Che cos'è successo quando è scoppiato l'incendio? Che prove hai dovuto affrontare?* Non le avrebbe risposto, o quanto meno, non sarebbe riuscita a dirle la verità. Avrebbe liquidato la conversazione con poche parole, funzionali alla missione che dovevano compiere. Si sarebbe comportata come quando le chiedevano dei suoi genitori.

Spesso, per evitare la pietà altrui, non raccontava affatto di loro, ma parlava di Katia e Mark come se fossero i suoi genitori naturali. Ben pochi sapevano la verità sul suo passato, e a nessuno l'aveva detta di sua spontanea volontà. Erano sempre state le circostanze a costringerla.

Si era già esposta fin troppo con Anya quel giorno e non avrebbe voluto farlo ancora.

Quando la vide sdraiarsi a terra accanto a lei si preparò a rispondere in malo modo alle sue domande. Solo che Anya non le chiese nulla. «Buonanotte» le disse invece. Vanessa si domandò se le avesse letto nel pensiero, ma la compagna aveva trovato un modo discreto per rispondere alla sua prevedibile domanda: la sua collana giaceva sull'erba, ben visibile, lontana dal suo tocco. Distinse con chiarezza l'immagine del cavallo sul medaglione, alzò lo sguardo per posarlo sull'animale in carne e ossa che avrebbe passato la notte accanto a loro, ricordò Lagonas e chiuse gli occhi.

III

Anya

La luce dell'alba colse Anya di sorpresa. Cercò di scuotersi: non potevano permettersi di tardare. Aveva dato un'occhiata alla mappa e la sabbia si stava spaventosamente avvicinando. Si alzò e preparò da sola la sacca. Soltanto quando tutto fu pronto per la partenza si azzardò a svegliare la compagna. Sembrava così rilassata, le dispiaceva turbare i suoi sogni.

La scrollò con gentilezza. Lei batté più e più volte le palpebre prima di metterla a fuoco. «È già ora di partire?»

Anya, ancora titubante, annuì.

«Che bello, non aspettavo altro» disse Vanessa ironica, alzandosi in piedi. Anya non fu sorpresa dal suo atteggiamento. Aveva già capito come reagiva alle difficoltà: anche nell'oasi si era comportata come se di debolezze non ne avesse mai avute.

Aveva resistito all'idea di farle delle domande: non era il momento giusto, non dopo il loro litigio. Aveva lasciato la sua collana in bella vista per dimostrare a Vanessa che si poteva fidare, ma sapeva che sarebbe stato necessario molto più tempo per riconquistare davvero la sua fiducia.

Inoltre si sentiva in colpa per quello che era successo il giorno prima. Non era stata in grado di aiutare la compagna: l'aveva lasciata sola ad affrontare la missione.

Erano arrivate in quel mondo *insieme*, dovevano recuperare quelle tre chiavi *insieme*, e lei non solo le aveva taciuto il suo potere, ma aveva permesso che Vanessa entrasse a Paladish da sola e, quando si era trovata alle prese con l'incendio, non era stata lì a darle manforte. *Non si ripeterà mai più*... si disse.

Il cavallo intanto si era avvicinato ad Anya e le aveva strofinato il muso sulla schiena. «Hai ragione, non ha senso indugiare» gli disse, mettendo la coperta di Vanessa nella borsa delle provviste. «È ora di scendere.»

L'animale le precedeva con la sua andatura elegante, indirizzandole sulla strada più rapida e sicura. Vanessa gli era subito dietro e Anya chiudeva la fila. La discesa sembrava senza fine e ci misero più di un'ora per arrivare a valle.

Appena raggiunto il tappeto erboso pianeggiante, Vanessa volle fermarsi per fare colazione. La compagna l'assecondò.

Fu mentre mangiavano che, senza dire una parola, Vanessa diede ad Anya la tanto agognata chiave. Lei non si aspettava certo che gliela facesse vedere così, all'improvviso.

«Non sembra neppure una chiave.» Se la rigirò fra le mani. «Di solito ci sono degli intagli e dei dentini... qui non li vedo.» La percorse delicatamente con le dita in tutto il suo contorno. «Sembra di ferro.»

«Già, tutta questa fatica e nemmeno un diamante...» commentò Vanessa. Era la prima volta che riusciva ad abbozzare un sorriso dopo aver affrontato le prove. «Sembra una *effe*... magari è l'iniziale di un nome.»

«Effe... come Fiona? Filomena? Flora?»

«Ferdinando? Fiorenzo?»

Risero entrambe. La morsa che stringeva il petto di Anya si allentò per un momento.

«Ora ne mancano solo due... Forse quella profezia non è un'invenzione. Forse riusciremo davvero a salvare Menish» commentò Vanessa, riprendendosi la chiave e rimettendosela in tasca.

Anya la guardò e, stupita da quella frase ottimista che suonava così estranea sulle sue labbra, non osò aggiungere altro.

IV

Edwin

Da quando aveva preso il potere, il sovrano trascorreva la maggior parte del tempo seduto sul suo prezioso trono. Impartiva ordini e ammonimenti a destra e a manca: non c'era gerarchia militare o di palazzo che fosse esente dalle sue intromissioni. Era così teso che quando concedeva udienza non riusciva a trattenersi dal riversare sui malcapitati di turno epiteti e pesanti accuse, e più il tempo passava, più la situazione andava degenerando.

Eppure il suo piano gli era parso così perfetto: aveva trascorso anni a studiarlo nei minimi dettagli. Quante ore aveva passato nella biblioteca reale da solo, mentre la sorella, la regina Laila, partecipava a manifestazioni e balli in veste ufficiale, a cercare notizie sulla Terra? Ne era rimasto affascinato. Doveva essere sua. Qualcuno c'era già stato, perché non avrebbe dovuto tentare anche lui? Sapeva dove si trovava l'Occhio, il portale che collegava Menish all'altro pianeta. I popoli laggiù erano suddivisi in tante nazioni che non sembravano nemmeno andare troppo d'accordo, senza un unico leader come lui a Menish. Forse sarebbe stato un gioco facile. Tuttavia, era conscio che per compiere quell'impresa aveva bisogno di un possente esercito... e Laila non gli avrebbe mai permesso di muovere guerra. Eppure sarebbe stata la sua occasione! Finalmente avrebbe potuto dimostrare quanto valeva! Il suo nome sarebbe stato ricordato negli annali: re Edwin, un conquistatore, un guerriero.

Aveva preso la sua decisione e, con il denaro del generoso appannaggio che sua sorella gli versava come principe della corona, aveva assoldato in segreto un esercito di mercenari. Aveva assaltato il palazzo in una notte di luna piena, portato a termine un colpo di Stato e ordinato che la sorella venisse rinchiusa nelle segrete. L'esercito era stato il primo a passare dalla sua parte.

Si sarebbe potuto fermare allora, ma il trono di Menish non gli era bastato: sapeva che per essere ricordato avrebbe dovuto compiere un'impresa più grande. Non era stato quello il suo piano fin dall'inizio? Conquistare la Terra, diventare immortale per le sue gesta gloriose? Perché si sarebbe dovuto fermare allora, a un passo dal suo obiettivo? Chi avrebbe più osato dire che lui era un debole, chi lo avrebbe ancora considerato inferiore alla sorella?

Così si era messo in marcia verso il portale. Il viaggio era stato lungo, di giorno da solo nella sua carrozza e di notte nella sua tenda.

Una settimana prima di partire aveva mandato avanti gran parte dell'esercito con l'ordine di aprire il portale, anche con la forza, se fosse stato necessario, e di iniziare l'invasione del nuovo mondo. Erano pronti alla guerra, addestrati, attrezzati. Sarebbe stata un'amara sorpresa per gli ignari terrestri. Ma le cose non erano andate come aveva sperato.

Ricordava ancora l'arrivo del messaggero lacero e ansimante, gli occhi sbarrati dal terrore, che lo aveva raggiunto di notte nella sua tenda. Era l'unico sopravvissuto della colonna di uomini che aveva cercato di forzare il portale di collegamento tra la Terra e Menish. Sembrava completamente fuori di sé.

«Sabbia! Sabbia!» aveva continuato a gridare come impazzito. «Sabbia dappertutto!»

E da allora ogni cosa era andata precipitando.

La rabbia gli fece stringere i braccioli del trono. Ora a ostacolarlo c'erano anche quelle due ragazze della profezia! Non poteva permettere che qualcuno gli portasse via ciò per cui aveva rischiato la vita e l'onore. E quella dannata frase: *Il loro regno non avrà mai fine*... Se le due terrestri avessero salvato Menish, che ne sarebbe stato di lui? L'avrebbero considerato il peggior sovrano che avesse mai regnato su Menish... un incapace, un imbelle, un pazzo pericoloso. No, doveva farcela da solo, a ogni costo. Aveva dichiarato lo stato di guerra in tutte le città, i soldati erano ovunque, eppure, nonostante le sue misure di sicurezza, non riusciva a capire dove le due intruse fossero dirette. Sua sorella conosceva le loro intenzioni, ne era sicuro, ma non voleva aprir bocca...

Si alzò e raggiunse a grandi passi le finestre alte fino al soffitto della sala del trono. Scostò le pesanti tende di velluto e osservò il caos mattutino. Le persone sembravano correre come formiche indaffarate a raccogliere provviste per l'inverno, solo che a Lamen non stava arrivando l'inverno...

Avrebbe aumentato ancora il numero delle guardie: doveva trovarle. *Lui* sarebbe riuscito a fermare l'avanzata della sabbia, lui sarebbe stato l'artefice di un meraviglioso destino per Menish, non quelle stupide ragazzine!

In ogni caso devono passare per Lamen, pensò. *È la città più importante del nostro mondo. Come potrebbero evitare la grande capitale?*

V

Vanessa

Anya srotolò ancora una volta la mappa. *Ormai sta diventando una fissazione*, pensò Vanessa. *La conosce a memoria*. Era come se guardando quella pergamena in continuazione la sua compagna potesse illudersi di mantenere la situazione sotto controllo. Sbriciò al di sopra della sua spalla. Il drago doveva aver davvero viaggiato a una velocità incredibile: in un giorno e mezzo di volo avevano coperto una distanza immensa, ma adesso come avrebbero fatto a raggiungere la seconda chiave? Era così lontana! L'alone della sabbia, dall'ultima volta che aveva controllato la mappa, si era esteso. Ormai aveva sommerso Kalua e distava davvero poco da Paladish. Sentì un groppo in gola.

Scrutò l'orizzonte, quasi temendo di vedere un muro giallo e mobile in avvicinamento. «Non abbiamo altra scelta: a piedi non ce la faremmo, la sabbia ci raggiungerebbe» commentò Vanessa, guardando il destriero bianco. «Sai cavalcare?»

«Be', io...»

Vanessa alzò platealmente gli occhi al cielo. «Forza, non possiamo permetterci di perdere altro tempo, sai cavalcare o no?» la incalzò senza tanti complimenti.

Ebbe l'impressione che la compagna cercasse di trattenere un moto di rabbia. Anya strinse i denti, lasciò passare qualche secondo poi, per tutta risposta, si avvicinò a un masso alto almeno mezzo metro e ci salì sopra. Il cavallo, quasi avesse capito, le si accostò. La ragazza studiò la distanza poi, con un salto, si issò agilmente sull'animale.

Vanessa restò a bocca aperta: *Non doveva essere imbranata?* Per nascondere la sua sorpresa, le chiese: «Non c'è la sella, è un problema?»

«Non possiamo permetterci di perdere altro tempo, sai cavalcare o no?» Anya ripeté la sua stessa frase, guardandola con aria divertita.

A Vanessa mancarono le parole. Farfugliò un: «Certo» in maniera così poco convincente che Anya, comprendendo di averla messa in imbarazzo, aggiunse: «Sali, ti aiuto io».

Vanessa avvampò: dubitava che la compagna avesse indosso la collana e odiava che le bastasse un'occhiata per capire i suoi sentimenti. *Che senso ha nascondersi, sa già tutto di me...* Ancora poco persuasa, annuì; salì sul masso e si diede una spinta. Rischiò di cadere, ma grazie alla presa ferma di Anya si ritrovò in groppa al cavallo. Non sapeva bene come tenersi all'animale. Tentò di spostarsi in avanti con un colpo di reni, ma urtò in malo modo la compagna, che incassò senza un lamento.

«E adesso, dove andiamo?»

«Dobbiamo dirigerci verso sud. Ora pensiamo a mettere più strada possibile tra noi e la sabbia, poi ci sposteremo verso il fiume: dobbiamo attraversarlo. Credo sia meglio passare per Lamen a fare rifornimenti di viveri: ormai la sacca delle provviste è quasi vuota… non so che velocità questo cavallo potrà raggiungere, ma impiegheremo circa tre giorni per arrivarci.»

«D'accordo» concordò Vanessa. «Andiamo dove dici tu.»

VI

Anya

Anya cercò d'istinto le redini per spronare il cavallo, ma ovviamente non le trovò e affondò le dita nella criniera folta di un biondo pallido. Per fortuna l'animale capì al volo e al minimo tocco dei talloni della ragazza sui suoi fianchi partì al galoppo a una velocità sorprendente. Vanessa dovette aggrapparsi alla compagna per non perdere l'equilibrio.

Il destriero si lasciò dietro in pochi minuti la città bianca e le montagne. Pareva che non avesse bisogno di grandi indicazioni, come se sapesse perfettamente dove volevano andare.

Con grande rapidità e destrezza il cavallo saltò qualche dosso, senza nessuna fatica: per lui erano solo piccoli ostacoli. La potenza dei suoi muscoli era impressionante e l'energia di ogni falcata lasciava Anya sbalordita. Quella creatura era differente da qualsiasi cavallo avesse mai visto sulla Terra sia per mole sia per velocità.

Avanzavano a un galoppo serrato. Il silenzio era quasi totale: Anya percepiva solo il loro respiro e il rumore ovattato degli zoccoli che battevano sul terreno.

Erano circondate da un paesaggio incantevole: l'arido Regno dei Monti aveva lasciato il posto a una natura rigogliosa dai vividi colori.

Anya sognava di viaggiare fin da quando era bambina, di vedere Machu Picchu, la Grande Muraglia, il Vaticano, il Grand Canyon, di immergersi nel tramonto fiammeggiante della savana africana, di farsi rapire dell'aurora boreale a Capo Nord. Ma fino a quel momento i suoi desideri non erano diventati realtà: per quanto la sua famiglia non fosse povera, non si poteva permettere quel tipo di lusso.

Eppure adesso era lì, in groppa a quell'incredibile cavallo, sedotta da quel paesaggio incantato. In un certo senso, il suo sogno si stava avverando.

Il carico di responsabilità che si sentiva addosso le aveva impedito fino ad allora di rendersene conto, eppure era proprio così: aveva visto il deserto, un albero di cristallo, alte montagne innevate… e il cielo di Menish forse non differiva molto in bellezza dall'aurora boreale.

Si guardò intorno. Davanti a lei si stendeva una pianura di un verde intenso. Sopra di lei, il firmamento azzurro trapunto di stelle.

Tuttavia qualcosa le impediva di godersi appieno l'attimo.

Nonostante la bellezza che avevano attorno, Anya si figurava l'arrivo della sabbia. Era difficile dimenticarsi da cosa stavano fuggendo e per cosa stavano lottando, specialmente dopo aver letto quell'angoscia nella mente di così tante persone... Se l'immaginò sommergere ogni cosa sotto forma di onda anomala, come l'aveva vista nella mente di Sirta. Ricordò il suo incubo, in cui gli scuri delle finestre si disintegravano e Daisy... Il terrore che quella visione potesse diventare reale di lì a poco la indusse ad aumentare la pressione sui fianchi del cavallo. Non poteva sprecare neanche un minuto.

Allo stesso tempo, faticava a credere che un mondo così bello stesse davvero morendo.

Ripensò alla sua Terra: ai ghiacciai che si stavano sciogliendo, alle specie di animali che scomparivano, ai terroristi che massacravano la gente e distruggevano opere antiche di migliaia di anni... in fondo, al suo pianeta non stava accadendo qualcosa di simile all'arrivo della sabbia? Forse era meno evidente e la distruzione giungeva più lenta, ma se non si fosse cambiato qualcosa in fretta, il risultato, a lungo termine, non sarebbe stato molto diverso.

L'uomo stava uccidendo la Terra, piano piano, giorno dopo giorno, con emissioni tossiche, petrolio nei mari, test nucleari nel sottosuolo, disboscamenti sconsiderati, guerre, morti...

Non ci aveva mai riflettuto fino ad allora, ma Menish non era l'unico mondo che rischiava di essere rovinato dalla sete di profitto, dalla leggerezza e dall'arroganza dei suoi abitanti.

Possibile che sia sempre l'uomo la causa di tutti i mali? Perché non si può vivere in pace, perché ovunque si vada l'umanità finisce per essere fonte del suo stesso dolore?

Il peso che avvertiva sulle spalle non faceva altro che aumentare. Come avrebbero fatto lei e Vanessa a impedire quel disastro?

Si sentiva esausta da quando la compagna era salita di corsa fino alla città bianca.

Ammirava Vanessa che, nonostante le difficoltà, era tornata vincitrice da una delle prove più difficili che avesse mai dovuto affrontare, con la tanto agognata chiave. Si era immaginata di vederla esultante, pronta a spiattellarle in faccia quanto lei fosse stata inutile... Ma non era andata in quel modo.

E anche se era stata Vanessa a piangere per sfogarsi di tutta la tensione accumulata, era stata Anya a sentirsi debole e fragile.

Debole per aver fallito, debole perché la compagna c'era riuscita e lei no.

VII

Vanessa

Cavalcarono per tutto il giorno. Nella tarda mattinata il paesaggio mutò di nuovo e al verde della pianura si sostituì un territorio stepposo. La vegetazione era scarsa e qua e là c'erano pietre e arbusti secchi. Veloce come un fulmine, il cavallo saltava i pochi ostacoli, quasi fosse conscio del pericolo che stavano correndo.

Si concessero solo alcuni minuti di sosta per mangiare un boccone e rinfrescarsi con la poca acqua rimasta, poi di nuovo ripartirono al galoppo.

Vanessa aveva le gambe doloranti e ogni fibra del suo corpo le urlava di fermarsi ma, guardandosi attorno, vedeva solo un terreno piatto senza nascondigli o vie di fuga. Soltanto al tramonto avvistarono finalmente un piccolo villaggio in lontananza.

«Non so se c'è da fidarsi» commentò scettica Vanessa. I centri abitati erano rischiosi. Avrebbe preferito un bosco o una grotta. Ma non ce n'erano in vista.

«Dove altro possiamo fermarci a riposare?» le chiese Anya, mentre il cavallo stava già rallentando l'andatura.

Raggiunsero le prime case senza aggiungere altro. Vanessa si aspettava locande e botteghe come a Mahala, ma le luci erano spente e in giro non c'era anima viva: sembrava un borgo disabitato.

Il cavallo svoltò dalla via principale in una stradina secondaria, come se volesse evitare di dare nell'occhio. *Ma anche volendo, chi ci potrebbe vedere?* pensò Vanessa, controllando se qualche presenza umana si stesse affacciando da quelle tristi finestre.

L'animale si fermò in un ampio slargo che doveva essere la piazza centrale del piccolo paese. Vanessa sentì la compagna irrigidirsi.

«Se per te va bene, posso verificare che non ci sia nessuno in giro.» Anya non tentava nemmeno di nascondere il nervosismo nella voce.

Vanessa non capì e aggrottò le sopracciglia. «E come?»

«Be', se qualcuno è nelle vicinanze, può anche non far rumore, ma per quanto si impegni non può evitare di pensare.»

Vanessa si morse il labbro. Che cosa avrebbe potuto risponderle? Era più importante la loro sicurezza che la sua privacy. E comunque Anya aveva letto più di una volta nella sua mente, che cosa sarebbe cambiato se l'avesse fatto ancora?

«Fai in fretta.»

Anya annuì e si mise la mano in tasca.

Vanessa trovò strano essere conscia che la compagna le potesse leggere nella mente. A ogni modo, durò tutto pochi attimi. «Allora?»

«Il villaggio è deserto. Nelle vicinanze non c'è nessuno, per ora siamo al sicuro.»

Vanessa sospirò di sollievo: era ancora troppo provata per affrontare un attacco nemico.

VIII

Anya

Il paese sembrava disabitato da anni. Al baluginare degli ultimi scampoli di luce le ragnatele che tingevano d'argento gli angoli delle finestre aumentavano la sua desolazione.

«È come a Paladish, dopo le fiamme» commentò Vanessa. «Ho la stessa sensazione di vuoto...»

Anya provò di nuovo quel forte senso di colpa. *Per quanto ancora mi sentirò responsabile del suo dolore?*

«Ci fermiamo qui per la notte?» domandò, scendendo da cavallo.

«Non so, questo posto non mi convince.»

«Lì c'è una fontanella. Possiamo dormire sotto la veranda di quella casa: pavimento e tetto sembrano ancora in buono stato... e in ogni caso, è meglio fermarsi qui che allo scoperto in quella sconfinata pianura.»

Vanessa alzò le spalle e stranamente rinunciò a discutere oltre.

Dopo aver sistemato il cavallo, che aveva già immerso il muso dentro una specie di abbeveratoio accanto alla fontana, le ragazze si accomodarono sull'assito di legno. La cosa si rivelò più complicata del previsto. Anya si massaggiò i muscoli delle gambe, che bruciavano per l'intenso sforzo. Vanessa si sedette accanto a lei con una smorfia di dolore.

«Brutte notizie» disse Anya, dopo aver dato un'occhiata alla borsa del pane. «Dobbiamo razionare le provviste, altrimenti già da domani saremo a dieta forzata.»

«Cosa?» protestò Vanessa, strappandole di mano un panino rotondo che di fresco ormai aveva ben poco. «Non ci posso credere: avevo comperato tantissimo cibo a Mahala...»

«Era solo una sacca, e neppure troppo grossa...»

«Forse hai ragione, è che mi sembra di stare digiuna dalla partenza...»

Quando finirono di mangiare Anya si mise a fare progetti per il giorno dopo. «Ci rimettiamo in viaggio all'alba. Non voglio rischiare brutte sorprese.» Tirò fuori dalla borsa la mappa. «Stando alle previsioni, la sabbia arriverà qui tra pochi giorni. Dobbiamo fare rifornimenti e Lamen non è molto lontana. Adesso è meglio riposare, sono distrutta.»

«A chi lo dici!» sbadigliò Vanessa. Si avvolsero nelle coperte e, stravolte, impiegarono pochi minuti ad addormentarsi.

IX

Vanessa

Era notte fonda quando Vanessa fu destata da un insolito cigolio. Alzò la testa.

All'inizio vide solo nero, poi la luce del firmamento l'aiutò a distinguere l'ambiente circostante.

Era una vecchia insegna che pendeva sbilenca dall'altra parte della strada a fare rumore: si era alzato il vento.

Si guardò attorno, ma tutto il resto le parve immobile. Sollevata, si rimise supina per riprendere sonno.

Il rumore, tuttavia, aumentò di intensità.

Il suo cuore, che si era appena calmato, ricominciò a martellarle forte nel petto. Si costrinse a riaprire gli occhi.

Vide una macchia bianca, simile a nebbia, muoversi nella

notte, come trasportata dal vento. Prima che potesse capire che cosa fosse, l'agglomerato di bruma si fermò sulla strada, a una decina di metri da loro.

Vanessa batté le palpebre, ma quell'immagine, invece di scomparire, divenne più nitida e assunse le fattezze di una figura umana.

«Anya!» la chiamò subito, cercando di svegliarla. «Anya!» ripeté, strattonandole una gamba.

«Lasciami stare, mamma...» borbottò la compagna nel sonno.

Ma mi prende in giro? pensò Vanessa, sgomenta.

«Su, svegliati!»

Finalmente l'altra aprì gli occhi, assonnata. Vanessa le diede uno scrollone, indicando quell'immagine spettrale.

«Vanessa» mormorò Anya, con calma inquietante. «Dov'è il cavallo?»

Si guardò intorno. Dell'animale non c'era traccia.

A ogni modo, lo spirito era ormai troppo vicino per pensare alla fuga.

«Non temete quello che non conoscete» disse un'anziana voce di donna. «Sono colei che ha tanto sofferto per un torto subìto, legata a voi da un desiderio mai espresso.»

Anya, che si era tirata a sedere, arretrò fino a trovarsi con la schiena appoggiata alla parete della casa; Vanessa rimase a fissare il fantasma a bocca aperta, troppo scioccata persino per pensare. Distinse la sagoma di una vecchia col capo coperto. La vide allargare le braccia nella loro direzione.

«Vedo dolore nel vostro futuro. Più volte la morte minaccerà il vostro cammino. Solo unite, col cuore, potrete riuscire nella vostra missione. E quando verrà il momento in cui non vedrete più alcuna luce illuminarvi la strada, in cui anche per voi la speranza sembrerà svanire, ricordate che soltanto l'amore vi potrà aiutare.»

Appena finito di parlare l'inquietante figura scomparve, disperdendosi come fumo nell'aria.

Subito dopo sentirono il rumore degli zoccoli: il cavallo si avvicinò veloce, scuotendo la criniera. Non ebbero bisogno di parlarsi per capire cosa dovevano fare. Presero in fretta e furia le loro cose e saltarono in groppa al destriero, galoppando nella notte come se fossero inseguite da un branco di lupi.

Ci vollero ore prima che Vanessa riuscisse ad articolare la domanda che le bruciava sulle labbra. Era ancora buio e stavano sempre correndo nella notte.

«Ma cosa vuol dire "Da un desiderio mai espresso?" Che senso ha: "Soltanto l'amore vi potrà aiutare?" E poi chi era quella... donna?»

Anya non rispose subito. Era pensierosa da quando erano ripartite e Vanessa immaginò che si stesse chiedendo le stesse cose, ma anche lei non aveva risposte.

«Non lo so, non ne ho la più pallida idea.»

Trascorsero qualche minuto galoppando in silenzio. *Ci mancavano anche gli spettri*, pensò Vanessa. Poi, per sdrammatizzare la situazione, osservò: «La prossima volta, se ti dico che un posto non mi convince, credimi sulla parola e non stiamo neppure a disfare le valigie, d'accordo?»

«Puoi contarci» rispose Anya con una sincera risata.

X

Vanessa

Proseguirono attraverso la pianura brulla, superando avvallamenti rocciosi per arrivare finalmente a un territorio collinare meno desolato. Il verde prendeva il posto dei sassi. Non incontrarono anima viva – e nemmeno morta – e ciò bastò a tranquillizzare Vanessa.

Il sole si alzò nel cielo e le stelle continuarono a brillare come candele dimenticate accese. «Tra poco dovremmo raggiungere il fiume» disse a quel punto Anya, che si ricordava il percorso a memoria.

E così fu. Il sentiero proseguiva attraversando un boschetto di alberi dai grossi tronchi e quando ne uscirono si trovarono davanti un corso d'acqua.

«E adesso?»

«Sulla mappa c'è un ponte segnato più a sud, non dovrebbe essere molto lontano.»

Cavalcarono lungo la riva. Vanessa osservò il fiume. Guadarlo sarebbe stato impossibile: il corso d'acqua si faceva sempre più stretto e tortuoso, incanalandosi in una specie di canyon dalle ripide pareti di roccia rossastre.

Quando vide il ponte le sfuggì un sospiro mesto. «Ma... riuscirà a reggerci?»

«Se passiamo una alla volta credo di sì.» Anya saltò giù con un balzo dall'animale.

Vanessa fissò per qualche istante la struttura malandata. Era una passerella fatta di grosse corde intrecciate e di assi di legno malridotte su cui camminare.

«Vado prima io» disse Anya, sorprendendola. «Sono la più leggera. Così controllo la consistenza delle assi...»

La compagna scosse la testa, incredula. «No, Anya, cercheremo un'altra via... Non ne vale la pena, scommetto che ci sarà un altro ponte più avanti, o un guado... Hai sentito cosa ha detto quel fantasma?» Scese goffamente dal cavallo per fermarla.

«La sabbia avanza, non abbiamo tempo! L'altro ponte è molto più a valle e ci costringerebbe ad allungare la strada. E comunque le parole di quello spirito, o di qualsiasi cosa fosse, non possono intralciare la nostra missione!»

«Lascia andare prima me, allora...»

«No.» Questa volta la voce di Anya non ammetteva repliche. «Non permetterò che tu vada ancora per prima.»

E non ci voleva un genio per capire a cosa si riferisse. Vanessa la guardò sgomenta, come se le avesse appena tirato uno schiaffo. Davvero la sua scomparsa nella città bianca l'aveva fatta stare così male? Certo, Anya le aveva mentito sul suo potere, ma non era necessario che superasse grandi prove di coraggio per dimostrarle di meritare ancora la sua fiducia…

Ma prima che lei potesse protestare, Anya, calmissima, la zittì con la mano. «Tranquilla, reggerà» tagliò corto in tono definitivo.

E Vanessa non poté far altro che annuire, capendo che non sarebbe mai riuscita a farle cambiare idea.

XI
Anya

Vanessa ha recuperato la prima chiave senza possedere alcun potere, io devo solo controllare la tenuta di un vecchio ponte, che sarà mai…

Con un rapido calcolo, Anya era giunta alla conclusione che le assi di legno erano abbastanza ravvicinate da permettere al cavallo di passare. Doveva soltanto fare la sua parte. Non poteva essere così difficile: era una passerella sospesa come ce ne sono tante, e la compagna sarebbe rimasta lì, a pochi passi da lei.

Si torse le mani, nervosa.

Il ponte di legno e corde era stato costruito nel punto più alto del pendio, dove le rive opposte si trovavano più vicine. Era impressionante vedere sotto di lei l'acqua in tumulto che scrosciava per perdersi nei tortuosi meandri verso valle. Non aveva mai visto un fiume dal colore così intenso. Sembrava blu petrolio, in netto contrasto con il rosso carminio delle rocce.

Anya porse la borsa dei viveri alla compagna e poi, con cautela, si avvicinò alla struttura sospesa.

«Aspetta...» disse Vanessa, come per fermarla. Ma si trattenne e si limitò a raccomandarle: «Sta' attenta».

Lei annuì e salì lentamente sul ponte.

Avanzava passo dopo passo, con cautela. Tastava col piede gli assiti di legno per valutarne la consistenza, ma mantenersi stabile appoggiandosi alle corde che fungevano da passamano si rivelò più difficile del previsto. Ripensò a quanto si fosse sentita spaventata nel scendere le scale con Vanessa, in biblioteca. *Come può cambiare la vita in pochi giorni...*

Fin da bambina era sempre stata impacciata nelle attività fisiche. Nelle ore di ginnastica spesso era l'ultima scelta dai compagni per i giochi a squadre. Sapeva che da quando era a Menish stava spingendo il suo corpo oltre il limite, ma lei e Vanessa avevano il destino di quella terra nelle loro mani: indugiare sarebbe stato da codardi.

Ritornò alla realtà. Il fiume era visibile dallo spazio tra le assi. Non aveva mai sofferto di vertigini, ma dovette impedirsi di guardare giù per non farsi prendere da un attacco di panico. Sentiva tutta la struttura oscillare sotto il suo peso.

All'improvviso, quando era circa a metà strada, qualche asse, appena sfiorata dai suoi sandali, si staccò dalle corde e volò di sotto. Lei s'immobilizzò per un istante.

«Torno indietro! Il cavallo non riuscirà mai a passare!» urlò a gran voce. Si strinse alle corde per non perdere l'equilibrio e indietreggiò veloce. Voleva scendere da quel ponte il prima possibile. Fu proprio la sua disordinata retromarcia a far staccare le due assi che la sostenevano.

Accadde tutto in un attimo.

L'appoggio le mancò sotto i piedi. Le sue mani persero la presa sulle corde.

«Aggrappati!» sentì Vanessa urlare.

Ma era troppo tardi e Anya cadde nel vuoto.

Il suo cuore mancò un battito, i pensieri svanirono dalla sua mente. Aprì le braccia, come per cercare un appiglio, ma nulla bloccò la sua caduta.

Precipitò nel fiume e sprofondò, inghiottita dalle sue acque. Il freddo la paralizzò per un momento. Prima di avere la possibilità di tentare la risalita, fu trasportata dalla corrente.

Venne trascinata via come una marionetta. Si ritrovò più volte sottosopra: faticava a distinguere dove fosse la superficie e dove il letto del fiume. Cercò di non schiantarsi contro le rocce, proteggendosi il capo con le braccia. Sentì le mani ferirsi.

Aprì gli occhi. L'acqua davanti al suo viso era macchiata di rosso.

Aveva l'impressione che i polmoni le stessero per scoppiare. Doveva risalire, doveva farcela. Non poteva morire annegata.

Cercò di guardare in su. Vedeva i riflessi del sole dorare la superficie dell'acqua. Provò a spingersi in alto con i piedi. La corrente era troppo forte. Avrebbe fallito. D'altronde, che cosa aveva fatto fino a quel momento per la missione? Vanessa aveva trovato la chiave, non lei.

Il fiume la stava trascinando, non sapeva dove sarebbe finita, odiava non riuscire a mantenere il controllo della situazione.

Non posso darmi per vinta...

Sapeva che se fosse rimasta con la testa sott'acqua non avrebbe resistito ancora a lungo.

Bisognava riprovarci, non poteva finire in quel modo. Dovevano proseguire, lei e Vanessa, insieme.

Il petto le si sollevò in movimenti convulsi. Ancora pochi secondi e l'acqua le sarebbe entrata nei polmoni.

Agitò di nuovo le gambe. Il suo piede incontrò una roccia. Sentì un dolore alla fronte, probabilmente un sasso l'aveva ferita, ma non le importò. Usando quella roccia come punto d'appoggio, si diede una spinta verso l'alto.

XII

Vanessa

«Anya!» urlò Vanessa. «Anya!»

Perché non riemerge? Maledizione! «Anya!»

L'aveva vista cadere come al rallentatore e agitare le mani, quasi per trovare un appiglio, prima che le acque blu del fiume la inghiottissero.

E se ha battuto la testa contro le rocce? Adesso cosa faccio? pensò angosciata, sporgendosi il più possibile verso il baratro.

Fissò il corso d'acqua, paralizzata dal terrore, cercando disperatamente la compagna. «Ti prego» sussurrò «riemergi.»

Non poteva rimanere sola. Come era stata stupida! Avrebbe dovuto impedirle di salire su quel ponte!

A Vanessa mancava il fiato, quasi fosse lei a essere trascinata dalla corrente. *Non potrà resistere a lungo... E se non dovesse farcela...* No, non riusciva nemmeno a pensarci.

Fu allora che la vide riemergere, un centinaio di metri più a valle.

Soltanto in quel momento riprese anche lei a respirare.

Doveva salvarla.

Si girò. Il cavallo era in trepida attesa. Vanessa capì cosa doveva fare. L'animale, quasi avesse compreso la difficoltà in cui si trovava, l'aiutò a salire allungandosi in avanti. In pochi secondi la ragazza era già in groppa e stringendo le ginocchia lo spronò verso l'argine del fiume.

Vanessa non era una buona cavallerizza, ma la situazione acuì il suo istinto, facendole coordinare i suoi movimenti con quelli dell'animale. A mano a mano che proseguiva, la flora si infittiva, formando una specie di barriera fra lei e il fiume e rendendo la riva poco praticabile, irta di legni spezzati che sembravano lance rivolte verso il cielo. Ormai aveva raggiunto la compagna, superandola di qualche decina di metri.

«Anya, mi senti?» urlò a pieni polmoni, sovrastando lo scroscio dell'acqua. «Cerca di venire verso di me! Ti lancio qualcosa a cui aggrapparti!» E così dicendo superò l'intricata vegetazione raggiungendo un punto dove il declivio era più dolce.

Anya annaspava verso la riva. Le mancavano pochi metri, ma la corrente troppo forte la ostacolava.

«Dai, da questa parte!!» la incitava Vanessa. Poi gettò uno sguardo a valle e trasalì. Il fiume scendeva veloce per una repentina pendenza dove molte rocce emergevano da sotto il pelo dell'acqua. *Rapide!*

«Forza, Anya! Di qua! Fai ancora uno sforzo!» urlò saltando giù dal cavallo. Si avvicinò alla riva. «Presto!»

Anya lottava con tutte le sue forze, ma il flusso era troppo impetuoso.

Maledizione, *Anya*, pensò Vanessa, disperata.

Poi avvertì un rumore di legno che si spezza e uno spostamento d'aria. Balzò di lato mentre un albero sulla riva vicino a lei crollava all'improvviso nel fiume e si incastrava tra le rocce affioranti, rimanendo sospeso tra acqua e terra come un piccolo pontile.

Anya andò quasi a sbatterci contro, sospinta dalla corrente, e si aggrappò al tronco ansimante, distrutta dallo sforzo. Era molto strana come coincidenza, ma Vanessa non aveva tempo per badarci. Non ora.

«Vieni verso di me!» la incoraggiò gridando a squarciagola e protendendosi il più possibile in avanti per raggiungerla.

«Ancora un po'!»

Anya, ormai allo stremo, usava il tronco per avvicinarsi centimetro per centimetro alla compagna. Tese la mano verso di lei.

Vanessa si allungò fino a rischiare di cadere.

Le loro dita finalmente si incontrarono e Vanessa, con tutta la forza che aveva, tirò Anya in salvo verso la riva.

Non appena raggiunsero la sponda, l'albero cedette alla corrente e venne trascinato in mezzo alla schiuma bianca delle rapide, sbattendo qua e là tra le rocce fino a scomparire dalla loro vista.

Crollarono sull'erba tutte e due, sfinite.

«Ti sei data un gran daffare…» ansimò Anya con gli occhi chiusi per cercare di recuperare le forze.

Vanessa dovette riprendersi prima di riuscire a parlare. «Non pensavo che ce l'avremmo fatta.»

«Neanch'io. Ma come hai fatto a far cadere la pianta?»

Vanessa si sollevò sui gomiti per controllare la riva. «È stata solo fortuna, io non ho fatto niente. Probabilmente era già in equilibrio precario… un po' come il ponte.»

«Sarà…» disse Anya, ma dal tono si capiva che non ne era affatto convinta.

XIII
Vanessa

Si concessero qualche minuto per riprendersi, sdraiate sull'erba.

Fu Vanessa ad alzarsi per prima e Anya la imitò a fatica.

Rimontarono a cavallo; l'animale si avviò lungo il corso del fiume, come se sapesse già dove dirigersi. Vanessa, nel frattempo, controllò la mappa.

Perché non ci sono i cartelli? Sarebbe tutto più facile. Anzi, meglio ancora, ci vorrebbe un navigatore satellitare! Già me lo immagino: «Per Lamen svoltare a destra al primo bivio, grazie». Ma nonostante le difficoltà si sentiva bene con sé stessa: aveva salvato Anya dalle rapide, recuperando una situazione quasi disperata. Non avrebbe mai creduto di riuscire a fare tanto.

Sentì il peso di Anya contro la sua schiena e si girò per controllare: la compagna era appoggiata a lei e teneva gli occhi chiusi, sfinita. Non la disturbò. Si lasciò trasportare dall'andatura veloce del cavallo, accarezzata dal vento e riscaldata dal sole.

Incontrarono solo qualche sparuta carovana di contadini che procedeva lenta per la sua strada. Vanessa le superava al galoppo.

Verso sera finalmente arrivarono in vista dell'altro ponte. Era in mattoni e poggiava stabile su grossi basamenti di pietra.

Vanessa trattenne il cavallo per la criniera e controllò accuratamente che non vi fossero guardie o uomini sospetti sull'altra sponda prima di dare di sprone e attraversarlo di corsa.

Anya era riuscita a riposare un po' durante il viaggio. Vanessa invece, che si era sempre mantenuta vigile, cominciava a sentirsi spossata. Decise di fermarsi per la notte in un boschetto che si vedeva dalla strada.

Il cavallo le portò a destinazione in pochi minuti, superando con disinvoltura grossi cespugli profumati dai vivaci colori. In quello scenario verdeggiante Vanessa si sentì finalmente più calma. Sembrava tutto tranquillo: si intravedeva persino la volta celeste attraverso il fogliame dei rami più alti.

Vanessa saltò giù dall'animale che abbassandosi docilmente l'aiutò a far scendere Anya ancora mezza addormentata.

Era la prima volta che la guardava da vicino dopo l'incidente del ponte.

Si è ferita contro le rocce. Un taglio netto le solcava la fronte e aveva le mani e le braccia tutte graffiate.

La fece sedere contro il tronco di un albero. «Ti hanno dato un sonnifero?» la provocò, per verificare la sua capacità di reazione.

«Può darsi: non riesco a tenere gli occhi aperti.»

«Ma se hai riposato per tutto il viaggio!» Poi, impietosita dalle sue ferite, le disse: «Come ti senti?»

«Ho l'impressione di essere stata in una centrifuga» rispose Anya, toccandosi la fronte in corrispondenza del taglio.

«Non hai tutti i torti. Credo sia il caso di medicarti, potrebbe venirti un'infezione...»

«E come? Non abbiamo medicinali, nemmeno bende.»

«No, ma vedi...» Orgogliosa, Vanessa tirò fuori dalla borsa a tracolla una boccetta di vetro molto piccola. Il suo contenuto aveva uno strano colore violaceo. «Al mercato ho comprato questa.»

Anya aggrottò la fronte, movimento che le costò un'altra smorfia di dolore.

«È una specie di pozione curativa, da quel che ho capito. L'ho vista su una di quelle bancarelle e ho deciso di comprarla: un viaggio così lungo comporta molti rischi...» Cambiò discorso prima di avventurarsi in argomenti spigolosi. «Penso sia il caso di provarlo.»

XIV

Anya

Piacevolmente stupita dall'iniziativa della compagna, Anya le porse entrambe le mani. Con un'attenzione e un riguardo che così poco le si addicevano, Vanessa fece scendere cautamente sulle ferite alcune gocce di quel liquido violaceo. In pochi secondi anche le più profonde si rimarginarono, lasciando la pelle liscia e senza cicatrici.

«Funziona!» esclamò Anya, sbarrando gli occhi dalla gioia.

Poi la compagna le applicò la pozione anche sul taglio in fronte.

«È guarito» disse subito Anya, senza aspettare la conferma di Vanessa. «Non sento più dolore… grazie.»

La compagna sorrise, quasi in imbarazzo.

È come se non fosse abituata a sentirsi ringraziare… non sembra nemmeno la stessa persona che ha rubato i soldi della sarta a Mahala con tanta disinvoltura.

Le era difficile conciliare il furto e l'acquisto di quella pozione.

Vanessa richiuse delicatamente la boccetta.

«Meglio conservarla con cura. Ci sono ancora poche gocce e non devono andare perse» disse Anya.

«Menish continua a sorprendermi» rispose Vanessa, mettendo la boccetta al sicuro nella borsa. «Questa pozione è una medicina che noi possiamo soltanto sognare: guarisce all'istante ogni ferita.»

«Ciascun popolo ha le sue virtù. A ogni modo, visto che passeremo la notte nel bosco, sarebbe meglio accendere un piccolo fuoco… ci proviamo?»

Le fu impossibile non notare l'irrigidimento immediato di Vanessa. «Fuoco significa anche fumo e… se ci scoprono? Non siamo molto lontane dalla strada» obiettò pronta.

«Posso controllare che non ci sia nessuno nei paraggi, se per te va bene, ma dubito fortemente che qualcuno passi in perlustrazione a quest'ora: si sta facendo buio» rispose Anya. Tuttavia, aveva capito che non era quello il punto.

La vide esitare. «Puoi… puoi fare a meno di chiedermelo, d'ora in avanti. Prima di usare il medaglione, intendo.»

Anya stentava a credere alle sue orecchie.

«Hai un potere che ci può aiutare. Sarebbe sciocco se tu non lo usassi a causa mia. Soltanto... non ascoltare i miei pensieri, se ci riesci.»

Anya sapeva che sarebbe stato difficile, dal momento che la voce della compagna le suonava sempre più alta rispetto alle altre. «Cercherò, per quanto mi è possibile, di evitarlo» disse onestamente.

Vanessa annuì e le fece cenno di andare avanti.

Anya toccò la pietra. Le servirono solo pochi secondi per accertarsi del fatto che non c'era nessun altro nelle vicinanze.

«Possiamo stare tranquille» affermò, lasciando la presa sul medaglione con un sorriso.

Impiegarono quasi un'ora per accendere il fuoco. Provarono prima con le pietre. Vederlo fare da Sirta le era parso semplice, ma senza il suo aiuto esperto, per quanto si sforzassero, non riuscirono a far sprigionare la scintilla decisiva. Tentarono allora con dei legnetti secchi, sfregandoli l'uno contro l'altro. Ci volle molta costanza, ma la testardaggine di Vanessa ebbe la meglio: una scintilla attecchì finalmente tra la legna e le foglie secche che avevano raccolto. In pochi istanti diventò una fiamma.

«Ci sei riuscita!» esclamò Anya. Avvicinò le mani al fuoco per scaldarle. Trovava piacevole avere un piccolo falò che permettesse loro di illuminare l'accampamento improvvisato e di stare un po' al caldo, ma si rese conto immediatamente che per la compagna era diverso. Vanessa stava fissando le fiamme. Non sembrava spaventata: piuttosto, guardava il fuoco con occhi tristi, come se quelle lingue rosse facessero scorrere vecchi fotogrammi.

«Sai» disse, senza distogliere lo sguardo dal rosso delle fiamme, «è stata questa la prima prova che ho dovuto affrontare.»

Anya capì al volo che si stava riferendo a quanto era successo a Paladish, così tacque, si sedette di fianco a lei e la lasciò parlare.

«È stata la più difficile: ho dovuto superare la mia più grande paura. È successo... è successo quando ero piccola...» Faticava a formulare quelle semplici frasi, ma Anya comprese che voleva confidarsi: solo parlando si sarebbe potuta sentire meglio. «I miei genitori sono morti in un incendio.» Scandì ogni sillaba. Anya ebbe l'impressione che non l'avesse mai detto ad alta voce. «Non so se tu l'avevi già capito leggendomi nella mente, ma ormai non mi importa nemmeno più. È stato il momento più brutto della mia vita. Avevo sei anni. Eravamo nella nostra casa in montagna. Probabilmente è nato tutto da un corto circuito nell'impianto elettrico, in realtà non è mai stata chiarita bene la causa. Fatto sta che è scoppiato un incendio. La mia camera era la più lontana da quell'inferno. Quella dei miei genitori, invece...» Si fermò come a meditare e Anya, d'istinto, le prese la mano. «Se non si fosse aperta la finestra della mia stanza, sarei morta anch'io fra le fiamme. Invece si è spalancata di colpo e io mi sono buttata di sotto. Avrei preferito perdere coscienza, ma dopo la caduta sono rimasta sveglia, a sentire il dolore delle mie ossa rotte e le grida dei miei genitori.» Un altro silenzio carico di sofferenza. «Nella loro agonia hanno urlato il mio nome, poi le grida sono cessate e si è sentito solo il crepitio delle fiamme… Il fuoco fa rumore, un rumore tremendo.» La voce le si ruppe.

«Non sei obbligata a continuare…» le sussurrò Anya, ma Vanessa, presa dal ricordo, non l'ascoltò.

«L'immagine della porta chiusa della mia stanza da cui tentano di entrare le fiamme mi tormenta ancora. È il mio peggior incubo notturno. Poi arrivo a Paladish, trascinata da quella musica… e cosa scoppia? Un incendio. Non c'è niente che possa farmi cambiare idea: sono convinta che chiunque avesse tentato di recuperare la chiave avrebbe dovuto affrontare la sua più grande paura. Ho dovuto farmi circondare dalle fiamme per non venire sbranata da belve fameliche, appiccando il fuoco con le mie stesse mani…»

Poi Vanessa tacque e solo allora Anya si sentì in dovere di parlare. «Mi è capitato di percepire nella tua mente una grande sofferenza, ma non ho mai voluto scoprire quale fosse la causa leggendoti nel pensiero. Ricordo di essermi tolta la collana, una volta… spesso questo potere mi pare una maledizione. Mi spiace tantissimo per i tuoi genitori…»

«Non sai quanto spesso penso a loro per poi immaginarmeli avvolti dalle fiamme.»

«Cos'è successo dopo che ti sei buttata dalla finestra per salvarti?»

«Ho trascorso un lungo periodo in ospedale e poi sono stata

adottata da una coppia in carriera che non riusciva ad avere figli. Non è stato facile...» Vanessa scrollò le spalle. «Ma si tira avanti.»

Anya capiva che la situazione si stava facendo più pesante. Cercò di cambiare argomento, ma non era facile, con le fiamme che bruciavano a un passo da loro.

«E le altre prove? Insomma, quante ne hai dovute affrontare?»

«Tre. Ma la seconda è quella che ho meno chiara. Alcuni secondi dopo che ho tracciato il cerchio di fuoco intorno a me, le fiamme si sono spente. Gli animali che volevano sbranarmi sono scomparsi. Poi il medaglione mi ha condotto a una fontana. Ci sono entrata... Lo so che può sembrare strano, ma era la stessa fontana che c'è nella nostra scuola. Era proprio identica, e infatti poi ho dovuto...»

Anya le mise una mano sul braccio, interrompendola di colpo. «Lo sapevo!» esclamò emozionata.

XV

Vanessa

Vanessa aggrottò le sopracciglia. «In che senso?»

«Non ti pare strano che questo mondo e il nostro si assomiglino così tanto? Abbiamo usi, costumi e oggetti estremamente simili, parliamo la stessa lingua! Come può essere un semplice caso? Io credo che questo mondo e il nostro, in qualche modo, si siano scambiati informazioni e negli anni si siano aiutati. Come possiamo sapere che ruolo hanno avuto i monaci in tutto questo? Insomma, la nostra scuola era un vecchio monastero e il portale… qualcuno l'avrà custodito nel tempo… non pensi?»

«E che mi dici del drago e della magia?» chiese Vanessa, sempre un po' scettica.

«E se qualcuno nel nostro mondo avesse visitato in passato Menish e avesse raccontato quello che aveva visto? I draghi, le pozioni… sarebbero diventate leggende, non ti pare?»

Questo discorso stava facendo venire a Vanessa un gran mal di testa. Anya, troppo presa dal suo ragionamento, continuava a parlare come un fiume in piena e solo dopo aver esaurito tutte le sue congetture le domandò in cosa era consistita la seconda prova.

«Sono dovuta entrare nella fontana e mi sono ritrovata a galleggiare nel nulla. All'inizio non vedevo niente, poi è comparsa una luce, e ho compreso che era la chiave. Più mi avvicinavo, più questa si allontanava. Soltanto quando sono andata nel panico e non avevo più idea di cosa fare, la chiave mi ha raggiunta spontaneamente. Lo so che può sembrare strano…» Si interruppe, in attesa di una reazione della compagna, ma questa pareva immersa nelle sue riflessioni.

«Stavo pensando…» disse infatti Anya, alzandosi per allontanarsi di qualche passo.

La compagna la guardò interrogativa.

«Scusami, Vanessa, ma non credo ci sia altra scelta...» Anya prese uno dei sassi che avevano tentato di usare come pietra focaia e glielo lanciò con forza, prendendola completamente alla sprovvista.

Un attimo prima di colpirle il viso, il ciottolo deviò repentino e cadde fra le fiamme.

«Ma sei pazza?! Potevi farmi male...» cominciò Vanessa. Poi si rese conto di quello che era appena successo e rimase senza parole.

«Sì!» esultò Anya saltellando sul posto. «Lo sapevo che non potevano essere solo coincidenze!»

Vanessa era ancora frastornata.

«Da dove iniziare? Ah... sì! La freccia deviata all'ultimo istante prima che ti colpisse fuori delle mura di Mahala; i rami spezzati che hanno fatto allontanare le guardie; il carro pieno di galline che si è rovesciato; il tronco con cui mi hai salvato la vita... non poteva essere un caso! E sicuramente mi sto dimenticando qualcosa... ma certo! La biblioteca! Sei stata tu a far cadere la libreria! Sei tu che hai rivelato la porta! È merito tuo se siamo qui!»

«È impossibile...»

Anya scosse la testa. «Possiedi questo potere da quando hai quella collana!»

Vanessa ripensò al ritrovamento del ciondolo durante la passeggiata in montagna con la sua famiglia e poi alla notte che aveva cambiato la sua vita. «La finestra...» sussurrò. «La finestra della mia stanza in montagna… quella che si è aperta di colpo… io avevo al collo il mio ciondolo…»

Il sorriso di Anya si spense. Le si avvicinò piano. «Non è stato un semplice caso se ti sei salvata: l'hai voluto tu dal profondo, adesso come allora, e il tuo ciondolo ti ha aiutata…»

Vanessa sentì le lacrime salirle agli occhi. *No, non ancora…* Le ricacciò giù, ma le rimase un nodo in gola. Non riusciva a capire davvero bene che cosa comportasse la facoltà di spostare gli oggetti: le sembrava una follia credere di avere quella capacità.

«Ma allora perché non posso solo desiderare che qualcosa si avvicini? Che qualcosa cada o si rompa? Che cosa fa scattare questo mio… potere?»

Aveva tanto invidiato la capacità di Anya, ma adesso che anche lei aveva scoperto di averne una, non sapeva come gestirla.

Ancora una volta fu la compagna, dopo qualche istante, a darle una risposta. Aveva un intuito che Vanessa nemmeno sognava. «La paura. La paura attiva i tuoi poteri… devi imparare a controllarla, solo così potrai padroneggiarli.»

Vanessa annuì, ma in realtà non aveva la più pallida idea di come fare.

«Però in biblioteca non avevo paura, o almeno credo…» Aveva ricevuto troppe informazioni e non riusciva più a riflettere. Così concentrò tutte le sue energie su un piccolo sasso per capire se era capace di spostarlo. Non ne fu in grado. Incredibile pensare che per salvare Anya aveva addirittura sradicato un albero.

«Ce la farai» le disse la compagna, mettendole una mano sulla spalla. «Ci vuole solo tempo.»

Vanessa annuì. Ma quanto ne avevano ancora a disposizione? E se non fosse riuscita a usare questo potere nel momento del bisogno? Finora credeva che fosse stato solo il caso, ma la consapevolezza di aver contribuito così efficacemente a risolvere molti problemi da quando era iniziata la loro avventura la fece sentire, in qualche modo, fiera.

«Grazie, Anya. Ti sono bastati pochi giorni per accorgerti di una capacità che possiedo da anni.»

Si stava riferendo alla finestra, ma di certo non doveva ripeterlo a una ragazza così sveglia. «Credo sia meglio spegnere il fuoco, ti va di aiutarmi?» cambiò discorso Anya, modesta.

«Mi hai letto nel pensiero.»

«No, io...» si affrettò a spiegare Anya, poi capì che la compagna stava scherzando e si mise a ridere.

Soffocarono le fiamme con un po' di terriccio e presero le coperte.

«Buonanotte, Anya.»

«Buonanotte, Vanessa.»

Lei, però, rimase per molto tempo sveglia a guardare le stelle e a pensare al suo passato, al suo presente e al suo futuro. Le venne in mente che non era riuscita a raccontare ad Anya della terza prova. Si girò verso la compagna per rimediare, ma la ragazza aveva gli occhi chiusi e preferì non disturbarla.

XVI
Vanessa

Per la prima volta al suo risveglio Vanessa ebbe subito la consapevolezza di trovarsi a Menish.

Si alzò in piedi, ancora barcollante, e si stiracchiò. Anya dormiva poco distante, con le mani ripiegate sotto il mento. Sembrava così indifesa addormentata.

Di buon umore come le capitava raramente la mattina presto, Vanessa si mise a sistemare le poche cose che dovevano portare con loro. Ebbe anche cura di spazzare con il ramo di un albero i resti del loro bivacco, per non lasciare tracce. Le venne persino l'idea di provare a spostare con la forza del pensiero la sua borsa di juta: *Come se fosse facile!* Anche se la sua mente era riposata, la concentrazione non fu sufficiente. Sbuffò spazientita: la calma non era di certo il suo forte ed ebbe solo voglia di rimettersi in marcia.

«Chissà cosa è successo a scuola, dopo che siamo scomparse...»

La frase di Anya si perse nell'aria dell'afoso mattino. Già da un'ora percorrevano la strada carovaniera verso Lamen. Fino a quel momento avevano incontrato solo carri di contadini, nessun uomo armato.

«Sicuramente hanno avvisato i nostri genitori e loro avranno chiamato la polizia. Ci saranno volantini con la nostra foto e la scritta SCOMPARSE sui muri...» Poi spalancò gli occhi, allarmata. «Ma da quanto siamo lontane da casa? Ho perso completamente la nozione del tempo.»

Anya aggrottò le sopracciglia. «Be', quasi dieci giorni...» Lasciò la frase in sospeso, come se ne fosse sorpresa lei per prima.

Vanessa intuì i suoi pensieri: lei poteva sentirsi meno in apprensione per Katia e Mark, ma Anya doveva essere molto preoccupata per la situazione che stavano vivendo i suoi genitori. Si immaginò volanti della polizia che le cercavano in tutta la città, i loro volti in televisione e ovunque su internet. Se si fossero soffermate a pensare a quello che con ogni probabilità stava accadendo sulla Terra, sarebbero impazzite. «È inutile pensarci più di tanto, adesso: abbiamo problemi più urgenti da risolvere. A ogni modo, non possiamo farci nulla.»

«Mi sembra passata un'eternità.»

«Anche a me.» A Vanessa sembrò straniante parlare di casa in quel luogo. Nessuna delle due ragazze aggiunse altro sull'argomento e calò di nuovo il silenzio.

A mano a mano che avanzavano, l'orizzonte mutava colore. Il sole scomparve, nascosto da nuvole dense, e le sfumature accese del paesaggio si spensero, come ricoperte da una patina grigia.

Le prime gocce di pioggia iniziarono a cadere quasi subito.

«Un po' d'acqua non sarà un problema... vero?» chiese Vanessa.

«Speriamo» rispose la compagna, in tono poco convinto.

La pioggia si fece più fitta e il cielo diventava di minuto in minuto più nero. Vanessa non si sentiva tranquilla, ma evitò di allarmare la compagna. Forse erano soltanto le stelle a preoccuparla: sembrava che stessero per scomparire, inghiottite da nubi scure. Si era abituata a vederle splendere sopra di lei sia di notte che di giorno. In qualche modo, la facevano sentire al sicuro.

All'improvviso un grosso lampo squarciò il cielo e tutto intorno a loro divenne bianco. La luce fu così accecante che Vanessa si coprì gli occhi con le mani. Il cavallo s'imbizzarrì di colpo, sollevando le zampe anteriori e facendole cadere rovinosamente nell'erba. Poi ci fu un tuono, un boato talmente forte da farle fischiare le orecchie.

Il temporale era proprio sopra di loro: non aveva mai visto una saetta schiantarsi al suolo con tanta potenza.

Vanessa fu la più veloce a reagire: si alzò in piedi e aiutò Anya a fare altrettanto. La pioggia continuava a cadere a rovesci violenti.

Un altro fulmine colpì una pianta a poche centinaia di metri da loro. Si sentì un crepitio fortissimo.

«Dov'è il cavallo?» urlò Anya, tirandosi indietro i capelli gocciolanti dalla faccia. Dopo averle disarcionate, il loro destriero sembrava scomparso.

«Non lo so!»

Stava diluviando. La visibilità era ridotta al minimo.

«Non lo vedo più!» strillò di nuovo Anya. Vanessa le fece segno di lasciar stare; dovevano trovare un riparo, non era il momento di rincorrere il loro cavallo nella pioggia e alla luce accecante dei lampi. Ormai aveva imparato a capire quando qualcosa era perduto per sempre.

«Dobbiamo cercare un rifugio che non siano gli alberi!» le urlò.

Vide le labbra di Anya muoversi nella risposta, ma non riuscì a sentirla: il fragore della pioggia era troppo forte.

Non potevano restare lì ad aspettare che un fulmine le colpisse.

Vanessa si sentiva già fradicia, i vestiti le si erano appiccicati addosso come una seconda pelle. Prese la compagna per mano e iniziarono a correre il più lontano possibile dalle poche piante che intravedeva nella pioggia battente, sperando di non diventare dei parafulmini umani.

Dopo qualche centinaio di metri, Anya crollò a terra, coprendosi il volto con le braccia, a ridosso di una collinetta dall'erba folta. Vanessa si accucciò accanto a lei: non aveva scorto nessun possibile riparo. Avanzare senza meta sarebbe stato inutile e gli alberi erano abbastanza lontani. Non aveva mai visto diluviare in quel modo, come se la peggiore stagione dei monsoni si fosse scatenata all'improvviso sopra le loro teste.

Il tempo veniva scandito soltanto dai lampi e dai tuoni in rapida successione: bagliori bianchi accecanti alternati a boati talmente fragorosi da scuoterle l'anima.

Tutto era luce pura o pura ombra.

XVII
Vanessa

I battiti del cuore di Vanessa rallentavano a mano a mano che il temporale si acquietava. Fu certa che la tempesta fosse finita soltanto quando sentì i raggi del sole scaldarle la schiena.

Per proteggersi dalla pioggia si era appallottolata su sé stessa. Si rialzò, intorpidita e infreddolita, per scrutare il cielo sopra di lei. Le nubi erano quasi scomparse e le stelle erano ritornate a brillare.

«Qui è tutto così veloce!» Rincuorata, si strizzò i capelli che sembravano un lungo cordone di canapa fradicia. «Siamo passate dalla montagna alla pianura, un momento c'è un sole che spacca le pietre, quello dopo il diluvio! Tra mezz'ora dove saremo? Su un atollo circondato dai ghiacci?»

Impiegò qualche istante per capire che la compagna non rispondeva.

«Ehi, tutto bene?»

«Il cavallo è scomparso.»

Raramente Vanessa aveva visto Anya lasciarsi prendere dallo sconforto. Dal suo tono desolato, per un momento pensò che stesse piangendo e soltanto quando la fissò con maggiore attenzione si rese conto che non erano lacrime, ma gocce di pioggia, a imperlarle le guance pallide.

Avrebbe voluto consolarla comunque: Anya doveva essersi

affezionata molto al cavallo, anche a lei in fondo era capitata la stessa cosa con Lagonas, senza considerare che a piedi sarebbero avanzate molto più lentamente.

«Saliamo sulla collina. Se non lo avvisteremo neppure da lassù, a Lamen cercheremo un altro mezzo di trasporto! È la capitale, troveremo pure una soluzione!»

XVIII

Anya

Vanessa fu la prima ad arrivare in cima e a guardarsi intorno. Anya la raggiunse quasi subito. Da dove si trovavano, sopra la collina, Lamen appariva in tutta la sua grandezza. Le mura erano altissime e robuste, per nulla paragonabili a quelle di Mahala. Dal loro punto di osservazione si poteva scorgere anche una porta d'accesso alla città. Era affiancata da due torri tonde color blu cobalto con tetti conici di un rosso sgargiante.

Pareva che gli architetti avessero cercato di superarsi per progettare la capitale, non solo nell'estetica, ma anche nella struttura. Tuttavia, sebbene la cinta muraria sembrasse nuova, si notava, non molto lontano dalla porta di accesso alla città, una parte del muro crollata. Ponteggi e impalcature dimostravano che gli operai stavano già lavorando per rimediare al danno.

«Trovare il cavallo non sarà per ora una nostra priorità...» sussurrò Vanessa con gli occhi fissi sulla strada sotto di loro, che conduceva all'ingresso a Lamen.

Anya seguì la direzione del suo sguardo e capì quel che intendeva. *Impossibile*, quel tratto era percorso esclusivamente da carovane *in uscita* dalla capitale. Una fiumana di gente stava abbandonando la città.

«Se ne stanno andando» constatò Vanessa, scendendo di qualche passo lungo il pendio per controllare più da vicino. «Chi può sta fuggendo.»

Anya la seguì fino a un punto dove il terreno spianava. Da lì si aveva una visuale migliore. A giudicare dall'andatura le carovane, tutte simili le une alle altre, sembravano trainate da animali già stanchi.

«Anya, devi metterti la collana.»

La ragazza corrugò la fronte, senza capire. Erano ancora distanti dalla città e sotto di loro c'erano solo persone che arrancavano verso un futuro incerto. Per ora non erano in pericolo. Anche se poco convinta, decise comunque di assecondarla e sfiorò la pietra.

Le emozioni che la investirono le tolsero il fiato. Si appoggiò al braccio della compagna per non perdere l'equilibrio.

Ascolta quello che pensano... Sentì chiaramente il pensiero che, per la prima volta, Vanessa stava rivolgendo direttamente a lei.

E finalmente capì.

XIX
Vanessa

Mentre Anya era in ascolto, Vanessa rimase al suo fianco in silenzio. Ogni tanto la guardava, senza mai disturbarla. Più i minuti passavano, più il suo volto appariva teso e segnato. Stava per chiederle di smetterla quando Anya, finalmente, parlò.

«Stanno abbandonando tutto...» La sua voce era poco più di un sussurro. «Molti non sono riusciti a portar via quello di cui avevano bisogno... c'è chi ha lasciato parte della famiglia a Lamen...»

«Dove sono diretti?»

«È questo il punto: non ne hanno idea. Molti non sanno nemmeno fin dove è arrivata la sabbia e quanto tempo gli rimane... Stanno tutti fuggendo da qualcosa che non hanno mai visto. Ciascuno si immagina l'arrivo della sabbia in modo diverso.»

Vanessa rimase colpita da questo fatto: anche lei si era figurata più di una volta l'avanzata della sabbia. Eppure quasi tutti quelli che l'avevano vista erano morti e non potevano raccontare cosa fosse realmente accaduto.

«Pensano a noi?» chiese, come per allontanare quelle visioni.

Anya rimase zitta ancora qualche istante, poi indicò un

carro trainato da due vecchi asini. «Vedi, là c'è una bambina che sta ripetendo la profezia.» Dopodiché indicò una carrozza con quattro cavalli. «Quel signore, quel tipo tutto impettito... ecco, quello che si è appena affacciato al finestrino! Lui sta pregando per il nostro arrivo...» Sospirò. «Sento così tanto dolore...» aggiunse con un filo di voce. Poi staccò la mano dalla pietra e, anche per lei, tutto ritornò silenzio.

Vanessa sapeva che avevano indugiato fin troppo: dovevano entrare nella città. Le torri erano sorvegliate da arcieri: varcare la porta d'ingresso sarebbe stata una pazzia.

Anya era ancora scossa. Vanessa si era quasi pentita di averla spinta a leggere i pensieri della gente, tanto la vedeva con la mente altrove. Stava quasi perdendo la speranza di riuscire a ideare un piano che potesse avere qualche possibilità di successo, quando i suoi occhi si posarono sull'impalcatura.

«Anya!» esclamò, stringendole il braccio emozionata. «Ho trovato!»

Scesero lungo il pendio bagnato, stando attente a non scivolare, poi seguirono la strada carovaniera per un brevissimo tratto, cercando di non attirare l'attenzione. Vanessa portava la sacca di juta sulle spalle, mentre Anya teneva il capo basso, nel tentativo di nascondersi parzialmente il viso.

Appena fu possibile lasciarono la via principale e si incamminarono per un sentiero che girava intorno alla cinta. Arrivarono a poche decine di metri dal tratto di muro semicrollato. In quel punto la fortificazione aveva dimezzato la sua altezza e crepe evidenti la segnavano longitudinalmente.

L'impalcatura sembrava abbandonata, ma Vanessa esitava. «E se lasciassimo perdere?»

«In che senso?» domandò Anya.

«È troppo pericoloso. Da lontano non mi sembrava, ma da qui... Proviamo da un'altra parte. Sulla mappa ci sono altri paesi...»

«E se fossero disabitati? Poi il cavallo è sparito, a piedi siamo troppo lente! Dobbiamo trovare un mezzo per poterci muovere. Entrare a Lamen è la nostra unica possibilità.»

Vanessa non ribatté. Ancora una volta Anya aveva ragione.

XX
Anya

Anya controllò più e più volte che nessuno le avesse notate. Faticava a percepire i pensieri delle guardie sul torrione, ma preferì comunque tenere il ciondolo a contatto con la pelle.

Percorsero l'ultimo tratto che le separava dalle impalcature a passo svelto, nascondendosi ora dietro un cespuglio di fiori scarlatti, ora contro il fusto di un albero. Verificarono di nuovo: nessuno stava lavorando.

La sabbia deve avere scoraggiato anche i muratori, pensò Anya quando raggiunsero il ponteggio.

Non esitarono. Si arrampicarono su per le scale a pioli e camminarono svelte sulle traballanti assi di legno. A mano a mano che si avvicinavano alla breccia, Anya percepiva brandelli di pensieri provenienti dall'altra parte. *È normale, c'è una città dietro queste mura… cosa dovrei aspettarmi di diverso?*

«Ci siamo…» disse Vanessa, salendo gli ultimi gradini.

Soltanto quando raggiunsero il ponteggio più alto, all'altezza della breccia, videro quello che c'era di là.

Dall'esterno della fortificazione non erano visibili, ma i ponteggi si estendevano per una cinquantina di metri sul lato interno di sud-ovest. Al contrario delle impalcature deserte su cui erano salite, lì c'erano operai alle prese con malta, mattoni e grosse travi. La parte danneggiata era più vasta di quanto si aspettassero e comprendeva anche porzioni di muro adiacenti alla torre.

«Ehi, voi!» si sentirono apostrofare.

Ormai erano in cima alla breccia, visibili da tutti.

Si guardarono sgomente.

«Che cosa facciamo?» sibilò Vanessa.

Anya si voltò indietro: la ritirata per la stessa via dalla quale erano arrivate non sembrava possibile. Erano giunti alcuni uomini sotto le mura esterne, che non lasciavano loro alternativa. Non c'era più tempo: la ragazza passò veloce sulla passerella che permetteva di raggiungere la parte interna del ponteggio. Da qui saltò su un'asse appena sotto. «Corri!»

gridò alla compagna, senza girarsi. Come un'equilibrista, percorse una seconda passerella per poi scendere veloce all'impalcatura un livello più giù. Vanessa le stava dietro.

«Fermatevi!» si sentirono intimare.

Erano in trappola: tra loro e la successiva scala a pioli c'erano degli operai che si stavano dirigendo verso di loro. Anche alcune guardie si stavano avvicinando.

«Svelta, seguimi!» esclamò Anya, infilandosi rapida in una specie di ascensore da cantiere montato su una carrucola. Era chiuso da travi inchiodate, ma ciò non bastò a farla sentire protetta: appena vi salirono ondeggiò a dismisura, facendo perdere l'equilibrio a Vanessa che sbatté contro la parete di legno. Anya, che era riuscita a rimanere in piedi, cercò di azionare il meccanismo per arrivare a terra.

«Come si fa?» urlò, per sovrastare le decine di *Sono loro!* che sentiva nella sua mente. «È manuale. Accidenti!» imprecò di nuovo.

XXI

Vanessa

Vanessa si rimise a fatica in piedi e puntò gli occhi sugli inseguitori. Ormai pochi metri li separavano. Non erano solo muratori, ma anche guardie armate. *Non ce la faremo*. Si sentì invadere da un'ondata di terrore.

La paura prese possesso di lei, si insinuò nelle sue vene e le bloccò i pensieri impendendole di riflettere. Udì uno schiocco fortissimo sopra le loro teste.

«Tieniti forte!» le urlò Anya.

Tutto accadde in un attimo: un'enorme trave precipitò sul malfermo cubo di legno dentro il quale si trovavano. Il tetto del rozzo montacarichi si sfondò e un'asse finì loro addosso. Ma non fu questa la cosa peggiore.

La grande corda che le teneva sospese nel vuoto si sganciò dall'argano. La carrucola roteò vorticosamente.

Stavano precipitando.

XXII

Edwin

Il re era seduto sul suo trono immerso nei suoi pensieri quando sentì un boato. Sollevò la testa controvoglia, infastidito. Pensò fosse di nuovo il temporale. Senza troppo entusiasmo, si alzò e andò a guardare fuori ma, contrariamente alle sue supposizioni, il sole splendeva ed era una meravigliosa giornata. Diede un'occhiata svogliata alla piazza appena sotto. Nulla di strano: il solito via-vai di carri e carretti.

Si stava allontanando dalla finestra quando avvertì un altro boato, molto più forte del primo. Guardò verso le mura e vide solo un'enorme nuvola di povere che, come un'onda, si propagava verso il centro della città.

«Dannazione!» imprecò.

XXIII
Vanessa

«Sei tutta intera?» esclamò Anya, tossendo. C'era polvere ovunque.

«Ho ancora la testa attaccata al collo, per il resto devo controllare...»

Il volo era stato tremendo. Erano piombate a terra a una velocità impressionante per poi schiantarsi sui sacchi di sabbia che facevano da basamento al montacarichi.

«Dobbiamo andarcene subito da qui, altrimenti siamo spacciate» disse Anya, con una smorfia di dolore sul viso.

Uscirono faticosamente da sotto le macerie. Anya aveva un braccio ferito, Vanessa un piede dolorante.

Tutto intorno a loro era devastazione. Oltre alla grossa trave che aveva colpito il montacarichi era crollato anche l'argano ed era ceduta parte dei ponteggi vicino alla porta d'ingresso.

Ma non era tutto.

L'intera struttura delle impalcature stava scricchiolando: il peggio doveva ancora arrivare.

«Muoviamoci! Da un momento all'altro qui crolla tutto!» esclamò Vanessa.

Si udivano urla e imprecazioni.

È colpa mia? Sono davvero stata io a far accadere tutto questo?

XXIV
Anya

Anya percepì la preoccupazione della compagna, ma intercettò anche altri pensieri: di dolore, di esasperazione. C'erano persone intrappolate sotto le macerie. Avrebbe dovuto aiutarle? Ma non erano le stesse che le avevano inseguite poco prima? Era confusa e non sapeva cosa fare.

Questa volta fu Vanessa a rompere gli indugi. Prese Anya per mano e iniziò a correre. *Dobbiamo mettere più distanza possibile tra noi e la cinta*, la sentì pensare.

Anya comprese e cercò di stare al suo passo. «Allontanatevi!» urlava alla gente che incontravano nella loro corsa disperata. «Non avvicinatevi alle mura!»

Percepiva lo sbigottimento degli abitanti di Lamen alle sue parole, ma non c'era il tempo di spiegare.

Siamo davvero state noi? si chiese. Poi sentì un immenso boato.

XXV
Edwin

La polvere dalle mura era arrivata fino al castello. Il re era salito sulla torre di vedetta e si era dovuto coprire il viso con un panno per poter guardare.

Dall'alto, Lamen sembrava divisa in due parti: la prima piena di colori e di vita; la seconda immobile, rivestita da una coltre color argilla.

Il sovrano si appoggiò con le mani al parapetto smerlato, stringendo i denti per trattenere un urlo di rabbia, poi tornò a grandi passi verso la sala del trono.

Una guardia lo attendeva all'ingresso.

«Mio re… Le due straniere della profezia si sono introdotte in città passando dalla breccia di sud-ovest. Alcuni dei nostri uomini le stavano inseguendo, ma loro sono salite su un montacarichi e l'hanno fatto precipitare…»

«Sono morte?»

«No, stavano per essere catturate quando il ponteggio ha ceduto…»

Il sovrano lo guardò con gli occhi ridotti a due fessure.

«Le avevano quasi prese, signore, ma poi il ponteggio ha ceduto con la torre di Mezzana. Le impalcature sono tutte crollate, e anche parte delle mura è andata distrutta. Ci sono una ventina di feriti di cui due gravi. La porta sud è stata chiusa e le carovane sono tutte ammassate in piazza degli Olieri!»

Il sovrano strinse i pugni. «Sono state loro a provocare questo disastro: quanto basta per condannarle a morte!» urlò furibondo. «Mobilitate ogni uomo disponibile e setacciate Lamen, se è necessario anche casa per casa: devono essere trovate a ogni costo.»

XXVI

Anya

Anya e Vanessa correvano a perdifiato. Quando la torre crollò, una nuvola di polvere esplose come una bomba in tutte le direzioni, fino a centinaia di metri di distanza. Con le mani davanti a naso e bocca, si infilarono in una via trasversale cercando riparo. Videro subito una locanda e Anya entrò senza esitare.

Chiusa la porta alle loro spalle, si trovarono in un ambiente buio e triste, rischiarato solo da due piccole finestrelle. C'era qualche tavolaccio con le panche per i clienti e un bancone vuoto. Nessuno si presentò loro.

Scelsero l'angolo più riparato del locale e posarono le borse sul pavimento.

Anya si piegò in avanti per riprendere fiato, mentre Vanessa rovistava dentro la sua borsa. «Sono rimaste solo poche gocce di pozione. A me non serve, ma la tua ferita al braccio sta sanguinando: devo curartela.»

Anya si pulì la ferita con un lembo della camicia, poi Vanessa ci versò sopra il contenuto residuo della boccetta.

«Grazie» le disse riconoscente Anya, osservando i sorprendenti risultati del liquido violaceo.

«Adesso non possiamo più permetterci di farci male: la pozione è finita.»

Sebbene la nuvola di polvere non fosse penetrata nel locale, l'aria si era fatta molto pesante.

«Vediamo se dentro questo posto schifoso c'è qualcosa da mangiare…» disse Vanessa, guardandosi intorno.

Andarono sul retro, alla ricerca della cucina. Trovarono un acquaio a pompa, un camino con le braci ancora tiepide e sul tavolo cespi d'insalata, due galline morte ancora da spennare, forme di formaggio e delle meravigliose pagnotte. In alto, sopra le loro teste, erano appesi degli insaccati.

«Siamo arrivate nella terra promessa» cercò di scherzare Vanessa, ma le sue parole dovettero suonare amare persino a lei, perché nessun sorriso comparve sul suo volto. Mentre Anya riempiva le borracce e si lavava faccia e collo vide la compagna impegnata in una piccola razzia: afferrava formaggio, insaccati, pane e tutto quello che le capitava sottomano. La borsa era quasi piena quando il silenzio lasciò posto a delle voci e dei passi. Anya trasalì. Leggere nei pensieri richiedeva una concentrazione continua: lei si era distratta per la stanchezza e quando aprì bocca per avvisare la compagna era troppo tardi.

Sulla porta comparvero una donna di mezz'età, che doveva essere la padrona della locanda, e una ragazzina dai corti capelli color cenere, tutta pelle e ossa.

«Che ci fate dentro la mia cucina?» esclamò la proprietaria, torva. Il suo tono accusatorio rammentò ad Anya la preside, nel modo con cui le si era rivolta dopo che lei aveva urlato "basta" interrompendo il suo discorso. Ripensare alla Terra la stordì per qualche istante. «Giù le mani dal mio pane!» la sentì urlare.

Per nulla intimorita, Vanessa non riuscì a tenere a freno la lingua. «Quando siamo arrivate non c'era nessuno! Non siamo delle ladre: lo avremmo pagato!»

Anya la guardò non troppo convinta. *È vero?* si chiese. *Non siamo delle ladre?*

La donna stava per rispondere a tono, poi sembrò ripensarci. Guardò prima Vanessa, poi Anya, e cambiò di colpo atteggiamento. La sua faccia si allargò in un sorriso forzato.

«Allora è tutto un altro discorso: se avete da pagare, servitevi. Vado a sbrigare una commissione. Quando sarò di ritorno faremo i conti della spesa.» E senza aspettare risposta se ne andò in fretta dalla cucina, passando dalla taverna, e uscì dalla porta principale.

Le due ragazze si scambiarono un'occhiata. Anya capì che anche Vanessa, senza bisogno di leggerle nella mente, sapeva che le vere intenzioni di quella donna erano ben altre: era corsa a chiamare le guardie.

«Tagliamo la corda» sussurrò Vanessa. La ragazzina pallida le fissava con i suoi grandi occhi azzurri. Anya percepì i suoi pensieri, vide i suoi ricordi, sentì la sua speranza: aveva capito chi erano fin dal primo sguardo. Sapeva che da sole non sarebbero uscite vive da Lamen. Prese la decisione in fretta, lasciandosi guidare dal suo istinto.

«Non abbiamo tempo da perdere, riesci a procurarci un mezzo per andarcene dalla città?»

La ragazzina esitò solo un momento. Non si aspettava che le chiedessero il suo aiuto, ma ragionò rapidamente. «Vi posso aiutare: so come potete andarvene da qui... vi mostro la via, dovete solo aspettarmi un secondo.» Salì le scale che conducevano al piano superiore e scomparve dalla loro vista.

«Sei impazzita?» protestò Vanessa, guardando Anya come se fosse improvvisamente uscita di senno. «Cosa ti è saltato in testa? Potrebbe andare a denunciarci! »

«Fidati di me.»

Vanessa, ancora scettica, le chiese: «Devo andare a controllare?»

«Piuttosto riempi anche quella sacca lì a terra. Siamo in quattro, adesso: è andata su a prendere il fratello.»

Avevano ripreso a correre.

«Abbiamo bisogno di un mezzo di trasporto, a piedi non riusciremo mai a uscire da qui. Dobbiamo toglierci al più presto da questo inferno. Tra poco sarà un brulicare di guardie! Maledizione! Questa volta non ce la faremo! Non posso far crollare un'intera città! Ma cosa ci è saltato in testa?» ansimò Vanessa, ma Anya non aveva abbastanza fiato per risponderle: doveva pensare a correre.

Gli altri due erano poco più avanti e facevano loro strada. Cosette, la ragazzina, aveva dodici anni; il fratellino Dimitri ne aveva solo cinque, ma era vispo e veloce come una saetta. Erano stati tremendamente svegli e pronti ad aiutarle. Da quel che Anya era riuscita a capire, i due ragazzini volevano fuggire da tempo e Cosette aveva colto l'occasione al volo.

Arrivarono trafelati alla porta di Arach, come la chiamò la ragazzina.

Anya si guardò attorno preoccupata. Le pareva di essere in un porto di mare. C'erano uomini indaffarati a far rotolare vicino alle mura enormi barili.

Un corso d'acqua passava a ridosso delle mura esterne e veniva utilizzato come via preferenziale per il trasporto merci. Oltre all'enorme porta d'ingresso, munita di ponte levatoio, si potevano scorgere molte strette aperture lungo il perimetro delle mura che permettevano l'attracco a chiatte e imbarcazioni. Era tutto un susseguirsi di pensiline e ormeggi, separati dall'acqua da spesse grate di ferro che venivano aperte al momento del bisogno.

Cosette sembrava sapere dove andare.

«La settima grata a sud del ponte ha il gancio di chiusura difettoso, passeremo di là.» Anya percepì preoccupazione sia nelle sue parole sia nei suoi pensieri, ma c'era altro nel cuore della ragazzina: credeva in loro, aveva capito che erano le prescelte e desiderava aiutarle. *Non tutti danno ascolto al re…*

Raggiunsero il punto indicato in meno tempo del previsto. L'enorme grata si spostò al tocco deciso della ragazza e dopo pochi passi si ritrovarono su un pontile.

Non erano soli: sulla banchina c'era altra gente che rivolse loro sguardi interrogativi.

Cosette non perse tempo e con disinvoltura sciolse l'ormeggio di una barca e vi saltò dentro. Gli altri la imitarono a uno a uno.

Solo allora Anya si accorse che la barca era collegata a delle spesse corde da traino. Si sporse per vedere meglio. Vi erano imbrigliati due grossi animali. Somigliavano a dei beluga e sembravano brillare al sole come cristalli d'acquamarina. Appena i due esemplari sentirono le corde tendersi, emisero strani suoni, soffocati dallo sciabordio dell'acqua.

«Dobbiamo muoverci, ci hanno intercettato» li esortò Anya.

Cosette scrollò le redini e la barca si mise in movimento. Anya capì immediatamente che il grosso problema sarebbe stato percorrere tutta la parte del fiume adiacente alla città. C'erano ancora una decina di moli da superare e in più si sentiva un gran andirivieni sulle mura.

La notizia della loro presenza doveva essersi sparsa a macchia d'olio perché decine di persone avevano attraversato il ponte levatoio per vederle. Anya si guardava intorno, intercettando i pensieri per controllare che non ci fossero pericoli imminenti.

Molti erano solo curiosi, altri erano felici della loro presenza. Non parlavano, ma pensavano a loro, alle ragazze della profezia, su questo non c'era alcun dubbio.

Incrociarono altre barche che invece di ostacolarle si accostarono svelte alla riva per lasciale passare. Piacevolmente stupita, Vanessa guardò Anya con un accenno di sorriso che le morì sul volto prima di arrivarle agli occhi: dalle mura gli arcieri stavano cominciando a lanciare frecce.

«Sdraiatevi sul fondo!» urlò Cosette spaventata, ma solo Dimitri le obbedì.

Le frecce, prima che potessero colpirle, deviavano all'ultimo secondo la loro traiettoria e finivano in acqua. Anya guardò sorpresa la compagna. Vanessa aveva paura, ma nel suo sguardo lesse anche determinazione. *Ci sta riuscendo*, pensò ammirata, prima di tornare a concentrarsi sui pensieri delle persone che erano accorse al molo.

Il ponte levatoio era stato sollevato, impedendo alle guardie di raggiungere velocemente l'altra sponda. Si sentivano al di là delle mura grida concitate e il clamore di una vera e propria guerriglia. Poi da una barca poco distante dalla loro si levò un urlo più alto degli altri.

«Le prescelte! Sono loro! Sono venute per salvarci!»

Anya intuì cosa sarebbe successo prima ancora che accadesse. Un arciere dal torrione scoccò subito una freccia.

Lei seguì la scena come al rallentatore.

La voce dell'uomo che aveva gridato fu messa a tacere.

XXVII

Vanessa

Proseguirono la navigazione a ridosso delle mura, rimanendo in allerta. Qualche soldato si era lanciato in acqua, ma gli animali da traino erano tanto agili e veloci da impedire agli inseguitori di aggrapparsi all'imbarcazione.

Vanessa era scossa. Non era stata in grado di deviare la freccia che aveva colpito quell'uomo e non riusciva a capacitarsene. Vide ancora con gli occhi della mente l'arciere che l'aveva scoccata e provò un odio immenso verso di lui. Non sapeva che cosa fosse successo a quel poveruomo, magari era solo rimasto ferito, ma si sentì devastata dal senso di colpa.

La caduta dell'impalcatura aveva causato molto dolore. Qualcuno era rimasto imprigionato sotto le macerie. Ne aveva sentito le urla, aveva visto il loro sangue. Ma poteva considerarsi responsabile di qualcosa che era accaduto senza la sua volontà? E quella freccia, indirizzata a una specifica persona, era una ferita al cuore: quell'uomo era stato colpito perché credeva in loro, perché aveva invocato il loro nome.

Quello che stavano vivendo non era affatto un gioco e l'accaduto lo provava. Da quel che aveva potuto capire, c'erano persone che contavano sul loro aiuto, ma anche altre pronte a catturarle e farle sbattere in cella, nella migliore delle ipotesi.

* * *

Nessuno parlava. Anya si scrutava intorno, con la collana al collo, alla ricerca di qualche inseguitore. Controllava prima le rive, poi il fiume alle loro spalle. Cosette conduceva quegli strani animali, senza mai distogliere lo sguardo dall'orizzonte. Dimitri stava accanto alla sorella, con la mano appoggiata al suo braccio. Sembrava così piccolo e indifeso. Non aveva l'aria spaventata, ma una singolare espressione di stupore sul volto, come se non si fosse ancora reso bene conto di che cosa era accaduto.

Vanessa iniziò a parlare solo quando la città di Lamen si fu completamente dissolta alla loro vista e il sole si era perso in scampoli di blu cobalto.

«Chi siete?» Voleva capire come mai quei due ragazzini erano stati disposti a rischiare così tanto per loro: al contrario della compagna, non aveva letto nella loro mente. Era sicura di aver fatto la scelta giusta fidandosi di Anya, ma era curiosa di saperne di più sul loro conto.

Cosette assicurò le briglie a un grosso chiodo di ferro per non farle cadere in acqua, poi si girò verso di lei e Anya, stringendo a sé il fratello.

XXVIII
Anya

Anya avrebbe voluto togliersi la collana, ma sapeva che non se lo poteva permettere. Il re ormai conosceva la loro posizione e avrebbe di certo inviato dei soldati a inseguirle. Sperava solo con tutto il cuore che quegli animali attaccati alla barca fossero abbastanza veloci da seminare le guardie.

Cosette faticava a trovare le parole per rispondere alla domanda di Vanessa, ma nella sua mente Anya aveva già letto la risposta. Riusciva inoltre a percepire il timore reverenziale che quella ragazzina nutriva nei loro confronti e si sentiva commossa: non pensava che qualcuno potesse provare così tanta stima per loro. *Non prova stima per noi, ma per l'idea che ha di noi*... rammentò a sé stessa.

Fai sentire anche me, le chiesero i pensieri della compagna, accortasi di quello che stava facendo. Si aspettava che Vanessa fosse risentita, ma non trovò né rabbia né rancore nella sua mente, solo pura curiosità.

Mosse appena la testa in un cenno d'assenso. Le piaceva comunicare con lei in quel modo, la faceva sentire meno sola. Era come se la compagna ormai avesse accettato di condividere i suoi pensieri e le sue emozioni più intime. Quella ragazza continuava a sorprenderla.

«Non abbiate paura, vi potete fidare di noi» disse ai fratelli.

Cosette deglutì più volte, come dovesse mandar giù un boccone amaro. Soltanto in quel momento Anya si rese conto che qualunque fosse stato il loro passato, avevano abbandonato tutto e tutti senza esitazioni per poterle aiutare. E cosa avevano avuto in cambio?

«Fino a sei lune fa vivevamo a Lamen con i nostri genitori ed eravamo felici. Poi, in poco tempo, tutto è cambiato.» Deglutì di nuovo. Della ragazzina piena di grinta che le aveva aiutate poco prima non c'era più traccia: sembrava all'improvviso molto stanca. «Non eravamo ricchi, ma avevamo una casa, un piatto caldo la sera e un letto morbido su cui dormire. Poi, un giorno, mio padre si è ammalato e non è più riuscito a lavorare… Faceva il falegname. Il denaro è iniziato a mancare. Mia madre era la balia di una bambina in città, ma poi tutta la sua famiglia si è trasferita a Galadish e anche lei ha perso il lavoro.»

«Nessuno vi ha aiutato?» chiese Vanessa, visibilmente rattristata.

«Questo è un periodo duro per tutti. Non siamo noi gli unici sventurati, ma la maggior parte delle persone è nella nostra condizione. I nostri genitori hanno dovuto vendere la casa per pagare i debiti. Con quello che gli è rimasto hanno comprato un carro e due muli. Ci hanno detto che andavano a Sea – la città del sole – in cerca di lavoro…»

«Io non volevo che partissero senza di noi» si intromise Dimitri. «La mamma non ci ha voluti…»

«Sai che non è vero» lo contraddisse gentilmente Cosette.

«Nostra madre voleva trovare prima una sistemazione stabile e così ha chiesto alla signora Fanning di ospitarci per qualche luna. I patti erano che io facessi la cameriera nella locanda e mio fratello aiutasse il garzone: ci saremmo pagati da mangiare e da dormire. Ma le cose non sono andate come previsto... A me affidava tutti i mestieri pesanti in cucina e obbligava Dimitri ad aiutare suo marito nelle stalle. Speravamo che i nostri genitori venissero a prenderci il più presto possibile. Invece non ne abbiamo più avuto notizia.»

Vanessa si irrigidì. *Sono rimasti in quella casa soli, con i genitori lontani, nelle mani di una donna e di un uomo che si approfittavano di loro!* la sentì pensare Anya. *È terribile!*

Vanessa si immaginò di qualche anno più giovane, al loro posto. Si figurò prima in cucina, a lavare i piatti sporchi e i pavimenti sudici, poi nelle stalle, a spalare letame, sempre aspettando i suoi genitori. I ricordi del suo passato tornarono ad aggredirla, terribili. Ancora una volta sentì il calore delle fiamme, ancora una volta percepì dolore.

Per fortuna loro i genitori li possono ancora ritrovare...

Anya si stupì: non avrebbe mai immaginato che la compagna fosse tanto sensibile. La prima volta che l'aveva vista, a scuola, non l'avrebbe mai ritenuta capace di mostrarsi comprensiva nei confronti di sconosciuti. Forse era stato quel viaggio a cambiarla, forse si era sempre chiusa in sé stessa... dubitava che sarebbe mai riuscita a trovare una risposta.

«Ma voi?» chiese Cosette. «Come siete arrivate a Lamen?»

Vanessa guardò la compagna, incerta. Ma Anya, senza esitazione, si mise a raccontare. Narrò di come si erano incontrate, della biblioteca e del loro arrivo nel deserto. Tralasciò il discorso di Laila, riferì invece cos'era successo a Mahala e l'incontro con Sirta. Poi lasciò proseguire Vanessa. Anche lei omise molte cose: tacque il loro litigio e tutto ciò che riguardava il ragazzo: non le sembrava corretto parlare di lui quando Anya ne era così presa in prima persona. Lei percepì questo pensiero e gliene fu grata.

Quanto alla prima chiave, disse solo che avevano preso a Paladish un oggetto fondamentale per la riuscita della loro missione. Fu quando arrivò al cavallo che venne interrotta.

«Esiste davvero!» esclamò Dimitri, rivolto alla sorella.

«Ne avete già sentito parlare?» chiese Anya, molto curiosa.

«Le leggende narrano di un cavallo che compare solo alle persone destinate a compiere grandi imprese...»

Anya ricordò la prima volta che aveva visto il destriero bianco sul pendio della montagna. Non le era sembrato apparso dal nulla?

«Che tu sappia» domandò Vanessa, incredula, «è mai comparso a qualcun'altro?»

«Sì...» confermò Cosette. «Qualche secolo fa il re Gideon stava per morire senza discendenti diretti al trono. Furono convocate a palazzo le più alte cariche di tutti i Regni per trovare una soluzione. Si riunirono in consiglio più giorni e più notti, alternandosi al capezzale del loro adorato re che si ostinava a non consegnare lo scettro al nipote, ritenuto da lui un incapace. La notte in cui il sovrano spirò, tutti i suoi più stretti collaboratori erano in preda a un grande sconforto. Si tramanda che sul far del giorno sia comparso nel cortile del palazzo un maestoso cavallo bianco dagli occhi color zaffiro. C'era un bambino in fasce adagiato in un cesto legato alla groppa di quella magica creatura.

«Quel bimbo, allevato a corte, diventò il primo di una grande stirpe di re... con qualche eccezione, ovviamente» concluse la ragazzina, con la tristezza negli occhi.

«Che bella storia» sussurrò Vanessa. Poi si girò verso Anya. Non diede voce al suo pensiero: quelle parole erano rivolte soltanto a lei.

Dicono tutti che siamo destinate a compiere grandi imprese... ma ne saremo davvero capaci?

XXIX
Edwin

«Come avete fatto a lasciarvele scappare?» stava gridando il re.

La sala del trono era gremita. C'erano tutti i più alti gradi dell'esercito.

Quello che era successo era inconcepibile. Nonostante le perdite subite cercando di forzare il portale, le truppe erano ancora numerose. Come avevano potuto due ragazzine riuscire a farla franca?

Le prescelte erano state nella *sua* città, come lui aveva previsto, ma i suoi soldati non erano stati in grado di catturarle. Che cosa avrebbero potuto fare quelle due mocciose per ferire ancora di più il suo orgoglio, farsi un giro nella sua sala del trono? Si massaggiò le tempie.

Anche per lui si avvicinava il momento di lasciare Lamen per raggiungere una località più sicura, ma non riusciva a sopportare l'idea. Avrebbe dovuto abbandonare quel palazzo, la sala del trono, i simboli del potere che aveva così a lungo bramato...

Cercò di non pensarci. «Sono fuggite via fiume. Non sappiamo dove siano dirette, ma il Valivua va controllato lungo tutto il suo corso...»

«Sire... e se risalissero lo Xelia?» ipotizzò un ufficiale più coraggioso degli altri.

Il suo generale gli fece segno di tacere. «Non dobbiamo tralasciare nulla. Mando i miei soldati sul Valivua fino alla confluenza con lo Xelia, ma la Foresta Frusciante è fuori dalla mia giurisdizione.»

«Fate pervenire i miei ordini scritti a Wuolfa all'attenzione del capitano delle guardie della città. Ci penserà lui a far perlustrare quella zona» tagliò corto il re.

XXX
Anya

Vanessa e Dimitri si erano addormentati. Anya, invece, faticava a prendere sonno. Si era tolta la collana, per cercare anche lei un po' di riposo, ma erano i movimenti della barca che procedeva in mezzo al fiume uniti ai ricordi della giornata appena trascorsa a impedirle di chiudere gli occhi.

Si alzò barcollando un po' per raggiungere la prua. Cosette era vigile, con le redini strette fra le mani. Anya lanciò uno sguardo agli strani animali acquatici. Se di giorno quelle due creature sembravano cristalli d'acquamarina, di notte la loro pelle emanava un bagliore azzurro. Erano troppo lontani dalla riva: nessuno da lì sarebbe riuscito a vederli, ma osservarli muoversi a pochi metri da lei era uno spettacolo irreale.

«Emettono luce...» sussurrò, quasi tra sé e sé.

«Da dove venite non ci sono animali simili?» chiese Cosette, comprendendo il suo stupore.

Anya scosse la testa. «Sono davvero splendidi.»

«Si chiamano acqualuna proprio perché quando vengono illuminati dalla luna emanano questo alone.»

Anya faticava a trovare le parole. «Non mi ci abituerò mai, il vostro mondo continua a stupirmi, è così...» scrollò le spalle «incredibile.»

Cosette annuì, ma non sembrava condividere la sua meraviglia. «Dovresti dormire. Il fiume e la notte ci danno un grande vantaggio, ma domani sarà tutto più difficile.»

Nonostante avesse qualche anno in meno di lei, ad Anya in quel momento parve più vecchia. I suoi movimenti erano sicuri e fermi come quelli di un adulto: segno di una maturità precoce, probabilmente dovuta alle avversità della vita. Si sentì stringere il cuore. *Che cosa ne sarà di loro?* Sirta, dopo averle accompagnate a Paladish, aveva avuto la possibilità di ritornare a Mahala… Ma loro non potevano risalire il Valivua fino a Lamen: le guardie li avrebbero imprigionati. *Sono stati disposti ad aiutarci, senza ottenere nulla in cambio: che razza di persone saremmo, io e Vanessa, se li lasciassimo nelle mani delle guardie?* Sapeva che di lì a poco si sarebbero dovuti separare, sarebbe stato inevitabile: lei e la compagna dovevano recuperare la chiave da sole… Ma non potevano abbandonarli così.

«Noi siamo dirette alla Foresta Frusciante» disse infine Anya. Era pericoloso mettere la ragazzina al corrente dei loro piani, ma dare loro una speranza era il minimo che potesse fare. «È sulla stessa rotta di Sea, la città dove sono andati i vostri genitori a cercar lavoro. Potreste raggiungerla con questa barca.» Era crudele lasciarli soli, ma aveva un'altra scelta? Non aveva permesso nemmeno a Sirta di accompagnarle. Il ricordo di lui non fece altro che aumentare la morsa che le stringeva il cuore. «Cosa ne pensi, ce la farete ad arrivarci? Purtroppo non possiamo proseguire insieme…»

Sperava tanto che riuscissero a trovare la loro famiglia, ma erano così giovani: potevano davvero cavarsela da soli, in una città sconosciuta, con la sabbia che minacciava di investire l'intero regno?

Anche io e Vanessa siamo giovani. Ormai faticava a ricordarselo. Era certa che la Anya di una volta, la ragazzina che aveva varcato l'ingresso della sua scuola, non avrebbe mai agito in quel modo. Era cambiata, e nulla l'avrebbe mai fatta tornare quella di prima.

Cosette aveva allentato le redini degli acqualuna e si era voltata verso di lei. «Dici sul serio?»

«Se per voi va bene.» Sperò con tutto il cuore di non averla illusa. «Una volta arrivati a Sea, dovrete chiedere in giro dei vostri genitori. A ogni modo, sarete più lontani dalla sabbia.»

«Non so cosa abbiamo fatto per meritare di incontrarvi» sussurrò Cosette, visibilmente commossa.

«Siamo noi a essere state fortunate ad avervi trovato. Senza di voi i soldati ci avrebbero prese. Sei stata tu a salvarci.»

«Siete le ragazze della profezia, chiunque con un briciolo di cervello avrebbe fatto lo stesso.»

Anya sorrise, triste. «Penso che pochi sappiano del nostro arrivo e forse nessuno ci avrebbe aiutato come avete fatto voi...»

Cosette scosse la testa. «Ti sbagli, credi che tutti quelli che hanno assistito alla vostra fuga a Lamen siano indifferenti alla vostra venuta? Credi che non diranno niente di voi? La voce si spargerà in pochi giorni in tutto il regno e la speranza ricomincerà a crescere anche nel cuore del più arido degli uomini. Voi siete la nostra luce nel buio e un giorno tutta Menish invocherà il vostro nome.»

Anya provò una strana sensazione. Non le rispose. Sistemò le borse contro il bordo della barca e vi si appoggiò con la schiena. La pace che regnava era quasi totale. Mai si era trovata così a tu per tu con la natura come in quel viaggio, nemmeno in campagna nella sua vecchia casa. Sentiva di essere immersa in quel mondo con ogni fibra del suo corpo. Osservò emozionata il baluginio degli acqualuna.

Aveva l'impressione di appartenere a quella terra, con tutti i suoi misteri e le sue magie, anche con la sabbia che si avvicinava e con un re malvagio che desiderava la loro morte. Era tutto così complicato e confuso nella sua mente…

Aveva incontrato delle persone splendide, che avevano messo a repentaglio tutto quello che possedevano e la loro stessa esistenza senza chiedere nulla in cambio. Non sapeva se un giorno davvero Menish avrebbe acclamato il loro nome, ma non le importava: avrebbe dato la sua vita per salvare ciascuno di loro.

XXXI
Anya

Il cielo sembrava essersi appena svegliato e il rosa dell'alba stava lasciando posto a un azzurro tenue. Il corso d'acqua di modeste dimensioni era diventato un grande fiume. Le sponde erano molto distanti l'una dall'altra e la piccola imbarcazione sembrava un puntino in mezzo alla corrente che creava piccoli gorghi, che come girandole inghiottivano foglie, piume d'uccelli o arbusti rubati alla terraferma.

«Per me è la prima volta in barca» confessò Anya a Vanessa. Si erano appena svegliate e i due fratelli dormivano ancora.

«Io ci sono stata da piccola. I miei genitori mi avevano portata su un traghetto; avrò avuto sì e no tre anni, eppure me lo ricordo benissimo. È stata una bella esperienza, anche se mia mamma ha sofferto per tutto il giorno il mal di mare.»

Fu la prima volta che Anya la vide parlare senza dolore dei genitori scomparsi: persa nel ricordo, Vanessa fissava l'incresparsi delle onde e sul suo volto comparve un debole sorriso. Quando le raccontò la proposta che aveva fatto la sera prima a Cosette, Vanessa concordò con lei e si misero d'accordo su come separarsi dai loro due compagni di viaggio. Avevano già smesso di parlare quando la ragazzina si svegliò e riprese il comando della barca.

«Non pensavo di dormire così tanto…»

«Tranquilla» la rassicurò Vanessa. «Questi animali se la sanno cavare benissimo.»

Infatti, mentre Cosette dormiva, gli acqualuna avevano proseguito lungo il fiume a velocità costante.

La ragazza aveva visto giusto la sera prima: la tensione, ora che era giorno, si poteva tagliare con un coltello. Nessuno d'altronde su quella barca sapeva quale sarebbe stato il proprio futuro.

Fu il risveglio di Dimitri a distrarla dalle sue preoccupazioni. «Ho fame» disse subito il bambino.

Anya prese la borsa delle provviste e tirò fuori una bella pagnotta e un insaccato.

Mangiarono in fretta, tenendo gli occhi bene aperti.

Oltrepassarono senza problemi un tratto particolarmente insidioso dove lo Xelia confluiva nel grande fiume e la corrente era più forte.

Da lì in avanti le turbolenze diminuirono e il corso d'acqua ritornò calmo. La Foresta Frusciante era ormai vicina. Anya osservò la costa alla ricerca di un punto dove poter scendere dall'imbarcazione, ma c'erano solo rocce. *È necessario trovare un attracco più sicuro*, pensò: il ricordo della caduta nel fiume era ancora vivido nella sua mente.

Dovettero proseguire a lungo prima di avvistare grandi lastroni di roccia che sembravano formare un piccolo porticciolo naturale. Cosette tirò le redini degli acqualuna. Gli animali diminuirono gradatamente la velocità di navigazione senza scuotere troppo la barca. Fu allora che Vanessa, come avevano deciso al loro risveglio, tirò fuori dalla sua tracolla il sacchetto con le poche rubìe che le erano rimaste.

«Sono vostre: per un nuovo futuro.» Poi Anya suddivise le provviste e diede la sacca più grande a Dimitri. «Per qualche giorno il tuo stomaco non borbotterà.» Infine si privò anche della sua coperta, con grande fatica, perché le era stata donata da Sirta.

«Grazie» disse Cosette, con le lacrime agli occhi.

«Vedrete che tutto si aggiusterà» la rassicurò Vanessa.

«Fate buon viaggio» si congedò Anya.

Cosette le abbracciò di slancio e Dimitri, un po' più impacciato, la imitò. Anya fu rincuorata nel leggere nella loro mente speranza e non timore. Quei due fratelli avevano preferito fuggire da Lamen rischiando la vita piuttosto che rimanere lì ad aspettare l'arrivo della sabbia con la signora Fanning. La possibilità di ritrovare i loro genitori bastava a dare loro la forza di tentare quell'impresa. Si ritenevano fortunati che, fra tutti, le ragazze della profezia avessero scelto loro per farsi aiutare e non avevano dubbi che ce l'avrebbero fatta.

Cosette riprese le redini e, una volta che le due ragazze furono scese dalla barca, spronò gli animali. Sembrava volesse aggiungere qualcosa. Anya comprese la gratitudine immensa che aveva nel cuore, ma Cosette non fece in tempo a tramutare quell'emozione in parole: la corrente e la forza degli acqualuna li portarono lontano e in pochi minuti la barca scomparve fra le anse del fiume.

XXXII
Vanessa

«Siamo rimaste sole» constatò Vanessa, nostalgica. Cercò subito di riscuotersi: i sentimentalismi, così poco da lei, la facevano sentire a disagio. Sperava che Cosette e Dimitri potessero davvero ritrovare i loro genitori a Sea: sapeva che cosa significava rimanere orfani. Quei due ragazzini non se lo meritavano proprio, ma d'altronde, chi si poteva meritare così tanto dolore? Poi si figurò il sovrano: se lo immaginava come un uomo dai capelli brizzolati e dallo sguardo crudele. Quanta gente stava facendo soffrire. Be', forse a lui avrebbe augurato del male. Scacciò quell'immagine con rabbia e tornò a concentrarsi sulla missione.

Avevano voltato le spalle al Valivua: a un centinaio di metri da loro c'era la foresta, un muro di alberi alti come sequoie. Si avvicinarono, avanzando con fatica su giganteschi scogli. Era un paesaggio così sinistro e potente da mettere paura, ma Vanessa non fece commenti. Si inoltrarono tra gli alberi. Le chiome delle piante erano a una distanza dal suolo impressionante e la luce pallida che filtrava attraverso il fogliame sembrava provenire da candele disposte qua e là sul cupo soffitto ramoso. A Vanessa pareva di camminare all'interno di un enorme cimitero.

Anya riprese a guardare la mappa.

«Bene» disse. «Noi siamo questi puntini, poco lontani dalla confluenza dei due fiumi. La chiave è qui, a mezza giornata a piedi...» Indicò con un dito la zona illuminata dal bagliore blu. «Sembra che ci sia un lago proprio in quel punto.»

Vanessa non perse tempo a guardare la pergamena: si scrutava intorno alla ricerca di un sentiero, ma non c'era nemmeno una strada o un terreno battuto. Anche con l'aiuto della mappa, come avrebbero potuto orientarsi in quella foresta? Sembrava un labirinto!

«Dobbiamo metterci in marcia» proseguì Anya, avviandosi nella semioscurità. Un po' riluttante, Vanessa la seguì.

Proseguirono a passo svelto fino a quando le loro gambe cedettero per la stanchezza e decisero di accamparsi in mezzo al bosco. Vanessa continuava ad avere una brutta sensazione addosso: quel luogo non le piaceva. Questa volta Anya non fece cenno ad accendere un fuoco e lei si guardò bene dal proporglielo. Mangiarono lo stretto indispensabile, circondate da un silenzio quasi irreale.

«Sono preoccupata» sospirò Anya, quando si sdraiarono per dormire.

«Per cosa?» le chiese Vanessa. Si aspettava che la compagna si stesse riferendo al luogo in cui si trovavano, ma Anya la sorprese: «Non avevo mai temuto così tanto di non farcela».

«Che cosa ti spaventa?»

«Ogni cosa! Insomma, ora dovremo riuscire a recuperare questa chiave, d'accordo, ma dopo? La terza? Se fosse nascosta vicino al portale di ritorno... sarebbe già sommersa, e tutto quello che abbiamo fatto si rivelerebbe inutile!»

«È...» Vanessa esitò. Era da giorni ormai che aveva quella domanda in mente. «È per Sirta che ti preoccupi?»

Anya arrossì.

Lei si pentì subito delle sue parole. «Senti, fa' come se non te l'avessi chiesto...»

La ragazza la fermò con un gesto. «No, voglio rispondere.» Trasse un profondo respiro, prima di parlare. «Mi manca. E sì, sono preoccupata per il suo futuro. Vorrei che fosse qui con noi, ma non credo che sarebbe giusto. Mi aveva chiesto di rimanere...»

Vanessa ne rimase colpita: questo Anya non glielo aveva mai detto.

«... ma io gli ho risposto che semplicemente non poteva» proseguì l'altra. «La sua famiglia ha bisogno di lui ed è compito nostro salvare Menish. Non so se ce la faremo, ma...» Si interruppe, come se fosse incapace di trovare le parole giuste.

«Ehi...» Anya le faceva tenerezza in quel momento. «Stai tranquilla. Non ti preoccupare per la terza chiave: ci saranno pur degli indizi da qualche parte...»

Lei si mosse nervosa cercando di sistemarsi meglio nel suo giaciglio. «Ho controllato più e più volte la mappa... e...»

«Ce la faremo.» Vanessa si allungò verso di lei e le prese la mano. Rimase colpita per prima dalla spontaneità del suo gesto. «Hai visto cosa è successo a Lamen? Tu sei la mente e io il braccio, nessuno ci può fermare quando siamo insieme.»

XXXIIII
Anya

Vanessa sistemò la testa sulla borsa di juta. Anya la guardò alla poca luce rimasta.

Bastarono pochi minuti a far piombare Vanessa nel sonno. Poi chiuse gli occhi anche lei. Sentì i battiti del suo cuore farsi più regolari, fino a quando si addormentò.

Sognò di volare in alto, sovrastando con immense ali color del cielo Mahala. Sorvolò un tratto di deserto, la casa di Sirta, il bosco vicino a Bora, quindi Paladish, la città bianca. Sorpassò la città fantasma, il ponte sospeso e s'innalzò fra le nuvole fino a Lamen. Continuò poi a seguire il corso del fiume e si ritrovò sopra l'immensa Foresta Frusciante. Invece di fermarsi dove si trovava il suo corpo a riposare, proseguì oltre, fino a quando la sua immagine fu riflessa dalle acque calme di un lago. Qualcosa sotto di lei luccicava.

Gli occhi di Anya si spalancarono di colpo nel nero della notte. Aveva sentito un suono strano. Toccò la pietra, pronta a svegliare la compagna, ma non percepì nessuno a parte loro nelle vicinanze. Qualche bagliore luminoso del cielo penetrava l'intrico dei rami degli alberi e piano piano i suoi occhi riuscirono ad abituarsi all'oscurità.

Una parte di lei avrebbe voluto ritornare a dormire, ma l'altra...

Si alzò in piedi, alla ricerca della sorgente di quel suono. Si rese conto che era una musica e che diventava più forte se andava verso sud.

Anche Vanessa aveva sentito una melodia quando si era diretta verso Paladish.

Guardò il volto della compagna: dormiva con un lieve sorriso sulle labbra. Perché avrebbe dovuto svegliarla? La melodia e il sogno che aveva appena fatto le suggerivano che forse era arrivato il suo momento.

Lanciò un'ultima occhiata a Vanessa, come per scusarsi, ma voleva trovare la seconda chiave da sola. Si era sentita in colpa per non averla aiutata a Paladish. Per tutto il tempo in cui erano rimaste separate aveva temuto per la sua vita, aveva sentito sulle spalle il grande fardello di averla lasciata senza nemmeno un potere che l'aiutasse. Le cose poi si erano risolte in modo positivo, ma alla sua coscienza sembrava non bastasse: non poteva permettere che la compagna affrontasse altre terribili prove dopo quello che aveva passato.

Ora toccava a lei.

Doveva dimostrare che non era debole.

Voleva dimostrare che ce l'avrebbe fatta.

E poi, come si poteva sfuggire a quell'irresistibile melodia? Era proprio impossibile: le sembrava così dolce, così soave… Come Vanessa, la rincorse.

Anya si muoveva nella foresta, agile come un cerbiatto.

Non si riconosceva nemmeno: così sicura nei movimenti, così veloce nei suoi passi e così estranea alla paura. Percepiva solo l'aria fresca entrarle nei polmoni e una lieve brezza sfiorarle il viso.

Senza neppure un po' di fatica raggiunse il lago che aveva visto in sogno. Al centro di quel grande bacino qualcosa luccicava. Si aspettava che fosse blu, lo stesso colore che contrassegnava la seconda chiave sulla mappa, ma nei pochi istanti in cui rimase ferma a fissarlo sfumature di verde, giallo, lilla si susseguirono, per raggiungere il rosso porpora e scomparire dentro quell'acqua nera che sembrava più densa della pece.

Si avvicinò alla riva. In condizioni normali non l'avrebbe mai fatto, ma la melodia la indusse a togliersi i sandali e a entrare con i piedi nell'acqua.

Era gelida ma lei, incurante del freddo, si spinse avanti fino alla vita.

La musica cessò di colpo.

Era come se qualcuno avesse spento i riflettori in un set cinematografico: il lago le apparve tremendamente inquietante e quell'aura magica che l'aveva stregata svanì, lasciandola al freddo e al buio.

Si ritrovò lì, immersa nell'acqua con un silenzio assordante che la circondava.

Sentì il terrore invaderla.

Cosa ci faceva tutta sola immersa fino alla vita in un'acqua nera come l'inchiostro? Cercò di muoversi per scaldarsi e sentì i piedi sprofondare nel fondo melmoso. Iniziò a tremare talmente forte da battere i denti.

Le parve di essere in un incubo.

Poi si ricordò il racconto di Vanessa. Lei, per sfuggire alla morte, aveva dovuto vincere la sua paura peggiore.

Si guardò intorno, disperata, alla ricerca di un indizio, ma non vide belve fameliche alle sue spalle. Che fosse l'acqua stessa? Impossibile. Non l'aveva mai temuta e nemmeno la sua caduta nel fiume aveva contribuito a crearle delle fobie nei confronti di quell'elemento. Non capiva, e mentre non capiva la temperatura gelida dell'acqua rischiava di mandarla in ipotermia.

Sentì che la collana tirava verso il centro del lago, come a indicarle dove doveva andare. Ma perché immergersi nell'ignoto? Quale pazzo avrebbe mai fatto una simile azione?

Ragionò.

Posso scegliere, pensò. *Posso scegliere di tornare indietro*... Temeva di fallire prima ancora di cominciare.

Sentì tutto il peso della responsabilità investirla. Da lei ora dipendeva il destino di Menish. Migliaia e migliaia di vite poggiavano sulle sue spalle, e tra quelle c'erano la sua e quella della compagna. Se avesse rinunciato, non sarebbero più tornate a casa e la sabbia temuta da tutti avrebbe sommerso loro come ogni abitante del regno.

Le mancava l'aria e, nonostante fosse immersa nel lago solo fino alla vita, faticava a respirare. Fallire significava non soltanto morire, ma anche essere responsabile della morte di tutta Menish.

Non poteva finire così.

Ma come evitarlo? Faceva così freddo, si sentiva così debole... *Non posso tornare indietro*, si continuava a ripetere. Ricordò l'orrore che aveva dovuto superare Vanessa alle prese col fuoco, ricordò Sirta, i suoi bellissimi occhi e il suo sguardo quando si era aperto per la prima volta con lei.

Promettimelo, Anya... promettimi che non fallirete.

Se lei si fosse arresa, tutte le loro fatiche non sarebbero servite a nulla. Fissò il pendente che portava inciso lo stesso cavallo che le aveva aiutate.

Non posso fallire... Preferisco morire tentando di salvare questo mondo che arrendermi e soccombere investita alla sabbia.

Trasse un profondo respiro, poi sollevò i piedi dal fango e nuotò nel buio verso il centro del bacino d'acqua.

Ogni bracciata era una pugnalata gelida. I denti le battevano e ogni fibra del suo corpo rabbrividiva. Nuotò, senza immergere la testa, fino a quando non vide sotto di lei quegli strani bagliori: era arrivata al centro del lago.

Nonostante le luci, non riusciva a scorgere il fondale. Faceva tanto freddo ed era sola. Guardò verso la riva, ma era troppo scuro, le parve tutto nero.

In fondo, non è sempre stato il mio peggior timore, quello di fallire? Non ho sempre temuto di non essere mai all'altezza?

Era stato così con i suoi genitori, quando non prendeva voti abbastanza alti a scuola, quando vedeva gli altri raggiungere prima di lei i suoi stessi obiettivi. Non aveva avuto paura, quella mattina, di essersi pregiudicata in poche ore la borsa di studio? E, quando la preside le aveva comunicato l'intenzione di parlare con i suoi genitori, non aveva temuto di deluderli? E quando era caduta nel fiume, non si era sentita debole e aveva avuto paura di fallire? E a Paladish non era nemmeno stata in grado di raggiungere Vanessa in tempo per aiutarla; come poteva credere di riuscire a salvare il regno?

Pensò ancora una volta agli occhi di Sirta, poi respirò a fondo e si immerse.

* * *

Sulle prime si sentì mancare. Uno strano senso di vertigine la avvolse.

Aprì e chiuse gli occhi, intontita.

Si aspettava di dover nuotare sott'acqua, ma qualcosa non era andato come previsto.

Intorno a lei era tutto bianco. Niente lago, niente alberi, ma nemmeno case, pareti, assolutamente nulla; si trovava in un ambiente vuoto.

Si guardò i piedi: appoggiavano sul bianco, ammesso che ci si possa appoggiare su un colore. I suoi vestiti erano completamente asciutti.

Fece alcuni passi. Era come se una gomma gigantesca avesse cancellato ogni cosa, lasciandone gli ingombri nascosti, bianchi nel bianco. Camminò a caso, un po' di qua un po' di là, sbattendo più volte contro qualcosa che non vedeva, poi – come se avesse superato una porta – fu circondata dal caos: da una miriade di persone, che si muoveva, camminava, correva…

Fu sommersa in un istante da un mare di pensieri. C'era chi urlava, chi rideva, chi cantava, chi piangeva… Molti erano pensieri intensi, altri inutili e superficiali. Alcuni si materializzavano nella sua testa con voci talmente acute che solo l'esperienza dei giorni passati le impedì di urlare "Basta!" come in quel primo giorno di scuola che sembrava così lontano.

Analizzò la situazione. Si trovava in un luogo bianco, indefinibile, con decine e decine di persone. Non era difficile comprendere quello che stavano facendo. Qualcuno stava per andare al lavoro, altri mangiavano seduti a dei tavoli che non riusciva a vedere. C'era addirittura un uomo che chiedeva l'elemosina in ginocchio. Vivevano tutti in luoghi differenti, ma lei non poteva distinguere il paesaggio che li circondava.

Ciascuno di loro portava al collo una chiave. Un uomo in giacca e cravatta, che pensava alle proposte da fare al suo nuovo datore di lavoro, ne indossava una spigolosa in acciaio. Dal collo di una bambina che cercava di convincere la madre ad accompagnarla in un negozio di giocattoli ne pendeva una rosa, impreziosita da pietre scintillanti. Un ragazzo e una ragazza camminavano tenendosi per mano. Quella di lui era molto semplice, rossa vermiglio, quella di lei verde speranza.

Nessuno sembrava sapere di avere una chiave al collo. Vivevano la loro vita come se nulla fosse. Lei li vedeva, ma loro non vedevano lei.

Anya pensò a Vanessa che per risolvere la seconda prova aveva – anche se involontariamente – usato il suo potere. *Ma come posso capire quale fra tutte queste chiavi è quella giusta?*

Vide passare alcuni uomini vestiti con abiti in tela grezza e di foggia antica, come se provenissero da Menish. La confusione che aveva in testa era incredibile. Non sapeva più che fare.

Riprese a camminare.

I suoi occhi sfioravano volti, la sua mente ascoltava pensieri e cercava sempre di vedere le chiavi che portavano al collo.

Le sembrava una missione impossibile. *Come posso riconoscere la chiave giusta?*

Doveva cercare la meno preziosa, come nei libri di fiabe?

Si avvicinò a una donna vestita in modo molto semplice. Aveva dei bei pensieri. Si stava chiedendo come stesse la figlia, che era a casa malata, e come avrebbe potuto comprarle del cibo. La sua chiave era di legno, con la parte superiore a forma di cuore. Anya le andò incontro lentamente e con stupore vide che il luogo dove si trovava la donna assumeva una forma. Le parve quasi di riconoscere i cristalli di Mahala. La donna la vide e si irrigidì. *Che cosa vuole da me?* si stava chiedendo.

Anya si scostò veloce. *Non è quella giusta.* Riprese a camminare.

Il mondo intorno a lei era ritornato tutto bianco.

Rivide il mendicante inginocchiato. La sua chiave sembrava di oro puro. Donne con vestiti eleganti e tacchi a spillo portavano chiavi di carta.

Cominciò a capire il rapporto che poteva esserci fra le persone e le loro chiavi. Ma era un delirio: ce n'erano troppe. Come avrebbe potuto controllarle tutte?

Doveva selezionare i nobili di spirito e concentrarsi su chi aveva una chiave preziosa… o prenderne una a caso?

Notò un bambino stretto tra le braccia della madre che aveva una chiave piccolissima e bianca come la neve. No, la questione era troppo importante per affidarsi alla fortuna. L'unica soluzione doveva trovarla nelle loro menti.

Quella pensa al suo ragazzo, lui a sua moglie... E poi di nuovo si concentrava sulle chiavi.

Usa la logica, Anya. È tutta questione di logica: se la chiave riflette l'anima delle persone, chi di loro può avere quella giusta? Chi può avere al collo la chiave che serve per chiudere il portale?

Si guardò intorno, ancora più confusa. Soltanto qualcuno che era al corrente della situazione poteva possederla, quindi doveva cercare un'abitante di *Menish*?

Ma le chiavi non potevano essere trovate solo da chi abitava sulla Terra? Scosse la testa, esasperata.

La rivelazione le giunse inattesa. All'inizio non era che un'idea, poi pian piano si fece spazio e sbaragliò tutte le altre sue teorie.

Soltanto una prescelta avrebbe potuto trovare la chiave.

E se l'avesse avuta già con sé?

Si guardò il petto.

Non c'è nulla... Non ebbe tempo di pensare altro che qualcosa si materializzò sotto i suoi occhi. Trattenne il fiato.

Vicino al suo medaglione bianco ora pendeva un altro ciondolo. Non aveva la forma di una chiave e neppure assomigliava a una lettera dell'alfabeto...

È una chiave di violino, pensò, *l'ho trovata.* Poi Anya si sentì trascinare via.

XXXIV

Vanessa

Vanessa ebbe un sussulto. Si svegliò agitata e balzò a sedere. Era stato un rumore a destarla.

«Anya?» chiamò, guardando dove la compagna si era coricata, ma di lei nemmeno l'ombra.

Anya... spero tanto che sia tu a fare questo rumore, perché sennò sono nei guai fino al collo....

Sentì dei passi avvicinarsi, attutiti dalla vegetazione del sottobosco.

Si alzò in piedi di scatto e si arrampicò con difficoltà sull'albero più vicino: i rami erano molto distanti l'uno dall'altro e faticava a trovare appigli. Fu costretta a bloccarsi a pochi metri da terra. Il cuore le martellava nel petto. Passarono secondi interminabili, poi un gruppo di guardie armate comparve dall'intrico dei rami e si fermò a parlare proprio sotto la pianta su cui lei era salita.

«Sono sicuro di aver sentito un rumore» osservò uno degli armati.

«Guardate, si sono accampate qua! Quella è una coperta... e queste borse...»

«Non possono essere andate lontano» rispose un'altra guardia con in testa un berretto verde.

«Dobbiamo muoverci, il sovrano le vuole rinchiuse nella prigione di Wuolfa al più presto!»

Vanessa non sapeva cosa fare. Le guardie erano una decina, troppe per riuscire a contrastarle. Senza la compagna che la indirizzasse si sentì inutile. Ma perché Anya non era lì? E se le fosse successo qualcosa? *Non pensare assurdità, forse è andata a recuperare la chiave, come ho fatto io... ma se è così, come posso avvisarla?*

Poi le venne un'idea.

XXXV
Anya

Quando riaprì gli occhi, non si ritrovò né nel lago, né accanto a Vanessa, ma in una biblioteca, anzi, *nella* biblioteca. Il posto in cui tutto aveva avuto inizio. Perché Vanessa non le aveva raccontato della prova successiva? *Non posso ritornare a casa, non ora. Non adesso che ce l'ho fatta. Dobbiamo recuperare la terza chiave... Accidenti!*

Mentre imprecava sentì delle voci poco lontane. Avanzò cauta e ciò che vide la sconvolse. Non avrebbe mai immaginato di trovare una vecchia sé stessa intenta a spolverare un tomo antico.

Sentì qualcuno parlare. Riconobbe subito la voce di Vanessa. «E perché? Cosa vuoi insinuare, che ho pulito male?»

«Di certo avresti potuto farlo meglio. La segretaria ci ha spiegato che metodo seguire…»

Non ci poteva credere: era tornata indietro, indietro nel tempo.

La vecchia Anya non aveva percepito la sua presenza. Si chiese se fosse meglio nascondersi dietro uno scaffale, ma anche Vanessa non si era accorta di lei. *Non mi possono vedere*, pensò con un senso di sollievo.

«E ovviamente hai preso tutto alla lettera…»

La vecchia sé stessa rimise a posto il libro che aveva fra le mani e raggiunse Vanessa qualche metro più avanti. Anya, non sapendo bene come comportarsi, la seguì.

«Non voglio risultare antipatica, ma sono tomi che risalgono a secoli fa e vanno trattati con cura…»

Solo con il senno di poi Anya si accorse di quanto una frase del genere potesse suonare fastidiosa. Vide la vecchia sé stessa controllare la scaffalatura dove Vanessa stava lavorando e accorgersi che era in legno antico. «Siamo nella parte più vecchia…»

«Lo vedo da me, non sono cieca, i muri sono scrostati e il soffitto è pieno di umidità. Posso capire dare una sistemata alla parte nuova, ma qui… guarda come li conservano! Per fortuna dicono che sono di grande valore: i libri qui tengono compagnia solo alla muffa…»

Ok, ho bisogno di un bicchiere d'acqua, pensò, sentendosi mancare. Si appoggiò a una sedia girevole, e questa ruotò leggermente sotto il suo peso. «Mi correggo: anche agli spiriti!»

commentò ironica Vanessa. «Poi ti preoccupi di come li maneggio io...»

Riesco a toccare le cose... comprese. Non sapeva se questo particolare potesse servire a farla stare meglio.

«È un nostro dovere rispettare le regole.»

«Ma fammi il piacere! Adesso hai deciso di seguire le regole di questa scuola?» Il tono della compagna era aspro come un limone.

Perché sono qui? Non capiva, non riusciva a comprendere più nulla.

«Se qualche ora fa avessi avuto più rispetto della preside, non saremmo finite in questa situazione!» Vanessa stava quasi urlando. «Io non dovrei nemmeno essere qui! È tutta colpa tua!»

Anya si ricordava di quel litigio e anche della conclusione. Ancora non sapevano dei poteri di Vanessa e non avevano intuito che era stata lei a buttare giù la libreria. Anya si aspettava da un momento all'altro di sentirne il tonfo. Ma quel momento non arrivava.

Su, Vanessa, forza...

La conversazione tra la vecchia sé stessa e la compagna proseguiva senza che accadesse nulla.

Iniziò a preoccuparsi.

Perché non sta succedendo niente? Non è ancora ora?

Quella libreria doveva cadere, altrimenti come avrebbero potuto scoprire il portale, come avrebbero potuto raggiungere Menish?

Poi le venne un dubbio. Vanessa le aveva detto che mentre

erano nella biblioteca non aveva avuto paura. Se non aveva avuto paura, come era riuscita a far cadere la libreria? E se quel giorno non fosse successo nulla? Loro sarebbero rimaste sulla Terra e la loro vita sarebbe andata avanti sui banchi di scuola, mentre Menish…

«Al diavolo: finisci tu, allora!» Vide Vanessa gettare lo strofinaccio e iniziare a dirigersi verso l'uscita. Anya si avvicinò alla libreria, piena di bellissimi tomi: uno sembrava persino dipinto a mano. Era sicura che fosse quella? Non al cento per cento, ma non aveva tempo per controllare…

«Potevi benissimo non seguirmi. È colpa tua se sei qui. Se ti consideri così sveglia, come mai ti sei fatta coinvolgere?»

«Come ti permetti! Rimangiati subito quello che hai detto!» urlò Vanessa.

Anya capì che era quello il momento. Con tutta la forza che aveva, rovesciò la libreria.

Un gran fragore riecheggiò nella stanza.

Rimasero tutte – Anya compresa – qualche attimo immobili, spiazzate.

Vanessa le si avvicinò e dovette arretrare di qualche passo per evitarla. Aveva creduto che fosse stata lei a svelare il portale, e invece era merito suo.

Faticava a comprendere, era confusa e allo stesso tempo esaltata.

Osservò di nuovo tutta la scena.

Vide la vecchia sé stessa tentennare ma alla fine decidersi a seguire Vanessa in quella che si sarebbe rivelata la più grande avventura di sempre. Si sentì emozionata e orgogliosa di essere stata così coraggiosa da intraprendere quel viaggio e, quando guardò il pavimento, vide qual era il contenuto della libreria: spartiti musicali. Solo allora capì che la chiave che Vanessa le aveva mostrato non raffigurava una semplice effe, ma era il simbolo della chiave di Fa.

Incredibile! Era sbalordita. Le chiavi che dovevano chiudere il portale non erano quelle normali con cui si aprono e si chiudono le porte, ma erano chiavi musicali.

Rammentò la melodia che l'aveva portata fino al lago: *C'è una logica in tutto questo*.

Più tranquilla ora che le sembrava di aver fatto il suo dovere, aspettò di tornare a Menish. Immaginava che sarebbe stata trasportata via, magari con un raggio di luce e una musica di sottofondo, ma non successe niente di tutto questo.

Guardò la libreria rovesciata, la porta aperta... se avesse seguito Vanessa e la vecchia sé stessa giù per quelle scale sarebbe ricominciato tutto da capo: era sicura che non fosse quella la via.

E ora, come faccio a tornare a Menish?

XXXVI
Vanessa

Immobile su un ramo, Vanessa si concentrò su una pietra con un lato appuntito.

Scelse un albero alle spalle delle guardie e cercò di far levitare il sasso: aveva abbastanza paura in corpo per far sì che funzionasse. Cominciò a incidere il messaggio sulla corteccia. Fu difficile seguire una linea dritta, ma riuscì a scrivere fino all'ultima lettera.

AIUTO
PRIGIONE DI WUOLFA

Riappoggiò col suo potere la pietra nell'erba, sperando che lasciare quel messaggio fosse una precauzione inutile. *Anya sicuramente al mio posto lo avrebbe fatto*.

Le guardie intanto avevano preso tutte le loro cose.

«Portiamo questa roba al comandante, lui saprà che cosa farne» stava dicendo quello col berretto verde.

«Bravo. Questo dimostra che le abbiamo quasi raggiunte. Magari ci scappa una ricompensa.»

Eccitate dalla prospettiva, le guardie stavano già tornando sui loro passi quando il ramo su cui Vanessa era accovacciata cedette di schianto e lei cadde a terra, battendo la testa su una roccia.

Le grida concitate dei soldati furono l'ultimo suono che sentì prima di perdere i sensi.

XXXVII

Anya

Anya uscì in cortile. Si aspettava di trovarlo deserto, ma invece il mondo stava andando avanti. Vide la segretaria dirigersi proprio verso la biblioteca... *Accidenti!* Erano le cinque, la loro punizione era finita e quella donna non le avrebbe trovate! Ma d'altronde, cosa avrebbe potuto fare per fermarla?

Si impedì di pensare al dopo: aveva un problema più urgente. Era bloccata sulla Terra e, ironia della sorte, voleva tornare a Menish.

Se le sue prove erano state simili a quelle della compagna, anche lei si era trovata in una situazione analoga. Ma allora, come aveva fatto a tornare?

Attraversò il cortile della biblioteca e arrivò al chiostro. Non c'erano studenti a quell'ora e si sentiva solo il rumore dell'acqua della fontana.

La fontana! Che cosa aveva detto Vanessa?

A *Paladish la fontana era la stessa...*

La raggiunse di corsa. Vi si avvicinò e ci guardò dentro. *Possibile che sia tornata in questo modo?*

Speranzosa, immerse la mano nell'acqua, ma non successe niente. Anche se Vanessa aveva fatto ritorno a Paladish attraverso la fontana, forse per lei era diverso. Doveva ritrovare la Foresta Frusciante, in fretta. Lanciò solo un'occhiata al tombino rotto, prima di tornare a concentrarsi.

Cominciava a sentirsi molto in ansia. Si guardò intorno alla ricerca disperata di un indizio, di un'ispirazione. Ripensò alla sua prima giornata, ai posti dove era stata: alla sua aula, alla presidenza… E finalmente ricordò.

A passo spedito, come aveva fatto quella mattina pazzesca dopo aver sentito i pensieri del ragazzo sulla vernice, salì al primo piano.

Entrò nell'ufficio della preside.

Era sola. Osservò le tende dietro le quali si erano nascoste, poi non perse altro tempo e indirizzò lo sguardo sul quadro, su quel dipinto a olio che l'aveva tanto colpita per la sua bellezza, quasi fuori posto in quella stanza così fredda.

Spostò la sedia della preside ancora sporca di vernice gialla, ci salì sopra e lo guardò più da vicino. Non c'erano dubbi, raffigurava proprio la Foresta Frusciante! C'erano gli alberi e il lago… con al centro una luce che brillava.

Sfiorò la tela con le dita.

E all'improvviso vide le acque muoversi.

Tra tutti i posti in cui sarebbe potuta ricomparire, non avrebbe mai immaginato di ritrovarsi qualche metro sospesa sopra la superficie del lago. Lanciò un grido mentre accadeva l'inevitabile: piombò in acqua con un sonoro *splash*. Fece una decina di bracciate prima che i suoi piedi incontrassero il fondale.

Finalmente stringeva fra le mani la seconda chiave, che aveva al collo, e ridendo dalla contentezza raggiunse in fretta la riva.

Il sole splendeva alto nel cielo e l'avrebbe asciugata in fretta: doveva essere circa mezzogiorno. *Sono stata davvero via così tanto?* si chiese, ma non aveva importanza. Ce l'aveva fatta! Esultante, si rimise i sandali e s'incamminò alla ricerca della compagna, saltellando nell'erba bassa.

PARTE QUARTA

L'ultima chiave

I

Anya

Anya, calmati, non è il caso di agitarsi…

Il bivacco era deserto. Anche la borsa con le provviste era sparita.

Dov'era finita Vanessa? Magari si era svegliata e non vedendola era andata a cercarla. In quel caso doveva essere ancora nei paraggi.

«Vanessa!» urlò, ma non ottenne alcuna risposta. «Vanessa… ti prego, non mi pare il caso di giocare a nascondino!»

Tutta l'esaltazione che aveva provato fino a un attimo prima svanì e uno sgradevole presentimento si fece strada dentro di lei.

Toccò la pietra con dita nervose, cercando di percepire i pensieri della compagna. *Vanessa, dove sei, accidenti…* Nulla, silenzio assoluto.

Si torse le mani e ispezionò con più attenzione la piccola radura sotto il grande albero. Riconobbe i segni della loro sosta, poi delle impronte… ma non erano solo le loro: altre persone erano state lì. Fu allora che vide un ramo caduto, spezzato di netto.

L'ansia l'attanagliò.

Frugò dietro a ogni singolo albero nel raggio di una decina di metri, fino a quando una strana incisione su un grosso tronco attirò la sua attenzione. Era un po' sbilenca, ma chiara.

«Oh, no...» gemette, leggendo il messaggio che Vanessa le aveva lasciato:

AIUTO
PRIGIONE DI WUOLFA

La peggiore delle ipotesi che si era insinuata nella sua mente era diventata realtà: le guardie l'avevano catturata.

Si mise le mani nei capelli, sull'orlo di una crisi di panico. I soldati si erano portati via anche le loro borse e quindi la mappa era perduta. Chiuse gli occhi per fermare le lacrime: non era il momento di piangere. Cercò di visualizzare la strada che doveva percorrere: aveva studiato la pergamena così tante volte. Ricordò con precisione tutto il tragitto già fatto, poi la foresta, il fiume e finalmente la direzione da prendere. Wuolfa non distava molto da lì, ma come poteva arrivarci in fretta?

Poi riaprì gli occhi e lo vide a pochi metri, dietro un albero, come se la stesse aspettando da sempre.

«Speravo tanto che saresti tornato!» esclamò, correndogli incontro e abbracciandolo. Il meraviglioso cavallo bianco nitrì.

11

Vanessa

Vanessa si svegliò dolorante. Uno scossone le fece aprire velocemente gli occhi, ma vide solo nero.

Dove sono? si chiese.

Capì che si stava muovendo. Era con tutta probabilità chiusa dentro un carro: sentiva lo scalpitio degli zoccoli e le ruote sotto di lei procedere veloci su una strada dissestata.

Perfetto! Mi hanno presa! Cercò di alzarsi, ma non ci riuscì: le avevano legato mani e piedi con due corde.

La rabbia montò dentro di lei. Non poteva aver fallito la missione. Non voleva che tutti i loro sforzi andassero sprecati.

Maledizione! E Anya, dov'era?

Se ci fosse stata lei al suo fianco, non sarebbe andata in quel modo: lei li avrebbe sentiti arrivare! E Vanessa, col suo potere, sarebbe riuscita a escogitare qualcosa.

Sentì il cuore batterle più forte. Insieme erano una squadra, ma divise... l'aveva detto, il fantasma, di non separarsi mai!

Cercò di frenare la sua rabbia e la sua impulsività: non servivano a nulla.

Devo trovare un modo per scappare.

Si mosse a tentoni, avvicinandosi a una piccola fessura nel legno che lasciava passare uno spiraglio di luce.

Capì come era fatto il nodo della corda che legava le sue

mani e in qualche minuto riuscì a scioglierlo con la sola forza della mente. Finalmente poté controllare la sua tasca e provò un'ondata di sollievo: la chiave era ancora lì.

Si liberò anche i piedi e guardò fuori attraverso la fessura. Dal lato lungo di quel carro sgangherato e sobbalzante poteva scorgere solo una pianura con pochi alberi e nemmeno un'abitazione.

Si massaggiò i polsi cercando di ragionare sul da farsi.

Se ci fosse stata Anya, le avrebbe dato dei buoni consigli. Ma inutile pensarci, doveva cavarsela da sola.

Quante guardie potevano esserci là fuori? Al bivacco ne aveva contate una decina, ma dopo la sua cattura magari il gruppo si era diviso.

Devo riuscire ad aprire lo sportello e a scendere dal carro.

Tastò le pareti di legno. L'apertura era sul lato corto opposto ai cavalli. Intravide attraverso una fenditura una spranga di ferro. Doveva agire in fretta. *Ora o mai più*... si disse, concentrandosi con tutta sé stessa.

Fece scorrere col suo potere il catenaccio esterno. Lo sportello si spalancò di botto e lei fu accecata dal sole. Le due ante liberate dal chiavistello presero a sbattere rumorosamente contro le pareti del veicolo in marcia.

Vide i quattro uomini a cavallo che seguivano il carro accelerare l'andatura. Le guardie non avevano voluto correre rischi.

Maledizione!

«Ferma!» le urlò il più vicino. Gli altri tre già impugnavano l'arco. Il carro si fermò di colpo.

Vanessa sapeva che era un'impresa disperata, ma ci provò comunque. Saltò giù e si mise a correre. La terra era brulla e non offriva alcun riparo. Deviò qualche freccia, ma questa fu l'unica cosa che riuscì a fare.

Quando il primo cavaliere le fu quasi addosso, cercò di farlo cadere dalla sella, ma le guardie da quattro divennero otto, perché quelle in testa alla carovana erano corse a dar manforte.

«Non lasciatela scappare!»

Se le trovò addosso prima di riuscire a fare cento metri. Cadde nella terra arida.

La tirarono in piedi, spingendola rudemente di nuovo verso il carro fermo sulla strada.

«Come hai fatto a slegarti? Stavolta dovremo stringere meglio le corde!»

Si sentì perduta.

III

Anya

Il cavallo galoppava così veloce che Anya fu costretta più volte a chiudere gli occhi per l'aria che le frustava il viso.

Devo liberare Vanessa, prendere la terza chiave e salvare il mondo, pensò. *Questo è tutto, in sintesi*.

Non avrebbe dovuto andarsene senza avvertirla. Il senso

di colpa minacciava di farla cadere nella disperazione, ma sapeva di non potterselo permettere. Vanessa aveva soltanto lei. Doveva resistere, essere forte. La seconda chiave, che pendeva dal suo collo insieme al medaglione, le dava fiducia.

Non potevano arrendersi così vicine alla vittoria. Sperava soltanto di arrivare prima che le facessero del male. Non osava immaginare che cosa sarebbe potuto succederle nelle mani di quel sovrano pazzo.

Sapeva in che direzione era Wuolfa ma, ancora una volta, era il cavallo a decidere il tragitto, scegliendo la strada migliore. Si ricordò le parole di Cosette: *Compare solo alle persone destinate a compiere grandi imprese*… E si sentì un po' meglio.

IV

Vanessa

Il carro si era fermato. Vanessa era ancora seduta sulle luride assi di legno. Si sentiva le ossa rotte, il viaggio era stato lungo e scomodo. Questa volta furono le guardie ad aprire lo sportello. Era quasi il tramonto e la luce di un pallido sole non l'accecò.

Si rese conto che gli otto soldati che aveva davanti non erano gli stessi che l'avevano scortata fin lì.

Che accoglienza! Mi considerano una persona importante! pensò ironica.

Uno dei più giovani salì sul carro, le liberò le caviglie e le fece segno di alzarsi.

«In piedi, svelta.» Lei obbedì e lasciò che un altro soldato, completamente calvo, le mettesse una benda sugli occhi. La stavano trascinando giù dal carro con una corda legata ai polsi. Ebbe l'impressione di camminare prima su uno sterrato, poi su un pavimento di pietra. Incespicò un paio di volte, rischiando di cadere. Capì di essere entrata in una stanza solo quando dalla sua benda non filtrò più alcuna luce. Sentì chiudersi una porta.

«Vediamo cosa ci nasconde questa mocciosa» sibilò una voce d'uomo.

Vanessa s'irrigidì e tentò di divincolarsi, ma qualcuno l'afferrò con forza da dietro, bloccandola come in una morsa. Un singhiozzo le uscì soffocato dalla gola quando si sentì toccare dappertutto. Chi le stava mettendo le mani addosso?

Il suo cuore mancò un battito quando le sfilarono la collana da sotto la camicia.

«Guarda che cos'ho trovato!» disse quello che le stava davanti.

Il medaglione! Il medaglione no!

Senza il suo pendente non aveva più alcun potere.

«Lasciatemi!» gridò, dimenandosi.

Riconobbe la risata dello stesso uomo. «Quanto può valere un gioiello del genere?»

«Non ne ho idea...» Stavolta era la voce del ragazzo che l'aveva fatta scendere dal carro. Era alle sue spalle e la stava ancora tenendo ferma. Vanessa sentì un'ondata di rabbia crescerle dentro. Il medaglione era tutto ciò che le rimaneva dei suoi genitori: il ritrovamento della collana era uno degli ultimi ricordi felici che serbava con loro. Non poteva credere che le fosse portato via in quel modo.

Solo quando le mani dell'uomo che le stava davanti le frugarono nelle tasche le venne in mente che aveva con sé qualcosa di ancora più importante.

«E questo? Cosa sarebbe?»

Vanessa si dibatté nella stretta del ragazzo. Avevano trovato la prima chiave.

«Ti ho fatto una domanda, che cos'è?» insistette il soldato.

Lei strinse le labbra.

Con gli occhi bendati non vide lo schiaffo arrivare, ma lo avvertì in tutta la sua bruciante violenza. Le fece girare la testa di lato. Riuscì a non gridare, ma si ritrovò stordita e senza fiato.

«Vuoi che vada avanti?»

Vanessa di nuovo non rispose.

Nessuno le aveva mai tirato un pugno nello stomaco, prima di allora. Emise un suono rauco. Le gambe le cedettero e sarebbe caduta in avanti se il ragazzo che la teneva ferma non l'avesse sorretta.

«Capitano Finn, gli ordini non erano questi» lo sentì protestare.

Finn... ecco il nome del suo aggressore. Di nuovo la sua risata.

«Credi che ci sia un modo migliore per ottenere delle informazioni?»

Il ragazzo non rispose.

Vanessa avrebbe voluto essere la compagna. Lei era sempre capace di dire la cosa giusta nel momento giusto. Che cosa si sarebbe inventata per tenere a bada il capitano? Di certo non avrebbe confessato la verità, quella chiave conteneva il futuro di tutta Menish.

«Mia madre si chiamava Fiona» disse con voce spezzata. «È tutto quello che mi rimane di lei.» Suonava molto credibile.

L'uomo rise di nuovo, sprezzante, poi si rivolse ancora al ragazzo, divertito: «Tu conosci qualcuno di nome Fiona?»

Non ci fu risposta.

«Scortala in cella, io metterò questi oggetti al sicuro» tagliò corto Finn.

V

Anya

Anya cavalcò tutto il pomeriggio senza mai fermarsi. Non aveva cibo né acqua, ma in quel momento non le importava. Riusciva a pensare solo a Vanessa. Doveva arrivare a Wuolfa prima che le succedesse qualcosa. Tutto il resto le pareva secondario.

Giunsero in vista della città all'imbrunire, quando la luna e le stelle brillavano alte nel cielo. La stanchezza le crollò addosso, e anche il cavallo le pareva stremato. Di nuovo si trovò davanti delle mura robuste. Le sembrava una maledizione. Come avrebbe fatto a entrare? Era esausta, non aveva più i poteri di Vanessa su cui contare e la sua capacità di leggere nella mente in quel momento sarebbe servita a poco o nulla.

Non poteva rischiare di farsi catturare a sua volta.

Costruita su una collina, Wuolfa dominava tutta la valle sottostante. C'era un bosco, poco lontano, che poteva diventare un buon rifugio per prendere fiato prima di tentare l'ingresso in città.

Le dolevano le gambe e le braccia dopo tutte quelle ore di galoppo.

Fu il cavallo ad avviarsi a un pozzo che lei non aveva notato perché seminascosto da alcuni arbusti, a un centinaio di metri, in direzione del bosco.

Non c'era nessuno. Anya lo seguì. Con fatica tirò su il secchio e gli diede da bere. Soltanto quando lui fu soddisfatto si dissetò a sua volta.

«Solo alcuni minuti, poi ce ne andiamo nel boschetto...» disse al suo compagno di viaggio che la fissava con due incantevoli occhi blu zaffiro. Si sedette dietro a un cespuglio. Non se ne accorse neppure, non era nelle sue intenzioni, ma era troppo stravolta e crollò addormentata.

VI
Vanessa

L'avevano rinchiusa da qualche parte, ma lei era sempre bendata e non sapeva dove. Sentiva solo un odore acre che le dava il voltastomaco. Quanto odiava le guardie!

Si ricordò dell'arciere che a Lamen aveva scoccato la freccia in direzione di quel poveruomo sulla barca la cui unica colpa era stata di urlare la parola "Prescelte!"

Possibile che, dopo tanta fatica e mille peripezie, dovesse finire tutto così miseramente?

Aveva faticato tanto a recuperare la prima chiave e ora anche quella dimostrazione del suo coraggio era finita nelle mani di un tracotante scagnozzo del re.

E Anya? Cosa avrebbe potuto fare da sola? Anche se fosse riuscita ad arrivare da lei, come avrebbe potuto liberarla? Sperò quasi che non avesse trovato quel messaggio: non voleva cacciare anche lei nei guai.

Si sentì annientata, annullata, annichilita. I polsi legati stretti le facevano male.

Tastò una parete ruvida e vi si appoggiò con la schiena. Avrebbe voluto provare a sedersi o a distendersi un momento per riposare, quando udì il cigolio di una porta. Qualcuno le si avvicinò in due passi e le tolse la benda dagli occhi. Era il giovane soldato che era salito per primo sul carro e che l'aveva tenuta ferma durante la perquisizione.

«Dove sono?» gli chiese subito, nervosa.

«In cella» rispose lui, liberandole anche i polsi.

Era in una stanza spoglia con le pareti rovinate dalla muffa e un paglericcio sporco gettato contro il muro. La porta era in ferro con uno spioncino dai bordi arrugginiti. C'era un'unica finestra, piccola, e appena sotto il soffitto. Non si vedeva il cielo, ma solo un altro muro.

«Grandioso... Vedo come li trattate bene i prigionieri...» commentò con disprezzo.

Il ragazzo non rispose.

«Posso almeno sapere cosa mi succederà? Non vi rendete conto che state facendo del male a chi potrebbe salvarvi? Così morirete tutti. Cosa vi ha raccontato il sovrano per fondervi il cervello?»

Vanessa lo guardò con aria di sfida, massaggiandosi i polsi. Il ragazzo era molto alto, aveva i capelli scuri e ricci e i suoi occhi azzurri contrastavano con i lineamenti duri del viso che sembravano avere, nella penombra della cella, il colore grigio della cenere.

Lui sollevò le sopracciglia, un po' sorpreso.

Di certo non si aspettava un atteggiamento simile da una ragazza... pensò sarcastica Vanessa.

«Che cosa mi farete?» chiese ancora.

«Non lo so.» Il ragazzo si girò per andarsene.

«Non mentirmi! Se non riesci a guardarmi in faccia sei solo un codardo!» Anche lei si stupì della sua audacia.

Il ragazzo si fermò con una mano sullo stipite di ferro della porta. Vanessa aggrottò la fronte: era stata solo un'impressione, o aveva colto in lui un attimo di esitazione? *Impossibile*.

«Siamo in attesa di ordini dal nostro sovrano» disse senza voltarsi.

Vanessa sentì spegnersi dentro di lei l'ultimo barlume di speranza. Quel pazzo cos'altro avrebbe voluto se non la sua fine? Il giovane soldato non si era mosso e continuava a darle le spalle.

«Non riesci a guardare in faccia una condannata a morte?» gli gridò con rabbia. «Una che ha l'unica colpa di aver cercato di salvare il tuo mondo?»

Lui non rispose, ma lei vide la sua schiena irrigidirsi. Poi fece un passo avanti e si richiuse la porta dietro, con un rumore stridulo di catenacci.

Le avevano tolto la libertà. Era prigioniera. E sola.

VII
Edwin

Il cielo minacciava un violento temporale. La volta era nera di nubi cariche d'acqua.

L'unica luce proveniva dai lampi che si scaricavano crepitanti a terra. Era uno scenario di fine imminente.

«Cosa vuol dire che ne avete catturata una sola?» gridò il

sovrano, facendo un passo verso il malcapitato messaggero in piedi davanti a lui.

Il messo abbassò lo sguardo sul pavimento di pietra.

«La ragazza si trovava nella Foresta Frusciante, mio signore. I soldati hanno cercato dappertutto, ma dell'altra non c'era traccia.»

Il sovrano batté violentemente con la mano aperta sul tavolo del suo studio. Una massiccia brocca d'argento sobbalzò e si rovesciò sulle carte sparse sul ripiano, macchiando i documenti di vino rosso come sangue.

«Dovevano essere insieme, capisci! La profezia parla di due ragazze, non di una. In due devono trovare la "luce nel buio", in due devono svolgere la missione! Sono stato abbastanza chiaro?»

Il messaggero si limitò ad annuire. Rimase lì in piedi con gli occhi bassi come chi teme una severa punizione.

Il sovrano prese a camminare su e giù, la fronte aggrottata. Stava cercando di ragionare. Il suono dei suoi passi rimbombava nella stanza e scandiva i suoi pensieri. La situazione non era poi così negativa. Aver catturato una delle prescelte era già un grosso passo avanti. Per tentare di salvare la compagna, l'altra avrebbe dovuto entrare a Wuolfa, ma la città era fortificata ed era presidiata dall'esercito. Se avesse tentato di liberarla, avrebbero catturato anche lei...

«Va bene, per adesso mi posso accontentare. Sono riuscito a mandare in fumo i piani di mia sorella. Separate, quelle due maledette non potranno mai far avverare la profezia.» Guardò il messo in attesa e alzò il mento con alterigia. «In quanto a fermare l'avanzata della sabbia, i miei stregoni sono sempre più vicini alla soluzione. Possiamo stare tutti tranquilli!»

«Mio re, il capitano delle guardie di Wuolfa manda a chiedere che cosa ne deve fare della ragazza…»

«Ucciderla, ovviamente. Non possiamo correre rischi. Sarà condannata a morte per oltraggio alla corona. E tentata strage. Quelle due hanno distrutto le mura di Lamen, causando danni e feriti anche gravi, l'hanno visto tutti. Nessuno oserà protestare quando le taglieremo la testa.»

«La data dell'esecuzione?»

Il re parve riflettere. «Voglio essere presente. Verrà giustiziata al mio arrivo a Wuolfa.»

Mentre il messaggero si allontanava dopo un profondo inchino, il sovrano si avvicinò lentamente alla finestra. I fulmini erano sempre più violenti. *Ci sono riuscito*… pensò. Laila si era sbagliata. Aveva fermato le due ragazze. Il mondo era nelle sue mani.

VIII

Anya

Furono delle voci a svegliarla. Anya impiegò pochi attimi a destarsi. Il sole era già caldo.

Era stata davvero così stanca da crollare addormentata? Gli

arbusti fino a che punto avrebbero potuto proteggerla? Si allontanò carponi dal pozzo per andare a nascondersi dietro dei fitti cespugli. Cercò con gli occhi il cavallo, ma non lo vide: era scomparso. Insieme alla certezza di essere di nuovo sola, si aggiunse il timore di essere ancora in pericolo. Controllò chi stesse raggiungendo il pozzo e sospirò di sollievo quando capì che erano solo due ragazze.

Sbirciò attraverso il fogliame per riuscire a vederle meglio; una era molto giovane, poco più di una bambina, l'altra dimostrava dai venticinque ai trent'anni, ma era troppo lontana per comprendere con esattezza l'età. Stavano discutendo su quanta acqua servisse per riempire un pentolone. Frasi senza importanza, banalità quotidiane, ma furono i loro pensieri a destare la sua attenzione.

Rimase in ascolto per qualche minuto. Più i secondi passavano, più l'ansia diminuiva lasciando crescere dentro di lei una nuova e inaspettata speranza.

Doveva parlare con loro, conquistare la loro fiducia. Ma come poteva proporsi? Come avrebbero potuto quelle due giovani fidarsi di lei? Anya sarebbe riuscita a capire se fossero state sincere ma loro non potevano fare lo stesso... Poi le venne un'idea.

Si alzò in piedi, emergendo dai cespugli. La bambina, girata dalla sua parte, la vide per prima. La guardò incuriosita, ma non chiamò la sua compagna, voltata di spalle.

Anya ne approfittò. «Filomena!» esclamò, rivolta alla giovane donna dalla lunga treccia corvina.

Convinta che si trattasse di una conoscente, la ragazza bruna si voltò con l'abbozzo di un sorriso che svanì nel momento in cui i suoi occhi si posarono su Anya. «Chi sei?» le chiese con piglio aggressivo.

Anya si affrettò a raggiungerle. Leggeva nella loro mente molti dubbi e anche qualche pensiero violento.

«Ho bisogno di aiuto» disse sottovoce Anya.

Filomena inarcò un sopracciglio, diffidente. Anya si accorse solo allora che l'orecchio destro le era stato mozzato. Cercò di far finta di nulla.

«Non ti ho mai vista... come fai a sapere il mio nome?» insistette la donna.

Anya soppesò le possibilità. Conosceva i pensieri di Filomena e doveva usare tutta la sua astuzia: sarebbe bastata una parola fuori posto per far svanire l'unica possibilità che aveva. Era conscia che c'era un solo modo per convincerle.

«Siete in allarme, ma sapete che non vi posso fare del male: voi siete in due, io sono da sola e troppo debole per potervi affrontare. Portate un coltello nascosto, legato alla caviglia per ogni evenienza. Anche se tu, Lily, non hai ancora imparato a usarlo.»

La diffidenza delle due giovani si era tramutata in meraviglia. *Come può aver visto il coltello?* si stava chiedendo Filomena.

«Non l'ho visto, infatti» rispose Anya.

Adesso il loro stupore si stava trasformando in timore. «Non dovete aver paura...» continuò con un debole sorriso.

«Ma chi sei? Una strega?» chiese la più piccola.

«Oh, no.» Anya trattenne il fiato: «Conoscete la profezia?»

IX

Vanessa

Vanessa non aveva chiuso occhio tutta la notte. Sapeva che potevano venire a prenderla in qualsiasi momento. Fino ad allora si era trattenuta dal piangere, a cosa sarebbe servito se il suo destino era già segnato?

La popolazione di Menish ormai era spacciata. La profezia senza di loro non si sarebbe avverata, e avrebbe dissolto in una nuvola di sabbia speranze e illusioni. Tutto per colpa sua.

Inoltre era preoccupata per Anya. Sperava soltanto che fosse al sicuro.

Il cigolio dei catenacci la strappò ai suoi pensieri. Era il ragazzo di prima. Lo vide aprire la bocca come se volesse dirle qualcosa, ma poi la serrò senza emettere alcun suono. Vanessa lo scrutò dubbiosa.

Portava un vassoio di legno con sopra una scodella colma di un liquido denso dall'aspetto poco appetitoso e un pezzo di pane già intaccato dalla muffa. *Che schifo!* Ma d'altronde cosa doveva aspettarsi? Quella era una prigione.

Il giovane soldato appoggiò il vassoio sul pavimento, vicino a lei. Poi si risollevò e si schiarì la voce.

«La tua esecuzione è prevista per l'arrivo del re... Tra tre o quattro giorni» le disse a voce bassa.

Vanessa corrugò la fronte. «Non vedevo proprio l'ora di sapere quando sarei morta. Grazie mille» ribatté con sarcasmo.

Lui non rispose e uscì.

Furiosa, lei gli tirò dietro il pezzo di pane, che finì contro la porta di ferro.

Maledettissimo sovrano. «Vuoi assistere alla mia esecuzione? Accomodati!» urlò. «Uccidendo me, uccidi la tua gente!»

Sentì solo allora i catenacci cigolare. Il giovane soldato era rimasto fuori a origliare. *Al diavolo anche lui*.

Non riuscì a trattenere le lacrime che le sgorgarono a fiotti. I singhiozzi le scuotevano il petto.

Non avrebbe più rivisto la sua città, la sua nuova scuola, i suoi genitori adottivi. Non aveva quasi mai pensato a loro durante quel viaggio, eppure adesso le mancavano. Era la prima volta che considerava davvero Katia e Mark come la sua famiglia. La prospettiva di ritornare da loro non le sembrava più tanto insopportabile. Era stato ingiusto non dare loro nemmeno una possibilità.

Ripensò alla sensazione di libertà che aveva provato sulle ali del drago: era tutto finito, scomparso per sempre.

Si coprì la faccia con le mani e si lasciò scivolare seduta con la schiena contro la parete. Il pianto diventò convulso. Pianse per sé stessa, pianse per Menish, per Anya e per l'incendio che anni fa aveva devastato la sua vita finché, stremata, si addormentò.

X

Anya

Anya dovette abbassare la testa. Stava procedendo in un angusto tunnel sotterraneo. Era molto umido e il terreno era scivoloso. Più volte dovette accucciarsi per evitare le radici delle piante che spuntavano da sopra le loro teste, o assottigliarsi come una sardina per passare attraverso le strettoie causate da smottamenti lungo il percorso. Piccole torce poste a intervalli regolari illuminavano parzialmente la galleria.

«Abbiamo iniziato a riunirci subito dopo il colpo di Stato: allora eravamo in pochi, la maggior parte della gente era ottimista e non si dava molta pena. Laila è stata la migliore sovrana da quando si ha memoria, ma questo non significava che il nuovo re fosse necessariamente il peggiore...» Filomena sbuffò. «Che ingenui. Soltanto quando la sabbia ha iniziato a investire una città dopo l'altra abbiamo compreso appieno la sua vera natura.»

Anya ascoltava senza perdersi una parola.

«Non sapevamo che fosse stato lui ad aprire il portale: quando i rappresentanti dei cinque regni gli hanno chiesto spiegazioni, lui si è barricato a palazzo impartendo ordini assurdi. Ecco chi è: un pazzo che farnetica e crede di risolvere i suoi problemi solo con la forza e la stregoneria.» Le ultime parole erano piene di disprezzo. «Farebbe ogni cosa per non perdere il potere! Quando ha saputo del vostro arrivo ha mobilitato i soldati per catturarvi.

Già lune addietro si erano formate sacche di resistenza in tutto il paese, ma agire era quasi impossibile: il re ha il controllo di ciò che rimane dell'esercito.»

La voce di Filomena risuonava attutita nel lungo tunnel che stavano percorrendo.

«Siamo tutti cresciuti imparando a memoria la profezia. Erano gli anziani a tener viva quella che noi giovani credevamo fosse solo una leggenda... ma quando la sabbia ha iniziato a fuoriuscire dal portale, molti hanno cominciato a pensare che avesse un fondamento... poi, negli ultimi tempi, tutto è precipitato. L'avanzata della sabbia è diventata sempre più veloce e siete arrivate voi. Si sono diffuse voci del vostro arrivo a Mahala e poi, la scorsa notte, si è saputo della vostra rocambolesca fuga da Lamen! Poteva essere una semplice coincidenza?»

Anya era senza parole. Lei e Vanessa erano giunte in quel mondo senza spiegazione, eppure tutti aspettavano la loro venuta da così tanto tempo.

«Sappiamo che il re in questi giorni ha dichiarato che i suoi stregoni stanno per risolvere il problema della sabbia, ma sono sempre in meno quelli che credono alle sue parole.»

«Di Vanessa non si sa niente?» chiese Anya. Era la domanda che più di tutte le stava a cuore.

Filomena camminava davanti a lei, preceduta da Lily. Anya avrebbe voluto vedere la sua espressione ma di lei riusciva a scorgere solo la lunga treccia nera.

«È in prigione. Controllata giorno e notte. Hanno intenzione di giustiziarla all'arrivo del re, tra tre, quattro giorni al massimo.»

Anya incespicò. Le cedettero le ginocchia. *No!*

Sentì una mano posarsi sulla sua spalla. «Stai tranquilla. Non succederà.» Era la piccola Lily a consolarla, ma lei non ebbe neppure la forza di alzare lo sguardo.

Se solo l'avesse avvisata! Se solo l'avesse svegliata per andare a recuperare la chiave insieme, tutto questo non sarebbe successo!

Filomena l'aiutò a rialzarsi. Nonostante fosse ancora giovane, qualche ruga solcava già la sua fronte. «Non ha senso disperare, noi possiamo ancora impedirlo; tu sei forte. E devi mostrarti forte...»

Anya la guardò negli occhi. Erano determinati e coraggiosi; l'orecchio mozzo che non si curava di nascondere stava a indicare un passato difficile. Filomena aveva ragione: doveva andare avanti, per lei, per Vanessa e per tutta Menish.

«Siamo quasi arrivate, ma ti do un consiglio: non dire a nessun altro del tuo potere, è troppo prezioso per spifferarlo ai quattro venti. Ci potrebbe tornare utile.»

Anya annuì.

Percorsero l'ultimo tratto del tunnel e dopo una curva a gomito Filomena scostò una pesante asse di legno.

Anya pensava di sbucare nel cuore di Wuolfa, invece si ritrovò in una caverna naturale, dal soffitto a cupola altissimo.

Lo spettacolo era grandioso e ne rimase affascinata, tuttavia non furono né le dimensioni, né la maestosità della grotta a lasciarla senza parole, ma il numero di persone riunite al suo interno.

A una rapida occhiata ne stimò più di un centinaio.

Donne, bambini, uomini forti che parlavano, discutevano…

Tutte quelle persone stavano davvero dalla sua parte? Credevano davvero nella profezia, nelle prescelte, in lei?

Anya sentì il cuore riempirsi di speranza.

Lily, che non aveva smesso di fissarla, la prese per mano e le sussurrò a un orecchio: «Non sei più sola».

No, non lo sono più.

XI

Vanessa

Le poche ore di sonno avevano giovato a Vanessa, nonostante i sogni inquieti. Se quella mattina si era lasciata sopraffare dall'angoscia, ora che sapeva a cosa andava incontro si sentiva pronta a reagire: una cosa era certa, non aveva più niente da perdere.

Avrebbe giocato il tutto per tutto alla prima occasione. Studiò il piano da attuare appena ne avesse avuto l'opportunità. Poi, non le rimase che aspettare.

Fu verso l'ora di cena che sentì dei passi avvicinarsi.

Svelta, si posizionò in piedi vicino alla porta. Sperava solo che chiunque sarebbe entrato a portarle da mangiare fosse sufficientemente impegnato a tenere il vassoio fra le mani. L'effetto sorpresa era tutto ciò che aveva a disposizione. La guardia che varcò la soglia della sua cella non era il solito ragazzo con i capelli ricci, ma un uomo piccolo e corpulento, bravo sicuramente a fare a pugni, meno agile però nel correre. Aveva un'espressione accigliata, come se non gradisse affatto il compito che gli avevano assegnato. Le andò vicino per appoggiare in malo modo il vassoio a terra. Non si aspettava di certo che una ragazza potesse colpirlo tanto violentemente con un calcio in piena faccia. Barcollò, tramortito dall'impatto, e cadde all'indietro. La brodaglia dentro la scodella schizzò fin sulle pareti. Vanessa non aspettò di vedere la sua reazione. Dipendeva tutto da quanto sarebbe stata veloce. Sentì che, se avesse avuto ancora il suo potere, sarebbe riuscita a far crollare l'intero edificio, tanta paura aveva in corpo. Spalancò la porta. Il corridoio sembrava deserto.

Corse.

Rapida come una gazzella, perché ne andava della sua vita.

Uscì in un cortile e fu investita dall'aria fresca. La luce degli astri bastava a illuminarle la via. Respirò a pieni polmoni, cercando di trovare la forza per andare ancora più veloce. Stava raggiungendo il limite, ma come poteva permettersi di rallentare?

«Sta scappando!» sentì urlare alle sue spalle.

Il soldato doveva essere un buon incassatore, si era ripreso in fretta. Vanessa pregò che nessuno lo avesse udito.

Si infilò in un androne. C'era un portone chiuso con due grandi spranghe. *Non riuscirò mai a sollevarle*...

Lo superò senza rallentare e svoltò a destra.

Sbucò in una specie di chiostro. Questo le ricordò terribilmente la sua scuola e bastò quel pensiero per distrarla.

«Fermala, Liam!» urlò più forte la guardia; poi qualcuno si gettò su di lei facendola cadere a terra.

Vanessa cercò disperatamente di divincolarsi, ma lui era troppo forte.

«Stai ferma...» si sentì dire nell'orecchio. Era la voce del ragazzo che solitamente entrava nella sua cella, ne era certa. Ma non era un comando il suo, suonava quasi come una preghiera.

«Lasciami!» ribatté, mentre lui la tirava in piedi.

Il chiostro si era riempito di guardie.

«Perché aspettare il re, tanto vale ucciderla ora!» disse il soldato al quale aveva tirato il calcio in faccia. Si toccava la fronte livida. «Avete visto cosa ha fatto!» Mosse un passo minaccioso nella sua direzione.

«E togliere tutto il divertimento al re? Non mi sembra una buona idea, cosa ne pensi, capitano?»

Era stato Liam a parlare: la teneva ferma bloccandole le braccia dietro la schiena.

Era la prima volta che la ragazza vedeva Finn in faccia. Aveva un naso lungo e dritto, occhi grandi e sporgenti e due labbra talmente sottili che sembravano lame di coltelli.

Vanessa si sentì gelare. Lui la fissò per qualche interminabile attimo, poi fece un cenno d'assenso. Si levarono dei mormorii.

«Zitti!» tuonò Finn, mettendoli subito a tacere. «Se questa storia verrà fuori... non sarà solo la testa della ragazza a saltare!»

Stringendo ancora più forte i polsi di Vanessa, Liam si congedò. «La riporto io in cella. Le farò passare la voglia di fare altri scherzi!»

«Sarai orgoglioso di te stesso, soldato Liam» sbottò Vanessa. Le era bastato respirare un po' d'aria fresca per ricordare quanto fosse bella la libertà. Rientrare tra quelle quattro mura sporche che emanavano quell'odore disgustoso le fece venire solo voglia di ritentare immediatamente la fuga.

Liam la mise a sedere sul pagliericcio e le legò prima le mani e poi i piedi con dei pezzi di corda spessa.

«Siete tutti destinati a morire! Perché fate questo? Perché uccidete l'unica persona che vi vuole aiutare?»

«Questi sono gli ordini.» Ma le parole del ragazzo non suonavano troppo convinte.

«Potevi lasciarmi fuggire... oppure potevi lasciare che il tuo compagno la facesse finita...» si sfogò lei, sull'orlo delle lacrime. Senza l'intervento di Liam, in effetti, l'altro soldato non ci avrebbe pensato due volte e il re non avrebbe avuto il suo spettacolo. «E non stringere così tanto questi nodi, maledizione!»

Liam finì di legarla, poi si alzò e uscì senza voltarsi indietro.

XII
Anya

Anya era emozionata.

Dentro la caverna, Filomena aveva richiamato l'attenzione generale. Quando il mormorio di sottofondo cessò e i presenti furono tutti attenti, la donna esclamò: «Ribelli!» Il suo tono era alto e solenne. «Oggi la fortuna è dalla nostra parte. Una persona molto importante ci ha raggiunti!» Lo sguardo di ogni singolo individuo che si trovava nella caverna si focalizzò su Anya. Un brusio curioso si levò da ogni parte.

«Oggi è giunta tra noi la ragazza della profezia!»

A quelle parole il silenzio si fece assoluto. La notizia così inattesa aveva zittito anche il più irriducibile chiacchierone.

Lei si sentì avvampare per l'imbarazzo. Il cuore le batteva forte.

Filomena continuò: «Si chiama Anya e ha dato prova a me e a Lily di essere davvero la ragazza della profezia. Ci aiuterà a salvare la sua compagna!»

La ragazza non ebbe bisogno di leggere i pensieri della gente per capire cosa stava succedendo. Le esclamazioni di felicità furono così numerose che si ritrovò a sorridere.

Uomini e donne le si avvicinarono per stringerle la mano, e ci fu anche chi si inchinò come se lei fosse una regina, tanto che Anya si ritrovò imbarazzatissima a farli rialzare. Contagiati dall'entusiasmo collettivo, i bambini davano sfogo alla loro felicità danzando. In ogni esclamazione, in ogni pensiero, in ogni urlo di gioia, c'era lei, vista come la loro unica possibilità di salvezza!

Ricordò come il primo giorno di scuola fosse stata oggetto di odio e di incomprensione. Nessuno era riuscito a capirla.

E ora era lì, con persone a cui brillavano gli occhi per la sua sola presenza. Volevano stare con lei, volevano parlarle. Avevano tanto sofferto e vedevano in lei l'unica possibilità per un futuro migliore.

La consideravano la loro salvatrice.

Era vero? Le sembrava troppo bello per essere reale: lei, Anya Donato, acclamata da tutti.

Se questo era un sogno, be', non si voleva svegliare.

Si sedettero attorno a un gran fuoco che ardeva potente al centro della caverna. Erano disposti in circolo ad aspettare che venisse servita la cena.

Il tempo era volato. Anya non aveva mai mangiato in un clima così festoso. Nemmeno durante i pranzi di Natale con tutta la famiglia si poteva respirare tanta gioia. Percepiva la speranza in ogni parola appena sussurrata, in ogni pensiero. Tutti, dal più piccolo al più grande, uomo o donna che fossero, credevano in lei.

Si sentiva riconoscente verso ognuno di loro. Avrebbe voluto ringraziare, non essere ringraziata: il sentimento che provavano nei suoi confronti era il più bel dono che avesse mai ricevuto.

Lily non si era staccata un attimo da lei. Aveva sì e no otto anni e i lunghi capelli biondi le rammentavano Vanessa. Bastò il pensiero della compagna a riportarla alla realtà. Anya sapeva che quella era stata solo una parentesi di serenità e si sentì quasi in colpa per la sua gioia. Filomena, che aveva scoperto essere proprio il capo dei ribelli, le aveva detto che stavano preparando un piano per salvare Vanessa.

Non bisognava lasciarsi prendere dallo sconforto: doveva credere nelle persone che la circondavano come loro credevano in lei.

Il cuoco si avvicinò con un pentolone fumante e con l'aiuto di un mestolo mise nel piatto di ciascuno del brodo con un piccolo pezzo di carne; voleva darne un altro ad Anya ma lei, cortesemente, rifiutò.

«Dove siamo, di preciso?» chiese a Lily.

La ragazzina fece un sorriso a trentadue denti, tanto era felice che lei le rivolgesse la parola. «Nelle grotte che stanno sotto Wuolfa: quando i primi ribelli hanno iniziato a riunirsi hanno sfruttato questi cunicoli abbandonati.»

«Ma non capisco... perché tutta questa gente è qui quando potrebbe starsene nelle sue case?»

Il sorriso di Lily si spense. Intanto, un uomo dal volto gentile si avvicinò e riempì il loro boccale con un liquido scuro. Anya lo ringraziò. Aveva una gran sete e, quando lo bevve, sentì un caldo tepore avvolgerla.

Lily la tirò per la camicia per riavere la sua attenzione e rispondere alla sua domanda. «Sono quasi tutti ricercati e sono dovuti scappare per non finire in prigione!»

Anya guardò la bimba in modo strano.

«Ho detto qualcosa che non va?» chiese la piccola.

«No, no, è che... sai un sacco di cose...»

«Sono il braccio destro di Filly, io.»

Ad Anya venne da ridere per l'espressione seria che la bambina aveva assunto, ma si trattenne perché non voleva in alcun modo mortificarla.

La piccola continuò: «Sono stati condannati per aver disubbidito al re. Filomena li ha trovati e portati qui al quartier generale».

Anya cercò tra la folla la ragazza dalla lunga treccia nera, ma non la trovò.

«Siamo come sorelle... Filly si è sempre presa cura di me.»

La donna sulla cinquantina seduta vicino ad Anya si intromise nella loro conversazione.

«Filomena è come una sorella per tutti, qui. Senza di lei gran parte di noi sarebbe stata condannata a morte. La ferita all'orecchio se l'è procurata aiutando un uomo che stava cercando di difendere la sua famiglia da un'irruzione delle guardie nella propria casa. È un colpo di spada degli sgherri del sovrano.»

«La maggior parte delle persone terrebbe nascosto un orecchio mozzo...» commentò Anya.

«Ma lei no. Quella cicatrice dimostra che ha lottato e che sta ancora lottando. Nessuno qui ha mai creduto così tanto nel destino come ora.»

Anya corrugò la fronte, non capiva.

La donna continuò. «Ti stavamo cercando, *vi* stavamo cercando, e sei venuta tu da noi.»

Anya si girò verso Lily, che non si era persa una parola, e le sorrise.

«Ad Anya! E alla nostra vittoria!» urlò un uomo che si era alzato in piedi sollevando il boccale.

Ci fu un caloroso applauso e Anya brindò con loro. Bevve una lunga sorsata. Quella bevanda era davvero deliziosa. Poi alzò gli occhi. A pochi metri da lei, Filomena le stava facendo segno di raggiungerla.

Si congedò con garbo e le andò vicino.

Doveva essere successo qualcosa: dopo che l'aveva presentata ai ribelli, Filomena era scomparsa. Che cosa poteva averla spinta ad allontanarsi per così tanto tempo?

«Anya, dobbiamo parlare...» le sussurrò. «Ma non qui.» *È importante*, aggiunse dentro di sé. Alla ragazza bastò leggere per pochi istanti la sua mente per seguirla senza un minimo di esitazione.

Percorsero un cunicolo roccioso che si snodava verso nord e lì Filomena le comunicò attraverso i pensieri ciò che doveva sapere. Stavano procedendo in salita.

È troppo pericoloso parlarne ad alta voce. Forse abbiamo trovato il modo per salvare Vanessa. Ci sarebbe una persona che dice di volerci aiutare. Devi assicurarti che non menta, che di lui ci si possa fidare. Pensi di potercela fare?

Anya deglutì. «Sì.»

Salirono una ripida scala in legno, e poi sbucarono in una piccola stanza. Probabilmente erano dentro una casa di Wuolfa. Filomena la condusse in una camera adiacente. In piedi in un angolo le aspettava un ragazzo. Era molto alto e sembrava forte. Indossava il giubbetto di cuoio delle guardie. Si stava passando sconsolato una mano tra i capelli ricci.

I suoi pensieri colpirono Anya come uno schiaffo. Nella sua mente c'era Vanessa: la vide con il viso sconvolto e con gli occhi pieni di rabbia. Era legata mani e piedi, sdraiata su un pagliericcio, dentro una cella sporca e angusta.

Anya dovette stringere i pugni per far defluire la grande tensione che era cresciuta dentro di lei. Quel ragazzo aveva visto Vanessa in prigione. Forse era il suo carceriere. Stava per dire a Filomena che di lui non ci si poteva fidare, quando nella mente del giovane soldato colse qualcosa in più. A lui importava di Vanessa. Lesse un sentimento profondo unito a un grande dispiacere.

Filomena si era messa in disparte. Anya non esitò ulteriormente, si avvicinò al ragazzo e gli tese la mano. Lui non se l'aspettava. Gliela strinse e lei ne approfittò per guardarlo negli occhi. Erano di un bellissimo azzurro.

«Mi chiamo Anya.»

«Io sono Liam.»

Sono così simili... pensò il ragazzo e Anya corrugò la fronte.

In cosa? avrebbe voluto chiedergli. Erano l'opposto: Vanessa intrepida e appariscente, lei magra e timida.

Hanno la stessa espressione, la stessa luce negli occhi.

Ne rimase stupita, ma c'erano domande più importanti per cui doveva avere una risposta.

«Perché sei qui?»

«Ciò che il sovrano ci ordina di fare è ingiusto. Voglio aiutarvi.»

Anya non riuscì a trattenersi oltre. «Come sta Vanessa?»

Allora è così che si chiama. «Non bene. L'hanno catturata nella Foresta Frusciante. Ha tentato di fuggire durante il trasporto, ma questo è servito solo a far aumentare la sicurezza. Io l'ho dovuta rinchiudere in cella...»

Anya si accorse che non tutti i suoi pensieri diventavano parole. Non aveva detto per esempio che la trovava molto bella e soprattutto coraggiosa. Che aveva ammirato il modo in cui si era ribellata a lui e agli altri soldati che le avrebbero potuto fare del male. *Non riesci a guardare in faccia una condannata a morte?* Anya sentì nella mente del ragazzo quella frase pronunciata dalla compagna. Le parve quasi di avere Vanessa accanto a lei. Quanto le mancava.

«Stasera ha tentato di fuggire di nuovo: ha dato un calcio all'uomo che le stava portando il cibo e si è messa a correre velocissima... io stavo scendendo le scale quando l'ho vista. L'ho dovuta fermare. Mi sento un miserabile per questo, ma se non l'avessi fatto, qualcun altro avrebbe alzato su di lei la spada e...» La voce gli si ruppe.

Com'era possibile che quel soldato del re si fosse affezionato in così poco tempo alla sua compagna? Ma d'altronde la stessa cosa non era successa a lei con Sirta? Il ricordo del ragazzo le provocò una fitta di nostalgia. Quanto avrebbe voluto che fosse ancora con lei.

«Vi aiuterò. Potete contare su di me. Per qualsiasi cosa.

Non posso vederla morire... e abbiamo bisogno di voi.» Poi fissò Anya dritto negli occhi. Il suo sguardo non era in contrasto con i suoi pensieri.

Anya si voltò verso Filomena, rimasta per tutto il tempo in un angolo ad ascoltare, e le fece un impercettibile cenno di assenso.

XIII

Edwin

La carrozza correva veloce per le strade di Menish. Si fermava solo alle foresterie autorizzate dalla guardia reale per fare il cambio dei cavalli. Il re scendeva giusto il tempo necessario per brevi pasti, dopo di che risaliva in carrozza e non parlava più con nessuno. Molti curiosi si fermavano a osservarlo, ma lui né li salutava né li guardava; si trincerava dietro un silenzio carico di cattivi pensieri.

Non aveva ancora idea di come riuscire a bloccare il portale, ma aveva assoldato i migliori stregoni del regno e aveva un esercito ai suoi comandi. Senza contare che lui era un uomo! Che cosa potevano sperare di fare due ragazze contro un potente re?

Prima di partire, aveva parlato con la sorella.

Laila era molto dimagrita e il suo colorito non era mai stato così pallido.

Ciò nonostante, la sua voce era suonata ferma. «Perderai quel poco che ti rimane, Edwin. Libera quella ragazza e lasciale compiere il suo destino» gli aveva detto.

Lui aveva reagito con veemenza. «Di che destino vai parlando? Credi davvero a quella stupida filastrocca per bambini?»

La risposta di Laila gli rimbombava ancora nelle orecchie. «Un tempo sei stato bambino anche tu e quella stupida filastrocca la cantavi con me! Allora non eri così... Come ti ha reso la brama di potere! Il trono è tuo: abdicherò e hai la mia parola che non ti sarò di intralcio se non darai più la caccia alle due prescelte...»

«Smettila di chiamarle in quel modo!» Il sovrano aveva stretto le sbarre che lo separavano dalla sorella. «Che cosa vuoi che mi importi di te? Non ho nessun bisogno che tu mi conceda la corona. Chiusa qui dentro non puoi fare nulla!»

Laila non aveva risposto alle sue parole di odio, come se quelle poche frasi avessero prosciugato tutte le sue forze residue.

Edwin non le aveva nemmeno detto addio. Anche l'ultimo briciolo di pietà rimasto nel suo cuore nero era svanito.

XIV

Vanessa

Era ancora nella Foresta Frusciante. Vanessa ne avvertiva il profumo. Stava camminando tra gli alberi, senza meta. Poi sentì Anya che la chiamava. Cercò di seguire la sua voce, cercò dappertutto, ma non riusciva a trovarla.

«Anya!» urlò. «Anya, dove sei?» Ma la compagna non la chiamava più, o forse era lei a non udirla.

Si svegliò con la gola secca e il volto imperlato di sudore. Si era agitata talmente tanto nel sonno da disseminare paglia ovunque. Sputò un filo d'erba secca, poi si stiracchiò per quel poco che poteva: aveva ancora mani e piedi legati.

Di colpo si sentì osservata. Alzò la testa. Liam era a pochi passi da lei. La stava fissando e la porta di ferro era chiusa.

«Non ti basta vedermi morire, vuoi anche rubarmi quella poca intimità che mi rimane?» gli disse a denti stretti.

«Dormivi. Non ti ho svegliata.»

«Potevi uscire, allora!»

Aveva di nuovo quel tono quasi di preghiera, come quando l'aveva afferrata in cortile interrompendo la sua fuga disperata.

«Hanno aumentato il servizio di guardia, per la prossima mezz'ora ci sarò io, poi verrà un altro soldato a darmi il cambio.»

«Non mi lasciate nemmeno in pace! Cosa temete, che riprovi a fuggire da sola?»

«Non sei sola.» L'espressione di Liam cambiò. Fu come se si fosse tolto una maschera. Quella che aveva mostrato fino ad allora, dura e priva di sentimenti, si sciolse, e al suo posto comparve un volto nuovo, emozionato, con gli occhi che brillavano di aspettativa.

«In che senso?» Vanessa sentì il suo cuore sussultare.

«*La porta smetterà di bruciare*» sillabò lui guardandola negli occhi.

XV
Anya

Ad Anya girava ancora la testa. Aveva bevuto troppo di quel liquido delizioso la sera prima, e probabilmente non si era ancora ripresa del tutto. Nonostante ciò, lei e Filomena stavano parlando da ore sedute in una stanzetta un po' defilata. Lily, accanto a loro, le ascoltava in silenzio.

Ormai si era abituata a cercare una via di uscita in ogni situazione, ma questa le sembrava un vicolo cieco. E se Liam non fosse riuscito a parlare con Vanessa? E se lei non gli avesse creduto? Impossibile: solo Anya conosceva la storia dei suoi genitori. Aveva assicurato a Liam che sarebbe bastata una frase per far comprendere a Vanessa la verità. Sapeva che di solito alla compagna serviva del tempo prima di fidarsi, ma quel ragazzo era la loro unica possibilità. Anya aveva capito, leggendogli nella mente, che Liam non era certo di ottenere con una semplice frase la fiducia di Vanessa: aveva visto di che tempra era quella ragazza, e non era convinto che sarebbero bastate cinque parole per farle cambiare idea su di lui. Tuttavia le aveva dato ascolto e le aveva assicurato che ci avrebbe provato.

Ti prego, Vanessa, abbi fiducia, solo per una volta... Aveva paura che qualcosa potesse andare storto: stavano facendo i conti senza l'oste, lo sapevano, ma non avevano altra scelta.

Il cambio di bandiera di Liam non era dovuto soltanto all'incoerenza del sovrano. Quel ragazzo provava qualcosa per Vanessa. Aveva ammirato la sua grinta, la sua voglia di lottare: non si era arresa e nessuno le avrebbe fatto abbassare la testa. I pensieri di Anya tornarono a Sirta, al suo sorriso un po' sghembo, al suo volto illuminato dal chiaro di luna, a quando finalmente aveva chiuso gli occhi e aveva posato le labbra sulle sue...

«Anya, è meglio se vai a dormire. Ti sei svegliata presto e sei troppo stanca per rimanere concentrata» le disse Filomena, riordinando i fogli pieni di appunti e disegni. «Riposati. Abbiamo ancora tempo. Non sappiamo quanto impiegherà il re ad arrivare ma, se saremo fortunate, avremo ancora due giorni per mettere a punto il piano.»

Due giorni. Avevano, nella migliore delle ipotesi, due giorni.

Poi per Vanessa, se qualcosa non fosse andato per il verso giusto, sarebbe stata la fine.

XVI
Vanessa

«Cosa hai detto?» Vanessa non credeva alle sue orecchie. «Che cosa vuoi dire?»

Liam aveva fatto un passo indietro, stupito della sua reazione: a quanto pareva non si aspettava di essere aggredito in quel modo.

Come poteva aver formulato quella frase? Quelle parole per lui potevano avere un senso? Soltanto a una persona Vanessa aveva rivelato quel segreto, soltanto a una persona aveva confessato il suo peggiore incubo.

Liam si mise una mano fra i capelli come a raccogliere le idee. «Anya mi ha detto solo questo. Non so cosa intendeva, ma mi ha assicurato che sarebbe bastato perché tu ti potessi fidare di me.»

Vanessa non ci poteva credere. «Anya...» balbettò «... è qui?» Provò ad alzarsi, dimenticando di essere legata. Liam le liberò le caviglie e le mani. Lei si tirò in piedi barcollando.

«L'ho incontrata ieri sera. È Anya che mi ha permesso di entrare tra i ribelli.»

«I... cosa?» Vanessa continuava a non capire.

«I ribelli. Pensavi davvero di essere sola?»

Lo shock per Vanessa fu troppo grande. Si sentì mancare e Liam dovette sorreggerla.

«Giù le mani...» balbettò lei, senza troppa convinzione. Si era persuasa di dover morire, e ora scopriva di non essere sola e che Anya non si era arresa. Non tutto era perduto!

«Anya è in pericolo?»

Liam scosse la testa. «È nascosta con la resistenza.»

«È riuscita a trovarmi...» Stentava ancora a crederci. Era troppo bello per essere vero. «Ma tu, tu saresti un ribelle? E i ribelli chi sarebbero di preciso?»

«Persone che hanno voltato le spalle a re Edwin e ora vogliono aiutare voi prescelte.»

Troppe informazioni tutte in una volta. «E allora perché ieri non mi hai lasciata scappare?»

«Puoi essere certa che se ti avessero raggiunta le altre guardie non ti avrebbero riaccompagnata in cella, ti avrebbero uccisa.»

Il tono della sua voce mutò nel pronunciare l'ultima parola, ma Vanessa era troppo preoccupata per dargli importanza.

«Cosa mi assicura che Anya non sia vostra prigioniera e l'abbiate costretta a dire quella frase? Tu in fin dei conti sei una guardia...»

Liam non si lasciò confondere. «Solo perché sono una guardia non significa che debba avere le stesse idee del sovrano. Anya, a ogni modo, mi sembra molto intelligente. Avrebbe detto volutamente parole senza senso.»

Vanessa rifletté. Il ragazzo aveva ragione.

«Ti prego, fidati di me» le sussurrò lui prendendole le mani.

XVII
Anya

Lily riaccompagnò Anya nella sala grande. Quelle due ore in più di sonno le avevano dato solo tormento e si rimproverava di aver ceduto alle insistenze di Filomena.

Si guardò intorno. L'aria di festa del giorno precedente era svanita. Ciascuno aveva il suo daffare: la vita andava avanti.

«Tutto a posto?» le chiese Lily con i suoi occhi vispi.

«Sì, ho solo dormito male.»

«Come hai ragione! Il mio sacco di foglie scricchiola così tanto che devo stare ferma come una statua, altrimenti non riesco ad addormentarmi!» disse la bambina.

Anya stava per rispondere, quando vide qualcuno avvicinarsi a passo svelto.

Impiegò qualche attimo per capire che si trattava di Liam.

«Vanessa mi ha creduto!» esclamò subito lui. Era strano vedere un ragazzo di circa diciott'anni felice come un bambino. *Si è fidata di me!* continuava a ripetersi.

Poi si ricompose e le chiese: «Qual è il piano?»

Anya si morse il labbro inferiore «Non è ancora perfetto...» gli disse. Gli raccontò quanto avevano concordato. Ciascuno avrebbe avuto un suo ruolo e anche Vanessa avrebbe dovuto fare la sua parte.

Liam la ascoltò attento, memorizzando ogni sua parola. «A

ogni modo, Finn ha assegnato a me il compito di scortarla fino al patibolo» concluse prima di congedarsi.

Lei lo guardò andar via. Sarebbe ritornato da Vanessa, le avrebbe parlato, ma lei quando l'avrebbe rivista?

Anya si torse le mani. Secondo i piani, gli uomini si stavano armando, pronti ad attaccare prima dell'esecuzione, e altri stavano organizzando la loro fuga, ma cosa le assicurava che tutto sarebbe andato per il verso giusto? Le sembrava che le stesse sfuggendo qualcosa, qualcosa d'importante. Forse era solo un'impressione, ma continuava a non essere tranquilla.

«È tutto così complicato da sembrarmi impossibile...» mormorò, affranta.

Lily le strinse il braccio, come per darle forza.

Ma era davvero troppo. La responsabilità che sentiva sulle sue spalle era immensa: aveva la sensazione che dipendesse tutto da lei.

XVIII
Vanessa

Vanessa non avrebbe mai creduto di poter aspettare così intensamente l'arrivo di qualcuno. Sarà stato che il soldato di turno dopo Liam era lo stesso che avrebbe voluto ucciderla il giorno prima; sarà stato che quel ragazzo era l'unica persona di cui si poteva fidare… fatto sta che Vanessa non passò un minuto senza rievocare nella mente l'immagine di Liam che la prendeva per mano, supplicandola di fidarsi di lui. Non aveva mai desiderato di possedere il potere della compagna come quel giorno.

E Anya non l'aveva abbandonata! Era arrivata da sola fin lì, incurante del pericolo, per aiutarla! E pensare che era la stessa persona a cui aveva giurato vendetta, quel lontano primo giorno di scuola. Ma potevano davvero considerarsi le stesse persone di allora?

Quella che aveva giudicato una ragazza antipatica e saccente stava rischiando la sua vita per lei.

La riconoscenza che provava nei suoi confronti era infinita.

Le sembrava passata un'eternità quando finalmente sentì Liam parlare con l'altro soldato per dargli il cambio. Pochi minuti e il ragazzo aprì la porta.

Era difficile non cogliere la sua tensione. «Ho molte cose da riferirti, ma non posso rimanere in cella a lungo: ho paura che qualcuno s'insospettisca.»

Vanessa annuì, in apprensione. Liam, senza altri indugi, le spiegò come si sarebbe svolta tutta l'azione, il compito che avevano i ribelli e il contributo che doveva dare lei. Quando ebbe finito, Vanessa abbassò lo sguardo sconsolata. «Vorrei dirti che farò quanto Anya mi ha detto, ma non posso… il piano fallirà perché non sono in grado di fare la mia parte.»

«Perché?» chiese lui, sbalordito.

«Grazie al medaglione, quello che mi avete sottratto quando sono arrivata, potevo muovere gli oggetti come ti ha raccontato Anya, ma senza quell'amuleto sono una ragazza qualunque. Come posso creare dei diversivi o liberarmi dalle corde se non ho più il mio potere? E senza il mio contributo, non ce la possiamo fare.»

Liam era sgomento. «Anya non me l'aveva detto! Credevo fosse un banale gioiello. Se solo avessi saputo quanto fosse importante le avrei riferito che l'ha preso Finn...»

«Mi è stata sottratta anche una pergamena azzurra che era dentro la borsa di juta e, soprattutto, un oggetto di ferro che era nella mia tasca. Ha la forma di una effe; non sembra di valore, ma invece è importantissimo e ci serve per concludere la missione. Senza di esso siamo perdute, anzi, siamo tutti perduti...»

Senza una delle chiavi, richiudere l'Occhio sarebbe stato impossibile.

Liam iniziò a camminare avanti e indietro nella cella. Il ritmo cadenzato dei suoi passi le ricordava il ticchettio di un orologio.

Vanessa lo osservò in silenzio. Ebbe l'impressione che quel ragazzo stesse lottando contro sé stesso. Di certo non si aspettava una complicazione di quel genere.

«Le recupererò» dichiarò alla fine.

Non vi era un'ombra di incertezza nel suo viso. Aveva la mascella serrata e una ruga sulla fronte. Il suo sguardo determinato le rammentò la sé stessa che aveva affrontato le prove. Ricordava perfettamente come si era sentita: a Paladish aveva compreso che non importava quali complicazioni si sarebbe trovata davanti, perché la riuscita della missione valeva qualsiasi rischio.

Liam aveva raggiunto la consapevolezza che la sopravvivenza di Menish dipendeva anche da lui.

XIX
Anya

«Non funziona, è troppo pericoloso!» continuava a ripetere Anya. «È questione di secondi, non so se Vanessa sarà in grado...»

«Devi dare fiducia alla tua amica, non abbiamo altra scelta, lo sai bene. Qui ci sono agricoltori, falegnami, spaccalegna, pochi sono addestrati a combattere, c'è chi invece dell'arco e delle spade impugnerà un forcone. Non possiamo chiedere ciò che non possiamo avere.»

«Lo so, e vi ringrazio infinitamente, ma ci sono mille variabili che mi spaventano. È tutto così pericoloso.»

«Certo che è pericoloso. Anche tu hai fatto cose pericolose. Mi hai raccontato momenti difficilissimi nel tuo viaggio. Hai parlato del tuo "tuffo nel fiume" come di un contrattempo, ma invece hai rischiato di morire. Avete affrontato soldati, varcato mura considerate impenetrabili, più volte hanno tirato delle frecce contro di voi. Sai... non erano calabroni! Anya, voi per prime avete affrontato delle situazioni difficili, non puoi abbatterti ora. Devi tenere duro.»

Alla ragazza vennero le lacrime agli occhi.

«Sfogati pure, ma hai poco tempo. Dopo pranzo devi venire con me.»

Si avviarono di nuovo per uno stretto passaggio. Nelle viscere della terra le caverne si estendevano come un reticolo che permetteva di arrivare quasi dappertutto, come una specie di città sotterranea. Anya si era tolta il medaglione e se l'era messo in tasca. Che liberazione! Aveva trascorso troppo tempo ad ascoltare i pensieri degli altri, finalmente poteva stare un po' sola con sé stessa.

Si aspettava di sbucare in qualche casa abbandonata dentro Wuolfa, invece, ad accoglierle, c'era il bosco alle pendici della città.

«Ho visto tanti boschi a Menish... sono stati il nostro abituale rifugio» disse, toccando il ciondolo per controllare se fossero sole.

«Questo posto lo utilizziamo per le esercitazioni. È molto tranquillo e, anche se è vicino alla città, nessuno ci ha mai infastidito.»

«Esercitazioni?»

Filomena non rispose e scomparve tra gli alberi. Anya la

vide ritornare con in mano due archi. «C'è una rimessa per gli attrezzi nascosta qua vicino» le spiegò la donna.

«Vuoi... vuoi insegnarmi?»

Filomena sorrise, e fu la prima volta, da quando l'aveva conosciuta, che le apparve davvero serena. «Non ti va?»

«Altroché... sarebbe bellissimo. Grazie.»

La capa dei ribelli le mostrò la postura da tenere, come impugnare l'arco, come incoccare la freccia e tirare.

«Forza, riprova. Solleva l'arco fino all'altezza delle spalle, deve essere parallelo al terreno... ora, controlla ancora la posizione del bersaglio...»

I primi tentativi furono disastrosi. Ci volevano una notevole forza e una grande destrezza per maneggiare l'arco di legno e i dardi. Ma Anya ce la mise tutta e migliorò, riuscendo persino a piantare alcune frecce su un tronco a una dignitosa distanza.

Lily, che le aveva raggiunte, esultò per i suoi risultati e corse ad abbracciarla. Finalmente, in quel bosco, sentiva che Filomena e Lily la stavano aiutando non perché fosse la ragazza della profezia, ma semplicemente perché era Anya. Il cuore le si riempì di gioia. Per un attimo, le parve che davvero tutto fosse possibile.

XX
Vanessa

Era sera. Vanessa lo capì perché il piccolo spiraglio di luce che di giorno penetrava dalla finestra era sparito del tutto. Il bagliore degli astri, per quanto potente, non riusciva a illuminare la cella angusta.

Si sentiva strana. Troppe cose erano successe in quelle due settimane. Il suo cuore, rimasto arido così a lungo, stava ricominciando a provare... come definirlo, affetto? Non avrebbe mai creduto che sarebbe potuto succedere dopo la scomparsa dei suoi genitori, invece stava accadendo, grazie ad Anya, Liam, Daisy, Cosette, Dimitri... Forse era l'ombra della morte a darle simili pensieri. Vanessa aveva sempre faticato a fidarsi delle persone. Affezionarsi era pericoloso: temeva che potessero sparire, lasciandola sola nel suo dolore.

Ma Anya non l'aveva fatto. L'aveva cercata, non si era arresa.

Era persino riuscita a trovare delle persone disposte ad aiutarle e, dalle parole di Liam, erano centinaia solo a Wuolfa!

Non erano sole, non lo erano mai state. Prima ancora che loro sapessero di essere le prescelte, i ribelli cospiravano per detronizzare l'usurpatore. Da molto tempo prima del loro arrivo a Menish la gente recitava la profezia come una preghiera.

Non sapeva se stavolta sarebbe stata in grado di uscirne

viva, ma senza l'aiuto degli altri, di persone sconosciute e disposte a rischiare la vita per loro, questo viaggio sarebbe finito tempo addietro: sarebbero state catturate dalle guardie, poco lontano da un grande drago e da un salice di cristallo. Erano rimaste in vita così a lungo grazie a Sirta e alla sua famiglia, grazie a Cosette e Dimitri, ai ribelli e ora... *Ora il destino del regno è nelle mani di Liam*. Se non fosse riuscito a recuperare i suoi averi, lei sarebbe morta, la chiave sarebbe andata perduta, e quel mondo sarebbe stato inghiottito da una piaga biblica.

Per quanto potessero essere le prescelte, da sole avrebbero fallito. Ripensò a Daisy, alla domanda che le aveva posto mentre Anya stava facendo il bagno. «Siete voi?» le aveva chiesto. In quel momento sentiva di essere vicina alla risposta.

Ripercorse con la mente l'avventura che stavano vivendo e si chiese dove avesse trovato tutto quel coraggio. Come aveva fatto a capire che aiutare Anya a salire sull'albero a Mahala era la cosa giusta da fare? Che rubare quelle monete e affittare il drago sarebbe stata la scelta migliore? Persino fidarsi di Anya riguardo ai due fratelli si era dimostrata la decisione perfetta.

Non sapeva se sarebbe mai riuscita a tornare a casa o a fermare l'avanzata della sabbia ma, qualunque cosa fosse successa, era conscia che non sarebbe mai tornata a essere la persona di prima.

XXI
Anya

Era ora di cena e Anya aveva una gran fame. L'umore era molto migliorato dopo l'esercitazione nel bosco e Lily contribuiva ad accendere sorrisi, raccontando aneddoti divertenti sulle sue scorribande da ribelle.

Filomena passò un piatto stracolmo di verdure lesse ad Anya e Lily, poi si sedette accanto a loro. La caverna era gremita.

«È così tutte le sere?» le chiese Anya, curiosa.

«Solo dall'ultima luna» rispose Filomena che, senza usare il cucchiaio, si stava portando alla bocca con disinvoltura una verdura bianca grondante di brodo. «Questa sera c'è ancora più gente del solito: abbiamo organizzato qualcosa di speciale...»

Lily si fregò le mani e sparì a razzo.

«Mi state nascondendo qualcosa?»

«Assolutamente no. Ci è sembrato solo il momento giusto per cercare di alzare il morale. Tra pochi giorni combatteremo e abbiamo tutti bisogno di stare allegri.»

Lily ritornò dopo pochi minuti insieme a un vecchio dai capelli bianchi. Questi aveva con sé una specie di chitarra grossa e panciuta. Salutò con la mano tutti i presenti, poi si sedette sopra un tronco e si mise a suonare.

Molti interruppero le loro conversazioni e, riconoscendo la musica, iniziarono a cantare.

La composizione era nostalgica ma ben ritmata e si prestava anche alla danza. Lily e altri bambini si diedero la mano facendo il girotondo.

La gente era allegra e Anya si sentì serena a sua volta.

Il modo in cui si amalgamavano le parole era incredibile, sembrava qualcosa di magico: era la voce di un popolo che cantava le sue radici e lei stava cantando con loro. Il peso che sentiva al petto si alleggerì, la tristezza e la paura smisero di attanagliarle l'animo.

Era un'emozione meravigliosa. *La vita è proprio strana*, pensò, mentre cercava di ripetere il ritornello di quell'antica canzone. *Ho dovuto raggiungere un altro mondo per sentirmi parte di qualcosa*.

XXII
Liam

Era ormai calata la sera. Liam aveva aspettato quel momento per muoversi con più disinvoltura. Poche fiaccole erano accese; il buio sfumava gli spigoli vivi delle costruzioni ed era più facile confondersi nella notte.

Aveva poco tempo. Cercò di mostrarsi sicuro, camminando a testa alta per i corridoi della prigione come se nulla fosse. Incontrò qualche suo pari e lo salutò con un cenno al capo. Era necessario mantenere i nervi saldi: la vita di tutta Menish era nelle sue mani. Non poteva permettersi di fallire.

Sapeva con chi doveva parlare.

Entrò in un cortiletto adiacente al chiostro e bussò alla prima porta a destra.

«Sono Liam, aprimi.»

L'uscio si socchiuse. Comparve un ragazzino dai lunghi capelli biondi che gli cadevano disordinati davanti agli occhi. «Liam! Che bello vederti!»

Il giovane si chiamava José ed era entrato in servizio nelle prigioni da poche lune. Fin dall'inizio lo avevano preso in giro per la sua goffaggine e non avevano esitato a relegarlo ai compiti peggiori: dalla pulizia delle latrine a quella delle celle. «Forza, pulisci! José, è ancora sporco! Ricomincia da capo! Non hai ancora finito?»

Finn era stato il peggiore: non aveva esitato a umiliarlo davanti a tutti perché non aveva ancora abbastanza esperienza nei duelli. «Finché non imparerai a usare spada e pugnale, non entrerai mai nel corpo di guardia!» Era stato Liam ad aiutarlo, insegnandogli come combattere. Da allora José aveva mostrato estrema riconoscenza nei suoi confronti.

Ora il periodo peggiore era passato e José era diventato il custode degli oggetti confiscati ai detenuti.

Liam entrò nella stanza e si chiuse la porta alle spalle. Solo la luce fioca di una candela gli illuminava il viso.

Non era mai entrato in quel locale; si aspettava di vedere armadi con lucchetti e invece vi era solo una grossa cassapanca e una traballante scaffalatura completamente vuota.

Non dovrebbe essere difficile…

Si schiarì la voce. «Mi è stato dato l'ordine di ritirare gli oggetti della ragazza che è stata catturata.»

Nonostante tutta la simpatia che provava nei suoi confronti, José lo squadrò dubbioso.

«Il capitano vuole visionare la roba prima dell'arrivo del re…» Forse si era spinto troppo oltre. E se Finn fosse passato di lì? Cercò di non pensare alle conseguenze.

«Va bene» disse José, ancora un po' indeciso. «Ma poi me la riporti?»

«Certo. Appena il capitano me la restituisce.»

Trattenne a stento un sospiro di sollievo: era affezionato a quel ragazzo e non avrebbe voluto ricorrere alle minacce.

José andò ad aprire la cassapanca e tirò fuori un sacco e una borsa di juta.

«C'erano anche delle provviste, insaccati e formaggio…» commentò. «Però non ci sono più, li hanno razziati in pochi minuti.»

Liam annuì e, senza perdere tempo, tirò fuori dal sacco la mappa che, già arrotolata, sparì veloce sotto la sua giacca; poi fu la volta del medaglione rosso. Era un oggetto di singolare bellezza e ne rimase incantato. *Si vede che appartiene a lei*, pensò fissando gli occhi verde smeraldo del drago per poi metterselo in tasca.

«E l'altro?» domandò controllando di nuovo sia la tracolla sia il sacco.

José corrugò la fronte.

«È un'iniziale in ferro: effe... come Fiona, la madre della ragazza» spiegò per essere più convincente.

«Finn mi ha consegnato solo quello che vedi... non c'è altro. Magari se la sarà tenuta già lui, non te l'ha detto?»

Finn, pensò furente Liam. Ringraziò con una pacca sulla spalla il ragazzino e uscì in fretta dalla stanza.

Il capitano era di certo alla taverna a bere: i turni alle celle erano rimasti invariati e non era l'ora del cambio della guardia. Gli altri soldati dovevano già essere nelle loro camere.

Liam salì una rampa di scale e si avviò furtivo lungo il corridoio dei dormitori. La prima camera era la sua. La condivideva con un altro soldato. Si era sempre sentito un privilegiato a non avere il letto nei dormitori comuni. Proseguì sorpassando le porte delle camerate. Finn, essendo il più alto di grado, aveva una stanza tutta per sé.

Arrivato davanti alla porta, esitò. Pensò a una scusa plausibile se Finn ci fosse stato, poi bussò. Nessuno rispose.

La porta non era chiusa a chiave. Entrò.

Anche quella stanza era modesta: nessun lusso era concesso a Wuolfa. C'era solo un letto duro, una sedia, una cassettiera e un comodino dove in bella vista era appoggiata la strana effe.

Effe... effe come Finn? Se ne è impossessato solo perché è l'iniziale del suo nome! Chissà quante altre proprietà dei prigionieri erano finite nelle sue tasche. Afferrò l'oggetto con un moto di rabbia. Stava per uscire quando sentì dei passi nel corridoio.

Qualcuno si stava avvicinando.

Sperò che i passi si fermassero alla camerata, ma proseguivano.

Ormai non poteva più uscire senza che lo vedessero.

Valutò in fretta le opzioni. Riappoggiò l'oggetto sul comodino.

Vide la maniglia abbassarsi.

E Finn entrò.

XXIII
Anya

Stava correndo in un bosco. Non riusciva a vedere bene, tutto era confuso.

«Anya! Anya!» si sentiva chiamare.

Lei rispondeva invocando la compagna a gran voce. «Vanessa!»

Finalmente la vide: era una figura sfocata in lontananza. Non la distinse per il suo viso, per i suoi capelli o per il modo in cui si muoveva, ma per la chiave a forma di effe che teneva fra le mani. Brillava come una stella.

«Anya, svegliati!» la scrollò Filomena.

Fu la nota di disperazione che colse nella sua voce a farla tornare lucida in pochi attimi. Si tirò a sedere con gli occhi spalancati.

«Il re è arrivato in anticipo! Dobbiamo agire oggi!»

«Vanessa...» balbettò. Ma non era più nel sogno: nessuno rispose e sentì l'aria mancarle.

Si guardò attorno, Lily non c'era.

«È andata a svegliare gli altri...» Anya rimase immobile sul suo sacco di foglie con lo sguardo fisso sulla parete. *Non siamo pronti*, pensò.

«Come faremo?»

Gli occhi di Filomena erano indecifrabili.

XXIV
Vanessa

«Alzati!»

Vanessa sentì il calcio che le colpiva lo stomaco. Tossì e, con fatica, si mise in ginocchio.

«Ne vuoi un altro?» le chiese Finn ridendo. «Ti ho detto di alzarti!»

«Non riesco, sono legata...»

L'uomo le sciolse sbrigativo i lacci alle caviglie.

Lei si alzò barcollando dal dolore. Non capiva. *Dov'è Liam?*

«Sono venuto a darti una buona notizia. Il re è arrivato prima del previsto!» Sembrava che la cosa lo divertisse molto.

Lei dovette appoggiarsi alla parete. Gli occhi le si riempirono di lacrime e cercò di trattenerle mordendosi il labbro superiore: senza il medaglione e la chiave, il piano non era pronto. Non ce l'avrebbe fatta, non se la sarebbe cavata.

«Su, su, non piangere. Dovresti essere contenta: finalmente smetterai di soffrire.»

Finn si schiarì la voce per assumere un tono più ufficiale. «Ti porteranno dell'acqua: cerca di renderti presentabile. Il patibolo ti aspetta.»

XXV

Anya

Sarebbero entrati a Wuolfa grazie ai tunnel: le porte della città erano controllate da guardie. Filomena le aveva riferito che, nonostante l'arrivo improvviso del re, c'era chi non aveva perso tempo ed era già giunto dai paesi vicini: uomini e donne avevano accettato di essere perquisiti e di vedersi sottrarre armi e utensili, piuttosto che rimanere fuori dalle mura.

Quanti tra loro sarebbero stati al suo fianco nel momento della rivolta?

I ribelli avevano preparato tutto in fretta. Le armi erano state distribuite e uomini e donne se le portavano nascoste sotto le vesti.

Nessuno fiatava. Il tragitto nei tunnel le parve infinito e con il medaglione al collo le risultò inevitabile ascoltare i pensieri dei resistenti. Molti erano spaventati e temevano di non tornare vivi. C'era invece chi non aspettava altro che scatenare il suo odio contro i soldati. Anya ripensò a Liam, al fatto che avesse cambiato bandiera anche grazie a Vanessa. Sperò che il suo esempio servisse e che la maggior parte delle guardie, comprendendo quello che stava accadendo, passassero dalla loro parte.

La galleria finalmente terminò in un fienile. In pochi minuti rimasero solo lei, Lily e due uomini di scorta. I ribelli che la precedevano erano già usciti e spariti fra la folla. Altri gruppi avrebbero percorso due diversi cunicoli che sbucavano in altrettante direzioni. Anya aveva convenuto con Filomena che sarebbero entrati nella piazza distanziati a brevi intervalli di tempo, in modo tale da non dare nell'occhio.

Il luogo dell'esecuzione era gremito. Anya non avrebbe mai creduto di trovarsi in mezzo a così tanta gente. Com'era possibile che fossero accorsi tutti per assistere a un evento così terribile? I ribelli erano sicuramente numerosi, ma disseminati un po' ovunque sembravano sparire nella ressa.

Anya si guardò attorno. Filomena le aveva raccomandato di non avvicinarsi troppo al patibolo, anche se si era premurata di nasconderle i capelli con un berretto e le aveva gettato sulle spalle un lungo mantello da contadino.

«Sarebbe troppo pericoloso...» le aveva detto. «L'attacco partirà dalle prime file. Ci penseranno i nostri uomini a portare Vanessa da te. Rischi già troppo con la tua sola presenza. Potrebbero riconoscerti.» Lei aveva annuito anche se non pienamente convinta.

Si guardò le mani: erano tutte rosse. Non riusciva a fare a meno di torcersele. Cosa sarebbe successo di lì a poco? Le vennero in mente frammenti di filmati televisivi, come rapidi flash. Luoghi di guerra, attentati, rivolte di piazza sfociate nel sangue, esecuzioni... Rabbrividì: lei cos'avrebbe vissuto? Immagini di uomini riversi a terra nel proprio sangue, di donne inginocchiate in lacrime accanto a corpi inerti e di bambini che la fissavano con i loro occhi senza vita le tolsero il respiro. «Anya» le stava sussurrando Lily, tirandola per il braccio. «È arrivato il re.»

XXVI
Vanessa

Vanessa era stata portata fuori dalla cella e percorreva il lungo portico del chiostro. La scortavano quattro guardie: due la precedevano e le altre erano dietro di lei.

Le avevano fatto indossare una camicia bianca e raccolto i capelli da un lato. Le sue mani erano legate dietro la schiena.

Liam era alle sue spalle. Si era presentato con le guardie che la dovevano portare sul luogo dell'esecuzione.

Non sapeva nemmeno lei quali sentimenti avesse provato vedendolo.

Avrebbe voluto chiedergli se i ribelli fossero a conoscenza dell'esecuzione anticipata e se lui avesse recuperato il medaglione e la chiave. Ma non era riuscita neppure a incrociare il suo sguardo.

Che cosa sarebbe successo?

XXVII
Liam

Liam tratteneva a stento la rabbia.

Quando Finn era entrato nella stanza, lui si era nascosto sotto il suo letto. Era l'unica cosa possibile per non farsi sorprendere. Era riuscito a recuperare l'oggetto a forma di effe dal comodino e a filarsela dopo che il capitano si era addormentato come un sasso, pieno di vino com'era. Ma i ribelli? Sapevano che l'esecuzione era stata anticipata? Erano pronti ad agire?

Non aveva più potuto uscire dalle prigioni e raggiungere il loro quartier generale: la mattina era iniziato il suo turno e se si fosse allontanato avrebbe destato dei sospetti. Non voleva nemmeno pensare a che cosa sarebbe successo senza il loro aiuto.

Guardò Vanessa camminare davanti a lui: teneva le spalle un poco incassate e la testa leggermente china. Chissà come si sentiva in quel momento, senza notizie, senza certezze, se non quella che la stava conducendo dal boia.

Avrebbe voluto dirle tante cose, ma soprattutto, avrebbe voluto avere più tempo. Sarebbe stato bello conoscerla magari per strada, al mercato, e chiederle di uscire, anche solo per una passeggiata, come fanno di solito un ragazzo e una ragazza. E invece non aveva nemmeno pochi minuti per prenderle le mani e dirle che avrebbe voluto tanto stare con lei, nemmeno un attimo per poterla guardare negli occhi.

Infilò una mano in tasca: il medaglione e la strana effe cozzarono l'uno contro l'altra.

Fu allora che Vanessa inciampò su un gradino di pietra e Liam fu lesto a cogliere l'occasione. Balzò avanti, la sostenne e accostò la bocca al suo orecchio.

«Mi senti?»

Vanessa mosse impercettibilmente il capo.

«Ce l'ho fatta. Li ho qui con me.»

XXVIIII
Anya

Sulla tribuna d'onore, laterale al patibolo, alcuni militari stavano prendendo posto su sedie di legno. Il sovrano si era seduto sull'unica poltroncina color cremisi, in posizione centrale.

Da quando era a Menish, Anya aveva dato vari volti a quell'uomo. Se l'era immaginato col naso adunco e il volto solcato da profonde rughe, consumato dalla sete di potere, oppure con gli occhi piccoli come due spilli e le labbra sepolte in una barba folta… ma quello che vedeva ora era poco più di un ragazzo! Le vesti sontuose non potevano trarre in inganno. Il volto era quello di un ventenne, con un'ombra di barba bionda sulle guance, come nel tentativo di apparire più autorevole, e i capelli folti e chiari. Come poteva una persona così giovane causare così tanto dolore? Dai suoi pensieri, capì che era in ansia, ben più di quanto il suo atteggiamento altezzoso lasciasse intuire. Era troppo lontana per cogliere tutti i passaggi della sua mente. Comprese però la sua smania di andarsene da Wuolfa; non aspettava altro che la morte di Vanessa per poter archiviare la questione "prescelte" una volta e per sempre. Dopo l'esecuzione non sarebbe ritornato a Lamen. Avrebbe abbandonato il suo amato trono fino a quando i suoi stregoni non avessero trovato il modo di risolvere il problema che lui aveva creato forzando il portale. *Povero illuso*, pensò Anya con disprezzo. Si sarebbe diretto a Galadish, il più lontano possibile dalla sabbia, vicino al mare.

Il sovrano si mosse dalla sedia, infastidito dall'attesa. Guardò nella sua direzione, ma non si soffermò su di lei, come su nessun altro. La folla non aveva un volto.

Anya, Anya! si sentì chiamare.

XXIX
Vanessa

Vanessa aveva attraversato la piazza al passo dei soldati. La folla era tenuta a distanza da barriere improvvisate. Ciò non impedì a qualche curioso di avvicinarsi troppo; ci fu chi riuscì persino a toccarla.

Il patibolo si ergeva in mezzo allo spiazzo. Per raggiungerlo avrebbe dovuto salire una piccola scala di legno traballante.

Lo fece a testa bassa e solo quando ci fu sopra si guardò intorno. La folla rumoreggiava. Migliaia di occhi erano fissi su di lei: non poteva comprendere chi fosse dalla sua parte.

Anya, Anya! pensò. Aveva bisogno di conforto e il pensiero che la sua compagna potesse sentirla era già una consolazione. Quanto erano cambiate le cose, dal suo primo giorno di scuola, o meglio, quanto lei *era* cambiata. Ripensò alla vecchia sé stessa che aveva sceso le scale in biblioteca: quello non era coraggio. Ora, dopo quei giorni trascorsi a Menish, lo sapeva. Si concentrò di nuovo su Anya. Di una cosa era certa: l'unica persona con cui voleva parlare era la sola che poteva sentirla.

XXX
Anya

Anya... non so se mi stai ascoltando.

Non voglio immaginare che cosa capiterà fra poco, ma sappi che se avessi dovuto scegliere una persona con cui condividere tutto quello che mi è accaduto... be', avrei scelto te. Non amo molto i sentimentalismi e non sono nemmeno molto brava con le parole, ma questo è il mio modo per dirti che ti voglio bene. Ci ho messo un po' a capirlo, e la prima impressione non è stata certo delle migliori, ma "meglio tardi che mai", si dice così, vero? Ah... non aspettarti che ti ripeta queste cose ad alta voce, sempre che ne abbia l'occasione.

Anya sentiva le lacrime salirle agli occhi. *Vanessa*, avrebbe voluto dirle, *lo sai quanto sei speciale?* Ma non poteva. Avrebbe voluto dirle: *Ti sento, Vanessa!* Ma non era possibile.

Se qualcosa dovesse mettersi male, non rischiare la tua vita per me. Mettiti in salvo finché sei in tempo.

Finalmente, riuscì a vederla. Era in piedi sul patibolo, bianca come la camicia che aveva indosso e con i capelli tutti arruffati. Della vecchia Vanessa c'erano soltanto gli occhi: per quanto potesse sentirsi rassegnata, l'energia, la determinazione non aveva smesso di brillare.

In quel momento, tutti nella piazza la stavano guardando. Ogni persona presente aveva in mente solo Vanessa, ma Vanessa pensava soltanto ad Anya.

XXXI

Vanessa

Gli occhi di Vanessa scrutavano la folla. Anya l'aveva sentita? Era davvero lì? O l'arrivo anticipato del sovrano aveva impedito ai ribelli di venire in suo aiuto? Non riusciva a scorgerla, ma c'era talmente tanta gente…

In tribuna d'onore vide subito Finn, e il resto delle guardie reali, poi colse lo sguardo del re. La stava osservando. Dunque era lui. Quel ragazzo arrogante.

Provò una strana sensazione a fissare chi aveva ordinato la sua morte. Fu come una doccia fredda: il dolore che aveva avvertito fino a pochi attimi prima venne spazzato via e si trasformò in una nuova emozione, più feroce, più forte, incontrollabile, come il suo potere. Avrebbe dato qualsiasi cosa per fargli sentire sulla pelle la sofferenza che stava causando a così tante persone innocenti.

XXXII
Anya

«Andrà tutto bene.» Lily confortò Anya con un sorriso. Lei abbassò lo sguardo per osservarla. Com'era piccola! La strinse fra le braccia con affetto.

«Attenta all'arco...» le sussurrò la bambina, per avvertirla che sporgeva da sotto il mantello.

«Promettimi che, se qualcosa andrà storto, ritornerai nei tunnel.»

Lily fece una smorfia di disapprovazione. «So badare a me stessa.»

«Promettimelo» ripeté Anya.

La bambina controvoglia annuì.

XXXIII
Vanessa

Un soldato di mezz'età salì sul palco. A giudicare dalla sua faccia, non sembrava felice di essere lì. Si mise in mezzo alla piattaforma sopraelevata, poco lontano da Vanessa, e srotolò un documento. Liam, accanto a lei, si irrigidì.

Nella piazza si fece silenzio.

«Popolo di Wuolfa e del Regno di Smeraldo» intonò con voce forte. «Questa giovane si è macchiata di gravi reati...»

La folla era silenziosa e gli occhi rimbalzavano inquieti dal soldato a Vanessa.

Liam si infilò la mano in tasca.

«Nella città di Mahala ha rubato dalla sartoria Odette abiti e denaro in misura di 112 rubìe; ha provocato a Lamen il crollo di un tratto delle mura, causando gravi danni e feriti.»

Dalla folla si levarono dei mormorii. Finn esclamò: «Silenzio!»

Liam ne approfittò per far scivolare il medaglione nelle mani legate di Vanessa.

L'uomo proseguì: «Il reato di furto è stato reiterato alla Locanda del Gallo nella città di Lamen...» Continuò a leggere cercando di sovrastare il vociare della folla. Vanessa strinse il drago tra le dita. «Secondo le leggi di Menish e per volontà del nostro sovrano Edwin, com'è scritto nel Grande Codice, articolo uno, paragrafo tre, la pena sarà la morte.»

XXXIV

Anya

Vanessa rimase impassibile, ma Anya si sentì mancare.

Il soldato tacque e scese dal palco. Liam arretrò di due passi.

Gli sguardi della folla si spostarono sulla tribuna d'onore. Il sovrano si alzò lentamente. Allungò la mano destra davanti a sé e diede l'assenso alla condanna. *Questo è il potere*, pensò Anya.

Il tempo sembrò cristallizzarsi. Nessuno si mosse e nessuno fiatò. La leggera brezza sembrava aver smesso di soffiare e con lei il respiro di ogni presente. Poi sul palco comparve il carnefice.

Più che a un boia assomiglia a un macellaio... Anya sentì i pensieri di Vanessa e percepì il suo conato di vomito. La scure che quell'uomo alto e robusto vestito di cuoio teneva fra le mani assomigliava alla stessa che veniva utilizzata nei mattatoi.

Il boia percorse i pochi metri che lo separavano da Vanessa e le si accostò. La lama enorme pareva catalizzare tutta la luce di quella pallida mattina.

Anya sentì montare l'ansia dentro di lei. Cercò di leggere i pensieri di Liam, ma erano troppo distanti e centinaia di altre voci più vicine affollavano la sua mente. Si concentrò allora su quelli di Vanessa, che percepì, come al solito, più chiari.

La sua compagna era nel panico. *Come posso fermare la scure se non riesco a vederla?* sentì che pensava. Comprese la sua angoscia: col collo sul ceppo, senza poter scorgere la lama, come avrebbe potuto deviarla al momento giusto?

Liam fu costretto a indietreggiare ulteriormente, in modo da accostarsi alle altre tre guardie che avevano scortato Vanessa sul patibolo. Anya lo guardò: era livido di paura.

Se il potere della compagna era inutile e Liam non poteva aiutarla, come avrebbe potuto salvarsi?

Il panico l'attanagliò.

Il boia alzò la sua arma terrificante.

Anya sentì il volto di Lily contro la sua veste.

XXXV

Vanessa

Vanessa stringeva il ciondolo fra le mani, ma soltanto quando posò il collo sul ceppo si rese conto che nemmeno il suo amuleto avrebbe potuto salvarla: *Come posso fermare la lama se non riesco a vederla?*

Questa è davvero la fine…

XXXVI

Anya

Il boia sollevò la scure.

Questa è davvero la fine… Anya sentì il pensiero di Vanessa.

No, non poteva finire così. Non poteva accettarlo. Nel silenzio sospeso, centinaia di voci affollavano la sua mente. Tutto era confuso, le scoppiava la testa, che cosa avrebbe potuto fare per salvare la compagna? *Come vorrei che tutte queste voci tacessero!*

Fu come un'illuminazione e le parole uscirono dalla sua bocca con la stessa potenza con cui aveva urlato "Basta" quel lontano primo giorno di scuola.

«Vanessa, via da lì!» urlò più forte che poté.

Il tempo in quel momento sembrò dilatarsi. Come al rallentatore, Anya vide il susseguirsi scandito di una sequenza d'immagini.

Vanessa, sentendo la voce della compagna, reagì all'istante buttandosi a terra e rotolando di lato sulle assi di legno del patibolo.

Il boia aveva già vibrato il colpo e la scure si conficcò con forza nel ceppo.

Liam si occupò subito di lui, prima che riuscisse a recuperare la lama, stordendolo con un colpo secco, poi mise fuori combattimento i tre soldati del corpo di guardia scaraventandoli giù dal palco.

Intanto in prima fila, appena dietro le barriere per contenere la folla, i rivoltosi stavano facendo la loro parte. Le donne avevano estratto da sotto le lunghe gonne armi improvvisate e attrezzi da lavoro e assieme ai loro compagni si erano avventate contro le guardie più vicine.

I soldati ci misero qualche secondo di troppo a reagire a quell'attacco a sorpresa. Sopra il palco, Liam aveva raggiunto Vanessa per aiutarla ad alzarsi. Col suo potere la ragazza si era già slegata e cercava di deviare le frecce che iniziavano a pioverle intorno.

Anya osservava la scena paralizzata.

Devo raggiungere Vanessa… Cercò di scuotersi, ma la cosa si rivelò più complicata del previsto. Non tutto il popolo aveva intenzione di partecipare alla rivolta e coloro che si erano trovati nel posto sbagliato al momento sbagliato si erano messi a correre in direzione opposta a quella del palco per allontanarsi dalla battaglia che stava infuriando. Anya fu investita da una mandria impazzita di uomini e donne in fuga. Il suo berretto cadde a terra. «Vanessa!» gridò. E dov'era Lily? Era riuscita ad andarsene come le aveva promesso o rischiava di venir calpestata dalla massa? E i due ribelli che erano con lei? «Vanessa!» urlò ancora, ma nella confusione nessuno la sentì.

XXXVII

Vanessa

Scesero dal palco. «Devi andare via!» gridò Liam a Vanessa per sovrastare le urla. «Prima che arrivino dei rinforzi!»

«E tu?»

Lui non rispose e le mise in mano la chiave. Poi da una tasca interna alla giacca prese un foglio azzurro. Era la mappa, piegata in quattro e con i bordi rovinati, ma era ancora lei.

Vanessa la prese e poi successe tutto troppo in fretta.

Finn le fu addosso. Si doveva essere fatto largo fino a lì

menando fendenti. Le torse un braccio dietro la schiena e la immobilizzò puntandole il pugnale contro la gola.

Il medaglione le scivolò dalle dita. *Maledizione*...

Liam rimase come paralizzato.

«Ti ho tenuto d'occhio tutto il tempo... cosa credevi, che non avessi capito chi ha rubato stanotte in camera mia? Che sciocco. Si vede che devi ancora crescere.» Finn aveva il suo solito tono arrogante. «Potevo fartela pagare subito... ma poi ho pensato che sarebbe stato più bello vedere la tua faccia mentre la tua bella biondina veniva sgozzata... L'amore, ragazzo mio, non paga mai...»

La punta del pugnale ferì la pelle di Vanessa e una goccia del suo sangue sporcò la lama.

XXXVIIII
Anya

La piazza era ormai piombata nel caos più totale. Non si sapeva più chi difendeva il re e chi era un ribelle. La gente correva in tutte le direzioni. Filomena aveva ragione: molti si erano gettati nella mischia muniti solo di forconi. C'erano bambini che piangevano disorientati, altri che urlavano come impazziti. C'erano donne armate fino ai denti che combattevano con vigore e uomini spaventati e in lacrime.

Soltanto quando Anya vide Filomena ricominciò a sperare.

La donna stava affrontando un soldato. Brandiva una vecchia spada e stava mettendo l'avversario in difficoltà. Sotto i suoi colpi l'uomo arretrava. Era talmente presa dallo scontro che non la vide arrivare.

Anya ormai le era vicina quando distinse un pensiero dalla massa informe che la tormentava. *Se stesse più ferma la colpirei senz'altro...*

Anya raggelò. A chi si riferivano quelle parole?

Si guardò intorno: un arciere, a una decina di metri da lei, stava per colpire Filomena.

No!

Pensò di urlare ancora, ma sapeva che stavolta non poteva funzionare: in quel caos Filomena non sarebbe riuscita a sentirla o a cogliere l'avvertimento. E allora, chi avrebbe potuto aiutarla?

Con mani tremanti, prese l'arco nascosto sotto il mantello.

XXXIX

Vanessa

Vanessa non riusciva neppure a respirare. Sentiva il fiato pesante di Finn sul collo e, anche se non vedeva la sua espressione, riusciva a immaginarsela: sprezzante e beffarda.

Credeva di essere già sfuggita alla morte, per quel giorno. *La fortuna non è dalla mia parte…*

Vide il medaglione, poco lontano dai suoi piedi, sporco di terra. Poi i suoi occhi si posarono su Liam. Voleva avere come ultima immagine il volto di una persona che le voleva bene. E non c'erano dubbi sui suoi sentimenti. Il terrore e la coscienza di essere impotente lo facevano sembrare ancora più giovane. Si leggeva una tale emozione nel suo sguardo che Vanessa, per un istante, si dimenticò persino di quanto fosse vicina alla morte.

Poi, sentì Finn sussultare violentemente.

La sua stretta si allentò di colpo. L'aggressore rantolò e poi cadde a terra, accanto al medaglione.

«Non mi è mai stato simpatico» disse un ragazzo molto giovane dai lunghi capelli biondi, rimettendo la spada nel fodero.

«José…» balbettò Liam, sbalordito.

Il ragazzino alzò le spalle senza aggiungere altro. Le sue mani tremavano leggermente. Liam si avvicinò a Vanessa e la strinse contro il suo petto.

Lei, ancora frastornata, si lasciò avvolgere dalle sue braccia.

«Trova Anya e andatevene da qui. Lei ti porterà in un luogo sicuro. Non è più la vostra battaglia…» Poi si accorse che stavano arrivando altri soldati «Vai!» le urlò, girandole le spalle per correre ad affrontarli.

Vanessa lo vide sparire inghiottito dalla folla. José gli corse dietro.

Confusa, si inginocchiò per recuperare il medaglione dalla polvere.

Quasi urlò quando la mano di Finn artigliò la sua. Il capitano non era ancora morto.

«Non vincerete...» articolò rauco. «Finché il sovrano vivrà, non riuscirete nel vostro scopo...» Vanessa lo fissò qualche secondo prima di capire che cosa intendesse con quella frase.

Si liberò inorridita dalla sua debole presa e si guardò intorno. Dov'era finito il re? I suoi occhi corsero verso la tribuna d'onore ormai vuota. *Sta fuggendo!*

Provò la stessa rabbia che l'aveva invasa quando aveva pensato di dover morire. Lo cercò con lo sguardo e lo vide allontanarsi dalla piazza e sgusciare via in mezzo a un drappello di soldati in una strada secondaria della città.

Finn aveva ragione. Se il re avesse mantenuto i suoi poteri, la loro missione sarebbe stata destinata a fallire. Avevano ancora una chiave da recuperare, non ce l'avrebbero mai fatta se lui avesse continuato a ostacolarle o se le avesse di nuovo catturate.

Tutto questo dolore... era colpa sua! La maledizione della sabbia era stata causata dalla sua tracotanza! Fissò il medaglione nelle sue mani. Lo pulì dalla terra. Forse lei non era abbastanza potente da risolvere le sorti della battaglia, ma sarebbe riuscita ad affrontare il re da sola.

Alzò gli occhi e vide ribelli combattere contro soldati, uomini contro uomini, donne contro donne... *Che senso ha tutto questo?*

Voleva soltanto che quell'inutile spargimento di sangue avesse termine.

Si mise il ciondolo al collo e corse via, senza voltarsi indietro.

XL

Anya

Anya tese l'arco e fece un profondo respiro. Ogni fibra del suo corpo era in tensione, ma non permise alla paura di prendere il sopravvento.

Si immaginò nel bosco, con Lily che rideva al suo fianco, come ogni bambina di otto anni avrebbe dovuto fare. C'era Filomena che, con il sorriso sulle labbra, le insegnava a tirare, e Vanessa, con la battuta sempre pronta, che si burlava dei suoi sbagli: soltanto alle migliori amiche si può perdonare tanta impudenza. C'era anche Sirta, che la guardava, orgoglioso, con la schiena appoggiata al tronco di un albero.

Fu tutto questione di un attimo, ma tanto bastò.

Scoccò la freccia.

La vide tagliare l'aria e udì un sibilo che sfiorò altri soldati, altri uomini, altre donne… Poi sentì l'arciere urlare. Comprese dai suoi pensieri che l'aveva ferito alla spalla.

Era strano leggere nella mente di un uomo a cui aveva fatto del male.

Non ci pensare…

Corse verso Filomena per cacciare via quella sensazione di vuoto.

Non c'è tempo...

Filomena intanto era riuscita a mettere in fuga il suo avversario. «Dov'è Vanessa?» le chiese subito la donna.

«Non lo so, non la vedo.»

«Trovala, prima che sia troppo tardi. Stanno arrivando altre truppe, dovete andarvene prima che la situazione si complichi ancora di più.»

«Lily...»

«Non ti preoccupare, sa badare a sé stessa.» Poi, con un accenno di sorriso, aggiunse allontanandosi: «Guarda che ti ho vista con l'arco... ora sono in debito con te!»

Non appena perse di vista Filomena, Anya sentì la voce di Vanessa. Era chiara, nitida e inconfondibile. *È tutta colpa sua, devo fermarlo!*

Non c'erano dubbi sui suoi propositi. Il desiderio di vendetta della sua compagna verso il sovrano era talmente forte da farle accapponare la pelle.

Devo trovarla, prima che commetta una pazzia.

XLI

Vanessa

Vanessa corse. Nessuno riusciva a batterla in velocità quando voleva: poteva mettere letteralmente le ali ai piedi. Non impiegò molto a raggiungere il re.

«Fermo!» gli urlò, e prima ancora che i suoi soldati di scorta potessero fare qualcosa, Vanessa aveva già alzato un braccio e li aveva fatti crollare tutti a terra col suo potere.

XLII

Anya

«Vanessa, fermati!» urlò Anya, ma la compagna era troppo lontana: non la sentiva.

L'aveva vista uscire dalla piazza e immettersi rapidissima in una via secondaria.

Udiva le urla dei combattenti. Tutti i loro pensieri di rabbia, di esaltazione, di disperazione, di terrore le facevano dolere le orecchie. Era un concerto infernale.

Correva veloce. Non poteva lasciare che la compagna commettesse quell'errore. Aveva già rischiato lei di macchiarsi della peggiore delle colpe, non poteva permettere che Vanessa compisse quel gesto terribile.

Qualcuno stava correndo dietro di lei. La stava raggiungendo. Sentì un dolore al fianco. Così forte che ebbe un mancamento e rovinò a terra.

Cercò a tentoni il suo arco ma si rese conto che nella concitazione della corsa l'aveva lasciato cadere. Era disarmata. Maledisse la sua disattenzione per poi guardare verso l'alto e capire cosa avesse oscurato il cielo. Un soldato incombeva su di lei e stringeva una spada tra le mani. I pensieri di quell'uomo la investirono come una folata di vento gelido: l'avrebbe uccisa. Pur non sapendo la sua vera identità, aveva compreso che era una ribelle, e questo era sufficiente per condannarla a morte.

Quel soldato non aveva considerato nemmeno per un istante l'idea di aiutare gli insorti: temeva troppo di doverne pagare le conseguenze, se la rivolta non avesse avuto successo.

Anya non riusciva a respirare. Si toccò nel punto che le doleva e sentì sotto le dita qualcosa di caldo e vischioso. Gli ultimi pensieri che avrebbe ascoltato sarebbero stati quelli dell'uomo che stava per ucciderla.

Lo vide confusamente brandire la spada, pronto a darle il colpo di grazia.

È finita... pensò.

Poi tutto si fece buio.

XLIII
Vanessa

«Che cosa credevi di fare? Eh? Dimmi, cosa credevi di fare?»

La voce della ragazza tremava di rabbia.

Il sovrano arretrò fino all'angolo della via, sentendosi in trappola. Il mantello di broccato pesante lo impacciava. Se ne liberò, lasciandolo scivolare nella polvere.

«Guardami! Guardami, codardo, guardami!» gli urlò Vanessa. Il re cercò con gli occhi una via di fuga. «Credi ancora che le due prescelte non esistano?!»

«Non ce la farete...»

Il tono era stridulo. Si aspettava una voce profonda e scura come le tenebre, ma nulla era rimasto di un uomo in lui: ora che non era più avvolto dal mantello, Vanessa poteva scorgere le sue gambe magre e un po' storte, la sua faccia spaventata.

Lo vide brandire tremante la spada che portava sul fianco, in un estremo tentativo di difesa. Aveva mani grandi e goffe, da adolescente.

Vanessa tese il braccio e usò di nuovo i suoi poteri. La corta spada da parata sfuggì alla destra del re e si rivoltò contro di lui. Sbalordito, il sovrano vide la lama avvicinarsi minacciosa.

«Fai fermare i tuoi soldati!» gridò la ragazza. «Dai l'ordine di resa, o sarà peggio per te!»

XLIV
Anya

«Anya, ti prego, svegliati!» Era la voce di Liam.

Le immagini le apparvero confuse.

«Stai bene?»

Anya annuì, ma non ne era affatto sicura. I pensieri del soldato che voleva ucciderla le rimbombavano ancora nella mente. Ebbe un conato di vomito. Qualcosa non era andato nel verso giusto, si sentiva troppo debole. Strinse i denti: non aveva tempo per indugiare, aveva cose più importanti a cui pensare.

Liam l'aiutò ad alzarsi.

«Grazie...» disse in un sussurro.

Lui la osservò, come per accertarsi che stesse davvero bene, poi abbozzò il più triste dei sorrisi. «Di' a Vanessa che non la dimenticherò mai.»

Anya sentì un tuffo al cuore: erano le stesse parole che lei aveva rivolto a Sirta. Il ragazzo si guardò intorno inquieto, come per valutare se gli era lecito tenersi lontano dalla battaglia ancora qualche momento.

«Credo in voi e so che ce la farete. Prima di incontrarvi non l'avrei mai ritenuto possibile, ma ora so che siete la nostra luce» disse in fretta.

Il tempo a disposizione di Liam era scaduto, lo sapevano

entrambi. Prima che Anya potesse dire qualcosa, lo vide girarsi e correre via per tornare a combattere contro quelli che erano stati i suoi compagni.

Quanto le vuole bene… e non è riuscito nemmeno a dirle addio…

Anche lei non poteva permettersi di indugiare oltre: voltò le spalle alla piazza e corse via.

XLV

Vanessa

I soldati di scorta del re si erano rimessi in piedi barcollanti e avevano pensato solo a fuggire. I poteri di Vanessa li terrorizzavano.

«Vedi, nemmeno i tuoi uomini rischiano la vita per te!»

La spada era sospesa a mezz'aria, adesso, fra Vanessa e il re. Sembrava l'ago palpitante di una bussola. «Restituisci il trono a tua sorella, ammetti di essere il responsabile di centinaia di morti!»

Lui restava lì a guardarla, spaventato, confuso e inerme.

L'odio che provava verso quell'uomo era immenso. «Non hai nemmeno la forza di ribattere?»

Poi sentì la voce di Anya.

«Fermati, Vanessa! Ti prego… fermati!»

Il suo cuore mancò un battito.

* * *

«Non ora, Anya, non ora, ti prego.»

La ragazza guardò Vanessa, poi la spada sospesa a mezz'aria, pronta a trafiggere il cuore nero di quell'uomo.

«Non ne vale la pena… per favore.»

«Mi voleva uccidere, Anya, e voleva uccidere anche te! E con noi tutto il suo mondo! Ricordi cosa ha detto Laila…»

«Laila non vorrebbe che tu facessi questo.»

«Pensa quante persone ha condannato a morte!»

«Perché vuoi essere come lui? Ti macchieresti del suo sangue!»

Vanessa respirava a fatica. Sentì le lacrime salirle agli occhi, ma con tutta la rabbia che aveva in corpo le respinse.

«Guardalo, Vanessa…» Anya lo indicò con la mano. «Non vedi com'è spaventato? Ha paura di te. Le persone non devono avere paura di te! Non devono avere paura di noi! Se tu dovessi ucciderlo, non saresti migliore di lui.»

«Mi stai leggendo nel pensiero, per convincermi, come allora… quando questa storia è iniziata…»

«Lo sai che non userei mai più il mio potere contro di te.»

Lo disse con una fermezza tale, che Vanessa non poté fare a meno di crederle.

XLVI
Anya

Il sovrano era rimasto a terra, immobile a fissarle, pallido di terrore. Ed era proprio su di lui che Anya stava concentrando i suoi poteri. Stava ricordando il passato, convinto com'era di essere in punto di morte. Anya fu catturata dentro a un suo ricordo.

Lo vide correre in un prato, su per una collina; tentava di inseguire una bambina dai lunghi capelli neri. «Non riuscirai a prendermi, Edwin...» gli gridava lei, scherzosa. Nonostante fosse così giovane, Anya capì che era Laila.

Lui faticava a starle dietro.

Soltanto quando arrivarono entrambi sopra l'altura, Anya riconobbe quel luogo. Era totalmente diverso da quello che aveva visto con i suoi occhi, per questo aveva impiegato più del dovuto a riconoscerlo.

Era la collina sopra Lamen, dove aveva letto i pensieri di chi fuggiva.

Il prato era talmente verde da risultare quasi abbagliante e le stelle brillavano luminose accanto al sole. La cinta muraria era ancora intatta e le torri colorate le apparvero come il frutto di un'era felice.

I due fratelli smisero di correre e andarono a sedersi proprio nel punto pianeggiante in cui Vanessa l'aveva esortata a leggere nei pensieri di chi se ne stava andando.

Nel ricordo del sovrano la strada carovaniera era deserta. Nessuno stava fuggendo, nessuno stava scappando.

«Un giorno» disse Laila guardando Lamen circondata da verdi prati «qualcuno di malvagio tenterà di sottrarci il trono.» Si piegò verso il fratello. «Saranno tempi bui...» Il bambino pendeva dalle sue labbra. «Ma poi arriveremo noi e sconfiggeremo il male. Governeremo insieme e il nostro regno non avrà mai fine.»

«Sei sicura che siamo noi due i ragazzi della profezia?»

Laila sorrise. «E chi potrebbero essere, sennò?»

«Be', la profezia parla di due ragazze!» obiettò il bambino. Sembrava così innocente, con i capelli biondi spettinati e la fronte imperlata dal sudore per la corsa.

Laila rise. La sua risata era incantevole. Si capiva che era destinata a diventare una donna forte e coraggiosa. «Magari quel vecchio si è sbagliato...»

La visione scomparve.

Anya batté le palpebre e ritornò al presente. La spada era ancora lì, sospesa tra Vanessa e il sovrano.

Nemmeno lei, che più di tutti aveva la capacità di capire l'animo delle persone, avrebbe mai immaginato che anche nel più malvagio dei cuori si nascondesse un sogno infranto, una vita nell'ombra, una speranza dissolta in una nuvola di sabbia.

Per la prima volta aveva compreso quell'uomo.

E quando comprendi davvero il tuo nemico, non puoi più odiarlo.

«Potevate veramente essere voi i prescelti, se solo ti fossi comportato in modo diverso» gli disse triste.

Il re la fissò con un misto d'incredulità e spavento. Solo lui e sua sorella condividevano quel ricordo.

«Non era il mio destino...» balbettò lui.

Anya scosse la testa. «Siamo noi che decidiamo, giorno per giorno, il nostro destino.»

XLVII
Vanessa

La voce della compagna le era suonata talmente solenne e tranquilla che Vanessa smise di aver paura.

La spada cadde a terra.

«Ci vedrai brillare» disse Vanessa al re, con tutto l'odio che le restava dentro. «E allora non potrai distogliere gli occhi.» Poi gli girò le spalle, raggiunse la sua compagna e si allontanarono insieme.

XLVIII
Vanessa

Si incamminarono in fretta nelle deserte vie secondarie di una città che non aveva ancora smesso di lottare. Si sentivano urla e clangore di spade dalla piazza, ma tutti quei rumori suonavano già molto lontani.

«Dove mi stai portando?» chiese Vanessa alla compagna. Non riusciva a capacitarsi che Anya fosse di nuovo con lei. Ancora una volta, grazie a Dio, erano insieme. Avrebbe voluto abbracciarla, ma non c'era tempo.

Anya stava per rispondere quando qualcuno gridò.

Si voltarono allarmate in direzione di quel suono. Vanessa si irrigidì: non si sentiva in grado di lottare un'altra volta, dopo tutto quello che era successo. Ma non c'erano soldati armati o frecce pronte a colpirle. Vide solo una bambina che, qualche decina di metri dietro di loro, correva radente ai muri. Era minuta, magra e con dei lunghi capelli biondi. Era stata lei a gridare.

«Lily!» esclamò Anya.

La piccola le corse incontro e si gettò fra le sue braccia.

«Mi avevi promesso che te ne saresti andata...»

La bambina ignorò il rimprovero. «State bene?» chiese, mentre i suoi grandi occhi verdi si posavano su Vanessa. La ragazza sussultò: non aveva mai visto qualcuno che le somigliasse così tanto.

«Stiamo bene» rispose per entrambe.

«Allora seguitemi, conosco meglio la strada... qui non siamo al sicuro.»

Il tunnel era molto angusto. Vanessa non aveva mai sofferto di claustrofobia, ma l'umidità e la poca luce le ricordavano la cella sporca e buia in cui era stata rinchiusa. Si sentì soffocare.

Si vedeva che Lily conosceva quel percorso a memoria. Era la prima della fila e camminava rapida, senza esitazioni.

Cambiarono direzione più volte all'incrocio con altre gallerie, poi iniziarono un tratto in discesa.

Possibile che Anya fatichi così tanto a starle dietro? si domandò Vanessa, osservando l'andatura stentata della compagna. Anya non era mai stata un'atleta, ma non le sembrava possibile che non riuscisse a stare al passo con la bambina. Provò una fitta di apprensione: avevano percorso insieme chilometri e chilometri, eppure non le era mai parsa così debole. *Sarà stanca...* la giustificò.

Proseguirono ancora una decina di minuti in silenzio, poi Anya si portò una mano sul fianco e appoggiandosi alla parete del tunnel, con voce alterata, disse: «Vanessa, vai avanti tu».

«Anya... cos'hai?» le chiese, senza più riuscire a nascondere la preoccupazione.

«Niente, io...»

Con un gesto brusco, dettato dalla paura, Vanessa le scostò la mano dal fianco, spostandole il mantello che le pendeva storto da quel lato. Nonostante fossero in un punto scarsamente illuminato, vide chiaramente la macchia scura sui suoi vestiti.

«Maledizione!» urlò, e tirò un pugno contro le pareti. Sentì le nocche dolerle, ma in quel momento era il minore dei suoi problemi.

«Tutto bene?» chiese ancora Lily che, ignara, si era spinta più avanti.

«No, non va affatto bene» rispose Vanessa, scacciando il groppo che sentiva in gola. «Lily, portaci nel rifugio più vicino. In fretta... più in fretta che puoi.»

Non aveva idea di dove Lily le avrebbe condotte e, in quel momento, non le importava nemmeno. La rabbia era scomparsa dal suo cuore lasciando al suo posto un'orribile sensazione.

Era stata Anya a salvarla: era arrivata da sola fino a Wuolfa, era riuscita a mettersi in contatto con i ribelli e con loro aveva organizzato la sua fuga... e lei non si era nemmeno accorta subito che era ferita!

Per fortuna il tragitto sotterraneo fu breve. Sbucarono in un bosco appena fuori città.

Lily non indugiò. «C'è una rimessa, più avanti.»

Alla luce del sole, Vanessa scrutò la compagna. Era stanca e bianca come il latte. Teneva la mano destra premuta sulla ferita e la schiena leggermente incurvata per il dolore. «Appoggiati a me» le propose, rimproverandosi per non averglielo chiesto prima.

«Ce la faccio» la rassicurò Anya, ma Vanessa non l'ascoltò e l'aiutò ugualmente.

* * *

Ci volle una decina di minuti prima di riuscire a vedere la rimessa di cui aveva parlato Lily. Si trattava di una modesta struttura di legno ma, in quel momento, a Vanessa parve bella come un castello: era il loro unico rifugio.

Lily aprì la porta. Vanessa rimase sorpresa: si aspettava un capanno per gli attrezzi agricoli e invece c'erano vecchi archi appesi alle pareti, balestre rotte ammassate in un angolo e qualche spada arrugginita appoggiata su un tavolaccio. Doveva essere un deposito di armi dei ribelli, ma era pressoché vuoto: probabilmente i pezzi buoni erano stati presi per la battaglia. La piccola tolse il mantello dalle spalle di Anya e lo stese a terra.

Anya vi si sedette subito sopra.

«Sta tremando...» mormorò Vanessa.

«Vado a chiamare aiuto» disse decisa Lily. Diede un bacio in fronte ad Anya e scomparve diretta al tunnel.

Erano di nuovo sole.

«Lasciami vedere la ferita» chiese Vanessa.

Anya non si oppose.

Con tutta la delicatezza di cui era capace, le sollevò la camicia quel tanto che bastava.

Dovette trattenere un'esclamazione di spavento. Era peggio di quanto si aspettasse: la punta della spada era penetrata in profondità. Tutt'attorno la pelle era diventata scura mentre nel taglio si intravedeva una parte di carne viva e sangue, tanto sangue. *Se non si fosse esposta per salvarmi, tutto questo non sarebbe successo*, pensò con amarezza.

Vanessa scostò le mani dalla camicia e se le ritrovò rosse di sangue. *Dio, facci uscire sane e salve da questa situazione e giuro che diventerò un medico.* La prospettiva di avere tra le mani la vita delle persone non le pareva più così terribile. Avrebbe dato l'anima per riuscire a fare qualcosa.

«Sono messa tanto male?» le chiese Anya, cercando di suonare spiritosa.

«No» rispose Vanessa. Dovette mordersi il labbro per trattenere le lacrime.

Un medico cosa farebbe?

«Vado a cercare dell'acqua per pulire la ferita» decise, alzandosi, ma la compagna l'afferrò per il braccio.

«Non andartene. Non dobbiamo più separarci dopo quello che è successo.»

Vanessa annuì. Ma allora che fare? Doveva almeno bloccare l'emorragia. Trovò nell'armadio delle camicie pulite, ne prese una e la tagliò, servendosi di un pugnale, ricavandone qualcosa di simile a delle bende. Poi si avvicinò alla compagna. «Dimmi se ti faccio male» le raccomandò, cominciando a passargliele attorno alla vita, fermandole più strette che poteva. Anya serrò più volte i denti, ma non si lamentò mai.

«Grazie, Vanessa… per quello che hai pensato prima, sul palco.»

«Allora mi stavi davvero ascoltando…»

Anya non rispose e Vanessa era troppo impegnata a medicarla per spiare l'espressione sul suo viso.

E ora? pensò, quando ebbe finito di fasciarla. Dubitava che a Menish esistessero gli antibiotici. Quanto avrebbe voluto avere ancora la boccetta di pozione curativa. Sperava solo che la ragazzina tornasse presto con qualcuno che si intendeva di ferite da arma da taglio.

«Dovrei esserci io al tuo posto, è tutta colpa mia!» esclamò, sopraffatta dal senso di impotenza.

«Ma cosa dici? Non puoi certo biasimarti se sei stata catturata.»

«Se fossi subito venuta da te invece che inseguire il sovrano, non saresti rimasta ferita...»

«Come puoi pensarlo? Ciò che è stato è stato, non ha senso rimuginare su ciò che sarebbe potuto accadere.»

Vanessa sospirò. «Sai sempre qual è la cosa giusta da dire... e anche da fare. Davvero, non so come sarebbe finita se non mi avessi fermata...»

«Non sopravvalutarmi troppo» scherzò Anya. «Sono una bugiarda, ricordi?»

Vanessa sbuffò. «Non dire idiozie. Avevi fatto bene a star zitta, vedi come reagisco quando mi arrabbio? Senza di te sarei morta.»

La sua voce tremò nel pronunciare quella parola: Anya le aveva appena salvato la vita e ora stava rischiando la sua.

«Avresti fatto lo stesso, al mio posto...»

«Non è vero, non riesco a fare un bel niente, io...» Aveva gli occhi lucidi e Anya, d'istinto, l'abbracciò. Fu come se in quell'abbraccio ci fossero tutte le parole che non erano state in grado di dirsi. Vanessa sentì qualcosa di freddo sotto la camicia della compagna e, quando si tirò indietro, vide di cosa si trattava.

«È...» balbettò.

Anya annuì. «La seconda chiave... una chiave di violino, detta anche chiave di Sol, per essere precisi.»

Vanessa spalancò gli occhi e tirò fuori dalla tasca lo strano oggetto a forma di effe che aveva recuperato a Paladish.

«E quella è una chiave di Fa» proseguì Anya.

«Chi avrebbe mai creduto che la musica c'entrasse con tutto questo!» commentò Vanessa e, proprio come aveva fatto con i medaglioni quel giorno lontano nell'oasi, accostò le due chiavi per guardarle meglio vicine.

Non appena i due oggetti si sfiorarono, un raggio violetto riempì il capanno nel bosco.

Le due ragazze ebbero solo il tempo di scambiarsi uno sguardo prima di scomparire, questa volta, insieme.

XLIX

Vanessa

Vanessa ormai si aspettava di tutto.

Il buio in cui si ritrovarono aumentò ancora di più i suoi

timori. Allungò subito il braccio, temendo che la compagna fosse rimasta nel capanno, ma invece era lì, accanto a lei.

Avrebbe voluto sospirare di sollievo, ma sapeva quanto erano ancora lontane dal cantar vittoria. «Siamo sole» le disse Anya, che doveva aver controllato usando il suo potere.

Vanessa si mosse cauta, mentre pian piano i suoi occhi si abituavano all'oscurità. Scorse una lama di luce, poco più avanti. Si avviò in quella direzione. I suoi passi risuonavano come se camminasse su un pavimento di marmo in una grande stanza vuota.

«Sta' attenta.»

Vanessa annuì, anche se la compagna non la poteva vedere.

Raggiunse lo spiraglio di luce. Le sue mani incontrarono un tessuto morbido e pesante. Quando lo tirò, rimase accecata da un riverbero intenso. Era una specie di tenda. Guardò fuori dalla finestra. Osservò la piazza sotto di lei e più lontano le mura, o ciò che di esse rimaneva.

«Anya...»

Ma l'altra aveva già capito dove si trovavano. «Siamo a palazzo, a Lamen, nella sala del trono.»

L

Anya

Tutto appariva abbandonato.

Il sovrano aveva lasciato la sua reggia solo qualche giorno prima, ma sembrava disabitata da mesi. Con molta probabilità non aveva mai fatto gran caso all'ordine e alla pulizia. Sui davanzali e sul pavimento giaceva uno strato di polvere e i due grandi lampadari di cristallo che pendevano dal soffitto fungevano solo da appiglio a copiose ragnatele.

L'unico pezzo di arredamento in quell'enorme stanza era il trono che si ergeva su una pedana addossata a una parete ricca di fregi e decorazioni.

«Perché siamo comparse qui, a palazzo?» domandò Vanessa, tendendo alla compagna la sua chiave.

Per quanto non si sentisse affatto bene, Anya tentò di concentrarsi. Era difficile, e non solo per il dolore della ferita: sentiva i pensieri annebbiati. Si sforzò. Che cosa sapeva su quel luogo? Cosette gliene aveva parlato? Le pareva proprio di no. A Lamen avevano trascorso tutto il tempo a correre e a cercare un riparo, con tutta probabilità non si erano nemmeno avvicinate a quella reggia. Neppure sulla barca ne avevano fatto cenno. Anche Filomena e gli altri ribelli non avevano mai menzionato il palazzo reale.

Sirta... Lui le aveva raccontato qualcosa del sovrano. Erano vicino a Bora quando avevano scoperto che il re era il fratello di Laila. *Laila*... Questo nome le accese una lampadina. Chiuse gli occhi e fu come ritornare al bivacco nel boschetto. Sentì il calore delle fiamme, rivide il volto di Sirta e la sua bocca che parlava. Strinse le mani a pugno. Le sembrava che il ricordo di lui le riempisse e allo stesso tempo le straziasse il cuore. *L'ha rinchiusa nelle segrete del suo palazzo nella capitale, a Lamen.*

«Vanessa.» Anya si costrinse ad aprire agli occhi. Sentì una nuova ondata di dolore. La ferita le faceva sempre più male. «So cosa dobbiamo fare.»

LI

Vanessa

Le prigioni dovevano essere sotterranee, così scesero il grande scalone.

Non era ripido e i gradini erano ampi e comodi, ma a ogni passo per Anya corrispondeva una fitta di dolore. Vanessa le si accostò sorreggendola per un braccio. «Appoggiati a me: non devi affaticarti, altrimenti la ferita sanguinerà ancora di più.»

Dopo due rampe incontrarono la prima guardia che dormiva con la testa appoggiata alla parete, la bocca aperta e le gambe divaricate. Gli passarono accanto in silenzio mentre lui mugugnava nel sonno.

Al piano terra c'erano due soldati che giocavano ai dadi. Con un movimento della mano libera, Vanessa fece cadere sul pavimento le loro armi, appoggiate incautamente al muro. Il clangore metallico li riscosse.

«Non vi muovete!» ordinò Vanessa, autoritaria.

Colti di sorpresa, i due uomini cercarono di recuperare le spade, ma lei, con un cenno, le scaraventò ancora più lontano. Spaventati, i due si arresero all'evidenza.

«Dov'è la sovrana?» chiese loro Vanessa.

Frastornati, i soldati impiegarono qualche attimo a rispondere. «Ancora due rampe di scale, la seconda porta a destra… è l'ultima cella in fondo al corridoio.»

Vanessa guardò Anya che stava leggendo i loro pensieri.

«Non ci faranno del male» la rassicurò. «Vogliono solo andarsene.»

Vanessa rifletté sulle parole della compagna. Lasciarli lì era comunque un azzardo. «Che cosa state aspettando? Tornatevene a casa!» gridò.

Restarono a guardare mentre le due guardie, abbandonando le armi, correvano fuori dalla porta a rotta di collo.

Nelle segrete l'aria era fredda, umida e malsana. Vanessa aprì la seconda porta che dava sul corridoio.

«Anya, le guardie…»

«Tranquilla, qui non ce ne sono altre.»

Vanessa si fece forza e staccò dal muro la torcia accanto all'entrata: era l'unica fonte di luce. Le fiamme bruciavano fin troppo vicino alla sua mano, ma non si lamentò.

Camminarono l'una accanto all'altra, silenziose. Le celle erano vuote.

Sulle prime a Vanessa sembrò che lo fosse anche l'ultima e che le guardie le avessero mentito. Impiegò qualche istante a scorgerla: era in un angolo, seduta con la schiena appoggiata al muro. I capelli lunghi e arruffati le ricadevano sul viso.

Possibile? Possibile che fosse la stessa donna che aveva parlato loro all'oasi?

«Laila...» la chiamò piano Anya.

La sovrana aveva gli occhi aperti, ma pareva immersa in una sorta di torpore.

«Laila!»

Ci volle un po' prima che riuscisse a rialzarsi. Barcollò verso le grate con gli occhi sgranati: sembrava che faticasse ancora a metterle a fuoco.

«Sto sognando...» sussurrò rauca.

«No...» La voce di Anya invece era dolce come non mai. Vanessa si chiese come potesse, anche con quel dolore tremendo, mostrarsi così tranquilla. «Non stai sognando. Siamo davvero noi e siamo venute a liberarti.»

Vanessa, usando il suo potere, aprì la porta.

Lo sguardo della regina era ancora un po' vacuo. «Non riesco a crederci...»

«Avevi perso la speranza?» le domandò Anya.

Lei non rispose e abbassò lo sguardo.

Vanessa si chiese da quanto tempo non vedesse la luce del sole. *Sta accadendo: anche i più coraggiosi, di fronte alla morte, stanno perdendo la fiducia nel futuro*... Non sapeva proprio che cosa dire alla regina, ma Anya sì.

«In un mondo che non conosce speranza...» aveva cominciato a recitare, in tono fermo e solenne.

Quelle parole ora avevano assunto un nuovo significato. Anya, ancora una volta, l'aveva compreso prima di lei. Vanessa la vide porgere una mano a Laila. La regina sollevò la testa. Il suo sguardo non era più assente. «... Dopo un lungo tempo d'oblio...» proseguì, ritrovando la voce vigorosa di quando aveva parlato loro attraverso l'ologramma, «due ragazze troveranno la luce nel buio...» Le dita di Laila si intrecciarono con quelle di Anya.

Come può riuscire a fare questo? si chiese Vanessa. *È così debole... sono entrambe così deboli*. Fissò la torcia che stringeva fra le mani. La sua *luce* si diffondeva nel *buio* del corridoio.

Ebbe la netta sensazione che la profezia avesse preso forma davanti a loro. Si chiese se il veggente avesse visto quella scena per poterla descrivere.

«... E il loro regno non avrà mai fine» stavano scandendo Laila e Anya, all'unisono.

Uscirono insieme dalle segrete. Laila barcollava. Vanessa si aspettava che le guardie rimaste a presidiare il palazzo cercassero di catturarle, invece, quando i soldati videro la sovrana, si inginocchiarono. Laila, visibilmente emozionata, fece loro cenno di alzarsi.

Vanessa notò come quei mesi di prigionia l'avessero cambiata. Rammentò la donna che era loro apparsa appena arrivate a Menish. Lo sguardo fiero e solenne, i capelli lunghi e setosi, il vestito bianco... l'abito doveva essere lo stesso che indossava in quel momento, anche se era quasi irriconoscibile tanto era sporco e pieno di strappi.

«Mio fratello?» chiese subito la regina.

A Vanessa tornò in mente il re riverso a terra e la spada che fluttuava nell'aria, pronta a colpirlo. Dubitava che si sarebbe mai dimenticata quell'immagine ed era certa che, senza l'aiuto di Anya, sarebbe andata fino in fondo.

«È a Wuolfa, dove è in atto una rivolta contro di lui» rispose la compagna.

Laila batté le palpebre e si schiarì la voce, ancora rauca per il lungo tempo trascorso nel silenzio e nell'umidità delle segrete. «Nonostante tutto quello che mi ha fatto, non riesco a odiarlo.»

Vanessa la fissò sconcertata, ma non disse nulla. Spostò lo sguardo sulla compagna per capire come poter proseguire.

«Abbiamo trovato le chiavi» comunicò Anya, senza incertezze, alla regina.

Vanessa capì che stava cercando di rincuorarla, ma aveva detto solo una parte della verità: la terza non era ancora tra le loro mani.

«Era scritto nel vostro destino» rispose pacata Laila, come se non fosse affatto stupita.

Nel nostro destino c'era anche scritto quante volte avremmo do-

vuto sfiorare la morte? Oggi ero sul patibolo, Anya è ferita! avrebbe voluto gridarle Vanessa, ma si morse la lingua e di nuovo tacque.

Quando raggiunsero la sala del trono, questa le apparve, se possibile, ancora più desolata che al loro arrivo.

Laila si fermò nel centro del salone guardandosi attorno. Era evidente che rievocava ricordi felici.

«Siete arrivate grazie ai medaglioni?» La sua, più che una domanda, sembrava una constatazione.

Annuirono entrambe.

«Guardate: provengono dallo stemma del nostro regno.» Lo disse indicando la parete che stava dietro al trono.

Dovettero alzare la testa per scorgerlo. Era nella parte più alta, vicino al soffitto, in posizione centrale.

Impossibile non riconoscerlo. Da quando lo avevano visto per la prima volta, tutto era cambiato.

Il colore blu notte dello sfondo, impreziosito da una miriade di stelle argentate, faceva risaltare la bellissima M, avvolta da rami di salice. Vanessa riconobbe lo stesso scintillio del cristallo del salice di Mahala. Poi vide i due ovali vuoti: uno in alto a sinistra, uno in basso a destra.

«I miei antenati li avevano mandati nel vostro mondo come chiave per accedere a Menish. Avevano infuso molta magia in questi oggetti...»

«I nostri poteri?»

«Non esattamente.» La sovrana accennò un sorriso. «Non sono i medaglioni ad avere i poteri: sono solo in grado di esaltare una caratteristica che chi li indossa già possiede.»

Vanessa e Anya si scambiarono un'occhiata. Finalmente era tutto chiaro: Anya aveva il dono dell'empatia. Era da sempre in grado di comprendere i sentimenti delle persone e il medaglione aveva tramutato tale inclinazione nella capacità di leggere nel pensiero.

Vanessa, invece, spesso agiva d'impulso; nei momenti avversi era guidata solo dalle sue emozioni e il drago del pendente trasformava quei sentimenti in azione.

«Mia regina...» le disse Anya, indicandole il trono.

Laila scosse la testa. «Non è più il mio destino. Non merito più la corona; me la sono lasciata sottrarre e non sono riuscita a impedire la più grande catastrofe che Menish abbia mai affrontato. Voi mi avete liberata, mettendo a repentaglio la vostra vita... Siete molto giovani, ma vi siete dimostrate coraggiose. Non oso immaginare quante prove difficili abbiate dovuto affrontare e quante situazioni, all'apparenza impossibili, siate riuscite a risolvere. Se dovessi ritornare sul trono non sarei migliore di mio fratello. Porterei via il regno alle persone alle quali spetta di diritto.»

«Laila...» disse Vanessa, quasi le volesse impedire di proseguire.

«Ciò che temeva mio fratello era proprio l'avverarsi dell'ultima parte della profezia. Voi siete riuscite ad arrivare fin qui, siete a un passo dal chiudere il portale, e quando finalmente avrete superato anche quest'ultimo ostacolo, è giusto che siate voi a salire al trono. È destino che il vostro regno non abbia mai fine. Sono certa che sarete le migliori sovrane che Menish abbia mai avuto.»

Vanessa si voltò verso Anya, ma invece di leggere sorpresa nei suoi occhi, vide qualcosa che non aveva mai scorto fino ad allora.

LII

Anya

«Anya!» si sentì chiamare. Era la voce di Vanessa, ma la sua mente era già lontana. Stava ripensando ai ribelli. A quanto fosse stato meraviglioso vivere con loro, a quanto avesse amato sentirsi parte di qualcosa. Era riuscita in pochi giorni a farsi voler bene per quello che era davvero.

Avevano aiutato Menish e adesso c'era la possibilità di rimanere in quel mondo.

«Non potremmo più ritornare sulla Terra» le ricordò Vanessa, quasi le avesse letto nella mente.

Anya ripensò ai suoi genitori. Certo, le mancavano, ma essere sovrana, regina di un mondo che amava così tanto…

«Non rivedresti più casa tua, i tuoi amici… non possiamo, Anya.»

Perché Vanessa insisteva così tanto? Le faceva male la testa e i pensieri diventavano ogni secondo più difficoltosi. Si era mostrata intrepida, si era fatta accettare dai ribelli, aveva collaborato attivamente a elaborare un piano di salvataggio...

Era così bello sentirsi oggetto di ammirazione, non di odio o diffidenza.

Se fossero rimaste, lei sarebbe stata importante e... avrebbe avuto Sirta al suo fianco.

«Non è la cosa giusta da fare» insistette Vanessa.

«La profezia...»

«Anya, quel veggente ha visto ciò che sarebbe potuto accadere, non quello che avverrà. Siamo state noi, giorno dopo giorno, a prendere le decisioni necessarie per salvare Menish. Se non avessimo scelto di osare, ora non saremmo qua.»

Anya guardò Laila. Certo, loro avevano faticato e sofferto, ma lei? Che cosa aveva dovuto sopportare fino ad allora? Loro avevano vissuto avventure incredibili, spesso avevano affrontato il pericolo da incoscienti ed erano riuscite a coglierne solo la parte più emozionante, ma lei?

Aveva patito in solitudine, tradita da una persona cara, e amava così tanto il suo regno da avere la forza di rinunciarvi.

«Vanessa ha ragione» sussurrò. «Sei tu la legittima sovrana, Laila. Menish, grazie a te, potrà guarire... potrà ritornare a splendere come un tempo...»

Il volto di Laila non era più ben definito. Anya allungò le mani in avanti e scivolò nel vuoto.

LIII

Vanessa

«Anya!» L'urlo di Vanessa squarciò l'aria.

La compagna era cosciente, ma sempre più esausta. «Non siamo più a Lamen… siamo comparse da qualche altra parte! Anya, ti prego, rispondimi…» Si inginocchiò accanto a lei. Non si trovavano più nella sala del trono. Erano in un ambiente bianco, vuoto e infinito.

«Perché?» urlò, in preda alla frustrazione. «Non capisco! Che cosa vogliono ancora da noi…?» Lei era stremata e la sua compagna aveva bisogno di cure urgenti, altrimenti…

«La chiave» sussurrò Anya. Sebbene debole, tentò di mettersi a sedere. Vanessa era disperata. Stava per urlare di nuovo quando Anya le indicò un punto dietro di lei. Si voltò.

Vide, poco distanti, due colonne di marmo alte circa un metro e mezzo. Sospesa nell'aria, sopra il capitello della colonna più a destra, c'era una chiave di ottone con l'impugnatura a forma di cuore.

«Ce l'abbiamo fatta…» sussurrò Anya.

A ogni parola che pronuncia, notò Vanessa, *diventa sempre più debole.*

Sull'altra colonna si trovava invece una piccola boccetta di vetro contenente del liquido violaceo.

«Svelta, prendi la chiave» la sollecitò Anya.

Vanessa non l'ascoltò. Si guardò intorno. «Che cosa volete ancora?» urlò al vuoto che le circondava. «Non mi mentire, Anya, hai capito quanto me cosa c'è in quella boccetta.»

La compagna non riuscì a risponderle. Si limitò a scuotere la testa.

«Perché?» La sua protesta suonò straziante alle sue stesse orecchie. «Perché volete farci questo?» Le sue mani si strinsero a pugno e colpirono il pavimento. Si sentì quasi mancare quando lesse la scritta che era incisa sul marmo proprio sotto di lei:

CIÒ CHE È PIÙ IMPORTANTE

Era senza fiato: aveva perso tutto quello che aveva di più caro nella vita, tutto. Si era salvata mentre i suoi genitori erano stati divorati dalle fiamme e ora stava accadendo di nuovo. Si ricordava benissimo di quella boccetta: ne aveva comprata una identica a Mahala e conteneva una pozione curativa. Era esattamente ciò di cui Anya aveva più bisogno e ora era costretta a scegliere tra l'ultima chiave e la vita della sua unica amica.

«Menish è più importante, lo sappiamo entrambe» sussurrò Anya con un filo di voce. Cercava di mostrarsi calma, ma faticava a reprimere i singhiozzi. «Prendila, ti prego» aggiunse, togliendosi la chiave dal collo.

«Non posso.»

«Senza la chiave, moriremmo tutti comunque. Morirebbero Daisy, Sirta, Mara, Fabian, Cosette, Dimitri, i loro genitori, anche Lagonas sarà inghiottito dalle tenebre, Lily, Filomena, Laila,

Liam… persino tu, Vanessa.» Ansimò per riprendere fiato. «Non meritate questo, nessuno se lo merita. La vita di una persona non vale come quella di milioni. Morirei comunque nell'anima se sapessi di essere sopravvissuta a questo prezzo.»

Tentò di alzarsi, ma era troppo stremata. Vanessa sentì qualcosa crescerle dentro, un dolore profondo, che nemmeno quando aveva sentito morire i suoi genitori aveva provato.

Prese la chiave che Anya le porgeva. Le mani le tremavano.

La mise in tasca, con l'altra.

«Anya, io…» La gola le si chiudeva. Faticava persino a respirare.

«Ti voglio bene anch'io, Vanessa…» mormorò Anya. «Sei l'unica vera amica che io abbia mai avuto…» Non riuscì ad aggiungere altro.

Vanessa avanzava lentissima. Faticava a sollevare i piedi dal pavimento, quasi fossero incollati a terra. Aveva riletto la scritta incisa sul marmo come si legge una condanna a morte. *Perché lei?* Aveva trovato finalmente una persona di cui potersi fidare, che credeva in lei e che le voleva bene. E ora stava per mettere fine alla sua vita.

Non aveva avuto così tanta paura sotto la scure del boia. Provò a rovesciare le due colonne usando il suo potere, ma queste non si mossero.

Le mani le tremavano in modo convulso. Le rivide com'erano al capanno nel bosco: rosse del sangue dell'amica.

Anya era migliore di lei. Non c'erano dubbi al riguardo,

qualunque persona con un minimo di buon senso avrebbe potuto affermare lo stesso. Se l'avesse cercata subito, se solo non avesse avuto sete di vendetta… per cosa poi? Il bene non è destinato a trionfare? Sempre a parlare di destino… *Nella profezia non c'era scritto questo.*

Si fermò.

Aveva le due colonne davanti; anche se erano basse, le parvero incombere su di lei come due torri minacciose.

Perché doveva affrontare questo?

Che persona sarebbe stata se avesse condannato a morte l'amica?

Come poteva un gesto infame salvare un regno?

Milioni di persone sono più importanti di una sola… ma lei non vedeva milioni di persone, vedeva un mondo *con* Anya e un mondo *senza* di lei.

Forse, se avesse avuto un minimo di buon senso, sarebbe andata in modo diverso.

Forse, se fosse stata meno impulsiva, avrebbe fatto una scelta differente.

Non esitò.

Si allungò e tese la mano. Le sue dita strinsero quell'oggetto freddo e, come d'incanto, le colonne scomparvero.

«Anya…» mormorò, voltandosi.

Ebbe un sussulto.

La compagna era riversa a terra, gli occhi chiusi e le braccia spalancate.

Corse verso di lei e più si avvicinava, più comprendeva

quanto fosse ormai lontana. Si gettò ai suoi piedi, sentì le ginocchia sfregare contro il pavimento di pietra.

«Resisti» sussurrò. «Ti prego...» Aprì la boccetta con dita convulse e versò il contenuto nella bocca dell'amica.

PARTE QUINTA

L'Occhio

I
Vanessa

«Non mi abbandonare, Anya. Non mi abbandonare anche tu.» Vanessa stava singhiozzando. Cercava di scuotere l'amica, di stringersi a lei. Questa volta non trattenne le lacrime. Pianse. Pianse per tutte le volte che era stata sola, per tutti i ricordi felici e per tutti quelli tristi. Pianse perché non si era dimostrata una vera amica, pianse perché aveva condannato Menish a morte certa.

Aveva perso. Perso la battaglia, perso contro la sabbia, perso la sua unica amica.

D'altronde, era sempre stato il suo destino rimanere sola, sempre che di destino si potesse ancora parlare. Era la sua maledizione, il suo fardello. Forse aveva commesso qualche grave errore, forse non avrebbe mai dovuto raccogliere quel medaglione in montagna.

Forse sarebbe stato meglio se quella finestra non si fosse mai aperta.

Bagnò di lacrime la camicia di Anya mentre i ricordi le affioravano alla mente.

La compagna era riuscita a salvarla dal patibolo.

Una vita per una vita.

Non era andata proprio così.

«Ho sbagliato...» gemette. «Anya, ho sbagliato tutto...» Avrebbe tanto voluto chiederle scusa, lei che aveva sempre faticato a farlo. Scegliendo la boccetta non aveva ottenuto nulla: la compagna ancora una volta aveva avuto ragione.

II

Anya

Si sentì chiamare per nome. Non avrebbe mai immaginato che il paradiso fosse così, sempre che di paradiso si trattasse.

Innanzitutto aveva un gran mal di testa. E poi sentiva la voce di Vanessa. Perché mai l'avrebbe dovuta chiamare? Lei non era morta, grazie al cielo.

Poi ebbe una strana sensazione. Come se stesse risalendo in superficie.

Provò ad aprire gli occhi.

Si trovava nel capanno e Vanessa, accanto a lei, singhiozzava in maniera convulsa. Nella sua vita era l'unica persona che avesse mai sentito piangere in quel modo.

«Vanessa...» sussurrò. La vide irrigidirsi e poi, con estrema lentezza, alzare la testa per guardarla. Aveva il volto devastato dalle lacrime.

Vanessa scosse la testa, come se non potesse credere ai suoi occhi.

«Mi dispiace, Anya» singhiozzò, poi l'abbracciò di nuovo e di nuovo pianse a dirotto.

Rimasero strette per alcuni minuti, incapaci entrambe di parlare.

Ha scelto me… pensò Anya, sconvolta. Se da una parte era contenta di essere viva, dall'altra si sentiva terrorizzata.

«Che cosa hai fatto?» chiese con un filo di voce. Tutto era perduto, la chiave si era dissolta. Avevano fallito l'ultima prova.

«Non sono stata abbastanza forte.» La voce di Vanessa era poco più che un sussurro. «Non sarei riuscita a perdere anche te.»

Ormai non aveva più senso recriminare. L'aveva guarita: non sentiva più dolore al fianco. Era viva, ma per quanto lo sarebbe stata ancora? Si immaginò quella coltre di sabbia che tutto sommergeva soffocare Menish. Città dopo città, famiglia dopo famiglia, persona dopo persona.

Faticava ancora, tuttavia, a capire la scelta di Vanessa. *Non sarei riuscita a perdere anche te.* Anya sapeva che cosa era successo ai suoi genitori e il dolore che da bambina aveva provato. Molto semplicemente, la sua amica aveva già sofferto troppo.

«Almeno abbiamo ancora queste» disse Vanessa, come per cercare di allentare la tensione. Si mise una mano in tasca. Anya vide il lampo di terrore negli occhi dell'amica.

«Non è possibile…» la sentì sussurrare.

Quando la mano di Vanessa, ancora un po' tremante, si tese verso di lei, Anya vide solo una chiave.

Ma non era né quella di Fa né quella di Sol.

La fissarono entrambe, sbalordite.

La chiave aveva una forma alquanto bizzarra. Era composta da una stanghetta più spessa accanto a una più sottile. Ricordava suppergiù una B.

«Che cosa...» balbettò Vanessa. «Che cosa vorrebbe dire?»

Anya batté le palpebre. «Credo di aver capito...»

III

Vanessa

«Allora spiegami.» La luce della speranza aveva ricominciato a brillare nel suo animo, ma ormai Vanessa sapeva con che facilità quel sentimento potesse trasformarsi in dolore ed ebbe paura.

«È la chiave di Do, unisce il pentagramma di Sol con quello di Fa...»

«E quindi?»

Anya sembrava riacquistare le forze ogni secondo che passava. Aveva compreso cos'era successo. «Non sono mai esistite tre chiavi. Non ricordi cosa aveva detto Laila? Sulla mappa ne erano segnate solo due perché... la terza è data dall'unione di entrambe!»

«Ma questo vuol dire...»

«Che hai fatto la scelta giusta.»

Vanessa rimase senza parole. Forse non era stata un fallimento totale, forse, per una volta, non aveva commesso errori.

La maggior parte delle persone al suo posto, si rese conto, avrebbero agito solo con la ragione e, di fronte a un amico morente e a un bene più grande, non avrebbero esitato. Forse lei non era il disastro che credeva di essere. Non capita spesso, ma a volte seguire il proprio cuore si può rivelare la scelta migliore.

Erano successe troppe cose in quelle poche ore e aveva bisogno di una tregua, ma non era possibile: Anya la riscosse dai suoi pensieri. «E adesso come facciamo a raggiungere il portale?»

Non ci avevano mai pensato. Prima c'erano state le due chiavi da trovare, collocate quasi agli angoli opposti di Menish, poi la cattura di Vanessa e la morte sfiorata prima da una, poi dall'altra...

L'Occhio non solo era lontanissimo da dove si trovavano, ma come avrebbero fatto a superare l'onda di sabbia?

Si immaginò lei e la compagna camminare verso un muro giallo che avanzava. Sarebbero morte subito. Scacciò quell'immagine prima che il terrore prendesse il sopravvento. «Siamo al punto di partenza» disse. «Non possiamo andare a piedi e nemmeno a cavallo, dovremmo poter volare per evitare la sabbia...» Mentre lo diceva, la soluzione giunse come un'illuminazione. Una lampadina nella sua mente si accese e tutto le fu finalmente chiaro. «Un drago!»

Anya aggrottò le sopracciglia e rifletté qualche attimo prima di parlare. «Hai sentito cosa ha detto Sirta, sono quasi estinti, e Lagonas si trova a Mahala.» La voce di Anya si spense. Probabilmente stava pensando al ragazzo. Vanessa si morse le labbra: niente drago. Era un vicolo cieco.

Si alzò e iniziò a camminare avanti e indietro dentro il capanno.

Non sapeva più cosa fare. Allora, d'istinto, ripercorse con la mente tutto il loro viaggio, come per trovare un appiglio.

Pensò alla sua comparsa nel deserto, alla prima volta che aveva visto le stelle brillare accanto al sole. Anya svenuta vicino a lei... aveva avuto la tentazione di lasciarla lì: quante cose erano cambiate! L'oasi in cui era apparsa loro Laila... possibile che fosse la stessa donna che avevano liberato dalle segrete? Anya l'aveva convinta a intraprendere quella missione... non lo sapeva, all'epoca, ma per farlo le aveva letto nel pensiero. Quanto aveva fatto bene! Se fosse stato per lei, sarebbe rimasta in quell'oasi in eterno.

Poi erano arrivate a Mahala; erano riuscite a entrare grazie all'ingegno di entrambe, avevano derubato la sartoria, trovato il drago e incontrato Sirta...

Aveva conosciuto Daisy, la bambina con lo sguardo sveglio e gli occhi vispi. Durante la cena si era sentita per la prima volta a casa dopo tanto tempo... Poi erano partite a bordo di Lagonas.

A Bora la situazione era iniziata a degenerare: aveva scoperto che Anya poteva leggerle nella mente; poi erano arrivate a Paladish e aveva dovuto affrontare la prima prova.

Le pareva di essere a Menish da anni. Se avesse dovuto riassumere la sua vita, quelle due settimane sarebbero state la parte più consistente.

Poi erano salite a cavallo, ed erano arrivate in quella strana città che a lei non era piaciuta fin dal primo istante...

«Anya, cosa ci ha detto quel fantasma?»

IV

Anya

Anya non rispose subito. «Ha detto che era legato a noi da un desiderio mai espresso... che vedeva dolore nel nostro futuro, che la morte... avrebbe minacciato il nostro cammino e che solo unite, con il cuore, saremmo riuscite nella nostra missione.»

Tacque. Fino ad allora avevano dato poco peso a quelle parole... ma adesso? Era tutto vero! Anya era caduta dal ponte, e se non fosse stato per Vanessa, sarebbe morta nelle rapide! E a Lamen? Senza i loro poteri non sarebbero mai riuscite a fuggire. Poi lei aveva salvato Vanessa dal patibolo, e l'amica, scegliendo la boccetta, aveva fatto lo stesso: erano state in grado di sopravvivere solo grazie all'aiuto l'una dell'altra.

«Ha detto qualcos'altro?»

Anya rifletté. «Ha detto... che quando sarebbe giunto il momento in cui non saremmo più riuscite a vedere la luce, in cui la speranza sarebbe sembrata svanire...»

«Sì...»

«Ha detto che... solo l'amore ci avrebbe potuto aiutare.»

Vanessa emise uno sbuffo sonoro. «E che cosa vorrebbe dire?»

«Non lo so!» Anya iniziò a torcersi nervosa le mani e così facendo vide l'anello, quello che le aveva dato la vecchietta al mercato.

Lo portava dal giorno in cui avevano affittato il drago, a Mahala. «L'anello!» esclamò. La risposta era sempre stata lì, nelle sue mani... «Credevo fosse solo una leggenda, ma...» Saltò in piedi. Si sentiva di nuovo forte.

Vanessa stava corrugando la fronte. «Non capisco...»

Anya le narrò di come l'anziana donna le avesse regalato quel gioiello e dell'incredibile storia che gli stava dietro. L'amore non corrisposto, il sortilegio della fattucchiera e quell'ultima lacrima.

«Il desiderio non è mai stato espresso, Anya!» esclamò Vanessa, che non si era persa una sillaba. «È stato il fantasma della donna innamorata del soldato a parlarci nel cuore della notte!»

«Come ho fatto a non pensarci prima?»

«Non era ancora giunto il momento! Ora devi solo *desiderare* che Sirta compaia qua... ma...» Esitò prima di chiedere: «Lo ami?»

Anya abbassò lo sguardo. *Amore*... fino a poche settimane prima, quella parola aveva avuto per lei poco significato.

Certo, già allora sapeva di cosa si trattava. Aveva letto centinaia di libri e guardato migliaia di film in cui ne parlavano.

Aveva visto coppie baciarsi e stringersi ogni giorno eppure, prima dell'inizio di quel viaggio, non aveva mai davvero pensato all'amore.

Era accaduto, come qualcosa di inevitabile. Ma era possibile innamorarsi di una persona in soli due giorni?

Era più il tempo che aveva pensato *a* lui rispetto a quello che aveva trascorso *con* lui.

«E cosa ci assicura che con Sirta compaia anche il drago? Dovrebbe essere con lui perché questo avvenga...» obiettò Anya, incapace di sostenere il peso delle incertezze.

Vanessa sospirò: neanche lei aveva una risposta.

V

Sirta

Il giorno della partenza era arrivato.

«Non ha più senso indugiare» aveva affermato suo padre Fabian a tavola, scuro in volto. «Le Terre dell'Ovest ci attendono. Partiremo domani pomeriggio.»

«Possiamo aspettare ancora un po'» aveva contestato Sirta. «La sabbia per ora è lontana.»

Mara, seduta accanto al marito, aveva abbassato lo sguardo.

Fabian si era passato le dita tra i capelli sempre più bianchi: «Avrei voluto anch'io che questo momento non giungesse mai, ma è troppo pericoloso attendere. Non sappiamo quando la sabbia arriverà, ma non possiamo rischiare di farci cogliere impreparati.»

Sirta aveva annuito ed era uscito in veranda per evitare altre discussioni. Un tempo avrebbe appoggiato la decisione del padre, anzi, sarebbe stato lui a insistere per andarsene, ma ora...

Durante il viaggio di ritorno da Paladish il ragazzo aveva avuto molto tempo per riflettere.

Dopo la morte degli zii sapeva di essersi trincerato dietro a un muro invisibile. Il sentirsi responsabile della loro tragica fine lo aveva reso troppo severo con sé stesso e diffidente verso il prossimo. Solo l'affetto per i suoi genitori e la sorella lo aveva fatto andare avanti con volontà e dedizione al lavoro... ma ciò non gli aveva impedito di sentirsi solo.

Ora, però, tutto era cambiato. Quando era successo? Chi aveva causato il suo cambiamento?

Non doveva scavare troppo dentro sé stesso per trovare una risposta.

Quando, nel viaggio di ritorno, si era fermato nuovamente a Bora da solo, aveva trovato la notte a malapena sopportabile. Era stato tormentato dai ricordi, aveva sentito acutamente la mancanza di Anya.

Si era pentito di non essere rimasto con lei. I suoi genitori avrebbero potuto cavarsela da soli. Soltanto il pensiero della sorella gli aveva impedito di svegliare Lagonas e di andare a cercare Anya e Vanessa. Poi, da quando era tornato a casa, aveva sempre avuto la mente altrove: una parte di lui era rimasta con Anya.

Che cosa aveva quella ragazza che la rendeva diversa dalle altre?

Non si era innamorato di lei perché era una prescelta, anzi, quel pensiero inizialmente l'aveva soltanto infastidito.

Anya l'aveva svegliato dalla sua apatia. Aveva portato via il suo dolore. Era riuscita a vedere oltre la sua maschera.

Era stata lei a riaccendere la luce dentro di lui.

Finalmente aveva compreso il vero senso di quella profezia che da bambino ripeteva a memoria con un sorriso ingenuo sul volto.

I suoi genitori, al suo ritorno, l'avevano accolto a braccia aperte: i soldi guadagnati e la speranza riposta nelle due ragazze avevano permesso loro di ricominciare a sperare.

Nei giorni seguenti suo padre si era recato in città per avere notizie sull'avanzata della sabbia. Aveva sentito correre voci sul crollo delle mura di Lamen provocato da due ragazze, fuggite poi su una barca trainata da acqualuna. Sirta non aveva dubbi che fossero Anya e Vanessa ma... perché si erano avventurate nella capitale? Temeva per loro, e ancora una volta si era pentito di non averle aiutate a proseguire.

Ormai da qualche giorno aveva l'impressione che il padre gli nascondesse qualcosa. Perché avrebbe deciso di partire, perché stava smettendo di sperare? Non era da lui. Sirta cominciava ad aver paura che fosse successo qualcosa a Vanessa e ad Anya. Se il padre non glielo avesse di fatto impedito affidandogli tutti i preparativi per la partenza, sarebbe già andato a Mahala a prendere informazioni.

Lagonas, in quel momento, sembrava percepire la sua ansia: sbuffava, emettendo piccoli anelli di fumo.

Sirta gli si avvicinò e con un panno si mise a lucidare le sue squame. Accudire il drago lo aveva sempre rilassato, ma in quel momento non sembrava diminuire la sua inquietudine. E pensare che fino a pochi giorni prima avevano tentato di venderlo. L'idea che quella meravigliosa creatura non appartenesse più alla sua famiglia gli era risultata così insopportabile da indurlo a rifiutare di aiutare il padre nella vendita.

Avrebbe raggiunto Fabian solo a cose fatte, per accompagnarlo nel viaggio di ritorno a casa... ma era stato proprio dalla messa in vendita del drago che tutto aveva avuto inizio.

«Penso proprio che le squame di Lagonas ora brillino più del sole» lo riscosse sua sorella che, seduta sul muretto, lo osservava da un po'. «Rischierai di staccargliele, se continui così.»

Per la prima volta da giorni, sul volto di Sirta comparve l'ombra di un sorriso. Si voltò verso Daisy, la raggiunse e la prese in braccio. Non era più tanto leggera: stava crescendo. Se aveva acconsentito a partire l'indomani era solo per lei. Voleva che il suo futuro fosse splendente, non oscurato da una coltre di sabbia e dolore.

La appoggiò a terra e spostò di nuovo lo sguardò su Lagonas. Sembrava aver voglia di volare, come lui, d'altronde. Non sarebbe andato via senza ottenere delle risposte. Avrebbe raggiunto Mahala e cercato notizie…

Al momento suo padre era in casa, non sarebbe riuscito a impedirgli di fare un salto in città.

«Ti va di fare un giretto?» chiese a Daisy. La sorella, come aveva immaginato, scosse la testa. A differenza sua, preferiva rimanere con i piedi per terra.

Le scompigliò i capelli. Lei sbuffò, fingendosi infastidita da quel gesto confidenziale.

Sirta si avvicinò a Lagonas. Non era una fuga, sarebbe stato via poche ore: aveva soltanto bisogno di risposte e di sentirsi libero un'ultima volta.

VI

Anya

Decisero di uscire dal bosco: non volevano rischiare che il drago comparisse fra gli alberi, dove non c'era spazio sufficiente per lui.

Anya sapeva che Vanessa era dietro di lei. Si sentiva intorpidita, come se avesse bisogno di muoversi per riprendere il pieno controllo del suo corpo. Il nervosismo non l'aiutava: era sicura che le emozioni di quel giorno, nel bene o nel male, non erano ancora finite.

Il suo cuore batteva all'impazzata all'idea di quello che sarebbe potuto accadere. Davvero avrebbe potuto rivedere Sirta? L'avrebbe stretta ancora tra le sue braccia?

Mentre camminava guardava l'anello che aveva al dito, rievocando l'antica storia. La donna del racconto aveva sacrificato la sua capacità di amare per salvare l'uomo di cui si era innamorata: si sentiva quasi in colpa a realizzare il suo desiderio. Lei sarebbe stata capace di rinunciare alla sua capacità di amare per salvare Sirta? A freddo avrebbe risposto di sì, ma sapeva che trovandosi davvero di fronte a quell'alternativa non sarebbe stato così facile prendere una decisione.

Aveva portato al dito quel potere per tutto il tempo senza rendersene conto. Aveva archiviato il racconto della vecchia come una specie di fiaba dimenticandosi quasi che Menish era un mondo magico, dove esistevano fantasmi e fattucchiere.

Si guardò intorno, riconoscendo il luogo in cui aveva imparato a usare l'arco, e ricordò l'urlo dell'uomo che aveva ferito con la sua freccia durante la battaglia. Si affrettò a scacciare quel pensiero.

Raggiunsero il limitare del bosco e, di comune accordo, per non essere visibili dalla città, si spinsero un po' più a ovest.

Anya si fermò su un grande prato sul versante coperto del declivio. Vanessa le si affiancò. «Te la senti?» Sembrava preoccupata, ma come biasimarla? *E se comparisse solo Sirta? Tutti i nostri sforzi sarebbero stati inutili.* Le sembrava che quel ragazzo e Lagonas vivessero in simbiosi, ma come esserne certe?

Anya si sforzò di sorridere. «Sì, tutto a posto.» Non sapeva fino a che punto fosse vero, ma preferì far finta di nulla.

Strinse l'anello tra il pollice e l'indice.

Da dove poteva cominciare? Le sue dita tremavano.

Chiuse gli occhi. Doveva pensare a lui.

Mantieni la calma, si disse, *e inizia dal principio*.

Venne catapultata indietro, ancora nei ricordi, ma questa volta i ricordi erano i suoi.

Sentì di nuovo Sirta entrare nella gabbia di Lagonas. Era rimasta come paralizzata. Gli occhi dorati del ragazzo si erano posati su di lei, con un misto di cipiglio e stupore. Anya aveva adorato fin dal principio la sua capacità di mostrare più emozioni in un solo sguardo.

Se lo ricordò illuminato dal sole al tramonto, mentre accarezzava Lagonas. Dubitava di aver mai visto qualcosa di così bello.

Rievocò il suo abbraccio disperato quando aveva scelto di aprirsi con lei.

Ricordava perfettamente i suoi pensieri, i pochi che si era concessa di leggere, in groppa al drago. L'affetto che provava per la sorella e il terrore della sabbia che avanzava.

Rammentò la sua sorprendente capacità di raccontare, seduti attorno al falò.

Le sue parole di conforto e quell'attimo prima del bacio.

La notte trascorsa fra le sue braccia.

Evitò di rievocare l'addio: quel ricordo le faceva troppo male.

Soltanto allora espresse il desiderio. Il desiderio di averlo accanto.

Quando riaprì gli occhi, vide Vanessa che la guardava ansiosa. «Hai fatto?» le chiese. Riuscì a cogliere la tensione nella sua voce.

«Sì...»

E allora perché non sta succedendo nulla?

Sapeva che anche Vanessa se lo stava chiedendo, ma nessuna delle due ebbe la forza di dar voce a quel pensiero.

VII
Sirta

Sirta salì in groppa a Lagonas e lo incitò a partire. Sua sorella lo salutava con la mano.

Non voleva immaginare la reazione dei suoi genitori. Gli avevano ordinato di non far volare Lagonas fino al momento della partenza per lasciarlo riposare, ma lui aveva bisogno di tempo e soprattutto di risposte. Sperava di sbagliarsi, che il padre non fosse a conoscenza di brutte notizie su Anya e Vanessa. A ogni modo, Sirta era certo che, una volta intrapreso il viaggio verso le Terre Ignote dell'Ovest, sarebbero stati tagliati fuori dal mondo, o meglio, da quel poco che ne rimaneva. E questo suo volo era un modo per dire addio a tutto.

Incitò Lagonas a prendere quota. Sentiva l'aria schiaffeggiargli il viso, ma non gliene importava.

Poi successe una cosa strana.

Il paesaggio sotto di lui scomparve, o meglio, mutò. Mahala non c'era più; al suo posto vide una città su una collina, circondata da alte e possenti mura. Il cielo, dapprima terso, era diventato nuvoloso. *Com'è possibile?* Poi sentì un forte dolore alla testa, rischiò di perdere l'equilibrio, ma riuscì in qualche modo a tenere la presa sulle redini.

Anche al drago accadde qualcosa: emise una specie di basso ruggito e iniziò a scendere a strette spirali, quasi non potesse più muovere le ali.

Lagonas non aveva mai perso il controllo prima di allora.

Che cosa sta succedendo?

VIII

Anya

«Magari dobbiamo soltanto aspettare...» azzardò Vanessa.

«Non prendiamoci in giro... Il mio amore non è bastato.» Anya sentiva dentro di lei una profonda delusione.

Eppure fu proprio in quel momento che ebbe la certezza di amarlo. Si era illusa di vederselo comparire davanti perché sapeva di provare per lui quel sentimento.

«Se solo avessimo più tempo...» disse Vanessa, tirando un calcio a una zolla di terra.

«Ne abbiamo mai avuto abbastanza, durante questo viaggio?» esclamò Anya. Dalla sua voce trapelava rabbia. «È stata una corsa contro l'avanzata della sabbia fin dal principio. Siamo sempre state prigioniere dentro un'immensa clessidra, senza possibilità di fuga!»

Anya tacque. Le sembrò di vedere mille granelli di sabbia scivolare attraverso il collo di una clessidra di vetro e turbinare nell'ampolla come impazziti. Poi un gran frastuono risuonò nell'aria e fu come se si fosse alzato un vento improvviso.

Vanessa capì per prima di che cosa si trattava. «È un battito d'ali!» esclamò.

I loro occhi si volsero verso l'alto. Ad Anya mancò il fiato: Sirta e Lagonas stavano precipitando!

Che cosa ho fatto?

IX
Sirta

«Allarga le ali! Tirati su, Lagonas, recupera quota!» urlò Sirta che, con tutta forza che aveva in corpo, si teneva al suo collo per non precipitare nel vuoto.

Sentiva la presa allentarsi ogni secondo di più. Se l'avesse lasciata andare, nulla avrebbe rallentato la sua caduta. Conficcò le dita fra le squame. Sentì il sangue scorrere, ma sapeva che era l'unico modo per rimanere sul dorso di Lagonas.

Il drago cercò di rallentare la caduta aprendo le ali e stabilizzandosi con la coda. Sirta ebbe l'impressione che il cuore gli esplodesse nel petto.

Si accorse di essere vicino a terra solo qualche secondo prima dell'impatto.

Non ebbe il tempo di prepararsi.

Le unghie di Lagonas ararono il terreno e le mani di Sirta persero la presa. Fu scaraventato via dalla sua groppa.

Rotolò a terra.

Era senza fiato, gli girava ancora la testa e non riusciva a capire che cosa potesse essere successo.

«Sirta!» lo chiamò una voce.

Sentiva male dappertutto.

«Sirta!» Di nuovo quella voce. *Sembra*... Il ragazzo tentò di aprire gli occhi, cercando di mettere a fuoco le immagini.

«Stai bene?»

Di fronte a lui, senza alcun dubbio, c'era Anya.

«Sto sognando» riuscì soltanto a dire. Vide la ragazza sorridere e poi si sentì abbracciare.

X

Vanessa

Vanessa osservò l'amica correre da Sirta, steso a terra nel prato. Sapeva che era il caso di lasciarli tranquilli. Allontanò lo sguardo dai due ragazzi e lo posò su Lagonas, che si raddrizzava sbuffando dopo il pericoloso atterraggio.

Per alcuni interminabili secondi aveva temuto il peggio. Data la velocità con cui stavano precipitando, se l'erano cavata soltanto grazie alla forza di Lagonas, che poche decine di metri prima di toccare il suolo era riuscito a stabilizzare la sua posizione.

Ora il drago si stava riassestando con sguardo fiero. Aprì e chiuse le ali, come volesse verificare che non avessero subìto danni, e spostò le zampe, facendo oscillare il corpo prima a destra poi a sinistra. Le parve una cosa buffa. Sorrise e si sentì subito meglio. Era la prima volta che incontravano di nuovo dei compagni di viaggio e quella che le era sembrata una corsa senza fine stava assumendo un significato nuovo. Fu strano, ma Vanessa si sentì, in qualche modo, a casa, proprio come quella sera con la famiglia di Sirta.

Il drago le si avvicinò. Anche lui non si era dimenticato di lei. Allungò il collo e Vanessa posò la mano sul suo muso squamoso.

XI
Anya

Come può un essere umano sopportare così tante emozioni in una sola giornata? si chiese Anya.

Era passata dal terrore per le sorti dell'amica al coraggio di lottare nella battaglia; dal dolore per la ferita all'accettazione del sacrificio per un bene più grande. Il sollievo che aveva provato scoprendo di essere ancora viva era stato sostituito dal panico quando aveva visto precipitare Lagonas e Sirta… e ora lui era lì, accanto lei.

Il ragazzo aveva una strana espressione dipinta sul viso: a metà fra la gioia e lo stupore.

Anya era felice, aveva desiderato così tanto quel momento. Avrebbe voluto baciarlo, ma invece rimase a fissarlo nei suoi meravigliosi occhi dorati. Lui era ancora frastornato, ma, come d'istinto, allungò una mano e gliela passò fra i capelli, sfiorandole la guancia. «Sei proprio tu. Non posso crederci. Avevo paura che ti fosse successo qualcosa, non avrei mai dovuto lasciarti» sussurrò.

Lei strinse la mano di Sirta tenendola appoggiata al suo viso. Sentì un brivido nel punto in cui le dita sfioravano la sua pelle. Le sarebbe piaciuto rimanere ancora un po' da sola con lui, avrebbe voluto rassicurarlo, dirgli che aveva fatto la scelta giusta ma, prima che i suoi pensieri potessero trasformarsi in parole, sentì che Vanessa le toccava la spalla.

Si voltò verso di lei.

Sirta abbassò la mano.

La compagna aveva un'espressione preoccupata. «Ho sentito un rumore.»

Lei sfiorò subito il medaglione che teneva in tasca.

Dal folto del boschetto comparve una donna. Era una ribelle, su questo non ebbe dubbi, ma impiegò qualche attimo a riconoscere la persona con cui aveva parlato a cena due giorni prima.

«Anya!» la chiamò, agitando una mano.

Sirta balzò in piedi. Sembrava allarmato, anche Vanessa si era irrigidita. «State tranquilli» disse Anya «è dei nostri.»

La donna si fermò, intimorita: evidentemente aveva paura di Lagonas.

«Non ti farà del male» la rassicurò Anya.

«Vi stanno cercando» disse in fretta la donna, senza staccare lo sguardo dal drago, quasi per accertarsi che non si stesse muovendo. «Vi stanno cercando dappertutto. Lily ci ha detto che eri ferita e, non trovandovi più nel capanno, abbiamo deciso di dividerci...»

«La battaglia?» le chiese Anya. Il cuore le martellava nel petto. Sapeva quanto fosse importante la risposta a quella domanda. I suoi pensieri corsero a Laila. Se la immaginò sola, in quell'immensa sala vuota. Che ne sarebbe stato di lei se suo fratello avesse mantenuto il potere? *Sempre se riusciremo a fermare la sabbia...*

«È finita. Il re è stato catturato. Non ha opposto resistenza.»

Fu come se un peso immenso le fosse tolto dalle spalle. Ce l'avevano fatta. Mancava soltanto un'ultima missione da compiere.

«Allora torna da Filomena. Dille che siamo qui, che tutto si è risolto e che sto bene. Abbiamo bisogno di un sacco con delle provviste, anzi...» Guardò il drago e aggiunse: «Più di uno».

La donna annuì e, senza aggiungere altro, si incamminò veloce verso il bosco, tenendosi il più lontano possibile da Lagonas.

XII
Vanessa

Dovevano a Sirta delle spiegazioni: si era ritrovato a Wuolfa da un momento all'altro senza sapere il perché. Meritava delle risposte.

Fu Anya a iniziare il racconto. A Vanessa sembrò più in difficoltà del consueto, forse faticava ancora a credere che Sirta fosse davvero lì, in carne e ossa, ad ascoltarla. Per la prima volta Vanessa seppe come l'amica aveva trovato la seconda chiave. Quando comprese che il fallimento era il suo più grande timore, non ne rimase sorpresa.

Sirta tacque per tutto il tempo. Vanessa lo vide turbato quando Anya gli rivelò di essere stata ferita poche ore prima.

Gli occhi del ragazzo si posarono subito sul suo fianco, dove i vestiti erano ancora macchiati di sangue. Anya lo rassicurò che era perfettamente guarita, ma i muscoli della sua mascella rimasero contratti. Quando arrivò il momento di spiegare come erano riuscite a farlo arrivare fin lì, Anya si limitò a dire, non senza diventare rossa dall'imbarazzo, che avevano utilizzato un antico incantesimo. Vanessa trattenne a stento un sorriso: l'omissione non era un tratto peculiare di Anya ma anche lei, al suo posto, si sarebbe comportata allo stesso modo.

«Lo sapevo che mio padre mi stava nascondendo qualcosa» commentò Sirta, chiudendo le mani a pugno. «Le voci della tua cattura erano giunte fino a Mahala.» Fu una delle poche volte in cui si rivolse a Vanessa anziché alla compagna. «Per questo mio padre aveva deciso di partire: temeva che non ce l'avreste fatta.»

«Volevate andarvene?» chiese Anya senza riuscire a nascondere la sorpresa nella voce.

«La partenza era fissata per oggi.»

Vanessa ricordò lo sguardo pieno di speranza di Fabian. Faticava a immaginare che quell'uomo avesse smesso di credere in loro.... ma d'altronde, come biasimarlo? Anche lei, nei suoi panni, avrebbe tentato in ogni modo di proteggere la sua famiglia.

«E adesso?»

«Dobbiamo raggiungere il portale. Ci serve il tuo aiuto. Non ce la potremmo mai fare da sole.»

Sirta si girò a guardare il drago: se ne era stato buono poco lontano da loro, ad aspettare paziente un comando.

«Finalmente posso rendermi utile» disse, e un sorriso un po' sghembo gli comparve sul volto. Vanessa si chiese se avesse pronunciato quella frase perché si sentiva ancora responsabile per quello che era accaduto ai suoi zii. Non ne sarebbe rimasta sorpresa, sapeva quanto profonde potevano essere certe cicatrici.

Intanto dal bosco sentì provenire altri rumori. Qualcuno si stava avvicinando senza tentare di nascondersi.

Nel giro di pochi minuti un folto gruppo di persone invase il prato dove si trovavano. Erano vecchi e giovani, sporchi di terra, con i vestiti strappati e dei tagli sulla faccia. Qualcuno era macchiato di sangue.

Lily e una donna alta, con un lunga treccia corvina, erano in testa al gruppo.

I ribelli, coloro a cui doveva la vita, erano lì, davanti a lei. Vanessa si alzò di scatto e scrutò i loro volti, alla ricerca di una persona ben precisa.

Vi erano pochi uomini: la maggior parte doveva essere rimasta a Wuolfa. Liam non era tra loro. Le aveva salvato la vita e lei e non poteva nemmeno dirgli addio. Aveva rischiato tanto per lei, voltato le spalle ai suoi compagni... Ricordò il suo sguardo disperato, quando Finn la stava per uccidere. *L'amore, ragazzo mio, non paga mai*... Forse quell'uomo non si era sbagliato.

Si voltò verso Anya e Sirta: si erano avvicinati l'una all'altro. Se fossero riuscite ad arrivare al portale, anche loro si sarebbero dovuti separare. Lei e la compagna avevano ormai preso una decisione: sarebbero ritornate nel loro mondo.

Vanessa aveva le lacrime agli occhi. Batté le palpebre. Non poteva piangere di nuovo.

Si sentì stringere la mano. Anya era accanto a lei e, senza bisogno di leggerle nel pensiero, aveva capito il motivo del suo turbamento. A volte aveva l'impressione che quel ciondolo per la sua amica fosse solamente un accessorio.

La guardò riconoscente.

Nel frattempo la donna con la treccia corvina si era avvicinata. I suoi lineamenti duri erano distesi in un'espressione serena.

«È merito suo se l'esecuzione non ha avuto luogo» le disse la compagna, presentando Filomena a lei e a Sirta.

Vanessa sentiva gli occhi della capa dei ribelli fissi su di lei. Ebbe l'impressione che quella donna avesse un carattere più forte del suo. Nella sua vita aveva incontrato poche persone delle quali si potesse dire altrettanto, nel bene o nel male.

Filomena parlò: «Abbiamo temuto che foste ancora in pericolo. Lily mi ha detto che eri ferita, Anya...»

Lei non rispose subito. Vanessa comprese la sua incertezza. Raccontare come erano riuscite a ottenere la chiave e la boccetta sarebbe stato fuori luogo.

«Nulla di grave» tagliò corto alla fine Anya. «Adesso ho anch'io la mia cicatrice.» L'ombra di un sorriso balenò sul volto di Filomena, ma durò solo un attimo, poi la sua attenzione si spostò su Sirta e sul drago.

«Ci aiuteranno ad arrivare al portale» spiegò Anya.

La conversazione proseguì. Filomena raccontò le ultime fasi della battaglia. Appena loro due se ne erano andate, alcuni ribelli avevano raggiunto il sovrano che non aveva opposto resistenza né cercato di fuggire. Era stato rinchiuso nelle prigioni, in attesa di ordini da Lamen. Vanessa cercò di cogliere nelle sue parole qualche riferimento a Liam, ma invano. Avrebbe potuto domandarle di lui, ma aveva troppa paura di ricevere delle brutte notizie.

«Dovete andare» concluse Filomena. «La sabbia avanza veloce.» Allungò la mano verso Anya per salutarla, ma questa ignorò la sua destra protesa e strinse la donna in un abbraccio. Filomena rimase sorpresa dalla spontaneità di quel gesto, tuttavia ricambiò la sua stretta. Anya le sussurrò qualche parola, ma troppo a bassa voce perché Vanessa potesse sentirla.

Poi Filomena si congedò da lei e da Sirta.

«Buona fortuna.»

Non aggiunse altro. Si voltò per tornare dalla sua gente.

Vanessa esitò. Non era riuscita a esprimere la sua riconoscenza a Liam e ora stava perdendo l'occasione di mostrare la sua gratitudine a chi le aveva permesso di salvarsi. Rincorse Filomena e con un breve scatto la raggiunse. Quando se la ritrovò di nuovo davanti, trasse un profondo respiro: «Volevo ringraziarti» le disse. «Se sono sopravvissuta, è anche per merito tuo. Avete creduto in noi ancora prima che arrivassimo a Menish... sarò eternamente grata a tutti voi.»

Filomena scosse appena la testa. «Non ringraziarci. Anche Anya attribuisce troppo valore al nostro aiuto. Se uomini e donne potranno ritornare nelle loro case, se la sabbia verrà risucchiata nel portale, se i bambini potranno di nuovo ridere, se Menish, insomma, sarà un posto migliore, sarà merito vostro. Non dimenticartelo. Non dimenticartelo mai.»

Quando Vanessa tornò da Anya, la trovò stretta a Lily. La bambina era sull'orlo delle lacrime. «Vorrei tanto che rimaneste...»

Anya le accarezzò i capelli. «Non possiamo, piccola, ma non piangere: hai un bellissimo futuro davanti.» La bambina si allontanò da lei con gli occhi gonfi dal dispiacere per andare ad abbracciare Vanessa. Ebbe la sensazione che quella piccolina le sarebbe mancata.

Inaspettatamente, Lily strinse a sé anche Sirta, che rimase sorpreso dal suo gesto gentile. «Abbi cura di loro» gli raccomandò la piccola.

Si infilarono delle giacche portate dai ribelli per proteggersi dal vento, poi presero le sacche delle provviste, le assicurarono con delle corde e salirono in groppa al drago. I ribelli li salutarono con la mano. Alcuni, notò Vanessa con stupore, stavano piangendo. *Non meritiamo così tanto affetto...*

Si ritrovò a pensare alle parole che aveva pronunciato nell'oasi prima di iniziare il viaggio verso Mahala. *Mi rifiuto di rischiare o di perdere la vita per qualcosa che non mi riguarda!* aveva urlato ad Anya. Come poteva essere stata tanto egoista? Soltanto il ricordo delle parole di Filomena le diede la forza di ricambiare il saluto.

Fu allora che ebbe la certezza che uno dei momenti più difficili, ma anche più belli, della loro vita stava finendo. Sapeva che, in qualsiasi modo fosse andata, il regno di Menish, di lì a poco, sarebbe diventato un ricordo.

Il drago aprì le sue potenti ali e si alzò in volo. Le persone divennero prima piccole, poi una macchia indistinta e infine scomparvero in lontananza.

XIII
Anya

«Non dovete essere tristi» disse Sirta, consultando la mappa. Volare sapendo quale direzione dovevano seguire non era molto difficile. «State facendo così tanto per Menish.»

«Ce ne stiamo andando» rispose Vanessa, esplicita. «Non torneremo.»

Sirta esitò prima di rispondere. «Quando mi avete raccontato di aver rifiutato la corona ho capito che questa è la vostra scelta, ma… non mi capacito ancora che l'ultima riga della profezia non si possa avverare.»

Anya si morse le labbra. Una parte di lei avrebbe voluto non dovergli mai dire addio. Era già stato abbastanza doloroso separarsi una volta.

Sapeva che, senza Vanessa, non avrebbe trovato la forza di andarsene. Era la sua presenza a ricordarle quale fosse la scelta migliore.

«Questa non è la nostra terra. Vorremmo rimanere, ma non è possibile. La nostra vera vita è al di là del portale. Spero solo che tu ci capisca.» La sua voce era diventata flebile. Se la schiarì con un colpo di tosse. «A ogni modo, sappiamo tutti che la cosa più importante è fermare l'avanzata della sabbia; noi in fondo siamo qui per questo.» Non avrebbe voluto troncare in quel modo la conversazione, ma proseguire le avrebbe fatto ancora più male.

Il ragazzo annuì e Vanessa stranamente tacque.

Dopo qualche ora le spalle di Sirta iniziarono a incurvarsi. Anche la sua presa sulle redini non sembrava più così salda. Anya capiva il suo stato d'animo. Uno dei momenti più difficili del loro viaggio si stava avvicinando: di lì a poco sarebbero andati incontro alla piaga che affliggeva Menish, ciò che tutti temevano e che ben pochi avevano visto senza perdere la vita. Il flagello che aveva condotto alla morte gli zii di Sirta. Era davvero crudele portarlo ad affrontare la sua più grande paura, ma d'altronde, che altra scelta avevano?

«Ti devi riposare» gli disse.

«Non posso.»

«Ci pensiamo noi a Lagonas, sei stanco, hai bisogno di dormire...»

«Ce la faccio.»

«Non ha senso rimanere tutti e tre svegli. Il tragitto è

ancora lungo, sarebbe pericoloso se crollassimo contemporaneamente.»

Sirta finì col cedere. Si legò con una grossa corda alle ragazze e allungò le redini per farle arrivare meglio ad Anya. «Lagonas sta andando verso nord-est, non cambierà direzione... Se mi inclino da un lato scrollatemi. Non lasciatemi dormire troppo» raccomandò loro, poi appoggiò la schiena al petto di Anya e, dopo averle rivolto un ultimo sguardo, chiuse gli occhi.

La ragazza rimase per qualche tempo zitta ad ascoltare il suo respiro regolare, poi si rivolse a Vanessa. «Non ho mai avuto il tempo di dirtelo, ma è importante che tu lo sappia. È stato Liam a impedire al soldato che mi aveva ferita di uccidermi. Se non fosse stato per lui, sarei morta in battaglia. È davvero un ragazzo incredibile.»

La compagna, che nel frattempo si era avvolta in una coperta per proteggersi dal freddo, rispose con misto di gratitudine e malinconia. «Non mi stupisce. È una persona meravigliosa. Ha cercato in ogni modo di proteggermi.»

Anya annuì, poi, continuò: «E mi ha anche parlato di te...»

«Che cosa ti ha detto?»

«Che non ti dimenticherà mai.»

Vanessa sospirò. «Forse è andata meglio così. Non meritavo uno come lui. Troppe persone sono state disposte a dare la loro vita per me... questa cosa mi fa paura. Non avrei mai accettato di perderti, Anya. Sei...» sorrise imbarazzata. Stava diventando timida? «Sei la mia migliore amica. Cavoli, era dalle elementari che non dicevo una cosa del genere.»

Risero entrambe.

«E pensare che mi detestavi...» disse Anya.

«E tu detestavi me.»

«Non è vero...»

«E invece ho ragione.»

«"Meglio soli che mal accompagnati".»

«Questo l'avevi detto tu, non io.»

«Ma non ero stata io a pensarlo per prima.»

«*Touchée.*» Vanessa rise ancora, per nulla infastidita che Anya le avesse letto il pensiero quel lontano primo giorno di scuola. «Hai ragione, me lo sono meritata.»

Rimasero di nuovo in silenzio. Il cielo scuro era decorato da migliaia di stelle, ma si vedeva poco del paesaggio sottostante.

«Sai, Vanessa, all'inizio volevo salvare questa terra solo per tornare a casa, ma dopo tutto è cambiato. È cambiato grazie a Sirta, alla sua famiglia, a Cosette, a Dimitri, a Lily, a Filomena, a Liam, a Laila... grazie a tutte le persone che, in un modo o nell'altro, ci hanno aiutate in questo viaggio. In barca, con Cosette, ho compreso per la prima volta che per me era più importante salvare loro che me stessa. Ed è stata una sensazione bellissima. Mi sono sentita leggera, migliore. Darei la mia vita per loro...»

«Lo stavi per fare.»

Anya esitò. «La tua scelta è stata la più pazza e sconsiderata che potessi mai fare. Saremmo potuti morire tutti. Io, tu, tutta Menish... eppure era quella giusta. Pochi avrebbero compreso che soltanto un gesto di affetto e umanità poteva salvare il regno. L'odio porta solo odio e il male causa solo morte e distruzione. Io non ti potrò mai ringraziare abbastanza. Non avrei mai immaginato che qualcuno mi potesse ritenere così importante.»

«Anya...» sussurrò Vanessa. Non sapeva cosa dire. Si sentiva in imbarazzo, era evidente, così l'amica continuò.

«Sai, non l'avrei mai creduto, ma sono grata ai ragazzi che hanno messo il barattolo di vernice nell'ufficio della preside: senza di loro, tutto questo non sarebbe stato possibile e noi saremmo ancora sole. Non ci saremmo mai conosciute veramente e avremmo continuato a odiarci. Penso che la solitudine ci abbia accomunato fin dall'inizio.

«Certo, è più facile immaginare me sola, in una biblioteca vuota, a leggere qualche libro... ma tu eri più sola di me, Vanessa. Avevi perso una capacità importante: non riuscivi più a fidarti. La vita era stata troppo crudele nei tuoi riguardi e ne hai dovuto pagare per troppo tempo le conseguenze...»

«Dopo la morte dei miei genitori ho sempre dovuto contare solo su me stessa. Non ho mai avuto vere amiche, perché io per prima non ero in grado di dare loro fiducia. Forse, se fossi stata una persona diversa, l'amicizia con Sofia, la ragazza che è entrata nel chiostro con me il primo giorno di scuola, sarebbe stata più vera.»

«Adesso che non siamo più sole sarà più facile affrontare qualunque cosa.»

«Penso che sia questa la grande gioia di avere un'amica.»

Anya le sorrise. «Poi abbiamo sempre i nostri poteri...»

«Lasceremo il segno.»

Anya abbassò gli occhi su Sirta, che dormiva tranquillo.

«Possiamo sempre rimanere...» disse Vanessa, quasi per consolarla. «Siamo ancora in tempo.»

«Sei stata tu a farmi rinunciare al trono, sai bene che rimanere non è la cosa giusta da fare. Dobbiamo tornare a casa.»

Vanessa sospirò, poi aggiunse: «Che strana prova, liberare la sovrana...»

«Sai, non credo che fosse quella la prova.»

Vanessa corrugò la fronte. «In che senso?»

«Pensaci bene: io ti ho impedito di uccidere re Edwin. Nella tua mente c'era solo un profondo desiderio di vendetta: non riuscivi più a comprendere che cosa contasse davvero. Ma poi, nella reggia, ironia della sorte, sei stata tu a convincermi a non accettare il trono. Sono stata arrogante e ho posto me stessa prima del bene di Menish. Le prove non sono state due, ma anche questa volta tre, e la seconda non consisteva nel liberare la sovrana, ma, come la prima, nel fare ciò che era giusto. Siamo riuscite a superarle solo aiutandoci l'un l'altra. Da sole avremmo fallito. I nostri difetti avrebbero preso il sopravvento.»

Tra di loro ci fu ancora silenzio. Poi Vanessa parlò.

«Sai, Anya, penso di aver imparato in questo viaggio più di quanto avrei potuto apprendere in cinque anni di superiori, con annesse delusioni e gioie.»

«Che cosa vorresti dire?»

«Credo... credo di aver compreso cosa è davvero importante.

Ho visto la luce della speranza tornare a brillare dove non credevo fosse più possibile e ho capito che le situazioni difficili possono rendere gli animi aridi, ma anche speciali, migliori: non è la miseria a far diventare nero un cuore, ma la mancanza di affetto. Ho scoperto che le difficoltà possono unire le persone più di infinite promesse, e che ognuno di noi prova mille emozioni, e ciascuno in maniera differente. Chi crede di comprendere il prossimo con un solo sguardo non è altro che un illuso.

«Ho capito che ogni volta che non agisci per paura di commettere un errore muore una piccola parte di te, e i danni, a lungo andare, possono essere irreparabili. Anche la parola *viaggio*, per me, avrà un nuovo significato: un'avventura non può ritenersi tale se non ti rende, nel bene o nel male, una persona diversa.

«Ho scoperto cosa significa fare una buona azione senza secondi fini: la gioia che provi in quel momento vale più di ogni cosa perché ti rende migliore, e tu ne sei consapevole. All'inizio temevo di essere debole… temevo che non sarei riuscita a sopportare tutto il dolore che avremmo dovuto affrontare. Mi sbagliavo: certo, non avrei mai creduto di provare così tanta sofferenza e di sfiorare così spesso la morte… ma ho anche compreso di essere più forte di quanto avrei mai potuto immaginare e, cosa più importante, di non essere sola. Ho sempre pensato che avrei potuto contare soltanto su me stessa. Ma mi sbagliavo. Se si è disposti ad aprire il proprio cuore non si è mai soli.

«Una persona può scegliere, come me fino a poco tempo fa, di chiudersi dentro a una corazza, ma fa male solo a sé stessa: in tal modo non si impedisce solo di essere ferita, ma anche di amare o provare affetto. E una vita senza amore non vale la pena di essere vissuta. Prima credevo esistessero solo il bene e il male, il bianco e il nero, ma non è vero: fra l'uno e l'altro vi sono infiniti toni di grigio.

«In passato pensavo che la vita fosse solo un susseguirsi di ostacoli, ma non è così: ogni avversità che rallenta la nostra corsa contribuisce a renderci più forti, e a essere quelli che siamo. Ho compreso che chi incolpa il destino per i suoi insuccessi è soltanto un codardo e che l'egoismo ti porta solo alla solitudine: ciò che ti appartiene morirà con te, ma ciò che doni agli altri sarà destinato a durare per sempre.»

«In pochi giorni abbiamo compreso ciò che la maggior parte delle persone non apprende in una vita» convenne Anya.

«Penso che abbiano tutti questa lezione davanti, solo che non vogliono farne tesoro. È per questo che la maggior parte della gente non crede nel vero valore dell'amicizia: non hanno abbastanza fiducia negli altri da aprire il loro cuore. Ma solo perché non sono riusciti a trovarla, non vuol dire che la vera amicizia non esista.»

XIV
Anya

Volarono per tutta la notte. Il drago rallentò, un po' affaticato, ma non smise mai di muovere le sue possenti ali. Sirta si destò poco prima dell'alba. «Ti avevo chiesto di svegliarmi...» rimproverò Anya con dolcezza.

«Stiamo andando nella direzione giusta...»

Il ragazzo si voltò verso di lei. «Non era per quello che desideravo rimanere sveglio.» La sua voce era calda e ferma. «Quindi...» continuò, con gli occhi fissi sui suoi, «tu saresti in grado di leggere nel pensiero?»

«Sì, ma solo quando porto questa collana.» Anya la estrasse dalla tasca e gliela mise fra le mani.

Sirta rimase stupito e analizzò l'oggetto con attenzione. «Fa parte dello stemma di Menish...»

«Esatto. È stato grazie ai nostri medaglioni che siamo riuscite ad arrivare fin qui. Quello di Vanessa raffigura il drago.»

Sirta le ridiede l'amuleto e Anya, senza la minima esitazione, lo rimise in tasca, lontano dalla sua pelle.

«Quindi, quali miei pensieri avresti ascoltato?»

Anya non prese in considerazione nemmeno per un istante l'idea di mentirgli. «Ho tenuto addosso la collana solo nella prima parte del viaggio, in groppa al drago. Mi dispiace...»

«Non rattristarti. Penso che chiunque, se avesse un potere così grande, trascorrerebbe la maggior parte del tempo ad ascoltare cosa hanno in mente le persone e, di conseguenza, tenterebbe di manipolarle... a differenza tua.»

Anya arrossì, imbarazzata. Lanciò un'occhiata a Vanessa, ma si era addormentata, allora continuò: «Stavi pensando alla tua famiglia».

«La cosa non mi stupisce, lo faccio spesso.»

«Avevi in mente Daisy, la tenevi stretta fra le braccia e la facevi girare in aria.»

Sirta sorrise. «Siete mancate anche a lei.»

«Anche?» Sapeva che cosa il ragazzo intendeva, ma voleva sentirglielo dire.

«Sai che cosa intendo» si limitò a rispondere lui.

Anya decise di non insistere. «Non ho visto solo quello...»

«Che altro?»

«Prima c'era la tua famiglia, ma poi... è arrivata la sabbia. Sommergeva ogni cosa, irrompeva nella tua casa sfondando gli scuri delle finestre...» Fu costretta a interrompersi, troppo provata per continuare. «Mi dispiace di averti portato ad affrontare il tuo peggiore incubo.»

«È il peggiore incubo di ogni abitante di Menish. Sarà merito vostro se non diventerà reale in tutto il regno.»

«Merito *nostro*, vorrai dire» sottolineò lei.

Prese la pergamena da sotto la camicia e, con cautela, l'aprì. «Siamo a nord di Corinta. La sabbia sta per arrivare a Lamen.»

Sirta scorse velocemente la mappa, poi si voltò verso l'orizzonte, dandole di nuovo le spalle.

* * *

Si fermarono per un breve pasto. Quando ripartirono la tensione era palpabile.

«Togliti il ciondolo, non credo sia il caso di correre rischi» disse Anya alla compagna. Ormai la sabbia era vicina.

Vanessa non esitò e se lo infilò anche lei in tasca. Sapevano entrambe che la paura avrebbe potuto scatenare il suo potere senza possibilità di controllo e, essendo soli nell'arco di centinaia di chilometri, si sarebbe potuto riversare solo su di loro.

Per quanto fossero attenti, non la videro arrivare.

Anya se ne accorse solo quando sentì mille punzecchiature, simili a punture di api, su ogni parte esposta del corpo.

Vanessa cacciò un urlo per la sorpresa.

Anya si mise a osservare la parte delle sue braccia lasciata scoperta dalla giacca. Il dolore diventò più intenso e sulla sua pelle vide comparire un sottile strato dorato. Gli occhi le bruciavano.

«Sirta, prendi quota!» urlò. Granelli di sabbia le scricchiolarono sotto i denti. Si mise una mano davanti alla bocca e al naso, poi ritornò a fissare l'orizzonte.

Non era un'onda anomala, e nemmeno un muro che avanzava. Sarebbe stata pronta a vedere un mare di polvere gialla che procedeva più o meno veloce sotto di loro, ma la realtà era peggiore delle sue aspettative.

Sembravano miriadi di nuvole spugnose incollate tra loro

che vorticavano, con l'aiuto del vento, sulla superficie indistinta del suolo. Non fu la velocità a spaventarli, ma l'energia che sembravano racchiudere, come durante un temporale, l'attimo prima che i fulmini si scarichino a terra.

Sirta, nel frattempo, aveva fatto salire Lagonas sempre più in alto. Il dolore sulla loro pelle diminuiva, ma aumentava il freddo. Il drago aveva emesso degli sbuffi potenti per liberarsi le narici dalla sabbia.

Dopo quella che le parve un'eternità, Lagonas smise di salire e stabilizzò le ali, rallentando la velocità.

«Non si vede nulla, qua sotto! Com'è possibile? Sembra che mille tornado si siano radunati... come faremo a trovare il portale?» chiese Vanessa, preoccupata.

Ciò che si trovavano a sorvolare aveva la potenza di una piaga biblica.

«La mappa ci aiuterà!» rispose Anya.

«Ma se tenteremo di scendere verremo spazzati via!» ribatté Vanessa con lo sguardo incollato sotto di lei. «Come faremo ad abbassarci?»

«Quando saremo sopra il portale decideremo. È inutile fare previsioni finché dall'alto non capiamo che direzione prende la sabbia fuoriuscendo dal suo punto d'origine.» disse Sirta, con un leggero nervosismo nella voce.

Anya si sentiva raggelata sia nel corpo che nell'anima, e anche per i suoi compagni doveva essere lo stesso. La nausea cresceva in lei di minuto in minuto ed ebbe la sensazione che di lì a poco avrebbe rigettato quel che aveva mangiato. Si voltò per controllare Vanessa. Era pallida e aveva lo sguardo duro fisso sul vuoto.

Era come se la sabbia avesse spazzato via anche il più piccolo sentimento di gioia dentro di loro.

XV
Vanessa

Il drago, ormai stanco, aveva rallentato la sua andatura. Ma finché non fossero arrivati al portale, non avrebbe potuto fermarsi da nessuna parte. La loro breve sosta purtroppo non era bastata a farlo riposare. *Nemmeno un drago può volare per sempre*: non erano state quelle le parole di Sirta, nel bosco, accanto al fuoco?

Vanessa era sempre stata impressionata dai tornado, dalla loro furia capace di spazzar via in pochi minuti ogni cosa. Era come se sotto di lei si stesse allargando un uragano senza fine. Se guardava a terra, provava un'acuta sensazione di vertigine.

Si sforzò di mantenere il ritmo del respiro regolare. Chiuse gli occhi.

Sarebbe stata la tensione a ucciderli, se non avessero fatto qualcosa per alleviarla. Non potevano andare avanti fissando con gli occhi sbarrati ciò che succedeva sotto di loro.

Parlare non avrebbe risolto niente. Così, Vanessa fece l'unica cosa che era in suo potere.

Iniziò a cantare.

Sapeva di non avere una voce particolarmente bella, ma in quel momento non le importava. Non pensava alla musica da tanto tempo eppure, in qualche modo e senza che lei e la compagna lo sapessero, le aveva sempre accompagnate per tutta la durata del viaggio.

Iniziò con le sue canzoni preferite, quelle che aveva ascoltato nella sua stanza la mattina del primo giorno di scuola. Anya, riconoscendole, si unì a lei.

Quando terminò il suo repertorio, fu Sirta a prendere il suo posto: intonò ballate di Menish con una voce calda e piacevole. Probabilmente Anya ne aveva appresa qualcuna dei ribelli, perché di tanto in tanto si unì al suo canto.

Proseguirono in questo modo per ore.

XVI

Anya

Quando ormai anche il drago era stremato Anya, controllando la mappa, si rese conto che erano quasi arrivati.

«Fai alzare Lagonas!» urlò a Sirta.

Il freddo diventò ancora più intenso. Anya iniziò a battere i denti.

Fu allora che individuò il portale. Era impossibile non ve-

derlo: era immenso. Situato sul fronte roccioso di una montagna, assomigliava all'apertura di una mastodontica caverna. Vedere al suo interno era impossibile: miriadi di granelli dorati uscivano turbinando trascinati dal vento come un enorme sciame di insetti.

Al di sopra dell'antro, un gigantesco timpano era intagliato nella roccia. L'occhio, che tanto avevano cercato, era inciso al suo centro.

«È incredibile.» Anya percepì la voce di Vanessa come un sussurro, tanto era aumentato il sibilo del vento.

Il ragazzo modificò la rotta del drago. «Se sorvoliamo il portale, possiamo atterrare su quell'altura appena dietro! Non vedo altra soluzione!» urlò per farsi sentire.

Lagonas, muovendo le sue ali con le ultime energie che gli restavano, lottava contro il vento per mantenersi sopra quell'uragano.

La sabbia non si diffondeva dal portale in modo uniforme, ma per il momento veniva spinta verso nord-ovest con un angolo di non più di trenta gradi. *Per questo ha colpito prima le città di Aerta e Saluna*, constatò Anya.

La visione era apocalittica ma, per quanto potesse incutere timore, era impossibile distogliere lo sguardo.

Appena dietro il portale si estendeva una distesa di rocce che sembrava non avere fine. Anya non riuscì a scorgere nemmeno un piccolo prato o l'azzurro di un corso d'acqua: era quanto di più desolante potesse immaginare. L'immobilità della pietra a perdita d'occhio faceva risaltare ancora di più, se possibile, i vortici di sabbia in movimento sotto di loro.

Sirta iniziò le manovre di avvicinamento all'altura. Lagonas cambiò bruscamente direzione, sballottato dalla corrente. Anya, nonostante si tenesse stretta alle corde, ebbe più volte l'impressione di precipitare.

«Tenetevi forte!» urlò Sirta, per prepararle all'impatto.

Il drago sbatté le ali con una tale potenza che Anya pensò di volare via per lo spostamento d'aria. L'urto fu violento, ma Lagonas con gli artigli si ancorò a una roccia, evitando il peggio. I respiri dell'animale divennero più ravvicinati: anche lui sembrava esausto e si doveva riprendere dall'intenso sforzo.

Erano atterrati appena dietro il portale, sulle rocce.

«State bene?» la voce di Sirta era rauca. Aveva stretto a tal punto le redini che gli sanguinavano le mani.

«Sì, tutto a posto» lo rassicurò subito Anya.

Dopo aver tossito un po' di sabbia che le era finita in gola anche Vanessa riuscì a balbettare una risposta.

Sirta smontò veloce per accertarsi che il drago non fosse ferito. Tornò dopo qualche minuto per aiutarle a scendere.

La forza del vento in quel punto era debole e la sabbia spolverava le rocce, priva di forza.

Anya sentì un dolore alla bocca dello stomaco. Era un addio, nessun arrivederci o altri incanti erano possibili. Vanessa, quando vide Sirta avvicinarsi, si allontanò di qualche metro e diede loro le spalle. Anya gliene fu grata.

Tuttavia, quando Sirta le fu accanto, esitò. Solo pochi centimetri li separavano, ma il ragazzo non la baciò né l'abbracciò. Anya capì che stava cercando le parole, quindi rimase in silenzio.

«Da quando... da quando ci siamo separati mi sei mancata, Anya» disse alla fine. La sua voce era molto bassa, come se si stesse controllando per impedire alle emozioni di prendere il sopravvento. «Giorno dopo giorno, ora dopo ora. Eri un pensiero fisso, che non riuscivo a togliermi dalla mente. Sei l'unica persona che ha visto in me qualcosa di buono... A Paladish mi hai chiesto di non dimenticarti, dubito che sia possibile.»

Anya sentì le lacrime salirle agli occhi. «Tuttavia» proseguì Sirta «so che avete ragione. Menish non è casa vostra. Avete una famiglia nel vostro mondo che vi aspetta. Anch'io, al vostro posto, avrei deciso di tornare.»

La ragazza tentò di trattenere le lacrime, ma non ne fu in grado. Era la prima volta che piangeva per amore.

«Non piangere» le sussurrò Sirta, abbracciandola. La sua stretta era calda e familiare. «Forse è il nostro destino, consolarci a vicenda.» Erano le stesse parole che le aveva rivolto a Bora, dopo il litigio con Vanessa. Questa volta Anya non esitò. Alzò il viso e lo baciò.

XVII
Vanessa

Vanessa si aspettava che, dopo aver detto addio a Sirta, sarebbe stata Anya a raggiungerla. Perciò, quando sentì la voce del ragazzo, rimase sorpresa. «Buona fortuna... per tutto quanto.»

«Anche a te» rispose Vanessa. «Alzatevi in volo subito: non so cosa potrà succedere quando inseriremo la chiave nell'Occhio. Meglio non correre rischi.»

Sirta annuì. Aveva i capelli pieni di sabbia, un taglio sulla fronte e gli occhi disperati di chi ha appena detto addio alla persona che ama. Aveva rischiato la vita per loro, proprio come Liam. «Salutami la tua famiglia e abbraccia Daisy da parte mia.»

Sirta fece cenno di sì con la testa, poi la salutò un po' impacciato con una pacca sulla spalla. Lui sarebbe tornato a casa, proprio come lei e Anya.

Vanessa sapeva che sarebbe stato difficile riprendere la sua vecchia vita, specialmente pensando a come l'aveva lasciata.

Decise che avrebbe ricominciato tutto da capo, con la scuola, con gli amici, con Katia e Mark. Non era troppo tardi, poteva ancora correggere i suoi errori. E Anya l'avrebbe aiutata, non sarebbe più stata sola.

D'altronde, se stavano salvando un mondo, sarebbero pur riuscite a prendere in mano la loro vita.

Ripensò ai suoi genitori, a quando la chiamavano principessa e le facevano credere che avrebbe potuto fare qualsiasi cosa. *Be'*, pensò, *forse non sono un completo disastro...* Sapeva che sarebbero stati orgogliosi di lei.

Respirò a fondo. Si sentiva un po' meglio.

Anche Lagonas sembrava aver capito che era un addio e, quando Vanessa gli si avvicinò, abbassò il muso per farsi accarezzare.

Anya e Vanessa dovettero arrampicarsi su una roccia per poi scendere dall'altra parte, verso il portale. L'Occhio era situato sopra la caverna da dove fuoriuscivano le spesse nuvole di sabbia. Riuscirono a raggiungerlo grazie alla parte sporgente del frontone inferiore. Appena sotto di loro, la sabbia si sprigionava dalla grotta con una potenza devastante. Qualche granello sfuggì alla corrente e le ferì.

Dovevano sbrigarsi.

L'Occhio, sebbene di pietra, sembrava vivo. La sua iride era poco più chiara della sua nera pupilla. Si faticava a distinguere nel centro la sottile e minuscola fessura in cui andava inserita la chiave.

Vanessa la estrasse dalla tasca. Il momento era giunto. Faticava a credere che con un gesto così semplice avrebbero messo fine al loro viaggio. «Insieme?» chiese ad Anya. Lei annuì. Quando la mano della compagna si strinse alla sua la sentì tremare. Spinsero la chiave all'interno di quella strana serratura. Il metallo entrò circa per metà. Poi le ragazze, con delicatezza, la girarono in senso orario.

XVIII
Anya

Il vento si bloccò di colpo. I granelli rimasero sospesi nell'aria alcuni attimi, poi la sabbia invertì la sua direzione e iniziò a essere risucchiata dal portale dal quale fino a pochi secondi prima veniva rigettata.

Un assordante boato s'impose sul vento e dall'Occhio fuoriuscì un raggio di luce fortissima.

Vanessa ne venne completamente investita e fu trasportata via in un lampo. Anya, invece, ebbe ancora un attimo a disposizione. Lanciò uno sguardo verso il cielo. Fu questa l'ultima immagine che ebbe di Menish: non le alte palme dell'oasi, il salice di Mahala, la bianca città di Paladish, le colorate torri di Lamen, e neppure il verde fulgido della Foresta Frusciante... ma Sirta che, in sella a Lagonas, le stava guardando andarsene.

Poi tutto divenne luce e, ancora una volta, si sentì precipitare.

XIX
Anya

Questa volta il suo arrivo non fu attutito dalla sabbia: Anya sentì la schiena sbattere sulla dura pietra. La fitta di dolore le tolse il respiro, e impiegò qualche secondo a riprendersi.

«Anya… stai bene?» si sentì chiamare. Era Vanessa. Udire la sua voce la rassicurò. Si sforzò di aprire gli occhi. La prima immagine della Terra che vide fu un soffitto bianco con impressi i segni dell'umidità. Impiegò pochi istanti a riconoscerlo.

«Abbastanza. E tu?»

L'amica entrò nel suo campo visivo e le porse la mano per aiutarla a rialzarsi. «Decisamente meglio» le rispose. Era visibilmente sollevata, e come darle torto? Ce l'avevano fatta. Avevano salvato Menish ed erano ancora vive. Si rimise in piedi con fatica.

«Hai visto? Siamo di nuovo a scuola» disse, ma era ovvio che la compagna avesse già riconosciuto la parte vecchia della biblioteca. D'altronde, era lì che tutto aveva avuto inizio.

«Devo ammettere che dopo la reggia di Lamen avrei preferito ricomparire in qualche luogo più sontuoso, ma ci dobbiamo accontentare.»

Le parole scherzose di Vanessa la fecero subito sentire meglio. L'abbracciò di slancio. Sapeva che nulla avrebbe potuto cancellare l'intesa costruita a Menish. Se in un mondo a loro estraneo erano riuscite a fare così tanto, perché sulla Terra avrebbe dovuto essere diverso?

Fu allora che sentirono i tacchi della segretaria in avvicinamento rapido e poi un'esclamazione. «Cos'è successo qui?»

Si voltarono, ancora abbracciate, e videro la donna fissarle come delle criminali evase di prigione.

«Possiamo spiegare...» iniziò Vanessa.

Anya abbassò lo sguardo. C'era sabbia sul pavimento. *Che strano*, pensò, *sembra polvere*... Aveva un aspetto così innocente. Se non l'avesse vista avanzare con i suoi occhi, le sarebbe stato difficile immaginare tutto il male che era stata in grado di causare.

Si chiuse subito la giacca di cuoio per non far vedere la macchia di sangue sul suo fianco.

Si aspettava che gli occhi della segretaria fossero ancora posati su di loro. D'altronde, era da circa quindici giorni che erano scomparse letteralmente dalla faccia della Terra. Invece la donna guardava qualcosa alle loro spalle. Anya si voltò: la libreria era ancora rovesciata a terra, con fogli e volumi sparsi sul pavimento.

Non è passato nemmeno un istante...

Vanessa si staccò dall'amica. «Mi è venuta un'idea, distraila» le sussurrò.

Anya capì al volo e, veloce, prese un libro da uno scaffale e si avvicinò alla segretaria, immobile per lo stupore.

Poi toccò il medaglione. Tutti i pensieri della donna erano

rivolti alla libreria caduta: temeva che i tomi si fossero rovinati. «Non so proprio dove mettere questo volume, non riesco a leggerne la collocazione» disse Anya, spingendola verso lo scaffale più vicino.

«Lasci perdere il libro e mi dica cosa è successo!» ribatté furente la donna. «Eravate qui a pulire, non a fare danni!»

«Ma quali danni? Mi dia ascolto un momento, è importante...» E pensare che fino a due settimane prima Anya sarebbe sprofondata piuttosto che provocare così un'autorità scolastica. Se la sé stessa di quel lontano – eppure non ancora finito – primo giorno di scuola si fosse vista conciata in quel modo, sporca, spettinata, stravolta, si sarebbe seppellita dalla vergogna. Era cambiata, ed era fiera di quel cambiamento. Chissà come mai una donna di mezz'età come la segretaria, sicuramente capace nel suo lavoro, continuava a fare tante scene per la libreria caduta e non le poneva domande sul suo aspetto indecoroso. Probabilmente per lei gli studenti erano tutti uguali, nemmeno ricordava davvero l'aspetto delle due ragazze che aveva scortato in punizione.

«Credo che questo libro non sia catalogato... magari potrà farlo presente lei al bibliotecario...»

«Signorina, mi vuole prendere in giro?»

«No, affatto. Non mi permetterei mai.»

La segretaria sbuffò. Senza dire altro, la lasciò lì col libro in mano e raggiunse Vanessa a passi veloci.

«Avete fatto cadere questa libreria...» cominciò, indicando col dito. Poi le parole le morirono sulle labbra. Lo scaffale era al suo posto e Vanessa, poco lontano, era intenta a guardarsi noncurante le unghie.

«Non è possibile...» balbettò la segretaria.

«Che cosa?» chiese Vanessa, premurosa.

«Era caduta!» Dalla sua espressione, la donna sembrava sull'orlo di una crisi di nervi. «Quando sono entrata qua dentro, la libreria era a terra!»

«Impossibile» affermò Anya.

Vanessa l'appoggiò. «Se fosse così, non potrebbe certo essersi rialzata da sola.» Batté con la mano sulla spalla dello scaffale. «È legno massiccio, questo. Antico.»

La donna guardò di nuovo da vicino, sempre più smarrita.

Gli spartiti erano ben ordinati e non mancava nulla, fatta eccezione per un setticlavio che era rimasto sul pavimento, rotto lungo una pagina.

La segretaria s'inginocchiò e lo prese con la mano che le tremava. Sulla pagina strappata erano ben visibili le chiavi di Fa, di Sol e di Do. La donna lo chiuse e poi, con controllata cautela, lo posizionò nello scaffale centrale.

«E voi» disse, spostando finalmente lo sguardo su di loro, «in che stato siete?» Batté le palpebre, come se si fosse accorta soltanto allora del loro aspetto.

«Che cosa pretende, abbiamo pulito tutto il pomeriggio! C'era un sacco di polvere!» esclamò Vanessa, con aria innocente.

Lo sguardo della segretaria era perso.

La videro barcollare verso l'ingresso.

«Ho bisogno di una gazza…» scosse la testa, rendendosi conto che anche il vocabolario l'aveva abbandonata. «Di una bazza… insomma, di una tazza di tè.» Si raddrizzò su tutta la sua statura. «Con molto zucchero» aggiunse, recuperando una parvenza di dignità. Uscì dalla biblioteca ticchettando sulla pietra e lasciando dietro di lei la porta aperta.

Anya e Vanessa, finalmente libere, scoppiarono in una fragorosa risata.

Epilogo

Daisy

Daisy non ricordava di aver mai visto tanta gioia sui volti della gente. Quel sentimento accendeva le persone come una scintilla. Sembravano percorse da una linfa nuova.

Era da molto tempo che la ragazzina non camminava per le vie di Mahala. Quel giorno la piazza era gremita. Attorno al grande albero di cristallo la gente ballava e rideva. Una vecchia seduta su una panchina batteva le mani nodose a tempo, sul volto aveva un'espressione di conquistata felicità.

La sabbia si era fermata e aveva iniziato a tornare indietro.

Finalmente il popolo di Menish aveva smesso di soffrire. Daisy sapeva che a Lamen di lì a poco sarebbe stato festeggiato il ritorno di Laila sul trono. Alcuni dignitari di corte erano giunti qualche giorno prima a Mahala per staccare solennemente dal salice di cristallo una delle sue fronde. Era tradizione che la corona regale fosse plasmata da un suo ramo, come promessa di buon auspicio.

Daisy riconobbe alcuni suoi amici impegnati a ballare. Non li aveva più visti da quando la sabbia aveva iniziato a fuoriuscire dal portale. *Tutto ritornerà alla normalità.* In quel momento, ne ebbe la certezza. Sorrise, e anche il suo volto si accese di gioia.

Filomena

A Wuolfa, i ribelli erano finalmente usciti dalla clandestinità.

Già circolavano voci che l'usurpatore Edwin sarebbe stato esiliato nelle Terre Ignote dell'Ovest, lontano dal popolo che aveva rischiato di seppellire sotto la coltre di sabbia.

Filomena aveva lottato così tanto che ancora faticava ad abituarsi a quell'estranea sensazione di serenità.

Al centro della piazza il patibolo era stato smantellato e con la sua legna i ribelli avevano acceso un grande falò. Poco lontano dalle fiamme, un uomo dai capelli bianchi cantava le imprese delle prescelte. Lily e altri bambini, in prima fila, lo guardavano con occhi colmi di ammirazione.

Filomena sapeva che non le avrebbero mai dimenticate. Anya e Vanessa sarebbero rimaste per sempre nella mente e nel cuore di tutta Menish.

Soltanto un ragazzo si teneva in disparte, poco disposto a partecipare ai festeggiamenti. Filomena aveva riconosciuto Liam. Sapeva che sarebbe stato particolarmente difficile per lui ricominciare, ma il tempo avrebbe lenito il suo dolore e la nuova responsabilità l'avrebbe aiutato. Era certa che sarebbe stato un ottimo capo delle guardie. Non avrebbe mai più permesso che qualcuno venisse imprigionato ingiustamente.

Filomena tornò a guardare il falò e le persone che ascoltavano serene il cantore... ed ebbe l'impressione che fosse iniziata una nuova epoca. Non sapeva se sarebbe stata migliore della precedente: non le era dato conoscere il futuro. Tuttavia la sensazione di pace che provava le fece credere che, per lo meno, fosse un ottimo inizio.

Laila

Il popolo, giunto alla sua incoronazione, la stava acclamando. Durante i lunghi mesi trascorsi in prigionia, la sovrana aveva rischiato di dimenticare che sapore avessero la gioia e la libertà.

Era colma di commozione.

Lamen non le era mai parsa così splendente. Dal balcone osservava la gente agitare nastri e lanciare manciate di lustrini. Provava riconoscenza nei confronti di ognuno di loro per averle dato una seconda possibilità e sperava di riuscire a dimostrare la sua gratitudine regnando con umiltà e dedizione.

Le persone che avevano dovuto lasciare le loro terre sarebbero tornate presto nelle loro case. Avrebbero ricostruito quello che era stato distrutto.

Il regno sarebbe rinato dalle sue ceneri e lei avrebbe fatto altrettanto.

Dimitri

«Laila si è affacciata... Dimitri! Guarda, è bellissima!» gli urlò la sorella.

Il bambino faticava a vedere. Erano tutti così alti da coprirgli la visuale. Cosette era troppo impegnata ad applaudire la sovrana per accorgersi del suo problema. Dimitri stava per chiamarla, ma prima che potesse aprir bocca il padre lo sollevò e se lo mise sulle spalle.

Finalmente poteva vederla anche lui. La sovrana si era affacciata dal balcone. Il suo diadema brillava come gli astri nel cielo.

«Stai attento» disse la madre al marito. «Rischi di fargli male!»

Ma sulle spalle del suo papà il bambino stava bene. Anzi, non era mai stato meglio.

Sirta

Tutto era ritornato silenzio. Lontano da fasti e risate, il cielo apparve a Sirta ancora più bello. Era appena calata la notte e i tre pianeti erano quasi allineati nella volta celeste.

«Adesso sei pronto a ritornare a casa?»

Il drago mosse le ali.

«Lo prendo come un sì» disse il ragazzo. Poi si sollevarono in cielo e volarono accanto alle stelle.

Ringraziamenti

Raccontare la storia di Anya e Vanessa è stata un'esperienza bellissima, e dubito che ci sarei mai riuscita da sola.

Ringrazio mia mamma, prima lettrice e dispensatrice di consigli dal valore inestimabile. Solo tu puoi ascoltarmi paziente, dedicandomi tanto del tuo tempo e credendo in me senza riserve.

Un grazie immenso a mio papà. Grazie per esserci sempre e per darmi il sostegno di cui ho bisogno.

Siete la famiglia migliore che avrei mai potuto desiderare.

Ringrazio di cuore Eleonora Mannarino, Eleonora Coppola e Cristina Chiello. Vi ho conosciute esattamente in questo ordine, dal primo giorno di asilo al primo di superiori. Non sarei mai riuscita a scrivere un libro sull'amicizia senza sapere che cos'è l'amicizia, e voi me lo avete insegnato giorno dopo giorno, anno dopo anno. Vi voglio bene.

Un grazie speciale a tutti gli amici che mi hanno accompagnata finora, compresi quelli "silenziosi": i libri. Senza la lettura non avrei mai scoperto la scrittura e la mia vita, oggi, sarebbe molto diversa. Ringrazio quindi tutti gli scrittori che, fin da bambina, mi hanno permesso di sognare e di immergermi in altre realtà.

Sono riconoscente a tutto lo staff di DeA Planeta Libri per la sua disponibilità e cortesia, e in particolare a Marina Migliavacca. Il tuo aiuto nell'ultima fase della revisione è stato molto prezioso.

Infine vorrei ringraziare te, proprio te, lettore, che hai voluto ascoltare la mia storia. Ti auguro il meglio.

MAR DI CORALLO
REGNO DI CORALLO
Galadish
Bora
REGNO DI CRISTALLO
TERRE IGNOTE DELL'OVEST
Mahala
Fiume Narvick
Fiume Valivua
Fartha
Sea
Wuolfa
Foresta Frusciante
100 km